Александр БУШКОВ

ДИКОЕ
ЗОЛОТО

Роман

Красноярск «БОНУС»
Москва «ОЛМА-ПРЕСС»
Санкт-Петербург «НЕВА»
2001

УДК 882-31
ББК 84 (2Рос-Рус) 6-44
Б90

Б 90   Бушков А. А.
        Дикое золото: Роман. — Красноярск: БОНУС;
М.: ОЛМА-ПРЕСС; СПб.: НЕВА, 2001. — 416 с. —
(Русский проект).
        ISBN 5-7867-0060-7 (БОНУС)
        ISBN 5-224-00699-6 (ОЛМА-ПРЕСС)
        ISBN 5-7654-0521-5 (НЕВА)

1908 год. В дикой шантарской тайге неуловимые и дерзкие
налетчики грабят обозы, везущие с приисков золото. В сложнейшей
головоломке переплетаются тайные игры жандармерии, сыскной
полиции, охранного отделения, большевистских боевиков. Пере-
стрелки и кровь, любовь и предательство — и никто еще не подозревает, что в небе вот-вот вспыхнет Тунгусский метеорит...

УДК 882-31
ББК 84(2Рос-Рус) 6-44

ISBN 5-7867-0060-7 (БОНУС)
ISBN 5-224-00699-6 (ОЛМА-ПРЕСС)
ISBN 5-7654-0521-5 (НЕВА)

Роман частично основан
на реальных событиях,
документах и биографиях.

Александр БУШКОВ

— Какой сюжет вашей повести? — спросил я.

— Сюжет... Как бы вам сказать? Сюжет не новый... Любовь, убийство...

А.П. ЧЕХОВ

Что жизнь? Она была грустна.

А. ЧМЫХАЛО

ЧАСТЬ ПЕРВАЯ

САМЫЙ ДЛИННЫЙ ДЕНЬ

Глава первая. **Сибирский крез и остальные**

Иванихин вольготно раскинулся на узковатом для рослого человека, но мягком диване, его легонько покачивало в такт колыханию вагона. В расстегнутом жилете, без галстука, он выглядел чрезвычайно по-домашнему и ничуть не напоминал того, кем был на деле,— миллионщика, сибирского креза, царя и бога на землях, ничуть не уступавших протяженностью какой-нибудь Франции (если считать без колоний, конечно, одну европейскую часть). Он ловко подхватил рюмку с шустовским нектаром левой рукой, зажал хрупкую ножку меж средним и безымянным пальцами. Выцедил коньяк, жмурясь от удовольствия. И продолжал ровным, хорошо поставленным голосом опытного рассказчика:

— Был и такой случай... Жил под Кежмой мужик, для крестьянина вполне нормальный и благополучный, по нашим меркам, я имею в виду, а по скудным российским — и вообще счастливчик. Им-то там куренка выгнать негде, а у нас, сами давно успели убедиться, Вячеслав Яковлевич,— богатство и необозримость, при надлежащем приложении рук приносящие достойные плоды... И вот надо же было такому случиться, чтобы рассказал ему кто-то про

5

этот наш легендарный колдовской цветок... Вроде разрыв-травы, только действует иначе. И под водой с ним пройти можно по дну реки, аки посуху, и в тайге, ежели заблудишься, выведет не хуже компаса из самой дикой глухомани... Да столько всякого про него бают...

Он замолчал, во время хорошо рассчитанной паузы поигрывая пустой пузатенькой рюмкой. Прилежно державший карандаш над блокнотом Вячеслав Яковлевич, совершенно точно понимая, чего от него ждут, нетерпеливо спросил:

— А дальше, Константин Фомич? Не томите, интересный зачин разворачивается...

— Дальше? — усмехнулся Иванихин.— Дальше не будет, увы, ничего чудесного, милейший Вячеслав Яковлевич. Никаких вам жутких чудасий в духе Гоголя, Николая Васильевича. Все было крайне прискорбно: забросил наш справный хозяин и дом, и пашню, и семейство, ушел бродить в тайгу, днями напролет цветочки собирал. Наберет груду разных и проверку учиняет: зажмет в горсти один и в речку — бух! Вынырнет мокрехонький, убедится, что дал промашку, возьмет другой — и снова...

Поезд ощутимо замедлял ход, а там и вовсе остановился, лязгая сцепкой. Лямпе мимоходом глянул в окно — там тянулась глухая стена из бурого кирпича, невыносимо унылая на вид, принадлежавшая какому-то казенному строению полосы отчуждения. И ничего больше нельзя было усмотреть. Слишком далеко от вокзала, так что людей не видно.

— Паровоз будут менять,— обрадованно вздохнул низенький незамысловатый Иннокентий Афиногенович.— Ну вот, почти и доехали. И всего-то теперь до Шантарска — четыре часа...

— По расписанию движемся, насколько я могу судить? — спросил Лямпе, только чтобы что-то сказать,— очень уж доброжелателен и прост был устремленный на него взгляд Буторина.

— По расписанию, голубчик, что удивительно. Разболталась в последнее время чугунка... Вон, смотрите, солдатик чего-то бежит... Хотя нет, и не солдатик это вовсе, а жандармский нижний чин...

Лямпе присмотрелся к бегущему трусцой, придерживавшему левой ладонью «селедку» здоровяку. В самом деле, погоны на гимнастерке были красные с голубым кантом, а на груди мотался красный шерстяной аксельбант о медными наконечниками. Судя по треугольной бляхе, увенчанной орлом, жандарм был железнодорожный.

Служивый пробежал еще немного, остановился и, широко расставив ноги, утвердился лицом к вагонам, определенно стараясь, чтобы его поза была величавой.

— Господа, у вас снова какие-то... коллизии? — осведомился Лямпе, ни на кого не глядя.

— Пустяки, не стоит внимания,— отмахнулся Иванихин.— Документы проверять будут. По вашей, кстати, петербургской моде, Леонид Карлович, ну да, изо всех сил тянемся за столицами... Вот только никого еще таким образом не выловили, пинкертонишки наши доморощенные,— в его голосе прозвучала нешуточная злость.— Хлебоеды-дармоеды... Так о чем я, Вячеслав Яковлевич?

— Мужик полностью забросил хозяйство и стал, если можно так выразиться, экспериментировать на манер ученых...

— Именно! — поднял палец Иванихин.— Именно экспериментировать, Фарадеюшка наш косматый... Ну вот. М ы р я л он этак в мокрую бегучую водичку, мырял, да потом, видимо, решил, что сим своим ботаническим экспериментам следует придать иное направление... Короче говоря, натакались однажды лесомыки на медвежью берлогу. На пустую — дело было ранней осенью... И лежал там под кучей хвороста наш таежный ботаник. Есть, да будет вам известно, у Топтыгина такая привычка: забросает убоинку всяким хворостом и оставит, пока запашок не пойдет, гурман он у нас... Вот... А в руке у покойника, лесомыки клялись, был цветок зажат. Невидный такой, синенький, зовется, если память не подводит, «заячьими слезками». И утвердилось с тех пор в народишке стойкое убеждение, что наш мужик, пожалуй что, хотел мишку цветком п о к о - р и т ь и то ли верхом на нем аллюры учинять, то ли, болтают фантазеры, и вовсе в небеса на косола- пом слетать, аки на сивке-бурке. Вы записывайте, Вячеслав Яковлевич, записывайте скрупулезно: коли уж твердо решились пробовать силы на лите- ратурном поприще, полезно знать, какие в наших диких краях т и п у с ы произрастают. Разнообразие! Порою сразу и не поймешь, чего там больше — за- бавы или тоски... Вот кузнеца Модеста взять...

— Того, что летательную машину строил? — живо подхватил Буторин.

— Его самого. Ухитрился, самородок, в глаза не видя журналов с иллюстрациями, соорудить непло- хое подобие планера господина Лилиенталя... Из- волили видеть в «Ниве» за прошлый год? Ну, одно- сельчане идею воздухоплавания восприняли, мож- но сказать, с энтузиазмом — подпалили сарай с «ле- тягою», благословясь. Модест, говорят, новую стро- ит. Чует мое сердце, и эту спалят, ибо космачи наши к техническому прогрессу определенно неравнодуш- ны и свою лепту готовы внести всегда...

— Но ведь летают в Европах, господи! — с не- понятным выражением сказал Буторин.— Авионер Фурман, ежели верить газетам, за один раз преодо- лел четыре версты...

— «Фурман» — это извозчик,— лениво попра- вил Иванихин.— А француза зовут Фарман. То, Фи- ногеныч, в Европах... Фарману, надо полагать, са- рай о машиною не жгут... Ладно, пусть себе лета- ют. Я тут, кстати, вспомнил еще один занятный эпи- зод, про бобрячью шапку и запойного портного...

— Филатов, ступай-ка к обер-кондуктору и объяви, что поезд вынужден будет задержаться. Возникли недоразумения, требующие, похоже, долгого разрешения...

Буторин застыл с неописуемым выражением на упитанном бородатом лице: смесь ужаса и безысходности. Пора было положить этому конец — и Лямпе, неторопливо выпрямившись, достал паспортную книжечку:

— Прошу, господин поручик...

Жестом остановив дернувшегося было исполнять приказ верзилу Филатова, поручик перелистнул страницы:

— Лямпе Леонид Карлович, из дворян Гостынского уезда Варшавской губернии, вероисповедания лютеранского... Жительство имеет в Санкт-Петербурге... Позволительно ли будет, сударь, узнать цель вашего визита в наши палестины?

— Торговые дела,— кратко сказал Лямпе, стараясь, чтобы в голосе не усматривалось и тени задиристости.

— Занятие для империи полезное,— кивнул поручик, возвращая паспорт.— Честь имею!

Он с чуточку преувеличенной лихостью бросил руку к козырьку, тихо притворил дверь купе, и все сидящие там вновь отразились в чисто промытом высоком зеркале.

— Костенька! — о глубочайшим укором, исходившим из самого сердца, только и мог воскликнуть Буторин. Иванихин досадливо поморщился:

— Финогеныч... Ну что ты, братец, трясся перед этим фендриком, как, прости господи, овечий хвост? Вот подал бы я на него жалобу губернатору, а то и в Питер, самому Трусевичу... Потом бы три часа под воротами стоял, аки Лотова супруга, прощенья придя просить...

— Вряд ли,— сказал Лямпе.

— Простите, Леонид Карлович? — развернулся к нему Иванихин.

— Вряд ли стал бы. Юноша с немалым гонором, сие чувствовалось.

— А! Плевал я на его гонор и на его шпоры с малиновым звоном... Помните, как сих господ припечатал Михаил Юрьич Лермонтов, краса русской поэзии? И вы, мундиры голубые...

— Признаться, в авторстве Лермонтова у меня всегда были сильные сомнения.

— Полагаете? — прищурился Иванихин.

— Рассудите сами,— пожал плечами Лямпе.— Автографа сих виршей, написанного Лермонтовым собственноручно, не существует — как и свидетелей, его бы видевших. Есть лишь запись чужой рукой в чьем-то там альбоме да уверения, пришедшие к нам неведомо от кого,— будто бы Некто лет десять назад слышал от Имярека, что означенный Имярек некогда знал человека, своими глазами видевшего другого человека, слышавшего якобы от третьего при неведомых обстоятельствах, что стихи сии якобы написаны под диктовку Лермонтова... Согласитесь, это зыбко и малоубедительно.

— Эк вы жандармика-то защищаете...

— При чем здесь жандарм? — усмехнулся Лямпе.— Милейший Константин Фомич, я ведь все-таки немец. Кровь дает себя знать. Привык к точности формулировок и надежности свидетельств...

— Ну да, ну да,— неожиданно мирно покивал Иванихин.— Как же, помним... Лев Николаич Толстой нам описал блестящий пример мышления немецкого: ди эрсте колонне марширт, ди цвайте колонне марширт... Не обиделись, часом?

— Помилуйте, с чего бы вдруг? — Лямпе усмехнулся еще более открыто.— Сударь мой, а ведь на любой схожий пример, уничижительно показывающий немца-перца-колбасу, я вам приведу не менее меткий и убедительный касаемо славянского племени...

— Господа, господа! — умоляюще воскликнул Буторин.

— Не егози, Финогеныч,— досадливо отмахнулся золотопромышленник.— Это всё шутейно — и я, и господин Лямпе... Языки чешем от скуки. Хорошо, Леонид Карлович. В ваших словах достаточно резона. Но ты, Финогеныч, все равно зря предстал перед этим сопляком этаким оцепенелым зайчишкой... Нашел кого бояться.

— Легко тебе говорить...— с нешуточной грустью произнес Буторин.— Тебе, голубчик, сколько годков? Сорок два. И купец ты — потомственный. А мне, мил человек, пятьдесят восемь, и происхожу я из того самого сословия, каковое во времена моей юности телесным наказаниям подвергалось вполне законно, согласно писаным предписаниям... Как хочешь, а это насовсем въедается...

Лямпе вдруг стало жаль простодушного купца — у коего, кстати, и начинал некогда в приказчиках сын сурового родителя Иванихин. Это потом уже, мало рассчитывая на наследство крепкого, как дуб, отца, наш Константин Фомич развернулся своим умом и смекалкой, обошел бывшего благодетеля настолько, что тот совершенно добровольно стал при бывшем приказчике чем-то средним меж денщиком и приживалкою...

Должно быть, нечто вроде той же самой унижающей жалости почувствовал и Вячеслав Яковлевич — он излишне громко, излишне воодушевленно сказал:

— А ведь трогаемся, господа! Чувствуете?

— Очень похоже,— поддержал Лямпе.

— И слава Богу...— вздохнул Буторин.— А вон и поручик идет, голову повесил. Несправедлив ты к людям, Костенька, бываешь...

— Я-то? — с ухмылкой бросил Иванихин.—
Да когда как, Финогеныч. Строг, но справедлив.
И в доказательство...— он привстал с дивана и кар-
тинным жестом простер руку к Лямпе, отвесил земной поклон на старинный манер, коснувшись кончиками пальцев пола.— Бью челом Леониду Кар-
ловичу за все подозрения, что поначалу питал в его
адрес...

— Простите? — поднял брови Лямпе.

— Ну каюсь, каюсь, милейший господин Лямпе! — развел руками сибирский крез.— В первый
день, когда мы все четверо в сем купе отправились,
до-олгонько я ждал, когда Леонид Карлович дос-
танет колоду и предложит перекинуться в польский
банчок... или начнет торговать настоящими бриль-
янтами со сливу величиной, или там акциями совершенно надежных Дряжско-Пряжских золотых
приисков... Так и не дождался, к чести вашей. Вот
за эти за беспочвенные подозрения я перед вами,
дражайший Леонид Карлович, и прошу теперь ни-
жайше прощенья от всей своей не знающей ни в чем
удержу сибирской натуры...

— Позвольте! — сказал Лямпе, ничуть не играя
гнев.— Значит, все это время вы на мой счет питали...

— Ну где же — все время? — энергично запротестовал Иванихин.— И всего-то суток двое, ежели
не меньше... Прошу великодушно пардону: научен
печальным опытом. Сталкивался уже с «дворянами губернии Варшавской», особенно в молодости.
То у них шесть тузов в колоде, не считая шести в
рукаве, то продажных брильянтов прямо за голе-
нищами напихано... Ах, знали б вы, как меня однажды в Нижнем на ярмарке облапошили, карманы вывернули... Расскажу при случае, когда с нами
не будет Вячеслава Яковлевича,— а то, чего доброго, и в самом деле годков через десяток раскроешь
его роман, да всех нас и узнаешь...

— Ну, знаете ли! — покрутил головой Лямпе.

14

— Я ж говорю — винюсь и каюсь! — с очаровательным простодушием развел руками Иванихин.— Кто виноват, что Варшавская губерния к нам поставляет... субчиков.

— Неужели она одна?

— Да нет, пожалуй,— серьезно сказал Иванихин.— Те, что мне молодому в Нижнем дурманчику сыпанули в шампань, «граф» с «князем», были не Варшавской, а, если память не изменяет, как раз Курской губернии... Ну, мировая?

— Мировая,— кивнул Лямпе, остывая.

— Вот и прекрасно. Финогеныч, достань-ка непочатую Шустова. Ехать нам еще и ехать...— Он, полузакрыв глаза, какое-то время следил, как проворно хлопочет Буторин, потом произнес серьезно: — Я, Леонид Карлович, если отбросить шутки, имею веские причины быть недовольным этими нашими богатырями в лазоревых фуражках. Накипело... Вам, российскому жителю, этого не понять. У вас, в центральных губерниях, т а к н е шалят. А у меня, да будет вам известно, в тайге трижды грабили караваны, отправляемые с приисков в губернию. З о л о т ы е караваны, сударь, ясно вам? С россыпным самородным золотишком. Добычу разбойнички считали многими пудами... Пудами, Леонид Карлович!

— Бог ты мой! — в этом вскрике была вся немецкая душа, уязвленная вопиющим непорядком.— Но ведь есть же полиция...

— Полиция? — дыша коньяком, горько усмехнулся Иванихин.— А вы, Леонид Карлович, осушите-ка рюмочку, поставьте ее, чтоб не мешала, да загибайте пальцы! Полиция у нас есть. Общая и жандармская, наружная и политическая, конная и пешая, городская и уездная, сыскная, фабричная, железнодорожная, портовая, речная и горная. Что, пальчиков не хватает? То-то! Я ведь еще не упомянул полицию волостную и сельскую, стражу лесную

15

и полевую, а также казачков с жандармскими частями... Полиции — словно блох на барбоске! А золото цапают пудами! Вообще-то, строго говоря, с тех самых пор, как золото попечатано казенной печатью и уложено в повозки для отправки в губернию, оно уже не мое, а казны... только мне-то, поверьте, от сих юридических выкрутасов ничуть не легче. Возле моих приисков шалят, на моих просторах! Помимо прочего, это еще и неприкрытый ущерб для имени, для Иванихина!

— Ужасно,— согласился Лямпе.— И ничего нельзя поделать?

— А вот извольте-с! Наша доблестная полиция вкупе о доблестной жандармерией руками разводят! Таежные, мол, необозримости, трудности с агентурою... И все такое прочее. А эти — цапают! Трижды за это лето! Я бы еще понял как-то, будь на дворе пятый год, не к ночи помянут. Тогда, действительно, имел место такой разгул всевозможного бандитского элемента, что и в светлое будущее не верилось совершенно... Но теперь-то, слава Богу,— девятьсот восьмой! Приструнили за три годочка, так, что вспомнить приятно... Девятьсот восьмой на дворе. Вот только полиция с жандармами в моем случае столь бессильны, словно пятый год и не кончался вовсе...— Он зло хрустнул пальцами.— Накипело, сударь, слов нет...

— Костенька, подожди, переловят...— робко подал голос Буторин.

—Переловят,— печально усмехнулся Иванихин.— Когда рак на горе свистнет. Им, Финогеныч, ловить неинтересно... вернее, ловить-то как раз интересно — как же, прогонные, командировочные, всякие там безотчетные,— а вот словить нет резона.

— Вы не преувеличиваете насчет пудов? — негромко спросил Лямпе.

— Наоборот, мил-сдарь! Преуменьшаю. За три налета хапнули наши неизвестные разбойнички око-

16

ло двадцати пудов шлихового, то есть самородного, золотишка. А почем золотник*, имеете представление?

— Пожалуй.

— Вот видите... При таком положении дел поневоле позавидуешь, что не выдумали еще таких летательных аппаратов, кои покрывали бы одним махом пару сотен верст да могли опускаться в тайге. Чего проще — погрузил десяток пудиков шлиха и повез в губернию по воздуху... Вот видите, какая ерунда от тоски в голову лезет? Фантазирую не хуже гимназиста, Жюля Верна начитавшегося...— Он понизил голос, но продолжал решительно:— Все потому, что рыбка гниет с головы. Генерал Драгомиров, большого ума человек, не зря сказал про помазанничка: «Сидеть на троне способен, но вот стоять во главе империи неспособен решительно». Метко? Не в бровь, а в глаз!

— Костенька! — прямо-таки возопил Буторин.— Голубчик, умоляю, уж помазанника-то не трогай... Неровен час...

— Ладно...— фыркнул Иванихин, остывая.— Исключительно ради твоего душевного спокойствия, старинушка. Но все остальные, согласись — бесполезные дармоеды.

— Поймают рано или поздно...

— Вы, господа, не учитываете иных закономерностей прогресса,— вмешался инженер.— Как с появлением торговых кораблей моментально объявились и пиратские, так и с изобретением летательных аппаратов для перевозки золота пудами, я не исключаю, и разбойничьи аэропланы объявятся. Поезда в Североамериканских Соединенных Штатах начали грабить чуть ли не в тот самый час, как они начали регулярное движение...

---

* Золотник — 4,26 грамма.

— Вот это верно,— фыркнул Иванихин.— Что-что, а в о р о в с к а я фантазия у нас всегда обгоняла законопослушную. Но это еще не самое печальное. Ведь в этом случае непременно повстанет новая полиция, воздушная, но кончится все тем, что прибавится дармоедов, и только. Обычный городовой тебе за трешку в день ангела честь отдаст и спасибо скажет, а возьмите вы воздушного, у которого один аппарат, по газетам, стоит двести целковых золотом... я, понятно, не вымышленного воздушного городового имею в виду, а реальные цены на реальные аппараты... Вряд ли они у воздушной полиции меньше стоить будут. Тут никаких денег не напасешься...

Иннокентий Афиногенович захохотал тенорком, инженер тоже улыбнулся, но эта столь многообещающая тема продолжения и развития не получила, воцарилось молчание. Лямпе, тоже не ощущавший никакого желания обсуждать вопрос о будущем аэронавтики, прекрасно понимал, в чем тут дело. Близился конец долгого пути, и на первый план выходили будущие заботы, о которых он, проведя столько времени с этими людьми, был уже изрядным образом осведомлен. Вячеславу Яковлевичу предстояло перебросить свою партию для геодезических съемок очередной реки (он уже пятнадцатый год служил в Сибири изыскателем по водным и шоссейным путям сообщения), Буторин, кроме рутинных торговых дел, женил среднего сына и собирался играть свадьбу в самом скором времени. Ну, а заботы миллионера-золотопромышленника были обширнее и разнообразнее, нежели у доброй дюжины народа калибром помельче,— о б ы ч н ы е заботы, подразумевается, а ведь есть еще и досадные неприятности с ограбленными золотыми караванами...

И, наконец, собственные заботы Лямпе: все, чем ему предстояло заняться в Шантарске, тоже не отличалось простотой и легкостью и вряд ли могло считаться бальзамом для души или развлечением... Поэтому он, если можно так выразиться, охотно примкнул к общему молчанию, глядя на сосновые мохнатые лапы, мелькавшие так близко, что едва не царапали вагонное окно, и в который раз задал себе унылый вопрос: что же там все-таки произошло?

И, разумеется, в который раз не нашел пока что ответа.

Глава вторая. **Гостиница с ватерклозетом**

— Хорош экземпляр? — поинтересовался Иванихин не без гордости.— Во-он, в черкеске, рядом с мороженщиком...

Лямпе присмотрелся. Экземпляр человеческой породы и в самом деле был донельзя колоритен: рослый, немолодой уже, но стройный, горбоносый и лысый, с окладистой черной бородищей. Незнакомец в черкеске с тусклыми газырями стоял, скрестив руки на груди, взирая на обычную в таких случаях перронную суету с горделивой отрешенностью, и на поясе у него висел кинжал чуть ли не в аршин.

— Черкесец,— пояснил Иванихин.— Исмаил-оглы. В свое время, дитя дикой природы, прирезал с полдюжины соплеменников в рассуждении кровной мести. Ну, зазвенел кандалами по Владимирке, а после отбытия каторги — вечное поселение. Состоит при моей персоне в адъютантах. Этот народец, знаете, вернее собаки — уж коли подобный живорез **твой**...

— И как же вы сего ирокеза используете? — усмехнулся Лямпе.— С его-то талантами?

Иванихин непринужденно расхохотался:

— Экий вы, Леонид Карлович... Не пугайтесь, сугубо мирно — в качестве доверенного, а когда и драбанта*. Места наши диковаты, порой с подобною фигурою за спиной не в пример спокойнее... Ну, позвольте вам пожелать всего наилучшего? Еще раз простите за беспочвенные подозрения, не держите зла. И на старуху бывает проруха, да-с... Заглядывайте в гости без церемоний. Интересно мне, как пойдут дела в наших местах у варшавского немца. Адреса не называю, исключительно из спеси, ха! В этом городишке вам особняк Иванихина любой сопливый мальчишка покажет.

— И к нам прошу пожаловать,— торопливо поддержал Буторин.— Благовещенская улица, угол Театральной, дом Буторина под номером десятым. Костенька, заметил нас Исмаил, рукой машет...

— Ага,— кивнул Иванихин.— Как бы его только от Вячеслава Яковлевича уберечь, так и ходит вокруг него Вячеслав Яковлевич, норовит в роман вставить во всей колоритности... Всего хорошего, Леонид Карлович. В самом деле, заглядывайте, у нас попросту...

— Непременно,— пообещал Лямпе.— Я, со своей стороны, пока не могу вам дать адреса, поскольку такового не имею. Меня должен встретить приказчик, но в какой гостинице снял номер, решительно не представляю.

— Не вздумайте в «Гранд-отель». Дыра и клоповник, ничего хорошего, кроме названия. Знаете что? Езжайте-ка вы в «Старую Россию». Самое приличное заведение на сегодняшний день.— Он понизил голос, расплылся в плутовской улыбке:— И девицы, должен вам сказать, вне конкуренции — с обхождением и без дурных хворей. Между нами, маль-

---

* Д р а б а н т — старинное название телохранителя, вышло из употребления еще в конце XVIII в. и далее употреблялось лишь в ироническом смысле.

чуганами... Да вы не изображайте всей фигурою смущение — в этих делах и русский, и немец одинаково хватки... Натура требует, а?

— Не стану с вами спорить,— вежливо сказал Лямпе.— Что ж, всего наилучшего, господа...

Шагая за носильщиком в белом фартуке и с неизменной бляхой, без всякой натуги тащившим его нетяжелый чемодан, он краем глаза заметил Пантелея Жаркова. Тот целеустремленно поспешал к выходу с перрона и, хотя тоже заметил Лямпе, виду, как и следовало ожидать, не подал. Прошел, как мимо чужого — картуз, косоворотка под ремешком, сапоги начищены, пиджачок не роскошен и не обтрепан, классический фабричный мастер или кустарь себе на уме. Водочкой не увлекается, обстоятелен и скопидомист, свидетельство о благонадежности в кармане, к политике равнодушен по неразвитости фантазии и скромности запросов... «Молодец»,— мысленно одобрительно кивнул Лямпе. За версту виден о б р а з. Ни тени фальши.

Точно так же не было ни тени фальши и в поспешавшем ему навстречу Сёме Акимове. Легкая вертлявость в движениях, штучные брючки в видах моды заужены, штиблеты сияют, клетчатый пиджачок определенно легкомыслен, галстук чересчур пышен и криклив, усики напомажены, канотье с дурным шиком сбито на ухо. То ли приказчик модного магазина, то ли телеграфист с претензией на интеллигентность, то ли чиновничек низшего чина с той же претензией. Одним словом, дешевенький франтик из тех, что в столицах бродят табунами, да и в сибирских губернских городах вовсе не являются чем-то исключительным. Толковый о б р а з.

— Ваше степенство, Леонид Карлович! — воскликнул Сёма, в знак почтения приложив к шляпе набалдашник трости.— А мы уж заждались, тревогами томимы...

— Не вижу поводов для тревог,— сухо сказал Лямпе.— Насколько я могу судить, поезд, в общем, прибыл по расписанию.

— Так-то оно так, однакож...

— Сёма,— сказал Лямпе без выражения.

— Умолкаю-с, Леонид Карлович! Позвольте рапортовать: извозчик нанят, номер снят. В «Старой России», как наказывали. Т о т с а м ы й номер, четырнадцатый.

— Это хорошо,— сказал Лямпе.— Насколько я помню план города, до гостиницы с четверть часа спокойным шагом?

— Именно-с.

— Вот и пройдемся пешком, какие наши годы...— сказал Лямпе.— Насчет чемодана распорядись.

— Сию минуту! Эй, борода! — Семен двумя пальчиками придержал за рукав носильщика.— Держи на водку. Справа от вокзала — извозчик, бляха номер две тысячи тридцать пять. Отдашь баринов чемодан, пусть везет в гостиницу «Старая Россия», в четырнадцатый номер, для господина Лямпе. Господа, пусть так скажет, изволили прогуляться пешком и скоро прибудут. Усек?

— А чего ж,— сказал монументальный носильщик, косясь на франта с легоньким презрением.— Сделаем.

И удалился.

— Видели, Леонид Карлович, как глазом стриганул? — хмыкнул Акимов.— Вольный и гордый сибиряк, словно Куперов краснокожий индеец... Оценил должным образом мою легковесность и тщетные потуги играть в барина.

— Образ неплох,— согласился Лямпе вполголоса.— Вот только, друг мой, с тросточкой вы несколько перебрали...— и пощелкал пальцем по серебряной рукоятке Сёминой трости, представлявшей голую женщину в соблазнительной позе.

— Это вы зря, Леонид Карлович,— серьезно сказал Акимов.— Сие — не самодеятельность, а дополнительная деталь к образу. Именно такие набалдашники здесь в большой моде у прототипов того образа, каковой мне выпало на себя напялить. Соблаговолите посмотреть направо, видите, у ограды?

Лямпе, почти не поворачивая головы, посмотрел в ту сторону. Акимов был прав: там, опершись спинами на вычурные темно-зеленые завитушки чугунной ограды, стояли четверо молодых людей, сущие Семины копии, почти неотличимые,— и двое вертели в руках точно такие же тросточки.

— Ну, извини,— сказал Лямпе.— Хвалю за внимание к мелким деталям образа... Пантелея видел?

— Конечно. Прошествовал мимо, как тень отца Гамлета... Сюда, Леонид Карлович, направо.

— Я знаю,— сказал Лямпе.— Это Благовещенская, помню. Слежки за собой не замечал?

— Ни малейших признаков, Леонид Карлович,— тихо, серьезно сказал Акимов.— Ни единого раза.

— Где остановился?

— Как и положено по образу. В номерах «Грандотель». В пяти минутах ходьбы от вас. Ближе не удалось, «Националь» — битком, а в «Старую Россию» мне при моем образе, я рассудил, соваться как-то не с руки. Приказчики там не квартируют, я имею в виду — мне подобные.

— «Старая Россия» — и в самом деле лучшая гостиница?

— Непременно,— сказал Акимов.— Новый хозяин, Лаврентий Акинфович Олефир, два месяца назад сделал капитальный ремонт. Все присутственные места поблизости, ресторан первоклассный, оркестры играют, отдельные кабинеты и бильярдная, номера даже с ватерклозетами — от собственного водонапорного бака. Электричества, правда, нет, но тут весь город без электричества. И, между нами, Леонид Карлович, к преимуществам сей гостиницы, по достоверным сведениям, относятся еще и перворазрядные девицы. Обратите внимание на здание с зеленой кровлею. Городской театр, здешняя достопримечательность. Десять лет назад, когда сгорел деревянный, что допрежь стоял на том же месте, антрепренер, не будучи в состоянии рассчитаться с труппою...

— Застрелился,— сказал Лямпе.— Я где-то читал.

— А про то, что он и поныне является в виде привидения, не читали?

— Нет,— сказал Лямпе.— Какой вздор, Сёма... К ювелиру, надеюсь, не вздумал заглядывать?

— Обижаете, Леонид Карлович! В соответствии с инструкциями дожидался вашего приезда. Мимо проходил, конечно, но что-то не видел в магазине Штычкова...

— Ну, разберемся. В городе что-то известно о...

— Ни малейших слухов,— уверенно сказал Акимов.— Судя по всему, господин Олефир полицию умаслил изрядно. Что вполне понятно: ему ж расходы окупать надо и прибыль иметь, а если поползут разговоры, что в номере застрелился постоялец... Сами знаете, как такие сплетни влияют на репутацию. У нас, в Петербурге, подобное было бы не прискорбным фактом, а наилучшею рекламою для заведения — тут вам и репортеры, и любопытные дамочки, и прочие декаденты... Ну, а в сих патриархальных местах на жизнь смотрят степеннее. Здесь доходы господина Олефира упали бы резко. Сибирский купец суеверен, его в номер самоубийцы палкой не загонишь, да и в саму гостиницу тоже. Одним словом, тайна сохранена полнейшая. Я водил в пивную коридорного с того этажа, где четырнадцатый номер. Влил в него добрую баклагу, а разговорить все равно не удалось, как я ни искал подходцы — закрывается, что твоя устрица. Ну, а напрямую спрашивать вы мне строжайше запретили, и, как поется в опере — присягу эту я, как верный муж, исполнил...

— Ёрзаешь речью, Сёма,— досадливо сказал Лямпе.

— Простите, Леонид Карлович. Не то чтобы нервы... но, пожалуй, явственное ощущение н е п р а -в и л ь н о с т и происшедшего. Уж извините, бога ради, но у меня это самое ощущение так мурашками по коже и ползает. Извините...

— Ничего,— сказал Лямпе.— Ты, знаешь ли, подобрал удивительно точное слово, сокол Сёма... Неправильно это. То, что произошло,— и он повторил, сам не понимая, чего хочет этим достичь: — Очень удачно, Сёма. Неправильность происшедшего... Ты при оружии?

— Как было велено, Леонид Карлович. Т о в а -р и щ Лямпе.

— Что?

— А почему — нет? Как метод воздействия при необходимости?

Подумав немного, Лямпе усмехнулся:

— Считай, что я растрогался. Золотая голова. В самом деле, как вариант и метод... Вы совершенно правы, товарищ Акимов.

...Сам Лямпе, если бы все зависело от него, выбрал бы номер подешевле, в целях вполне понятной для немца и простительной таковому экономии. Но в данном случае от него ничего не зависело, приходилось идти путем Струмилина, выбравшего самые лучшие, шестирублевые апартаменты — покойный был склонен к легкому гусарству, что уж там...

Переступая порог четырнадцатого номера, он ощутил легонький холодок в груди. Чувство это смутило и раздосадовало, но он ничего не мог с собой поделать...

Чисто выбритый коридорный, судя по физиономии, продувная бестия — как и надлежит человечку на таком месте,— опустил его чемодан рядом с креслом, без нужды переставил на пару вершков* в сторону, якобы устраивая поудобнее, повел рукой:

— Это, ваше степенство, гостиная. Тут спальня, белье-с чистейшее, после предыдущего постояльца поменяли-с...

«Да уж, я думаю,— мрачно подумал Лямпе.— После т а к о г о не могли вы белье не поменять...»

— Вот здесь — ватерклозет-с, к услугам вашей милости,— курносая конопатая физиономия прямо-таки сочилась заботой и умилением.— Ванны, извиняемся, нет-с, но на первом этаже, по заказам господ постояльцев,— извольте в любое время. Заведение для самой что ни на есть чистой публики, во всех смыслах-с... Ресторация первоклассная, порою господин губернатор изволят обедать-с. Соблаговолите-с обратить ваше внимание на сей шнур. В видах необходимости соизвольте-с потянуть за оный — и я к вашим услугам.

— Учту,— сказал Лямпе.— Как зовут?

— Антуан-с.

— Да? — спросил Лямпе с интересом, подняв бровь.— А в святом крещении?

— В святом крещении-с — Прохором,— признался конопатый.— Однако в рассуждениях того-с, что для лучшего заведения в городе таковое имя звучит по-мужицки, пришлось-с...

— Понятно,— сказал Лямпе, роясь в кошельке.— Вот тебе, братец, пожалуй что, четвертак...

— Премного благодарны-с! — серебряная монетка словно не в карман упала, а растаяла в воздухе.— Осмелюсь спросить-с, ваше степенство: по казенной надобности к нам изволили прибыть или по частной?

— По торговым делам.

— Купцом быть изволите-с?

---

* В е р ш о к — 4,45 см.

— Угадал,— сказал Лямпе.

— Не сочтите за дерзость заявить-с, что выбор вы сделали удачный, ваше степенство. Места наши, заверяю-с, для торговых дел весьма, как выражаются господин Иванихин — изволили слышать? — крайне пирспиктивны, что означает...

— Я знаю.

— Мы же-с, со своей стороны, стремимся, чтобы господа купцы, на наших берегах пребывающие, ни в чем не испытывали недостатка. Вы уж, ваше степенство, любое желание выскажите-с, а мы его в лучшем виде исполним...

— Это интересно, братец,— сказал Лямпе, старательно сыграв внезапно вспыхнувший легкомысленный интерес.— Вот тебе, пожалуй что, еще четвертачок... и скажи ты мне, любезный: можно у вас время провести с некоторой... игривостью?

В ответ на его жест пальцами коридорный расплылся в хитрой, понимающей ухмылке:

— Всенепременно-с! В нашем заведении — самые что ни на есть безопасные и приятные игривости-с! Вот взять...

— Потом, братец, потом,— прервал его Лямпе.— Делу время, потехе, соответственно — час... Ступай. Когда ко мне придет мой приказчик господин Акимов...

— Знаю-с, они вам номерок и снимали...

— Вот-вот. Проводить ко мне без промедления.

— Слушаю-с! — вдохновенно воскликнул коридорный и, кланяясь, проворно выкатился из номера.

Оставшись один, Лямпе снял пиджак и, повесив его на спинку кресла, подошел к окну; упершись руками в подоконник, коснулся лбом прохладного стекла, прикрыл глаза. Снаружи доносился шум улицы, не столь уж и беспокоящий: неспешные шаги идущих по деревянным тротуарам обывателей, шум колес, мягкое шлепанье лошадиных копыт по песку.

Вздохнув, он отвернулся от окна, открыл глаза. Прошел в спальню. Остановился возле никелированной кровати с гнутыми спинками и попытался представить, в какой позе на ней лежал покойный Струмилин, когда его обнаружили — с простреленным виском, окоченевшего.

Внимательно осмотрелся — но, разумеется, не заметил ни малейших следов недавнего несчастья. Это понятно, откуда им взяться? Белье сменено, пол вымыт и подметен, номер прибран тщательнейше. Нет, но как же так, Николай Федорович, как же так? Зачем? И почему?

Это было глупо, но он все же принялся самым скрупулезнейшим образом обшаривать спальню — постель, ночной столик, гардероб,— двигаясь легко и проворно, бормоча под нос привязавшуюся считалочку, памятную с детства:

Жили-были три китайца:
Як, Як Цидрак, Як Цидрак Алицидрони.
Жили-были три китайки:
Циби, Циби Дриби, Циби Дриби Лампампони.

Ничего постороннего, ни малейшего с л е д а. Постель как постель, ящичек ночного столика пуст, как и гардероб...

Поженились — Як на Циби, Як Цидрак
на Циби Дриби,
Як Цидрак Алицидрони —
на Циби Дриби Лампампони...

Было там что-то еще или вся считалочка только из этих двух куплетов и состояла? Он уже не помнил. И, перейдя в гостиную, продолжая там подробнейший осмотр, повторял и повторял про себя незатейливый детский стишок, чтобы изгнать, заглушить мучительные воспоминания об умном, толковом, везучем и веселом человеке, совершенно внезапно для всех, его знавших, найденном с пулей в голове и пистолетом в руке.

Сёмка Акимов подыскал самые удачные слова. Это было неправильно. Это ни за что не связывалось — Струмилин и самоубийство, столь скоропалительное, ошеломляющее. Последний человек, от которого следовало подобного ожидать. Теперь Лямпе, как ему казалось, понимал всецело то странное выражение лица, с которым Александр Васильевич, не глядя ему в глаза, произнес:

— Ну что же, как выражаются цыганки-гадальщицы, предстоит вам, бриллиантовый, дальняя дорога...

И в гостиной — ничего. Никаких улик, не говоря уж о посторонних предметах, свидетельствовавших бы, что здесь кто-то жил. Глупо было и рассчитывать на другой итог поисков.

Сев в кресло — хорошее, покойное, нерасшатанное,— он выкурил папиросу. Достал со дна чемодана, из-под сорочек, тяжелый сверточек, развернул полосатый ситчик, извлек матово поблескивающий браунинг, второй номер. Звонко вогнал ладонью обойму, пару секунд поколебавшись, все же не стал загонять патрон в ствол. В конце концов, слежки нет, ничего еще толком не известно, а посему не стоит уподобляться истеричной барышне. Сохраним самообладание, товарищ Лямпе...

Досадливо хлопнув себя ладонью по лбу, воскликнул:

— Ах ты, господи!

И быстрыми шагами направился в ватерклозет. Приподнявшись на цыпочки, обеими руками снял тяжелую чугунную крышку смывного бачка, бережно поставил ее у стены, так, чтобы не упала, встал на край белоснежной клозетной чашки и, вытянув шею, заглянул в бачок.

Сердце прямо-таки застучало, когда он увидел светлую ниточку, надежно привязанную к тонкой водосливной трубке — черной, ослизлой. Осторожненько потянул двумя пальцами — и из мутноватой воды вынырнул небольшой резиновый мешочек, привязанный к другому концу... нет, не нитки, как показалось прежде, а лески из конского волоса. Резко дернув рукой, оборвал леску, спрыгнул на пол, крепко зажав добычу в руке.

Новомодное изобретение французской выделки — кондом, еще именуемый презервативом. Накрепко завязан, так что содержимое в воде промокнуть не должно...

Ощутив азартное охотничье возбуждение, Лямпе вернулся в гостиную, посмотрел находку на свет. Больше всего то, что находилось внутри, напоминало многократно сложенный лист бумаги — ну да, и буквы видны...

Торопясь, открыл перочинный ножичек, осторожно подцепил лезвием резину, вспорол. Достал бумагу, принялся осторожно разворачивать.

Бегло прочитал. Перечитал. Недоуменно пожал плечами.

Аккуратный, разборчивый почерк, несомненно, образованного человека, привыкшего к письму. Синие, ализариновые чернила. Стандартная писчая бумага, употребляется как во многих присутственных местах, так и для частных надобностей.

«В природе золото чаще всего встречается в виде зерен и песчинок, однако не столь уж редко образует и самородки значительной величины. Природное золото именуется также шлиховым. Стопроцентно чистым золото не бывает никогда, обычно оно содержит от 5 до 30 процентов серебра, меди — до 20 процентов. Как правило, вкрапленное в кварц в коренных месторождениях, при разрушении кварцевых жил золото освобождается от материнской породы, уносится водою и благодаря своему большому удельному весу отлагается в руслах рек, образуя те самые россыпи, из коих большая часть этого металла и добывается человеком.

Элементарный способ добычи золота из песков промывкою заключается в том, что наклонный желоб...»

На этом слове текст обрывался — просто-на-просто оттого, что писавший добрался до нижнего края бумажного листа. Вполне возможно, продолжил на другом, но найденный лист — единственный.

«Черт знает что»,— растерянно подумал Лямпе. Как это прикажете понимать? Все, что он только что прочел, ни в малейшей степени не содержало в себе чего-то тайного, секретного, долженствующего быть укрытым от посторонних. Прямо-таки азы — то ли из учебника для Горного института, то ли из словаря Брокгауза и Ефрона. Самые что ни на есть примитивные сведения, своеобразный букварь для профана. Зачем понадобилось это прятать столь изощренным образом, так, чтобы люди, редко сталкивавшиеся с новомодными клозетами, не догадались там поискать?

Шифр, быть может? Даже если и так, нечего и пытаться расшифровать самому: не имея особого навыка, да и подручных приспособлений тоже, немного добьешься...

В конце концов Лямпе понял, что, продолжая вертеть так и сяк этот чертов листок, он окончательно уподобится мартышке из басни Крылова, решительно неспособной догадаться об истинном предназначении очков. Со вздохом пожал плечами, тщательно свернул листок и спрятал его в бумажник. Поместил браунинг в потайном кармане пиджака, вшитом под правым рукавом, расположив пистолет стволом вверх, чтобы при необходимости в секунду можно было выхватить, зацепив пальцем скобу. Сунул в брючный карман запасную обойму, вытянул ноги и, пуская колечки дыма, стал терпеливо ждать, когда появится Акимов.

Глава третья. **Охотники и дичь**

Акимов вел его по некрашеному деревянному тротуару так уверенно, словно прожил в этом городе добрый десяток лет, а не приехал впервые позавчера. Первое время Лямпе по некоей инерции еще ломал голову над загадочной находкой, но потом перестал, прекрасно сознавая, что не продвинется таким образом ни на вершок. Шагал, ни о чем особенном не думая, помахивая в такт золотисто-коричневой палкой из испанского камыша, таившей в себе трехгранный шпажный клинок. Напрасно некоторые считают, что подобные приспособления отжили свой век, иногда такая шпага может чертовски помочь, а то и спасти жизнь, как это было во Львове...

— Леонид Карлович...

— А?

— Вот как хотите, а не верится мне, чтобы Струмилин...

— Сёма, перестань,— с сердцем сказал Лямпе.— Мы с тобой не гимназисты. Факты имеют ценность, а не домыслы при полном отсутствии информации. То же и к эмоциям относится.

— Да понимаю я...

— Вот и не томи душу. Без того тягостно.— Лямпе посмотрел на покрывавший улицу толстый слой серого песка, глушившего шум колес и стук копыт, пожал плечами.— Представляю, что здесь творится в дождь...

— Грязища непролазная,— живо подхватил Сёма, с готовностью меняя тему.— Да и в сухую погоду тут частенько гуляют ветры, так что получаются песчаные бури, право слово, не уступающие сахарским. Мне уж рассказали. Нам еще повезло, что денек безветренный. А обычно пыль так метет, что местные Шантарск давно прозвали Ветропыльском, что вполне... берегись!

Он сильно рванул Лямпе за рукав, отшвырнув к стене дома. И как нельзя более вовремя — вылетевший из-за угла рысак под грохот колес по невысокому деревянному тротуару осел на задние ноги, взметнув тучу пыли, бешено кося огромным фиолетовым глазом, захрапел, скалясь, разбрасывая пену. Шарабан лихача, решившего срезать угол прямо по пешеходным мосткам, вновь утвердился всеми четырьмя колесами в песке.

— Чтоб тебя и мать твою...— рявкнул Акимов от души. И тут же обескураженно смолк, крутя головой в некоторой растерянности.

Лямпе ухитрился во мгновение ока испытать массу самых неожиданных и разнообразнейших чувств. Он и сам с превеликим удовольствием изрек бы нечто небожественное — на волосок был от того, чтобы угодить под копыта,— но лихой ездок в шарабане оказался очаровательной девушкой, к тому же, судя по дорогому белому платью, ничего не имевшей общего с простонародьем, а потому словесное выражение эмоций решительно неуместно...

Возможно, сравнение было и банальное, но Лямпе вдруг ощутил себя, как человек, неожиданно застигнутый молнией или пулей. Один бог ведает, что творилось в бедной душе Леонида Карловича Лямпе, дворянина Гостынского уезда Варшавской губернии. Он смотрел в ее карие глаза, прекрасно сознавая, что выглядит глупо — этакий соляной столб, истукан,— но поделать ничего не мог. Дело даже не в том, что она была красива, что ее золотые волосы, растрепанные встречным ветром, легли на плечи в очаровательном беспорядке. Казалось, именно это лицо он тысячу раз видел во сне, как свою недостижимую мечту,— хотя ничего подобного и быть не могло, сплошное наваждение, солнечный удар... Она никогда не снилась прежде, они никогда прежде не виделись, но отчего тогда ледяная заноза в сердце не желает таять?

В конце концов он немного опомнился. Боковым зрением заметил, что городовой в белой гимнастерке, поначалу припустивший было в их сторону грозной, неотвратимой рысью, вдруг сбился о аллюра, даже затоптался на месте, а потом продолжил движение, но не в пример медленнее, почти что плелся, понурившись, поскучнев. Хорошо еще, зевак поблизости не случилось, с радостью констатировал Лямпе.

— Вы не пострадали, господа? — спросила она, щурясь.

Вполне возможно, она и пыталась выразить тоном раскаяние, но прозвучали эти слова скорее насмешливо.

— Благодарю за заботу,— сухо сказал Лямпе.— Ваша мастерство в управлении этим животным достойно восхищения, хотя ваша манера править, должен заметить, весьма оригинальна...

«Боже, что я несу?» — с паническим стыдом подумал он. Заноза в сердце никуда не делась, острая прохладная льдинка.

— Ну, извините, господа,— карие глаза смеялись.— Я, право же, не хотела, вы так неожиданно подвернулись...

— Вопрос, кто кому подвернулся...— пробурчал Сёма.

Рядом выразительно покашлял городовой, поднес ладонь к фуражке в светлом коломянковом чехле:

— Прошу прощенья, господа, тут имеет место быть происшествие или полное отсутствие оного?

Девушка смотрела на Лямпе с откровенной подначкой, в лукавом взгляде карих глаз так и читалось: «Ну что, ябедничать будешь?» Легонько отодвинув локтем посунувшегося было к блюстителю порядка Акимова, Лямпе веско произнес:

— Полное отсутствие оного, смею вас заверить. Не вижу нужды в вашем вмешательстве, городовой.

Страж порядка вздохнул с нескрываемым облегчением, вновь поднес к козырьку руку в белой нитяной перчатке, повернулся через левое плечо со сноровкой отслужившего действительную, вновь обретя осанистость, направился на прежнее место. Только теперь Лямпе рассмотрел на шее девушки золотое ожерелье о тремя красными камнями. Если рубины настоящие — на них, пожалуй что, можно приобрести вон тот каменный дом в два этажа, что стоит по другую сторону улицы. Кое-что начинает проясняться...

— Мне правда неловко,— сказала девушка.— Постараюсь впредь осторожнее... Всего хорошего, господа!

Она присвистнула, как заправский кучер, взмахнула вожжами, и сытый вороной обрадованно рванул с места, так, что взлетела на обе стороны сухая пыль. Городовой проворно козырнул вслед.

— Однако...— сказал Сёма.— Амазонка здешних мест... Видели камешки на лебединой шее, Леонид Карлович? Состояньице-с. Не иначе, наша юная этуаль* принадлежит к самому что ни на есть здешнему бомонду. А то и содержаночка какого-нибудь местного Топтыгина с миллионом в жилетном кармане. Ах, завидую...

— Не отвлекайся на глупости,— сухо бросил Лямпе.— Пошли, иначе не успеем ко времени.

Он и самому себе не хотел признаваться в том, что последнее Сёмино предположение вызвало в сердце настоящую бурю и жгучий протест. Эта девушка не должна быть пошлой содержанкой тол-

---

* Этуаль — звезда *(франц.)*.

стосума, не должна, и всё тут, немыслимо представить иные нехитрые картины... Но тебе-то какое дело? — попытался он трезво и рассудочно себя упрекнуть. Ты ее наверняка больше не увидишь, никогда, она вошла в твою жизнь всего на минуту, а вот ты, голову можно прозакладывать, в ее жизнь не вошел вообще, с какой стати? Надо же, впервые за несколько лет в душе что-то откровенно и недвусмысленно проснулось...

— Леонид Карлович...

— А?

— Может, мне спросить у городового, кто сия амазонка? Он ее, вне сомнений, обязан прекрасно знать...

Лямпе искренне надеялся, что его голос холоден и тверд:

— С чего бы вдруг? У нас разве нет других дел?

— Ну, пришла вдруг такая мысль...

— Пошли,— отрезал Лямпе, ускоряя шаг.

— Как прикажете,— с видом полнейшей невинности кивнул Акимов, торопясь за ним.— Мы уж и пришли, собственно, сейчас свернем за угол, пройдем по Театральному — и на месте будем...

Время от времени бдительно проверяясь на предмет возможной слежки, они прошли по коротенькому Театральному переулку, где своеобразным монументом незадачливому антрепренеру стоял новый каменный театр. Пересекли тихую Новобазарную площадь, в отсутствие ярмарок прямо-таки вымиравшую, и оказались у берега Шантары, на совсем недавно начатой застройкою Воскресенской улице.

Лямпе моментально оценил это место, как максимально удобное для их целей, то есть для потаенного наблюдения.

Впереди раскинулся обширный котлован — под фундамент для центральной силовой электрической станции, каковая должна была приблизить Шантарск к цивилизации и прогрессу. Землекопы пока что углубились лишь аршина на четыре, но работа кипела, всё напоминало трудолюбивый лесной муравейник. Десятки людей старательно и размеренно взмахивали посверкивавшими на солнце лопатами, другие возили наверх по деревянным мосткам груженные «с походом» тачки, на самом краю котлована что-то обсуждал с десятниками бородач в инженерной фуражке, тут же переминался с ноги на ногу человечек в клетчатом пиджаке, судя по большому блокноту и суетливости — газетный хроникер.

Вокруг, на некотором отдалении, толпились зеваки — общим числом не менее полусотни. В более крупных городах такая стройка вряд ли привлекла бы внимание, но здесь, надо полагать, стала для города нешуточным событием. Еще подальше прохаживался, заложив руки за спину, неизбежный при таком скоплении публики городовой, судя по понурой фигуре, объятый смертной скукой.

Они с Акимовым, таким образом, могли присоединиться к праздно глазевшим обывателям, не вызывая ни малейших подозрений. Что незамедлительно и сделали, стоя вполоборота к интересовавшей их Воскресенской.

Ближе всего к котловану располагался трактир среднего пошиба, так и поименованный на вывеске без особых затей — «Трактир Ляпунова». Из распахнутого окна доносилось граммофонное пение Веры Паниной:

Гайда, тройка! Снег пушистый...

У крыльца примостилась компания классических купеческих «молодцов» — сапоги с «набором» — массой мелких складочек, белоснежные картузы, под пиджаками вышитые косоворотки с кручеными пояски. Судя по движениям, они поочередно метали в кольцо толстый гвоздь — играли в свайку. Этой группе персонажей следовало уделить особое внимание, поскольку она была идеальным местом для внедрения вероятного наблюдателя...

Напротив трактира как раз и стоял дом, ставший целью их визита,— каменное двухэтажное здание, узкое по фасаду, но довольно протяженное в глубину, украшенное десятком ничуть не гармонировавших меж собою вывесок. Лямпе без особого труда рассмотрел нужную: «Ювелирные и поделочные работы Е. Т. Коновалова, а также чистка серебряных и мельхиоровых изделий, все по ценам вне конкуренции. Заказы исполняются под личным наблюдением».

Теперь оставалось только ждать, и они старательно ждали, притворяясь, будто всецело поглощены картиной землекопного труда. Бодренький старичок, судя по вытертому сюртуку, отставной чиновник министерства юстиции, со Станиславом на шее, очень быстро распознал в Лямпе свежего слушателя, ухватил его за рукав и восклицал с таким видом, словно и идея, и исполнение стройки принадлежали ему лично:

— Пять тысяч электрических ламп для домового освещения, сударь! И каждая по шестнадцать свечей, представляете? А ведь планируется еще полсотни ламп для освещения уличного, по тыще свечей! По тыще! Хоть иголки собирай при таком сиянии!

Лямпе поддакивал, ничуть не пытаясь освободиться от навязчивого соседа, наоборот, старичок служил великолепным прикрытием, поскольку наверняка был здесь многим известен. Он терпеливо слушал восторженные охи, время от времени вставляя: «Да-да-да!», «Прогресс несказанный!», «В самую точку, сударь!».

Акимов легонько прикоснулся к его свободному локтю.

Лямпе легонько повернул голову. По Воскресенской степенно, неторопливо шагал Пантелей Жарков — в летнем костюмчике из дешевой чесучи с цветной манишкой, при соломенном канотье. Он пересек улицу и скрылся за зелеными дверями того самого, с десятком вывесок, дома.

Начинались дела. Как бывает в таких случаях, минуты тянулись невыносимо долго, чертов старикашка зудел, как зеленая муха...

Внимание! На невысокое крылечко вышел невидный мужчина с непокрытой головой, в жилетке поверх розовой рубахи. Достав из кармана большой красный платок, трижды протер им лоб — и было в этом столь вроде бы естественном жесте нечто от механизма... Нечто наигранное. Так и держа платок в руке, юркнул назад в дом.

Они переглянулись украдкой. Длинно проскрипела, сопротивляясь тяжести противовеса, железная дверь, вышел Пантелей и столь же степенно направился в ту сторону, откуда пришел, к Театральному переулку.

Вот оно! Жарков еще не скрылся в переулке, а вслед ему двинулся один из игравших в свайку «молодцов» — прибавляя шагу, соразмеряясь с походкой Пантелея. Хорошо так пошел, грамотно, умело...

Перехватив азартный взгляд Акимова, Лямпе чуть заметно качнул головой. И оказался прав: прошло не менее тридцати секунд, прежде чем вслед тем двоим направился отделившийся от кучки зевак мужчина в канотье, с бамбуковой тросточкой. Столь же умело набрал нужный темп, скрылся в переулке...

Пора, пожалуй что. Лямпе кивнул Сёме, и они бочком-бочком отошли от праздных обывателей, к Театральному.

Пантелей Жарков шагал далеко впереди, ничто в его поведении не позволяло думать, что он догадывается о слежке, но Лямпе-то знал: Пантелей, битый волк, не мог не срисовать этих двух. Хотя вели они его, следует признать, чисто, грамотно, со сноровкой, подразумевавшей немалый опыт и хорошую школу.

Картуз двигался вслед за Пантелеем по тому же тротуару, Канотье — по другой стороне улочки, так что, если провести меж всеми тремя прямые линии, образуется воображаемый треугольник.

Жарков невозмутимо свернул на Новокузнечную — и оба прилипалы следом, выдержав надлежащую дистанцию, не раньше, чем убедились, что объект слежки не станет тем или иным способом проверяться на перекрестке. Иные, случается, попав за угол, вдруг резко разворачиваются и спешат в противоположную сторону, навстречу шпикам, что сплошь и рядом либо приводит последних в замешательство, либо вынуждает менять тактику второпях, импровизировать в ущерб делу. Впрочем, судя по поведению тех двух, эти штучки они прекрасно знали, да и Пантелей не станет прибегать к столь избитому трюку...

Как бы там ни было, за ними, отметил Лямпе, слежки нет. И на том спасибо...

Он не ощущал ни малейшего волнения — один лишь азарт. Не стоило волноваться. Такой поворот событий был ими заранее предусмотрен в числе возможных вариантов — как и четкий план действий на случай, если за Марковым потянется «хвост»...

— Сёма,— тихо сказал Лямпе, не поворачиваясь к спутнику.— Когда Пантелей их стряхнет, возьмешь молодого. Поводи, пока не проклюнется хоть что-то конкретное...

— Понял, Леонид Карлович...

Пантелей уводил преследователей в центр города, где среди многолюдства и коловерти экипажей оторваться не в пример удобнее. Правда, здешние «многолюдство» и «коловерть» имеют мало общего с суетой, скажем, на Невском, но тут уж ничего не поделаешь, придется обходиться тем, что имеется в наличии...

Они прошли мимо того места, где Лямпе едва не стоптал вылетевший из-за угла рысак с прекрасной

40

незнакомкой на вожжах. Вот только вспоминать манящее виденье не было времени, начались дела...

Язык не поворачивался назвать увиденное многолюдством, но все же широкая Благовещенская отнюдь не выглядела пустынной. Хватало на тротуарах и чистой публики, и народа поплоше, а по проезжей части не столь уж редко двигались извозчики, мужицкие телеги, частные экипажи.

Как ни бдителен был Лямпе, а все же едва не упустил момент. Посреди улицы, словно океанский пароход меж рыбацких суденышек, величественно простучал колесами экипаж, именовавшийся здесь дилижансом, заменявший шантарцам и конку, и трамвай,— длинный, запряженный тройкой лошадей, рассчитанный на два десятка пассажиров. Целых шесть таких курсировали по городу с пяти утра до девяти вечера — стараниями оборотистого крестьянина из ссыльных Валериана Вожинского и дворянина Николая Евстифеева, бывших конкурентов, а ныне, по размышлении, компаньонов.

Пантелей трусцой перебежал улицу под самыми мордами лошадей — чем, естественно, вызвал неистовую ругань кучера. Когда же дилижанс со все еще ругавшимся под нос кучером проехал мимо и взгляду открылась противоположная сторона улицы — Пантелея там уже не было, и след простыл, словно провалился сквозь землю, как призрак на театральной сцене...

Лямпе не удержал злорадной ухмылки. На осиротевшую внезапно, оставшуюся без объекта наблюдения парочку жалко было смотреть — оба глупо застыли на тротуаре, превозмогая ошеломление.

Пантелей мог юркнуть в аптеку как раз напротив. Мог скрыться под аркой магазина «Пассаж». Мог воспользоваться одним из трех промежутков меж домами. Мог опуститься по длинной лестнице, устроенной на косогоре. Как бы там ни было, дбум прилипалам ни за что не разорваться, чтобы проверить все шесть возможных путей отхода...

«Школа,— не без уважения подумал Лямпе. — Я бы так, пожалуй что, и не смог...»

Картуз с Канотье наконец-то опамятовались, кинулись на другую сторону улицы, растерянно переглядываясь, рыская, полное впечатление, как потерявшие след гончие. Наконец-то сообразили, что своим нелепым поведением могут привлечь излишнее внимание. Остановились на верхней ступеньке лестницы, быстро перебросились словами, заглянули в высокое окно аптеки, потом разделились, «молодец» кинулся меж аптекой и «Пассажом», а тот, что в канотье, пошел в параллельный проход, мимо высокой стенки из плоского дикого камня, какие здесь имелись во множестве — для защиты от пожаров, чтобы огонь не перекинулся от дома к дому.

Лямпе взглядом поторопил Сёму. Тот трусцой перебежал улицу и двинулся по следу «молодца». В общем, вся эта сцена прошла незаметно для прохожих, не привлекла внимания и не нарушила обыденно-скучного течения жизни. Никто, включая городового на углу, не обратил внимания на странные забавы людей в зрелом возрасте...

Ухмыльнувшись про себя, Лямпе фатовским жестом крутанул свою камышовую палку, повернулся и направился в другую сторону, к городскому саду, куда должен был выйти освободившийся от «хвостов» Пантелей.

Глава четвертая. Ситуация усугубляется

Лямпе вошел в сад со стороны Архиерейского переулка, не особенно торопясь, свернул вправо, высматривая беседку. Сад представлял собой остаток дикого леса, по-здешнему тайги, и потому по-

42

падались просто-таки великолепные экземпляры сосен и кедров, возносившиеся к небу на добрый десяток саженей*.

Он прошел мимо здания с вывеской «Клуб шантарского вольно-пожарного общества». Здание в некотором роде было историческим, ибо возведено семнадцать лет назад для чествования в нем обедом цесаревича Николая, ныне, как всем известно, самодержца всероссийского. Пожалуй, с тех самых пор строение и не ремонтировалось, отметил Лямпе. Как и китайская беседка, построенная еще раньше трудами тогдашнего губернатора Падалки. Защиту от солнца сооружение еще могло предоставить, но вот с комфортом и уютом обстояло значительно хуже: штукатурка почти сплошь облупилась, открывая прозаический кирпич, экзотическая некогда постройка потеряла всякий вид, скамейки внутри наполовину выломаны, а на стенах нацарапаны всевозможными подручными предметами исконно русские слова, которых не встретишь в хрестоматии Смирновского для классических гимназий. Будь Лямпе и в самом деле инородным немцем, имел бы право позлорадствовать над нерадением русского народа, но поскольку он являлся чистокровным русаком, оставалось лишь горестно вздохнуть. И усесться на наиболее сохранившуюся лавку, тщательно обмахнув ее предварительно носовым платком.

Пантелей появился минут через десять. Опустился рядом на узкую доску в чешуйках облупившейся зеленой краски, помолчал, сообщил:

— Попетлял немного, пока не убедился, что отвязались. А Сеню вы, я так понимаю, за кем-то из них отправили?

— Ага,— сказал Лямпе.— Пусть посмотрит... Хваткие ребятушки, а, Пантелей?

---

* Сажень — 2 м 13 см.

— И не говорите, Леонид Карлович. Тут и не пахнет этим самым, как его...

— Дилетантизмом,— подсказал Лямпе.

— Вот-вот. Тут им и не пахнет. Толково топотали... Они, я так понимаю, заранее были выставлены...

— Вот именно,— сказал Лямпе.— Один был поставлен у трактира, второй з а с у н у т меж зевак у котлована... Ладно, черт с ними, Пантелей, все равно мы сейчас не можем знать, п о ч е м у они там стояли и почему были за тобой пущены... Что Штычков?

— А нет Штычкова,— сказал Пантелей, уставясь в пол беседки.— Как мне объяснили, еще восемь дней назад не пришел поутру в мастерскую. И назавтра не пришел. И не пришел вовсе. Посылали к нему в меблирашки мальчишку, тот сказал, что дверь заперта и никто не откликается. А пока мне это растолковывали, второй мастер, в розовой рубахе, в жилетке, как-то очень уж ю р к о выскользнул из мастерской...

— Ну да, на крыльцо,— сказал Лямпе.— И, как я понимаю, подал знак тем двум, что есть работенка... Пантелей, тебе не кажется, что ситуация усугубляется? Штычков ведь мог и запить, как всякий мастеровой русский человек, что для запоя восемь дней? Да тьфу, плюнуть и растереть... Это мы с тобой знаем, что запить он никак не мог, а им-то откуда ведать? Но почему-то у мастерской «хвосты» поставлены, наверняка не сегодня, не в честь нашего прибытия, а гораздо раньше, и мастер проинструктирован, что следует немедленно дать знать, если кто-то начнет интересоваться Кузьмою Штычковым... А, Пантелей?

— Плохо,— сказал Жарков медленно.— Плохо с ним что-то... Если отсчитать назад те восемь дней...

Он не продолжал, видя, что Лямпе прекрасно его понял. Если отсчитать назад те восемь дней, выйдет, что Штычков не явился в мастерскую аккурат после той самой ночи, когда застрелился в «Старой России» Струмилин. А если Штычков исчез, то и Струмилин, очень может оказаться, не застрелился вовсе... Нет, рано что-то утверждать со всей определенностью. Рано. Фактов мало, одни домыслы...

— А где сам Коновалов? Его степенство хозяин?

— Оне-с в отъезде,— усмехнулся Пантелей.— Так мне сказано. С неделю уж.

— Еще интереснее...

— Это точно... Что будем делать, Леонид Карлович?

— Пойдем в меблирашки,— немного подумав, решительно сказал Лямпе.— Посмотрим, как там дела обстоят...

— А если нарвемся на полицию? Или кого другого? Нет, я не спорю, вам с горы виднее...

— Риск, безусловно, есть,— признал Лямпе.— Но что прикажешь делать? Струмилин мертв, Штычков исчез. Какие еще у нас ниточки? И где они вообще? Тот мордастый, за которым пошел Сеня? А если он Сеню приведет на самую обычную явку, где неделями не происходит ничего интересного? Нет у нас, Пантелей, ни времени, ни возможности прохлаждаться.

— Я ж не спорю, Леонид Карлович, куда мне...

— Вот и лады,— сказал Лямпе, энергично поднимаясь.— Бляха при тебе? Отлично, при необходимости к р у т н е м спектакль...

Не было нужды лишний раз освежать в памяти план города, вспоминая, где же Портновский переулок с теми самыми меблирашками,— у выхода стояли целых три извозчика, полностью подтверждавшие бесценную мысль г-жи Простаковой касаемо того, что географию при наличии извозчиков вовсе и не обязательно знать...

Меблированные комнаты коллежской регистраторши Хлыновой представляли собою длинное дощатое строение, двухэтажное и некрашеное, судя по почерневшим доскам, построенное сразу после знаменитого апрельского пожара восемьдесят первого года, едва ли не начисто уничтожившего Шантарск и нанесшего потерь на пять миллионов рублей серебром. Оно располагалось посреди обширного пыльного двора в компании трех флигельков, кухни и пары амбаров. Флигельки, в отличие от главного здания, были аккуратно выкрашены, при первом взгляде на них сразу приходило в голову, что они-то как раз и предназначены для самых денежных постояльцев. Вряд ли там поселился бы Кузьма Штычков, согласно легенде — проштрафившийся и проворовавшийся ювелирный подмастерье, отправившийся в Сибирь подальше от злых языков и столичной полиции, пока все не уляжется... Он сообщал, что живет в шестнадцатом номере, ни о каком флигеле не упоминая...

Картина была самая патриархальная — жаркая солнечная тишина, безлюдье, в пыли у забора роются куры, по здешнему обычаю помеченные пятнами краски для отличия от соседских, тут же, высунув язычишко, растянулся лохматый дворняжечий щенок, в кухне слышны ленивые разговоры и побрякиванье посуды.

Они постояли у настежь распахнутых ворот, делая пока что вид, будто вовсе и не собираются заходить, а так себе, задержались за беседою, проходя мимо. Как ни присматривался Лямпе, не было никаких признаков слежки. Наружной, имеется в виду. В доме, в любом из флигелей, в кухне — везде можно посадить хоть роту наблюдателей, и ты их ни за что снаружи не заметишь. Но делать нечего, придется...

Мимолетно прикоснувшись кончиками пальцев сквозь пиджак к браунингу, Лямпе решительно двинулся через пыльный двор, держась с уверенностью человека, которой безусловно имеет право тут хо-

46

дить, что должно быть ясно всем окружающим. Пантелей шагал правее, лицо у него, Лямпе мельком подметил, было напряженное и застывшее.

Внутренняя планировка, как и следовало ожидать, оказалась полностью лишенной архитектурных изысков. Походило то ли на конюшню, то ли на тюрьму — прямой коридор с дверями по обе стороны, последний раз подметавшийся не иначе, как во времена русско-турецкой кампании. На полу лежал толстый слой той самой серой пыли, из-за которой Шантарск и получил свое неофициальное прозвище. «Мечта Шерлока Холмса,— пришло вдруг в голову Лямпе.— Любой след отпечатается. Вот, сразу видно, что из этой двери, под номером девять, выходил кто-то в солдатских сапогах — уволенный вчистую? пожарный? обыватель, прикупивший на толкучке подержанную обувку? — а в четвертый, наоборот, прошествовал кто-то в штиблетах...»

Номера были грубо намалеваны на дверях бурой масляной краской. Стояла, в общем, тишина, только слева позвякивало стекло, а справа журчал густой храп.

Вот он, шестнадцатый, в самом конце коридора, рядом с окном,— в высоком деревянном переплете не хватало половины стеклянных квадратиков.

«Рама глухая,— машинально оценил Лямпе,— снаружи через окно в коридор не проникнешь и изнутри не выберешься... Если есть засада, они разместились и в шестнадцатом, и напротив — это азбука. Нет, постой, ну почему обязательно засада? Ничего еще не известно...»

Он был напряжен до предела — и потому, когда распахнулась дверь напротив шестнадцатого номера, моментально бросил руку под пиджак, зацепил безымянным пальцем скобу. Теперь извлечь пистолет можно одним рывком, в секунду...

Однако вместо ожидаемой засады, хмурых верзил, из двери появилась колоритная личность —

худой субъект в запыленных штучных брюках и штиблетах на босу ногу, с растрепанной шевелюрой и грозно торчащей чеховской бороденкой. Распахнутая на груди несвежая сорочка предательски обнажала худой торс, и где-то на уровне последних нижних ребер болталось пенсне, зацепившееся черным шнурочком за правое ухо.

Облегченно вздохнув, Лямпе вынул руку из-под пиджака. За спиной у него отплюнулся Пантелей. Простерши вперед руку жестом полководца из древней римской истории, встрепанный громко вопросил:

— Кво вадис, инфекция?

Пантелей вопросительно поднял бровь, глядя на Лямпе с явным недоумением.

— Ничего интересного,— объяснил ему Лямпе.— В вольном переводе с латинского языка сие означает: «Куды прешь, зараза?» — Он покачал головой: — Так-так-так-так... Латинская грамматика Ходобая, записки Цезаря о Галльской войне с предисловием Поспишиля... Или — берите выше? — он наклонился вперед, доверительно приобнял за шею встрепанного человечка, распространявшего многодневный запах сивухи.— Мы грызем гранит науки, нас грызет судьба?*

Человечек покачивался, глядя на него дикими глазами.

— В лоб бы ему...— проворчал недовольно Пантелей.

Лямпе заглянул через плечо запойного в его номер: ну так и есть, постель комом на полу, носки на подоконнике, повсюду опустошенные сосуды из-под казенной, стол завален объедками...

— В лоб, конечно, нетрудно...— раздумчиво сказал Лямпе, все еще приобнимая растрепанного за

_____

* Строчка из популярной студенческой песни того времени.

48

худую шею.— Но он же в таковом состоянии абсолютно непредсказуем, шум сделает...— и, приблизив голову, отворачивая лицо от сивушного запаха, пропел:

Gaudeamus igitur!
Juvenes dum sumus?
Post jucundam juventutem...

В мутных глазах на секунду мелькнуло что-то осмысленное, и пьяный, покачивая под носом у Лямпе указательным пальцем, довольно внятно промычал продолжение:

Post malestem senectutem,
Nos habebit humus...*

— Ну вот, мы и нашли общий язык...— чуть ли не растроганно сказал Лямпе.— Пантелей, перед нами образованный человек, ввергнутый в невзгоды извечной русской причиною...— Он полез в кошелек, медленно поводил перед глазами у растрепанного серебряным кружочком с чуточку поистершимся профилем государя императора.— Это, коллега, полтина, вам за нее дадут много-много спиритус вини, сиречь аква витае, и вы ее невозбранно вылакаете, а чуть позже приедет карета «Скорой помощи» и санитары вам помогут завязать смирительную рубашечку, но вас сия перспектива ничуть не пугает... Ступайте же, коллега, к ясной цели...

Удивительно, но растрепанный, ощутив в ладони тяжесть серебряной полтины, словно бы воспрянул, во мгновение ока прочно утвердился на ногах

---

* Будем веселы, друзья!
  Разве юность дремлет?
  После юности веселой,
  После старости тяжелой
  Нас земля приемлет *(лат.)*.
  («Гаудеамус», знаменитая студенческая песня.)

и, шаркая штиблетами, почти ровной походкой направился к выходу.

— Вот что, Пантелей, делает с интеллигентным человеком культурное обхождение и серебряная полтина,— задумчиво сказал Лямпе, поворачиваясь к двери шестнадцатого номера.— А ты, дай тебе волю, непременно в лоб...

— Мусор человеческий,— буркнул Пантелей.

— Согласен,— кивнул Лямпе.— Но зачем ему об этом напоминать? — он склонился к замочной скважине.— Справишься?

— С этим-то? — Пантелей вынул из брючного кармана тяжелую связку плоских хитрых железок, присмотрелся, выбрал подходящую и сунул ее в скважину.— Нам, казакам, нипочем, что бутылка с сургучом...

Уставясь в потолок, он легонечко поворачивал свою железку вправо-влево, лицо у него даже приобрело оттенок вдохновения. Вскоре послышался щелчок, и дверь на пару вершков отошла внутрь.

Лямпе вынул браунинг и держал его дулом вверх, готовый к неприятным неожиданностям. Жарков, молниеносно перебросив связку отмычек в левую руку, выхватил свой, и они стояли так несколько секунд, прислушиваясь к тишине в комнате.

Потом Лямпе легонечко пнул дверь, и они бесшумно прянули внутрь, разомкнулись, чтобы держать под обзором и прицелом всю небольшую комнату.

Ни единого живого существа, кроме них, там не оказалось. Ничего, лучше один раз перегнуть палку, чем расслабиться — и получить пулю...

Они спрятали пистолеты, Лямпе тихонько прикрыл дверь, накинул крючок, обозрел убогие апартаменты и присвистнул.

Здесь было не так уж много мебели и вещей, но все, что имелось, некто неизвестный ухитрился привести в жуткий беспорядок. Постельное белье сброшено на пол — причем одеяло вынуто из пододеяльника, как и подушка из наволочки, вся одежда из шкапчика выброшена, выдвинуты оба ящика колченогого стола, дешевый фибровый чемоданчик лежит на полу раскрытый поверх всего, что в нем прежде находилось. Судя по открывшейся их взорам картине, те, кто сюда вторгся без ведома хозяина — а как же иначе? — не успокоились, пока не переворошили абсолютно все.

— Леонид Карлович...— каким-то странным тоном произнес Жарков, показывая пальцем.

— Сам вижу,— сквозь зубы сказал Лямпе.

Наклонился к ящику стола, выдвинутому кем-то ранее так резко, что его задняя стенка оторвала нижнюю планку столешницы. Там преспокойно лежал блестящий браунинг, такой же, как у него. Двумя пальцами Лямпе поднял скомканный носовой платок — под ним лежала плоская картонная коробочка с патронами и две пустых запасных обоймы. Были там и деньги — парочка десятирублевых ассигнаций, несколько трешек, пятерка, серебряные рубли, мелочь...

«Плохо,— подумал Лямпе.— Совсем плохо». Полиция непременно конфисковала бы пистолет. А уголовные элементы ни за что не оставили бы так вот валяться кредитки и серебро. Здесь побывал кто-то д р у г о й, которого совершенно не интересовали новенький браунинг и деньги. Ему в первую голову был интересен с а м Кузьма Штычков. Значит, провал.

— Посмотри...— распорядился Лямпе.— Сам знаешь, что...

Пантелей принялся сноровисто шарить в разбросанных вещах. В конце концов выпрямился, развел руками:

— Нету. Леонид Карлович, это ж...

— Сам вижу,— оборвал Лямпе.

«Это провал»,— закончил он про себя. Очень хотелось бы ошибиться, но вряд ли Кузьма Штычков и поныне числится среди живых. А отсюда вытекает, что и самоубийство Струмилина можно теперь без особого внутреннего сопротивления назвать убийством.

Он взял из ящика браунинг, спрятал его в карман, кивнул Пантелею:

— Прибери деньги. Пригодятся.

Пантелей без малейшего жеманства смахнул в просторный карман и бумажки, и имеющую хождение наравне с оными серебряную монету. Они вышли в пустой коридор, старательно притворив за собой дверь.

Оказавшись во дворе, Лямпе помедлил, потом решительно кивнул Пантелею в сторону кухни, и оба двинулись туда, распугав ближайших кур, очевидно решивших, что настала их очередь угодить в ощип.

Они вошли, довольно-таки бесцеремонно. Кухня оказалась просторной и довольно чистой, чему немецкая душа Лямпе могла бы умилиться, будь у него и в самом деле немецкая душа. На плите в огромной кастрюле энергично булькало варево, по запаху мгновенно опознававшееся как мясные щи. У плиты на уродливом табурете сидела раскрасневшаяся толстуха, способная формами привести в неземное восхищение великого Рубенса. Она таращилась на кастрюлю с тем туповато-философским выражением, какое нередко у русских баб из простонародья. Мельком глянув на визитеров, она встретила их появление совершенно равнодушно, даже не озаботившись застегнуть распахнутую по-домашнему ситцевую кофточку.

В лице второй женщины, хоть и одетой столь же просто, тем не менее просматривались некоторые признаки более высокого, по сравнению с первой, умственного развития. Именно она с нотками сварливости заявила:

— С чего б это посторонним господам по чужим кухням лазать...

Посчитав это замечание чисто риторическим, Лямпе ничего не стал говорить в ответ. Он просто-напросто кивнул Пантелею, и тот, нехорошо выпятив челюсть, отчеканивая каждую букву так, словно забивал гвозди в сухую доску, проговорил:

— Сыскные агенты.

И в подтверждение продемонстрировал обеим на ладони большую серебряную бляху, старательно начищенную зубным порошком до идеального сверкания.

Судя по лицам кухарки и второй особы, сверкающая бляха произвела надлежащее действие. Лямпе усмехнулся про себя. Бляха эта, по случаю попавшая к Пантелею в руки, на самом деле была нагрудным знаком выпускника Императорской ветеринарной академии. Но вряд ли провинциальные обыватели вдавались в такие тонкости, ибо погоны, кокарды и бляхи исстари считались на Руси атрибутами грозного начальства, а их неисчислимое разнообразие могло ввести в заблуждение и кого-нибудь поумнее двух недалеких баб. Главное, там имелись императорская корона, венок из дубовых листьев и две змеи. Именно змеи чаще всего и производили на примитивные умы особенное впечатление.

— Не вы ли будете коллежская регистраторша Хлынова? — спросил Лямпе непреклонно-повелительным тоном.

Поименованная торопливо закивала:

— Она самая, Евдокия Васильевна... Что ж за напасть, господи, на бедную вдову? Кого хотите спросите, господа агенты, а нумера всегда считались приличными... Господина околоточного надзирателя взять, помощника пристава... Еще при покойнике, коллежском регистраторе...

— Вчерась только господин помощник пристава изволили курочку скушать, под смородинную...— сообщила кухарка, с лица которой философичность исчезла, а тупость осталась.

— Успокойтесь,— сказал Лямпе.— К вам, дражайшая Евдокия Васильевна, мы никаких претензий не питаем. Интересует меня один из ваших постояльцев... говоря точнее, номер шестнадцать.

— Кузьма Иваныч?

— Он самый, господин Штычков...

— А это с чего же? Самый что ни на есть тихий и приличный постоялец.— Хлынова прямо-таки хлопала глазами, как кукла-марионетка.— Ни шума от него, ни беспокойства. Профессия у человека степенная, мастер при ювелирных делах, отсюда и самое что ни на есть чинное поведение. Сколько живет, платил исправно, казенной не баловался и насчет чего другого — благопристоен...

— Полноте, я же не говорил, что и к нему у нас есть претензии,— сказал Лямпе насколько мог беззаботнее.— Зря вы так беспокоитесь, про его степенное поведение мы наслышаны. Просто... Видите ли, госпожа Хлынова, Кузьма Иваныч отчего-то несколько дней как не появляется в магазине, а поскольку мы проходили мимо по другому делу, Коновалов нас попросил заодно и справки навести...

На лице пожилой коллежской регистраторши отразилась усиленная, но нехитрая работа мысли. В конце концов она растерянно пожала плечами:

— Ну, тогда уж я ничего не пойму, господа агенты... Должны ж были Кузьма Иваныч господина Коновалова предупредить...

— О чем?

— Что с недельку будут в отъезде.

— Вам сам Кузьма Иваныч так говорил?

— Да нет,— без задержки ответила Хлынова.— Пришел от него знакомый, приличный такой на вид господин, расплатился за Кузьму Иваныча за десять дней вперед, а еще сказал, что Кузьма Иваныч уезжают в Аннинск по личным причинам, то есть, скажу вам по секрету, свататься, и с недельку там пробудет. Кто ж знал, что господин Коновалов не в курсе... Может, Кузьма Иваныч поручил кому передать, а тот и не исполнил?

— Вполне возможно,— кивнул Лямпе.— Народец у нас, согласен, сплошь и рядом без чувства ответственности. Запил, поди, мерзавец, вот и не передал ничего... А что за господин к вам приходил?

— Да кто ж его ведает, ваше благородие? — пожала плечами вдова коллежского регистратора.— Впервые и видела. Солидный такой господин, трезвый, при шляпе... Под стать Кузьме Иванычу, столь же приличный...

У Лямпе осталось впечатление, что она врала,— особенно если учесть вороватый взгляд, брошенный хозяйкой на кухарку и словно бы повелевавший той не встревать со своими замечаниями... Но переигрывать и чересчур нажимать было бы опасно, и Лямпе сказал почти что равнодушно:

— Вот, значит, в чем дело... Ну, что тут скажешь? В таком случае позвольте откланяться... Значит, с тех пор Кузьма Иваныч и не появлялся?

— Не появлялся пока. А что вы хотите? Женитьба у серьезных людей — дело ответственное.

— Ну, хорошо,— сказал Лямпе.— Я вас убедительно прошу, госпожа Хлынова, о нашем здесь появлении никому не рассказывать. Чтобы господину Коновалову не было лишних неприятностей. Начнут еще злые языки болтать, что он-де сыскных агентов как посыльных использует, до начальства дойдет...

— Не сомневайтесь, я ж не дура полная! — заверила Хлынова, прямо-таки расцветшая от осознания того факта, что визит грозных незнакомцев, во-первых, близится к концу, а во-вторых, не повлек последствий.— Промолчу, как рыба! И Нюшка промолчит... слышишь, Нюшка? А то смотри у меня!

Лямпе кивнул ей и вышел первым, краешком глаза подметив, как хозяйка попридержала за локоток Пантелея. Он появился очень быстро, ухмыляясь под нос.

— Сколько сунула? — спросил Лямпе, когда они отошли на пару шагов.

— Трешницу.

— Взял?

— А как же. Когда это нижний полицейский чин не брал, ежели суют? Не выпадать же из образа?

— Вот именно,— серьезно кивнул Лямпе.— Поскольку...

— Псс-тт! Мс-сс! Псс-ттт!

Они обернулись. Субъект, подававший эти звуки, таился за углом амбара, опасливо маня их рукой. Переглянувшись, они приблизились, тоже свернули за угол так, чтобы их нельзя было рассмотреть из кухонного окошка.

Представший их взорам человеческий индивидуум являл собою классическую ожившую иллюстрацию к рассказам модного ныне литератора Горького — тем, где речь шла о босяках, золоторотцах и прочем люмпен-элементе. Всякое случается, но в данном случае невозможно было подделать опухше-заросшую физиономию, неописуемые лохмотья и немытость босых ног.

— Итак? — спросил Лямпе.

— Господа сыскные, не дайте пропасть бывшему письмоводителю губернского по квартирному налогу присутствия...

— А точнее? — спросил Лямпе.

— Будучи в рассуждении, как подзаработать малую толику колкою дров или иной неинтеллигентной работою, приблизившись к кухне, имел случай слышать ваш разговор с Хлынихою...

— И что с того? — спросил Лямпе.

— Мог бы добавить нечто к данным вдовицею показаниям... Господа сыскные, не сомневайтесь, ежели я и беру вознаграждение, за оное всегда делаю полезные сообщения, вот хотя бы пристава Мигулю спросите... и самому господину Сажину известны-с! Не все вам Хлыниха сообщила, ох, не все...

— Вот как? — поднял бровь Лямпе.— Ну, милейший, и насколько же простираются ввысь ваши финансовые амбиции?

— Трешница! — выпалил оборванец столь быстро и решительно, что Лямпе не мог не оценить несомненной деловой хватки.

И повернулся к спутнику:

— Пантелей, выдай ему... Только учтите, милейший,— если вздумаете врать или путать...

Пантелей хмуро протянул оборванцу ту самую, полученную от вдовы трешницу, которую, судя по его огорченному виду, уже прочно почитал своей.

— Не извольте беспокоиться! — горячо заверил оборванец, вмиг упрятав ассигнацию куда-то в складки лохмотьев.— Поведаю все как есть. Я в то утро как раз добывал средства к существованию вышеупомянутой колкой дров в непосредственной близости от сего окошка, каковое по причине жаркого климата было распахнутым... В этой части вам Хлыниха не соврала. Ейный гость-с и в самом деле заплатил за номер господина Штычкова и насчет поездки в Аннинск по матримониальным делам она вам его слова передала в точности... Про одно сбрехнула: что, мол, не знает данного визитера...

— А она знала?

— Естественно-с! А был этим визитером никто иной, как Ефим Григорьич Даник...

Фамилия была Лямпе, как легко догадаться, совершенно незнакома. Но признаваться в этом не стоило — как-никак они представились з д е ш н и м и сыщиками, обязанными знать всех и вся. А судя по тону оборванца, означенный Даник был фигурой, многим здесь известной...

Молниеносно перебрав несколько вариантов, Лямпе счел за лучшее пожать плечами:

— Это который?

— То есть как, позвольте? Их что же, двое? — удивился оборванец.— Тот самый Даник, который один и есть, «Съестные припасы и бакалея Даника», Всехсвятская улица, Николаевская слобода...

— Номер дома?

— Одиннадцатый...

— Все в порядке,— сказал Лямпе.— Проверял я вас, милейший, не пытаетесь ли заправлять арапа... Без вас известно, что Даник — один и никакого другого нет вовсе...

— Господа сыскные, помилосердствуйте! — оборванец прижал руки к груди.— И господин Сажин мою скрупулезность в подавании сведений могут засвидетельствовать, и пристав Мигуля...

— Довольно,— оборвал его Лямпе.— Ну, а о чем еще умолчала вдовица?

— Про то, что Даник сверх положенной от Штычкова платы дал ей пятирублевую от себя и просил ни единой живой душе не говорить, что от Штычкова приходил именно он. Мол, и не он вовсе, а некий незнакомец... А мотивировал он это тем, что Штычков-де поехал свататься к дочке его компаньона и в том деле матримониальное так густо перемешано с торговыми интересами, в частности, предстоящим слиянием двух лавок, что раньше срока посторонние о том знать не должны...

— Что еще?

— Все, господа! Святой истинный крест!

— Ну, смотри,— сказал Лямпе грозно.— Помалкивай у меня, а то — в Туруханск загоню...

— Помилуйте, мы-с с понятием!

Лямпе небрежно кивнул ему, и они с Пантелеем направились со двора.

— Вот так,— сказал Лямпе без выражения.— Какая-никакая ниточка да появилась. Даник, съестные припасы и бакалея. Правда, неясно, при чем тут бакалея... Пантелей!

— Да, Леонид Карлович?

— Мне тут пришло в голову...— медленно сказал Лямпе, все еще колеблясь.— Может быть, я от полнейшей неизвестности усложняю там, где сложностей вовсе и не требуется, и все же... Хорошо. Ты сунулся к Коновалову, тебя там уже ждали, за тобой тут же пошли... Вроде бы завершенная картина. Но... Как ты думаешь, можно сказать, что в ней чего-то не хватало?

— Чего?

— А ты подумай, подумай.

Пантелей старательно задумался. Они шагали по тихой пыльной улочке под палящим солнцем, и у Лямпе перед глазами вновь встала прелестная незнакомка о бесценными рубинами на шее. Он даже ощутил секундное неудовольствие, когда Пантелей тихонько вскричал:

— Ага!

И тут же вернулся к делам.

— Да?

— Извозчик? — сказал Пантелей обрадованно.— Точнее, отсутствие такового? Угадал?

— Угадал,— сказал Лямпе.— Почему при них не было извозчика? Слежка была п о с т а в л е н а весьма профессионально, они не новички, это ясно... но в таком случае где-то поблизости, в пределах видимости, должен был располагаться и х н и й извозчик. На случай того, если на извозчике подъедем мы. Или вдруг остановим «ваньку». Создается впечатление, что они заранее знали: мы придем пешком. Отсюда вытекает, что им был известен пункт, из коего н е к т о двинется к Коновалову пешком. Быть может, нас раскрыли раньше, чем нам показалось...

— Или — по-другому,— сказал Пантелей.— Чихать им было на то, куда я пойду или поеду п о т о м. Нужно было четко установить, к т о придет в магазин к Коновалову...

— Остальное, мол, приложится?

— Что-то вроде того, остальное приложится — сказал Пантелей.

— А вот у Хлынихи они отчего-то наблюдение не поставили. Или поставили так, что мы при всем желании не могли его обнаружить. Ничего еще не понимаю,— сказал Лямпе, покрутив головой.— Ну что же, вполне может оказаться, что мы чрезмерно все усложняем. И не взяли они извозчика исключительно из разгильдяйства... Российского нашего. Мало фактов, мало...

— Ну так что, мне потереться вокруг Даника?

— Не стоит пока,— подумав, заключил Лямпе.— Никуда эта лавка не денется и ее хозяин — тоже. Отправляйся-ка ты на телеграф. А я немного поработаю в гостинице...

Глава пятая. **О привидениях и зеркалах**

«В природе золото чаще всего встречается в виде зерен...»

Тяжко вздохнув, Лямпе отложил загадочный листок, он давно понял, что собственные усилия бесполезны, но никак не мог остановиться.

Ясно лишь, что написано это не чиновником,— чиновничий почерк стремится к единообразию, к унификации, учено выражаясь, здесь есть свои правила, устоявшиеся еще при Николае Павловиче, которого отдельные безответственные личности именовали Палкиным. Скорее уж такой почерк подходит под неофициальное именование старообрядческого — каждая буковка отдельно, без малейшей связи с соседними, этакий старинный полуустав. Знающие люди уверяют, что подобным старообрядческим почерком пишет Максим Горький. Некоторые буквы — не Горького, разумеется, а того неизвестного, чьи «труды» сейчас штудирует Лямпе,— сугубо индивидуальны, вот взять хотя бы «д», «в» и

60

«р», да и «ж» с «ером»*,— мечены той же нестандартностью. Рано делать далеко идущие выводы, но этот почерк, пожалуй что, выделяется на фоне дюжины других точно так же, как заметен в уличной толпе особенно высокий или наделенной броской хромотой человек...

И что отсюда следует? Поди догадайся...

Сильно потерев большим и указательным пальцем ноющие от утомления глаза, Лямпе в двадцатый, наверное, раз вперился в бумагу, словно гоголевский Вий, высматривающий жертву. Вот только, в отличие от Вия, рассмотреть желаемое никак не удавалось.

Шифровальная сетка, квадрат с прорезями, который накладывают на невинно выглядящее письмо или подобный текст? Что ж, если так, без ключа прочитать ни за что не удастся. Если взять одни первые буквы каждого слова...

Нет, полнейшая бессмыслица. Первые буквы каждого предложения? Опять-таки бессмыслица. Ничего не дало и нагревание над огоньком свечи. Поневоле приходилось признать поражение. И всетаки этот листок что-то значил, не зря же Струмилин...

«Стоп»,— одернул себя Лямпе. Строго говоря, у него не было доказательств, что листок помещен в бачок именно Струмилиным, а не каким-то предшествующим постояльцем бог знает по каким своим побуждениям. Нельзя исключать, наконец, что это — ложный след, подсунутый кем-то умным и изобретательным, чтобы ты именно так и ломал голову над мнимой тайной...

Сделав над собой усилие, он, наконец, сложил листок и убрал его в бумажник. Старательно размял папиросу. Семен до сих пор не давал о себе знать, однако тревожиться раньше времени не стоило — мало ли как могли обернуться события...

___

* «Ер» — отмененная в 1917 г. буква «ѣ».

61

Итак? Не видно никаких ниточек — если не считать этого неведомого Даника, хозяина бакалейной лавки. Но не стоит пороть горячку, сломя голову бросаться его разрабатывать. Бакалейная лавка — вещь обстоятельная, серьезная, никуда она не исчезнет.

Как ни крути, как ни ломай голову, единственный доступный сейчас путь — искать здесь. В гостинице. Если это все же убийство — шансы есть. Фешенебельная гостиница в центре города — это вам не лесная чащоба и не чисто поле. Кто-то что-то видел, кто-то что-то слышал, кто-то случайно подсмотрел, кто-то был причастен...

Продумав план действий, он встал и энергично потянул свисавший слева от двери шнур, заканчивавшийся белой фарфоровой грушей. Уселся в кресло у стола, вольготно вытянув ноги, и стал ждать. Не прошло и минуты, как послышался деликатный стук.

— Войдите! — громко сказал Лямпе.

Дверь легонько отошла, в номер бесплотным духом скользнул доморощенный Антуан, он же — Прохор.

— Бонжур, Антуан,— сказал Лямпе, лениво развалившись в удобном кресле.

Не моргнув глазом, коридорный склонил голову с безукоризненным пробором и отозвался — на языке родных осин, конечно:

— Что угодно-с вашему степенству? Смею полагать-с, дела ваши в полном благополучии? Чувствую, ваше степенство-с в приятном расположении духа?

— Не угадал, милейший,— сказал Лямпе, поднялся и, заложив пальцы в проймы жилета, прошелся по комнате, старательно придавая походке некоторую нервность, заметную для любого наблюдательного собеседника.

Судя по несколько изменившемуся лицу Прохора, он относился как раз к последним. В свою очередь, изобразил должную обеспокоенность:

— Неужели-с неприятности, ваше степенство?

— Как сказать...— протянул Лямпе.— Послушай, Про... пардон, Антуан... Веришь ли ты в привидения?

— Простите-с?

— При-ви-де-ния, братец,— раздельно и внятно повторил Лямпе.— Привидения, призраки... Которые являются. Понимаешь, о чем я?

— Шутить изволите-с, ваше степенство?

— Я тебя серьезно спрашиваю,— сказал Лямпе, прибавив в голос барского металла.— Ты в привидения веришь, Антуан?

Коридорный ненадолго задумался:

— Как сказать-с, ваше степенство... С одной стороны, ежели-с следовать прогрессу, получается сплошное суеверие необразованного элемента, однако-с, ежели вспомнить о сложностях бытия и народной мудрости, следует-с признать, что всякое случается... Разное говорят-с...

— Да ты, братец, чистый дипломат,— с усмешкой сказал Лямпе.— Ишь, как извернулся...

— Обхождение понимаем-с...

— Ну, а все-таки?

Коридорный откровенно маялся, не в силах пока понять, куда господин постоялец клонит и чего добивается.

— Самому-с наблюдать не доводилось, да ведь всякое бывает... По Библии, царю Саулу было видение призрака...

— Ну, а в вашей гостинице не... является?

— Что-с?

С умыслом полуотвернувшись, Лямпе заговорил с той же расстановкой:

— Видишь ли, не далее как четверть часа назад я имел сомнительное удовольствие наблюдать самое настоящее явление призрака. Вот в этом самом зеркале. Подошел к нему повязать галстук — и вдруг вижу в глубине, помимо моего собственного отражения, еще и совершенно незнакомого человека, словно бы стоящего поодаль, за спиной у меня, у двери. В форменном чиновничьем сюртуке с петлицами — вот только не успел разобрать, с какими. Пожалуй что, будет повыше меня ростом, волосы темные, усы и бородка довольно аккуратно подстрижены, хотя прическа его была в совершеннейшем беспорядке. Стоит этот человек и смотрит на меня не отрываясь. Что-то мне в нем почудилось неправильное, и я не сразу понял, что же. Потом только рассмотрел: вот тут,— он коснулся средним пальцем собственного виска,— словно бы дырка от пули и кровь от нее по щеке. А в руке у него — пистолетик, небольшой такой, блестящий, никелированный. И бледен, как стена. Стоит, не шевелится, уставился на меня так, что спину морозом ожгло...

Лямпе применил старый, но эффективный прием — отвернувшись, наблюдал за собеседником в зеркало, так, чтобы это осталось для Антуана-Прохора незаметным.

Челюсть у коридорного форменным образом отвалилась, он оцепенел от ужаса. «Клюнула рыбка, клюнула!» — ликующе возопил про себя Лямпе и, стоя в прежней позе, безжалостно продолжал:

— И тут-то я понял по его виду, что это — несомненный мертвец. Я так полагаю, из самоубийц, все о том говорит — пистолет в руке, пулевое ранение, кровь на лице... Уж не случилось ли тут чего, Антуан?

Он медленно стал поворачиваться. Следовало отдать должное самообладанию Прохора — он взял себя в руки гораздо быстрее, чем представлялось поначалу. Когда они оказались лицом к лицу, коридорный вновь стал услужливым, расторопным лакеем, без малейших следов только что пережитого ужаса. Разве что улыбка стала чуточку натянутой:

— Что вы такое говорите, ваше степенство? Померещилось-с...

— Говорю тебе, я его отчетливо рассмотрел,— сказал Лямпе, уже не сводя с него пытливого взгляда.— Выглядел он в точности так, как я описал. Чиновник. Не старый, немногим меня старше. С темными волосами, рослый. Пистолетик блестящий такой, на первое впечатление, из иностранных...

— Поблазнилось-с, ваше степенство,— прилагая героические усилия, чтобы держать себя в руках, ответил коридорный.— Чтобы в нашей да гостинице-с... Никоим образом невозможно. Было дело, стрелялся антрепренер, и даже до смерти, но тому уж десять лет минуло, да и произошла эта печальная неприятность вовсе даже не в нашей гостинице, а в театре...

— Ну, а кто здесь жил до меня?

— До вашего степенства-с? — лихорадочно соображал Прохор.— А это... Особа духовного звания, отец протоиерей, проездом из Томска-с в Иркутск, изволил переночевать и благополучно выехал... ну, а прежде отца протоиерея десять дней-с изволили проживать господин горный инженер, только они не темноволосые, а наоборот, белы волосом, русы то есть...

— Но я же видел отчетливо...

— Померещилось, ваше степенство-с! — прижал Прохор ладони к груди.— В жару мало ли что может померещиться. Вот был у нас случай с купцом первой гильдии Фролом...

— Может, и в самом деле померещилось? — потер Лямпе лоб, словно размышляя вслух.— Но ведь до чего четко и явственно... Как на фотографической карточке...

— Эх, ваше степенство! — ухмыльнулся Прохор уже совершенно спокойно.— В «Ниве» вон писали, что в аравийских пустынях по причине жаркой погоды случаются видения аж целых городов или там караванов с погонщиками... Вошли вы с жары в полутемную прохладу — вот и произошел-с обман зрения... Вроде бы для такого имеется-с научное наименование, но я его по недостатку ученого образования и не выговорю, хотя читал где-то... Истинно-с вам говорю, от жары померещилось!

Он был сама убедительность, так что Лямпе на миг даже стало неловко.

— Ну, пожалуй что...— протянул он раздумчиво.— Убедил ты меня, Антуан... Жара, действительно...— он вновь сел, вытянул ноги и улыбнулся крайне легкомысленно.— Ну и бог с ним, с видением... Давай-ка мы лучше поговорим о вещах насквозь земных, более того, тех, что приятнее привидений... Ты мне, помнится, говорил, что в случае такой надобности поможешь с приятным и безопасным времяпрепровождением...— и, не оставляя никаких неясностей, провел пальцем в воздухе линию, напоминавшую женскую фигуру.

Антуан-Прохор облегченно вздохнул:

— Ну, это другое дело-с, а то привидение какое-то выдумали... С полным нашим усердием. Конечно, лучше бы подождать до вечерней поры...

— Голубчик,— сказал Лямпе капризно.— Барин развлекаться желают. Понятно тебе, вибрион? А сие означает — незамедлительно. Если барин желают.— Он сунул два пальца в жилетный карман и тут же вынул, поигрывая зажатой меж ними сложенной трешницей.— Можешь ты мне предоставить в самые что ни на есть кратчайшие сроки самое что ни на есть зефирическое создание?

— Простите-с, ваше степенство, по необразованности не могу проникнуться, что это за зефирическое за такое,— деловым тоном сказал коридорный.— Однакож в кратчайшие-с, как вы изволите желать, сроки доставим в лучшем виде чрезвычайно приятную барышню. В смысле здоровья-с не извольте беспокоиться, наши барышни чистенькие. Позвольте-с поинтересоваться, попышнее предпочитаете?

— Да как тебе сказать...— столь же деловым тоном сказал Лямпе.— Не толстушку и не худышку... В пропорцию, соображаешь?

— Так точно-с! — заверил коридорный.— Насчет пропорции — это очень понятно-с! Не впервые слышим-с!

— И вот что еще, голубчик...— совсем спокойно, лениво сказал Лямпе.— Ты мне, во-первых, спроворь такую, чтобы постоянно здесь... бывала. Местом своим, если можно так выразиться, дорожила. И репутацией. А то попадется какая-нибудь случайная вертихвостка, ищи-свищи потом часов с бумажником...

— Не извольте беспокоиться-с, и это предусмотрено! Ясное дело, из постоянных, чтобы в случае чего спрос был!

— Во-вторых,— сказал Лямпе.— Ты мне подбери такую... чтобы была не полная дура. Чтобы с ней можно было приятно и, я бы сказал, умственно побеседовать. Времени у меня, мон шер ами Антуан, много, девать его некуда, ради скоротания скуки и поболтать хочется...

— Учтено-с! Подберем подходящую для умственной беседы... Я так понимаю, прикажете в номер вина, фруктов и прочего... сопутствующего?

— Ну разумеется, голубчик,— кивнул Лямпе, протягивая ему трешницу.— Только ты не больно-то роскошествуй, я, как-никак, немец, а следовательно бережлив, да и, потом, я ж не архиерея принимать собираюсь, так что стол накрой без боярских выкрутасов... Уяснил?

— Все будет спроворено-с в лучшем виде! — вдохновенно заверил коридорный и, отпущенный легоньким мановением руки, скользнул к двери совершенно бесшумно.

Лямпе смотрел ему вслед так, словно из винтовки целился. Были основания легонько себя похвалить — план удался блестяще. Сейчас можно было со всей уверенностью сказать: Антуан-Прохор з н а л о том, что прежний постоялец был найден здесь с пулей в голове и пистолетом в руке. А это уже кое-что. Это, господа, и есть пресловутая печка, от которой следует танцевать. Порой бывает невероятно трудно определить местонахождение означенной печки, а ведь без этого и танец не танец...

«Поработаем»,— подумал он со спокойной, веселой яростью. Не в чащобе и не в пустыне, господа хорошие, имеем честь пребывать. Поработаем...

Глава шестая. **Мадемуазель и ревенант***

Воспользовавшись свободным временем, Лямпе сделал то, что могло подождать до сего момента,— достал из жилетного кармана небольшую мельхиоровую зубочистку и распахнул дверцы гардероба.

Старательно, привычно измерил зубочисткой три отрезка — от задней стенки до чемодана, от передней и боковой до него же. Удовлетворенно хмыкнул. Ни один промер не совпадал с теми, первоначальными, которые он сделал, когда поставил сюда чемодан. Ошибки были пустяковые, в общем-то, от половины до трети вершка, те, кто аккуратненько вынимал его чемодан из гардероба — зачем же, кроме как ознакомиться с содержимым? — были не новички в своем ремесле, но п о л ь н о й скрупулезности не соблюли. Что ж, бог им

_____

* Р е в е н а н т — призрак, привидение *(франц.).*

судья. В чемодане не было ничего подозрительного или недозволенного, содержимое полностью соответствовало образу торгового немца среднего достатка, даже лютеранская Библия на немецком языке имелась. Кастет он сразу же переложил в карман, когда уходил.

Что ж, теперь никаких недомолвок не осталось, а это уже кое-что да значит... Крохотный обрывок черной нитки, умело приспособленный им на рукав второго костюма, исчез — ну как же, и висящую в гардеробе одежду перетряхнули...

Тем временем в номер деликатно проскользнул официант. Лямпе констатировал, что Прохор-Антуан не стал зарываться, в точности выполнив приказ: обильность подноса не переходит в гусарство, «бургундское», разумеется, без особых затей изготовлено где-нибудь на Кубани, но все же получше того пойла, которым бесхитростный Карандышев пытался напоить сановных гостей. «Положительно, лучше,— подумал Лямпе, понюхав горлышко раскупоренной бутылки.— Хотя, господа, с амброзией имеет мало общего...»

Для пущей фривольности он сбросил жилет, налил себе бокал и удобно устроился в кресле. В дверь вежливо царапнулись, и он откликнулся:

— Прошу!

Непринужденно впорхнувшее создание женского пола, быть может, и не способно было вдохновить на написание изысканных сонетов, однако, если смотреть на вещи прагматически, девица была достаточно молодая, смазливенькая и вполне свежая на вид, без вульгарной потасканности. Этакий темноволосый бесенок, надо полагать, по мнению Антуана, как раз и способный умаслить немецкое сердце.

Лямпе выжидательно поглядывал. Она без церемоний уселась на краешек стола, показав стройные щиколотки, очаровательно улыбнулась:

— Господин, угостите папироскою!

Лямпе поморщился так, что это не могло остаться незамеченным. Девица проворно спрыгнула со стола, уселась в соседнее кресло и с показным смирением сложила руки на коленях. Вскинула на него живые карие глаза:

— Впросак попала? Некоторым господам нравится, когда с ними с самого начала со всей непринужденностью...

— Я, душенька моя, немец,— сказал Лямпе весело.— Моей немецкой душе дурно становится, когда вижу, что на столе сидят. На столе не сидят, за ним трапезничают...

— И только?

— И только,— сказал Лямпе.

— Скука какая... А у наших господ на столе еще и частенько пляшут... Девицы, то есть.

— Это, должно быть, неуютно?

— Пожалуй что,— охотно согласилась кареглазая.— Особенно бывает неуютно, когда босиком: то в тарелку наступишь, то на вилку пяткой напорешься... Дайте все же папиросочку? Вы, я вижу, курите, вон окурки в пепельнице...

Лямпе раскрыл портсигар и поднес ей спичку. Девушка умело затянулась, разглядывая его столь же пытливо,— прикидывала, ясное дело, чего ей следует ожидать в смыслах плохого и хорошего.

— Ты уж сама за собой поухаживай,— сказал Лямпе.— Бери и наливай, что на тебя смотрит.

Она сноровисто осушила полный бокал «бургундского», вместо закуски глубоко затянулась и, совсем освоившись, протянула:

— Вы, стало быть, ваше степенство, из немцев...

— Ну и что? — сказал Лямпе.— Немец — такой же мужчина, ничуть не особенный...

— Правдочка ваша. Насчет этого все вы, господа, одинаковы, каких бы ни были кровей...— она послала Лямпе озорной взгляд.— А касаемо немцев — есть свои удобства. Бородой щекотать не будете, немецкие господа всегда бритые, вот и вас взять... Вас как по именам-отчествам?

— Леонид Карлович. А тебя?

— Анечка,— сказала она кокетливо.

— Анюта, значит,— сказал Лямпе.— Хорошее русское имя — Анюта. Я тебе нравлюсь?

— Посмотрим, ваше степенство, Леонид Карлович. Если бедную девушку обижать не будете...

— Насчет этого можешь быть спокойна,— сказал Лямпе.— Не обижу. Что немедленно и докажу...

Он вынул бумажник, одну за другой выложил на стол пять пятирублевок, придвинул к ней:

— Можешь сразу прятать в ридикюльчик, краса моя...

Последовать его совету Анюта не торопилась. Уставилась на Лямпе живыми глазами умного и хитрого молодого зверька, прошедшего в лесу неплохую науку выживания. Коснувшись верхней бумажки указательным пальчиком, украшенным колечком дутого золота, настороженно спросила:

— Что, сразу? Все мое?

— Сразу,— кивнул Лямпе.

Девушка насторожилась еще больше:

— А можно узнать, с какой такой радости? Может вы, Леонид Карлович, из таких господ, которые... Вам что, чего-то такого особенного подавай?

— Ты, Анюта, я вижу, весьма даже не дура? — усмехнулся Лямпе, наливая себе и ей.

— Жизнь научит калачи есть...

— Успокойся,— сказал Лямпе, подавая ей бокал.— Угадала, краса моя, мне от тебя и в самом деле нужно кое-что особенное, но отнюдь не в пошлом смысле, а в самом что ни на есть деловом... Давно ты... при гостинице?

— Года полтора,— настороженность из глаз не пропадала.

— Значит, говоря по-простецки, знаешь все ходы-выходы: как эта коммерция проистекает, кто ее двигает и каким образом...

— А вы не из полиции будете?

— Неужели похоже? — ухмыльнулся Лямпе.

— Не особенно. Господа сыщики — если они, конечно, по службе, а не по личной надобности — главным образом грохают кулаком по столу и стращают словесами. А чтобы деньги вот так выкладывать — за ними не водится...

— Вот именно,— сказал Лямпе, пригубив из своего бокала.— Хорошо, Анюта, поговорим в открытую. Я и в самом деле по торговой части, но интересы у меня, знаешь ли, весьма разносторонние. Знаешь, в чем главное проворство торгового человека? Усмотреть, какого товара на рынке мало или нет вовсе,— и, понятное дело, тут же самому озаботиться продажею... У меня, красавица, в России по разным городам восемь домов... поняла? — он изобразил пальцами в воздухе нечто игривое.— Поняла, умница... И вот в один прекрасный день заинтересовался я вашим богоспасаемым городом — и обнаружил, что здесь, уж прости, имеет место быть форменная дикость. Домов в вашем Шантарске нет ни единого, верно? А вести дела так, как их здесь ведет ваш Прохор, он же Антуан, и дюжина ему подобных, коих я не видел, но заранее могу себе представить,— с точки зрения толкового человека и есть сущая дикость... Во всем нужен порядок — и налаженные предприятия. Чем я и намерен вплотную заняться. Все поняла?

Она закивала. Судя по умным глазенкам, на смену настороженности пришел жгучий интерес.

— Одним словом, я намерен вкладывать сюда капиталы,— сказал Лямпе.— Но поскольку в вашем городе человек я новый, мне позарез необходим кто-то, кто меня введет в курс дела. И, скажу тебе без всякого обмана, человек такой очень быстро может стать моей правой рукой. По глазам вижу, соображаешь...

— А почему я? — поинтересовалась она с примечательной смесью опасений и надежды.

— Да потому, что ты первая мне попалась на глаза,— сказал Лямпе веско и убедительно.— И, что главное, ты, по-моему, неглупая. Будь на твоем месте, Анюта, какая-нибудь Даша или Катя и реши я, что в голове у нее отнюдь не солома,— ей бы денежки и достались. Мне, понимаешь ли, нет особой разницы, кого брать в помощницы. Были бы у нее мозги и жизненное проворство... Или тебе такое предложение не по вкусу?

— Да что вы такое говорите! — энергично воскликнула Анюта.— Наоборот, Леонид Карлович, мне такое очень даже по вкусу...— и она торопливо убрала деньги в бисерный ридикюльчик.

По ее лицу Лямпе видел, что наживка проглочена. В самом деле, гораздо прибыльнее и приятнее быть чем-то вроде домоправительницы в «веселом доме», нежели одной из девиц...

— Я так понимаю, мы договорились? — спросил Лямпе.

— С полным нашим удовольствием!

— Прекрасно,— сказал он.— Ну, тогда слушай внимательно, Анюта, и постарайся себя показать с лучшей стороны... Как вести дело, как ладить о властями и с полицией, меня учить не нужно, сама понимаешь. Но чтобы мне здесь у вас, так сказать, укорениться, нужно знать во всех подробностях, как обстоят в вашем Шантарске дела... Начнем просто-ты ради с этой самой гостиницы — поскольку, я так подозреваю, во всех остальных постановка дела немногим отличается?

— Правильно подозреваете, Леонид Карлович,— откликнулась Анюта с неведомо откуда появившейся у нее степенностью.— Везде, если подумать, одинаково. Разница в том только, что в одном месте девицы получше, а в другом — поплоше.

— Ну, на тебя глядя, и не подумаешь насчет «поплоше»,— улыбнулся ей Лямпе, прекрасно помнивший, что путь к сердцу женщины лежит через ее уши.— Анюточка, радость моя, ты глазками-то не играй, начинаем обсуждать серьезные вещи... Значит, как у нас в этой самой гостинице поставлено дело? Клиент загорелся потребностью общения с девицей... И на сцене появляется наш Прохор?

— Не совсем, Леонид Карлович,— серьезно сказала Анюта.— Прошка, да и Северьян с Алексеем — это тоже коридорные,— они главным образом на подхвате. Своего рода приказчики. А хозяин сего... промысла, выражаясь купеческими словами,— Ваня Тутушкин. Который тут, в гостинице, арендует бильярдную. Он, Ваня Тутушкин, и есть на манер хозяина или распорядителя, а уж коридорные у него на подхвате. Постоялец, как вы говорите, загорелся потребностью общения, и обращается он в первую очередь к коридорному, но все они сей же час бегут к Ване. Поскольку Ваня и нанимает девиц на работу, и ведет всякий учет, и улаживает с полицией разные там шероховатости... одним словом, полный хозяин, понимаете? А коридорные у него на проценте. В прочих гостиницах в точности так обстоит, только там, понятно, не Ваня Тутушкин, а кто-то еще, и...

— Я прекрасно понял,— сказал Лямпе.— Говорю же, дело знакомое. Молодцом, Анюта, я уже вижу, что деньги выложил не зря. Понял уже, что начинать надо с Вани Тутушкина... Ты меня с ним сведи.

— Ой, Леонид Карлович...— вздохнула она с непритворным огорчением.— Я бы и рада, только Ваня уж с неделю как тут не появлялся. Никто не знает, что с ним такое. Вроде и не запойный, сроду

74

с ним такого не случалось, а вот поди ж ты — как сквозь землю провалился...

Лямпе насторожился, но виду не подал, конечно. Он пробыл в Шантарске всего несколько часов, но уже успел подметить весьма устойчивую тенденцию — люди, тем или иным образом причастные к делу, приобрели скверную привычку бесследно пропадать...

— Как растаял,— продолжала Анюта деловито.— Коридорные, ясно, рады-радешеньки — все, что Ване Тутушкину причиталось, им в карманы капает. Если девиц взять, им, в общем, без особой разницы,— но все равно, без Вани нет того порядка. Без хозяина, говорят, и дом сирота. Ваня, тот и проследит, чтобы все было чинно-благородно, и с полицией уладит, а Прошка с Алешкой не имеют ни того весу, ни авантажности... Верно вы говорите, нужен настоящий хозяин.

— Может, поискать Ваню? — спросил Лямпе безразличным тоном.— Где он проживает?

— Где-то в Ольховке, я точно и не знаю...

— А Прохор, к примеру, знает?

— Должен знать,— уверенно сказала Анюта.— Они у Вани дома, бывало, выпивали. Должен знать. Вы у него поинтересуйтесь. Только...— она заторопилась,— только не вздумайте, Леонид Карлович, его на должность брать, очень уж легкомысленный человечишка, и вороват, чтоб вы знали...

— Не беспокойся,— усмехнулся Лямпе.— Я ж немец, слов на ветер не бросаю. Если договорились, что ты у меня будешь правой рукой, с уговора уже не сойдем, Анюта... а по отчеству?

— Степановна.

— Сговорено, Анна Степановна... По бокальчику? — тоном заправского волокиты предложил Лямпе.— Итак... Расскажи мне про девиц. Их тут... определенный круг?

— Простите?

— Ну, есть какое-то число постоянных или берут со стороны?

— Со стороны — никак невозможно,— рассудительно пояснила Анюта.— Не знаю, как у вас в России, а здесь, в приличной гостинице, абы кого к клиенту-то и не пошлешь. Нужно к человеку присмотреться, чтобы потом неприятностей не вышло,— болезни там или пропажи чего ценного... Я сама сюда поступала по большой протекции, было кому словечко замолвить, а как вы думали? Всего девиц...— она наморщила лоб.— Глаша... Надя... одиннадцать. Это — не считая благородных.

— Кого? — искренне не понял Лямпе.

— Неужели у вас в России такого нету? — удивилась Анюта.— Как бы вам объяснить, Леонид Карлович... Ну вот мы, девицы, только этим и зарабатываем. А есть еще и благородные. Вовсе даже из приличной семьи, кто и замужем, и за очень даже солидными господами,— она наморщила носик.— Только, выражаясь простонародно, бес их свербит. Любовника завести опасно для репутации, город наш не столь и великий, а в кровати с посторонним мужичком побаловать хочется. Вот и крутят... с проезжающими. Кто, чего скрывать, и деньги берет, а кто — из чистого удовольствия. И этаких вот, благородных, с дюжинку наберется. Мы, девицы, с ними не знаемся — поскольку им такое невместно.— Анюта зло фыркнула.— Мы, изволите ли видеть, Леонид Карлович, проститутки, а оне — из барской прихоти. Взять меня лично, не пойму, в чем тут разница, но нами они брезгуют. Проскользнет такая под вуалькою — и шито-крыто...

— А устраивает дела опять же Ваня Тутушкин?

— Он, конечно. Ваня — человек тороватый и обхождение знает. Кое-кто из них и с ним, чтоб вы знали...— на сей раз в ее голосе была не неприязнь, а, скорее, зависть.— Ванюша, даром что из мещан, а держаться в обществе умеет... Ну, а если рассуждать согласно нашей с вами коммерции, Леонид Карлович, то вам, конечно, нужно будет и этих благородных брать под свое крылышко. Во-первых, от них тоже есть приличный доход. Господа за «приличную» порой платят не в пример дороже... хоть и не пойму, в чем уж такое отличие,— прищурилась она мстительно,— чего они такое умеют, что мы не умеем? А во-вторых, Ваня с их помощью обделывает всякие разные дела. Ну, сами, наверное, понимаете? О том попросить, то уладить... Вообще-то, им можно и справедливость воздать — из-за них и полиция меньше шастает, тоже знает, что к чему, да помалкивает.— Она оглянулась на дверь, понизила голос.— Вот взять хотя бы женушку господина судебного следователя Аргамакова, госпожу надворную советницу... Да-с, Леонид Карлович! Ба-альшие деньги красотка гребет с богатых господ — по большому выбору да при великой тайне... И не одна она, я вам такое порассказать могу, глаза у нас имеются и уши тоже, как ни хоронись, а от своих не скроешь... Вот еще из-за чего коридорные и бесятся — им к благородным ходу нет, все шло через Ванюшу, а поскольку он неделю в отсутствии, дела, соответственно, встали...— она допила бокал.— И даже гимназистки есть, между прочим. Имеются любители среди господ...

— Анюта, да ты, я вижу, сущий клад,— чуть ли не растроганно сказал Лямпе.— Что бы я без тебя делал?

— Я такая,— стрельнула она глазами.— Вы, Леонид Карлович, очень даже правильно выбор на мне остановили. Судьба, не иначе. Так мне и бабка говорила — будет тебе, Анька, через твое востроумие богатый интерес... Вы меня только не обманите, ладно? Я вам выкладываю все...

— Немец не обманет,— заверил Лямпе.

— Да знаю я. Тем и приятно — что с немцем во главе. Уж не сочтите, что подлизываюсь, но с немцем дела пойдут. Наслышаны-с, немец — господин дельный, без разгильдяйства... Что вам еще рассказать, Леонид Карлович?

— Дай подумать,— протянул Лямпе, старательно притворяясь, что раздумывает.— Вообще-то, для общего ознакомления достаточно, тут надо не разговаривать, а искать твоего Ваню Тутушкина...— он мысленно строил словесную конструкцию, не вызывающую ни малейших подозрений, этакий мостик к интересовавшей его цели.— А Ваня Тутушкин, судя по твоим словам, исчез, как привидение... Вот, кстати, о привидениях...— он размашистыми движениями налил Анюте, потом себе, жадно выпил, притворяясь, будто пьян гораздо более, чем оно было на самом деле.— Анечка, ты в привидения веришь?

— Я сама не видела, и слава богу. Люди говорят, бывает...

— Еще как,— кивнул Лямпе. Склонился к ней и серьезно сказал: — Я вот тоже сначала не верил, насмехался и сомневался. Пока не узрел привидение своими глазами. В этом вот номере.

Как он и ожидал, Анюта фыркнула:

— Ой, да что вы такое говорите!

Наклонившись к ней еще ниже, доверительно взяв за локоток, Лямпе принялся рассказывать ту самую историю, что часом ранее преподнес Антуану-Прохору: как ему, трезвому и пребывавшему в полном умственном здравии, вдруг привиделся в зеркале — всего-то полтора часа назад, средь бела дня! — незнакомец в чиновничьем сюртуке с петлицами, с блестящим пистолетиком в руке, смертельно бледный, с простреленным виском...

Он говорил насколько мог убедительно, описывая внешность Струмилина возможно более точно. И не пропустил момента, когда личико Анюты, поначалу недоверчивое, насмешливое, вдруг изменилось р е з к о. Карие глаза покруглели, умело накрашенный ротик приоткрылся. Девушку прямо-таки затрясло, она покосилась на вышеупомянутое зеркало, игравшее центральную роль во всей этой истории, шумно передвинула кресло так, чтобы оказаться к нему спиной. Похоже было, нехитрая операция под названием «Мадемуазель и ревенант» увенчалась успехом...

— Вот такие дела,— сказал Лямпе, притворяясь, будто не видит, немчура бесчувственная, ее откровенного испуга.— На Библии могу поклясться: в и-дел. Как тебя сейчас, и не был пьян, уж точно.

— Это о н, наверное, и есть...— почти прошептала Анюта, боязливо таращась на него снизу вверх.

— Кто? — притворяясь безразличным, спросил Лямпе.

Она замялась, но вскоре отважилась:

— Не следовало бы говорить, да мы же с вами теперь, Леонид Карлович, д е л о м повязаны... В этом самом номере дней девять назад чиновник застрелился от несчастной любви. Я его допрежь того видела дважды, и выглядел он, в точности как вы описали,— высокий, красивый, темный волосом и бородкой... Полиция об этом настрого запретила поминать — хозяину, сами понимаете, такое ни к чему, иных господ может и отпугнуть, вот он, надо полагать, и сунул кому надо, чтобы постращали... Только мы-то знаем, среди с в о и х слух прошел, Прошка под великим секретом проболтался Северьяну, Северьян спьяну рассказал Наденьке, а она уж понесла дальше, хоть и с оглядочкой...

— Интересно,— сказал Лямпе.— А почему ты так уверена, что — от любви, да еще несчастной? Может, он казенные деньги спустил шулерам?

— Ой, Леонид Карлович, какой вы, право...— грустно сказала подвыпившая Анюта.— Нету в вас романтичного, уж простите... Как же не от несчастной любви, когда о н а к нему каждую ночь шмыгала? Услужающие — они всё видят...

— Кто шмыгал? — спросил Лямпе, всем своим видом выказывая крайнее недоверие, основанное на полном отрицании романтики.

— А вот о н а. Из-за которой, соответственно... Один раз я ее сама видела, когда... выходила от господина. Стройненькая, под вуалькой, а из-под вуальки волосы на плечи падают — роскошные, золотистые... П о т о м уж, когда того чиновника... унесли, мы с Наденькой и Прошкой сидели в портерной. И Прошка божился, что о н а к покойному пять дней подряд ходила. Как только стемнеет — так и жди, сейчас по коридору проплывет, что королева...

— Королева...— фыркнул Лямпе.— Может, это просто-напросто была очередная дамочка из этих ваших, из б л а г о р о д н ы х...

— Я поначалу тоже так думала,— рассудительно оказала Анюта.— Только будь она из б л а г о р о д н ы х, непременно шла бы с Ваней Тутушкиным. Такое у него железное правило. Нас, девиц, самих к господам посылают, а что до б л а г о р о д н ы х — с ними в виде сопровождения был непременно Ваня. Так заведено, по-благородному, благопристойности ради. Ваня — он ведь как бы барин, солидный человек, бильярдную держит для лучшей публики в лучшей гостинице. Понимаете, Леонид Карлович? Не девица это вовсе в номер к господину идет, а солидный человек, Иван Федулыч Тутушкин со знакомой дамою делают визит знакомому приезжему. Потом, понятно, Ваня из номера выскальзывает тихой рыбкой, но приличия-то соблюдены, совсем даже великосветски. Ну, а когда время подойдет, Ваню через коридорного в номер зовут, он даму обратно провожает. Они ж, б л а г о р о д н ы е, на ночь никогда не остаются, им домой надо, к батюшкам-матушкам да мужьям... Они и не припозднянются никогда. А о н а, Прошка говорит, каждый-всякий раз на ночь оставалась. Но шла без Вани. А будь она д е в и ц а — мы б знали... Как у меня голова варит?

— Сыщиком бы тебе быть, Анюта,— с уважением покивал Лямпе.

— Вот я и говорю... По всем расчетам выходит, что у них была любовь. Теперь подумайте сами, Леонид Карлович,— ну с чего ж д р у г о г о может молодой, красивый барин, в немалых, надо полагать, чинах вдруг взять да застрелиться? Особливо ежели известно, что его пять ночей подряд навещала изящная дама под вуалью? Что-то у них не сладилось, точно вам говорю. Она его, должно быть, безжалостно бросила, он и не вынес...

— Ты романы читаешь, Анюта? — хмыкнул Лямпе.

— А вот и читаю! Думаете, если девица, так и грамоте не знаю, книжку в руки не брала? Столько романов перечитала, что вам и не снилось. И «Принцессу в лохмотьях», и «Роковую любовь графа Астольфа», и «Знамение страсти», и даже стихотворный Пушкина, где помещик Аникин с Ленским стрелялись... Уж настоящую любовь сразу распознаю!

— Что, и в т у ночь она была? — спросил Лямпе.— Когда он...

Анюта вновь понизила голос до шепота:

— Прошка клянется, что — была. Вот только не видел, когда ушла. А утречком его и нашли. Надо полагать,— сказала Анюта с превеликой серьезностью,— у них в ту ночь случилось объяснение. Вот он и...

— А кто она, неизвестно?

— Откуда... Я ж говорю, никто не знает. Спросила Ваню, Ваня замахал руками, побожился, что представления не имеет. Странный он был какой-то... Леонид Карлович!

— Аюшки?

— Только нам с вами про этот печальный случай следует помалкивать. Может получиться ущерб для дела. Иные ни за что не станут в таком номере, где...

— А ты? — фыркнул Лямпе.

— Я — девушка к службе ревностная. Как солдат. Ой, заболтала я вас совсем, дуреха...

Она, лукаво и понимающе улыбаясь, принялась расстегивать кофточку — стоя, впрочем, так, чтобы не увидеть случайно зеркало. Лямпе не стал ее останавливать. Он вдруг поймал себя на том, что ему хочется простых человеческих удовольствий, не отягощенных опасными сложностями. Очень уж давно у него не было женщины. Очень уж пасмурно было на душе. Была и еще одна причина, по которой он столь охотно привлек к себе полураздетую смазливую Анечку,— перед глазами на миг встало недоступное, пленительное видение, красавица с бесценными рубинами на шее. Вот и показалось вдруг дураку, что он, увлекая к пышной постели доступную красоточку, вернет себе душевный покой с помощью сей незамысловатой победы, прежнюю уверенность обретет, мечтаньями мучиться перестанет...

Глава седьмая. Лямпе действует...

Он не обрел желаемого, конечно, о чем подсознательно чуялось с самого начала. Получилась радость для тела, а вот душа осталась прежней, беспокойной и тоскливой...

Своих чувств он, разумеется, внешне не проявил. Предельно галантно выпроводил Анютку, уже чувствовавшую себя, сразу заметно, кем-то вроде статс-дамы при дворе венценосца, и, оставшись один, бездельью предавался недолго. Привел себя в порядок, надел тяжелый медный кастет, литой, с четырьмя кольцами для пальцев (тот самый, которым ему в прошлом году всерьез намеревались проломить голову, и затея сорвалась лишь оттого, что Лямпе имел противоположные намерения, каковые и претворил успешно в жизнь), заложил утяжеленную руку за спину и дернул левой шнур звонка.

Прохор-Антуан впорхнул в номер едва ли не в следующий после звонка миг — ну да, приятно улыбался с порога, рассчитывая на вознаграждение.

— Проходи, сокол мой, проходи,— радушно пригласил Лямпе, бесшумно поворачивая ключ в замке.— Гостем будешь...

Резко развернулся и нанес короткий, умелый удар — в ту часть организма, которая именуется эскулапами «солнечным сплетением», а в простонародье обзывается проще: «под душу».

— Эк-к...— только и сказал Прохор.

И опустился на корточки, зажимая ладонями ушибленное место, хватая воздух ртом беззвучно и конвульсивно, как выброшенная на берег рыба. Лямпе наблюдал за ним без малейшей жалости. Увидев наконец, что ушибленный немного продышался, положил кастет на стол, взял из пиджака браунинг (из которого загодя вынул патроны) и развалился в кресле, положив пистолет на колени.

Прохор с округлившимися глазами и удивленной донельзя бледной физиономией попытался встать.

— Сидеть! — негромко распорядился Лямпе и медленно, звонко, эффектно оттянул затвор.

— Ваше высокородие! — жалобно простонал Прохор.— За што? Видит бог, ни в чем таком...

— Вот мы сейчас и разберемся,— с расстановкой пообещал Лямпе, вразвалочку приблизился, опустился на корточки и легонько потыкал коридорного дулом в скулу.— Молчать. Отвечать только на мои вопросы. Не запираться и не вилять. Понял? Иначе, я тебе клянусь, пристрелю на этом самом месте. Стены толщиной в аршин* никто и не услышит, а услышат, подумают, что шампанское откупорили...

— Полиция ж ваше имечко враз узнает...— пробормотал Прохор.— Паспорт-то в гостинице предъявляли...

— А ты быстро соображаешь, сучий прах,— усмехнулся Лямпе.— Это в чем-то и хорошо... Дурак ты, мон ами Антуан. Чтоб ты знал: паспортов у меня полные карманы, и каждый на другую фамилию. Пусть себе ищут немца Лямпе, пока не надоест. Отсюда, знаешь ли, выйдет крестьянин Толоконников, а то и особа духовного звания...

— Ваш-ше степенство! Объясните хоть, за что?

— С полным нашим удовольствием,— сказал Лямпе.— Ты, шестерка, слышал что-нибудь о партии социалистов-революционеров?

— Х-хосподи...— прошептал Прохор, бледнея еще более, насколько это было возможно.— И за что мне это? Опять, как в пятом году... Из анархистов будете?**

— Угадал, милейший,— скупо ухмыльнулся Лямпе. Вновь поиграл перед бледной физиономией никелированным пистолетом.— Ну, а коли уж ты, холуйская рожа, понял, с кем имеешь дело, должен понимать, что дышать теперь будешь, как я распоряжусь. Если прикажу, дышать и не будешь вовсе... Усек?

— Чего ж там не усечь...— тоскливо протянул Прохор.— Опять началось: бомбисты, революции, замятня...

— Имей в виду,— сказал Лямпе.— Я тут не один, и, в случае чего, шкуру с тебя сдерут моментально и качественно.

_____

* А р ш и н — 71 см.
** Анархистами в описываемое время в Сибири именовали не членов партии анархистов, а членов боевых дружин, независимо от их партийной принадлежности.

84

— Это мы понимаем-с, не темные... Товарищ дорогой, да я ж и сам есть угнетаемый трудящийся, пострадал от сатрапов...

— Молчать,— сказал Лямпе.— Угнетенный, мать твою. Одно знаешь — прислуживать эксплуататорам...

— Товарищ, да я! Да я из кожи! С полным нашим пониманием и сочувствием! Вы только скажите, чем помочь? Чего ж сразу пистолетом в харю тыкать?

— Встать,— оказал Лямпе.— Садись к столу, да смотри у меня... Слушай внимательно, вибрион. Никакого привидения в зеркале, конечно, не было. Упомянул я о нем исключительно для того, чтобы посмотреть на твою физиономию. И оная показала, что о прежнем постояльце, найденном мертвым в этом самом номере, тебе было прекрасно известно... Так вот, чтоб ты знал: ваш постоялец был членом нашей партии, выступавшим под видом чиновника. Поручение, которое он имел в этом городе, было серьезнейшим и важнейшим. И теперь я из кожи вон вылезу — и всех, кого понадобится, из кожи выверну,— чтобы узнать, что же с ним на самом деле случилось... Ясно?

— Чего уж там...— пробурчал Прохор.— Товарищ социалист... А если я вам все чистосердечно поведаю, будет за мое чистосердечие награда в виде денег?

— Что? — искренне удивился Лямпе.— У тебя будет кое-что получше денег — я тебе жизнь оставлю, холуй купеческий. В охранку, надо думать, регулярно бегаешь?

— Да что вы! Неправда ваша!

— Н-ну, смотри,— сказал Лямпе, многозначительно поигрывая пистолетом.— Еще раз вякнешь про деньги — рассержусь... Тебе бы шкуру спасти, вот и старайся... Что знаешь?

— Да что мы знаем? Мы люди маленькие... По всем статьям выходит, уж извините тыщу раз, что пулю он сам себе в башку загнал. И полиция так полагает, и мы все...

— Это правда, что к нему каждый вечер приходила женщина?

— Анька, зар-раза... Язык без костей...

— Ну?

— Приходила,— кивнул Прохор.— Каждый божий вечер. Под густой вуалеткою. Самолично видел, три раза. Ну, и помалкивал, мое дело — сторона, ежели на чай дают в лучшем виде...

— Из девиц? Или — благородная?

— Х-хосподи, все-то вы уже выведали... И не из тех, и не из этих, иначе б мы знали...

— А Тутушкин знает?

— Кто ж его поймет, ваше степенство, господин социалист,— рассудительно сказал Прохор.— Любопытство — порок известный, я у Ваньки спрашивал, а он в лице переменился и велел помалкивать, чуть ли не в тех самых изячных выражениях, что вы давеча,— мол, головы не сносить, живота решат...

— Кто решит? — спросил Лямпе.

— У Ваньки и спросите,— огрызнулся вяло коридорный.— Я, как его физию перекосившуюся увидел, сразу сообразил, что дело нечисто и язычок лучше укоротить. Я так полагаю: барынька не из простых. Из самых что ни на есть непростых. Ванька — он тоже не пальцем делан и сложности жизни превзошел. Ежели говорил такое, значит, и в самом деле у дамочки найдется крепкая заступа, чтобы нам, сирым, головенку оторвать при случае...

— Ну, а в т у ночь ты ее видел?

— Это в которую?

— Сказал же — не виляй, тварь,— угрюмо сказал Лямпе.— Когда он умер.

— А как же. Под утро уже юбками по коридору — фр-р! И через черный ход. Прыгнула на извозчика, верх у пролетки был поднят, хоть дождя и не было, «ванька» хлестнул по лошади — и след простыл... А утром я, как заведено, горячую воду для бритья доставил, смотрю — а они холодные лежат...— его непритворно передернуло.— Ну, тишком прикрыл дверь, побежал к хозяину, ему огласка ни с какого боку не нужна была, вот и спроворили все незаметно... Пристав лично кулачищем под носом крутил, и у меня, и у всех, в Нарымский край загнать обещал, а про полную и законченную душевредность сего места мы наслышаны. Известно ж, говорят, бог создал рай, а черт — Нарымский край...

— Обычно она уходила в то же самое время или нет? — спросил Лямпе.

— Да, примерно так и выходит. Потому я и не подумал ничего такого...

— И выстрела не слышал?

— Да где ж? Дремал в нашем закуточке. Вы ж справедливо изволили заметить, что стены — в аршин. Что и услышишь, на выстрел не подумаешь...

— И это все, что ты знаешь?

— Святой истинный крест! — Прохор истово, размашисто закрестился.— С места мне не сойти, господин... тьфу, товарищ социалист... Мы ж не темные, понимаем, что революция — вещь благородная, как оно поется, мол, вихри враждебные и эти... как их, злобно гнетут...

— Цыть! — рявкнул Лямпе.— Святую песню не погань, сволочь!

— Как прикажете-с...

— Так, все же, Ванька Тутушкин знал, что это за барынька под вуалью?

Коридорный всерьез задумался, пожал плечами:

— Вот тут уж, извиняйте, я за него не ответчик. Кто его там знает... Темное дело. Он куда-то запропал дня через два о п о с л я...

— А домой ты к нему ходил?

— Не собрался как-то. По портерным посмотрел, где он обычно бывает. Там сказали, не появлялся. Полиция его не искала, это точно, и не выспрашивал про него никто...

— Где он проживает? — спросил Лямпе.

— В Ольховке. Слобода такая. Улица Песчаная, третий дом за кладбищенской церковью, с зеленой калиткой. Он с мамашей там и проживает...

— Все рассказал, что знал?

— С места мне не сойти! — воскликнул Прохор.

— Ну хорошо,— сказал Лямпе, положив пистолет на стол.— Пожалуй что, помилую я тебя, вибрион. Только смотри у меня! Я в вашей гостеприимной «Старой России» еще поживу, но если ты, сукин кот, хоть словечком кому-нибудь о нашей душевной беседе обмолвишься, товарищи мои тебя навестят обязательно, и плыть тебе по Шантаре в виде нечаянного утопленника.

— Мы, чай, не темные, понимаем,— заворчал Прохор.— Про пятый да про шестой год до сих пор вспомнить боязно. Не сомневайтесь, язык за зубами держать обучены-с, имеем представление, чего от вас, товарищ социалист, ждать в случае чего... Вы не подумайте, я вполне уважительно-с! Люди вы решительные, это нам известно... И дело ваше благородное, мы, как трудящийся элемент, с полным пониманием и сочувствием...

— Заткнись,— сказал Лямпе беззлобно.— Ты мне еще «Марсельезу» спой...

— Как прикажете, товарищ... Наслушались, что в пятом, что в шестом, слова на память известны...

— Ладно, хватит,— сказал Лямпе, решительно вставая.— Выкатывайся и смотри у меня, язычок придержи...

Еще договаривая последние слова, он отчаянным прыжком метнулся из кресла, молниеносно достиг двери, с маху повернул ключ в замке и распахнул дверь на всю ширину.

Показалось ему или в самом деле за поворотом коридора, слева, успела опрометью скрыться чья-то фигура? Сразу и не решить...

Выставив Прохора, все еще хныкавшего что-то вполголоса о своем полном сочувствии делу революции, Лямпе быстренько оделся и вышел. Помахивая тросточкой, спустился с невысокого каменного крыльца.

И через двадцать неспешных шагов обнаружил за собой, на надлежащей дистанции, крепкого молодца, по виду — вольношатавшегося приказчика. Молодец топал за ним весьма квалифицированно, любительством тут и не пахло. «А вот с е й - ч а с это совсем ни к чему»,— подумал Лямпе сердито.

Он махнул лениво трусившему у тротуара извозчику, прыгнул в пролетку, беззаботно развалился на потертом сиденьи. Искоса глянув назад, заметил, как преследователь тоже садится на извозчика, как-то уж очень кстати тут оказавшегося. «Плотно пасут, мизерабли...»

— Куда поедем, барин? — равнодушно осведомился «ванька».

Лямпе уже обдумал план действий. Е г о извозчик подставой никак не мог оказаться — Лямпе по чистой случайности свернул налево, а не, скажем, направо...

— Послушай,— сказал Лямпе.— Тебе по чужим женам бегать не приходилось часом?

Извозчик, не такой уж и пожилой, лет сорока, обернулся к нему, осклабился:

— По чужим женам бегать, барин, дело нехитрое. Горазд хитрее — так ухитриться, чтобы тебе ноги не повыдергали и бабе от мужа не было заушенья...

— Вот это я и имею в виду...— ухмыльнулся Лямпе.— Коли ты такой дока, должен меня прекрасно понять... Держи ассигнацию. Потом получишь еще столько же. Через квартал я сойду, а ты езжай себе прочь с таким видом, словно доставил меня к месту назначения. Но сам минут через пять подъезжай...— он освежил в памяти нужный район города,— к торговому дому Раззоренова. Знаешь, где это?

— А то.

— Там я к тебе опять сяду, и тут уж едем прямиком в Ольховку. Все понял?

— Чего ж не понять,— кратко заверил извозчик, проворно пряча ассигнацию.

...Выпрыгнув из пролетки, Лямпе энергичным шагом, притворяясь, будто ужасно торопится, направился к узкой деревянной лестнице, зигзагом спускавшейся по косогору к Большой улице. Успел заметить, что преследователь поспешал за ним — не приближаясь, но и не отдаляясь.

Лямпе прибавил шагу, почти бежал. Лестница была пуста, узкие деревянные ступеньки трещали и скрипели под ногами, сзади явственно раздавались шаги преследователя — несмотря на всю опытность, он никак не мог двигаться бесшумно по рассохшимся дощечкам с выскочившими кое-где гвоздями...

Лямпе наддал. Позади тоже наддали. Ага, вот он, подходящий поворот,— очередной зигзаг лестницы уходит вправо, скрываясь за густыми кустами дикорастущей сирени, распространявшей одуряющий аромат.

Оперевшись правой рукой на невысокие перильца, Лямпе одним сильным рывком перенес тело на ту сторону, в заросли. Притаился. Скрип и треск приближался с приличной скоростью, преследователь занервничал, решив, что дичь, пожалуй что, может и скрыться...

Он пробежал мимо, не заметив происшедшей перемены ролей. Лямпе рассчитанным движением сунул ему тросточку под ноги — и незадачливый шпик загремел по лестнице так, что едва не снес перила.

Нельзя было терять времени. Налетев коршуном, Лямпе двинул ему кулаком по голове повыше уха, поднял за шиворот и головой вперед отправил в кусты. Прыгнул следом, для надежности пару раз двинул «под душу» и принялся сноровисто перетряхивать карманы. Оружия при шпике не оказалось. Зато в потайном кармане пиджака отыскалась карточка охранного отделения — как положено, с печатью и фотографией. Значилась там и фамилия — Перышкин,— но это ни о чем не говорило, фамилия на таких документах всегда ставится вымышленная, этакий артистический псевдоним...

Повертев ее между пальцами, Лямпе хмыкнул, швырнул карточку на колени шпику — тот в нелепой позе полусидел меж сломанных кустов и, сразу видно, чувствовал себя прескверно, охал и постанывал, закатив глаза. Скрутив в кулаке ворот его рубахи, Лямпе с расстановкой поведал:

— Ты за мной, сволочь, больше не ходи. Не люблю...— и, сунув под нос для пущей убедительности дуло браунинга, осведомился: — Кто послал? Пристрелю, мразь, будешь знать, как бегать за анархистами...

— Мы люди подневольные...— просипел шпик, боясь открыть глаза.

— Кто тебя послал, тварь?

— Его благородие... подполковник Баланчук... Господин анархист, явите божескую милость, матерь-старушка на шее...

— Что он тебе поручил? Что сказал?

— Следить поставлены... А зачем и почему — нам неизвестно... Господин подполковник объяснять не сочли нужным...

— Мразь ты человеческая,— ласково сказал Лямпе.— Сунули тебе ствол под нос, ты и запел... Ладно. Двадцать раз прочитаешь про себя «Отче наш», да медленно, как подобает, без суеты. Тогда и с места сдвинешься. Усек?

— Не извольте беспокоиться...

— Ну, смотри,— сказал Лямпе.

Спрятал пистолет, подобрал тросточку и поскорее направился прочь. Пожалуй, он не был ни удивлен, ни раздосадован. Даже наоборот — происшедшее являло собою, если подумать, некий р е з у л ь-т а т, пищу для ума...

Извозчик дожидался его в условленном месте. Ловко запрыгнув в пошатнувшуюся пролетку, Лямпе похлопал его по плечу:

— Пошел!

Быстро убедившись, что слежки на сей раз за ним нет, беззаботно откинулся на сиденьи, смотрел по сторонам с уверенностью человека, чья совесть ничем не отягощена. Большая улица, вполне оправдывавшая свое название протяженностью и шириной, в конце концов все же закончилась, справа показались обширные здания железнодорожных мастерских, кое-где, под самыми крышами, еще виднелись неровные выбоины от пуль — печальная память о пятом годе, когда некий прапорщик, то ли скорбный рассудком, то ли чрезмерно увлекавшийся книгами о Бонапарте, провозгласил, ни мало ни много, Шантарскую республику. Сии поползновения довольно быстро подавили с помощью регулярных частей, но прапорщик все же оказался не столь уж скорбным умишком — ибо ухитрился сбежать в Североамериканские Соединенные Штаты... Как легко догадаться, Шантарскую республику, чья территория ограничивалась этими самыми мастерскими, тут же отменили естественным образом, так что влиться в семью европейских держав она попросту не успела.

— Отчаянный вы человек, ваше степенство,— сказал извозчик, не оборачиваясь к седоку.— Нашли место, где по бабам шастать... Ладно, хозяин — барин, мое дело — сторона. Днем по этой дорожке ездить можно, это по темноте — спаси бог...

Дорога поднималась в гору, на обширную возвышенность, с севера нависавшую над низинной частью Шантарска. Лямпе ничего не ответил, беззаботно посвистывая.

Он и сам, перед тем как приехать сюда, навел кое-какие скрупулезные справки. Ольховская слобода, по достоверным данным, помещалась на месте Ольховского посада, где согласно древней, сохранившейся в архивах грамотке казаки по приказу основателя Шантарска воеводы Дымянского однажды устроили «облаву великую на татей, голоту воровскую, бляжьих жонок и прочий ослушный народ, многую нечисть и сором учиняющи, которая же гулящая теребень, тати, бражники и иной непотребный люд воровские домы держит».

Если сия облава и возымела эффект, то ненадолго. Судя по бумагам восемнадцатого столетия, Ольховская слобода, как ни старались власти, превратилась в непреходящую головную боль для полиции и градоначальства, чему благоприятствовали как вольнолюбивый сибирский характер, не привыкший стеснять себя казенными параграфами, так и проходившая через Шантарск знаменитая Владимирка, прославленный песнями кандальный тракт, по которому в обе стороны циркулировал отчаянный народ. По какой-то неисповедимой прихоти природы именно в Ольховке и сконцентрировалась большая часть подпольных шинков, карточных притонов, скупок краденого, «малин» и прочих интересных заведений, подробно перечисленных в Уголовном уложении.

Достоверно было известно, что именно ольховские удальцы сперли в свое время золотой брегет и шубу на енотах у неустрашимого полярного путешественника господина Нансена, имевшего неосторожность посетить Шантарск (причем, несмотря на все усилия напуганной возможным международным скандалом полиции, ни часики, ни шуба так и не были разысканы). Ходили также слухи, что все резкости в адрес Шантарской губернии, имевшиеся в путевых заметках покойного писателя Чехова, побывавшего тут проездом на Сахалин, как раз тем и объяснялись, что непочтительные ольховцы в отсутствие литератора навестили его гостиничный номер и многое унесли на память.

Городовые здесь в одиночку не показывались с незапамятных времен, так что, критически рассуждая, эту слободу можно было лишь с большой натяжкой признать неотъемлемой частью Российской империи — да и то в дневные часы... «Счастье еще, что государь император о сем не осведомлен»,— с грустной иронией подумал Лямпе.

— Дальше — куда прикажете? — спросил извозчик без особого рвения.

— Возле кладбищенской церкви остановишь,— распорядился Лямпе.— Не то чтобы у самой, но где-нибудь насупротив...

— Как прикажете.

Глава восьмая. **...но и другие не сидят сложа руки**

Кладбищенская церковь, деревянная, невеликая, потемневшая от времени, располагалась у обширного погоста, которому, надо полагать, и была обязана своим названием. Начинавшаяся за нею слобода выглядела, с точки зрения непредвзятого наблюдателя, совершенно обычным местом, вовсе не обладавшим внешними признаками преступности и разгула. Самые обычные улочки, самые обычные дома, при дневном свете выглядевшие вполне благопристойно и добротно. Меченные разноцветной акварелью куры

94

у калиток, лениво развалившаяся в пыли собака, баба с полными ведрами — хорошая примета, а? — лошадь с телегой у ворот, тишина жаркого вечера...

Лямпе неторопливо шагал, помахивая тросточкой. Миновал небольшой трактир, опять-таки выглядевший со стороны сущим образцом благолепия. Внутри, конечно, гулеванили, но без особого шума, пристойно наяривала гармошка, и несколько голосов выводили с неподдельным чувством:

Прощай, моя зазноба,
Минул лишь миг един —
И вновь я уезжаю
На остров Сахалин...

Вполне возможно, для певших эти строки были отнюдь не чистой абстракцией, а реальным жизненным опытом. Сразу за трактиром, у забора, стояли человек пять — судя по расслабленным позам, с утра снедаемые скукой. Итальянец Ломброзо не нашел бы в этих физиономиях черт врожденной преступности, но Лямпе, давно уже переставший смотреть на мир сквозь призму наивности, сразу определил по нарочито честным и равнодушным глазам, с кем имеет дело. Очень уж старательно смотрят сквозь...

— Папиросочкой не разодолжите, господин прохожий? — с той же нарочитой почтительностью осведомился крайний.

Секунду подумав, Лямпе остановился возле него и раскрыл портсигар. Дождавшись, когда проворные тонкие пальцы — вряд ли принадлежавшие привыкшему к физическому труду индивидууму — вытянули сразу парочку, спросил:

— Не подскажете ли, господа хорошие, где мне найти Ваню Тутушкина?

Краем глаза видел, что ближайшие обменялись молниеносными взглядами. И в воздухе явственно ощутилось напряжение.

— Как-с сказать изволили? — состроил непонимающую рожу тот, что угощался папиросами.— Кубышкин?

— Тутушкин. Иван,— спокойно произнес Лямпе.

— Простите, господин, не имеем чести такого знать, сроду не слыхивали подобного имечка...

И тут же все пятеро стронулись о места, двинулись к трактиру, последний, не выдержав, украдкой оглянулся на Лямпе и тут же отвел глаза, заторопился следом за компанией. Врали, конечно, поганцы. Не могли не знать. Ну и черт с ними... Однако как тут пусто! Сонное царство, право...

Вот и дом во дворе, обнесенном забором с зеленой калиткой. Ни души — ни во дворе, ни в обширном огороде. Единственным представителем рода человеческого оказался босоногий мальчишка, игравший сам с собою в свайку посреди пыльной улочки. При виде Лямпе он воспрянул духом, живенько подбежал и без церемоний попросил:

— Господин, дайте пятачок!

— А зачем тебе пятачок, милое дитя? — без улыбки поинтересовался Лямпе.

Милое дитя, шмыгая носом, резонно пояснило:

— Нешто пятачки лишними бывают?

— Резонно,— согласился Лямпе, вынимая серебряную монетку, крохотную и невесомую, как рыбья чешуйка.— Ты где живешь?

— А вона,— мальчишка неопределенно махнул в пространство.

— Ивана Тутушкина знаешь?

Собеседник Лямпе почесал босой ногой другую, и, хитрейшим образом щурясь, выдал философскую сентенцию:

— С двумя-то пятачками лучше, чем с одним...

— Да ты просто кладезь мудрых мыслей, дитя мое,— сказал Лямпе, поневоле ухмыльнувшись.— На вот тебе сразу пятиалтынный. Итак?

— Кто ж Ваньку не знает? Вона туточки он и проживает, где калитка зеленая. С маманей, только она уехавши в гости.

— А сам Ванька?

Лямпе уже приготовился извлекать очередную монетку, но ольховский Гаврош, очевидно, решил, что выданная авансом плата вполне окупает игру в вопросы-ответы.

— А сам Ванька дома пьянствует который день,— сказал он, пожимая печами.— Вона, только что по огороду шарился, редиски на закуску надергать, жрать ему, надо полагать, захотелось. Оно и понятно — сколько ж пить без закуски? Дома он, точно, у них там собаки нету, так что заходьте смело...

— Благодарствую, чадо,— сказал Лямпе.

Потрогав калитку, разобрался в устройстве нехитрой щеколды, поднял ее, секунду помедлил. Этот визит был не самым разумным предприятием, но другого пути попросту не было — одни сплошные тупики... Он вздохнул, потрогал через пиджак браунинг и, нагнув голову, решительно шагнул во двор. Тишина. Пройдя несколько шагов до крыльца, Лямпе огляделся, но ничего подозрительного не усмотрел. Столь же решительно взялся за ручку. Дверь моментально подалась. Крохотные опрятные сени. Тишина. Чуть приоткрыв внутреннюю дверь, Лямпе негромко позвал:

— Иван Федулович, господин Тутушкин! Гости к вашей милости!

И, не получив ответа, перешагнул порог. После яркого вечернего солнца на улице комнатка с тщательно занавешенными окнами показалась темным подвалом.

В следующий миг неведомая сила подхватила обе его руки и, пребольно выворачивая, взметнула вверх так неожиданно и жестоко, что Лямпе, выронив трость, замер в нелепой позе — полусогнут, этаким рыболовным крючком, голову кто-то, придавив пятерней, сграбастал за волосы так, что слезы навернулись на глаза и ничего не видно, кроме пола. Браунинг, почувствовал Лямпе, вывалился из кармана, но звука падения на пол так и не последовало — пистолет с большой сноровкой подхватили на лету.

— Есть! — удовлетворенно пропыхтел кто-то над головой.— С револьвертом, извольте видеть!

Руки Лямпе соединили за спиной вместе, послышался резкий щелчок, запястья плотно охватило железо. Потом стало немного свободнее, его уже не держали за волосы, позволили выпрямиться. Глаза тем временем привыкли к полумраку, и первый, кого он увидел перед собой,— околоточный надзиратель в белом летнем мундире, с поперечными нашивками за выслугу лет на черных с галуном погонах. Один из державших Лямпе зашел спереди, с любопытством уставился на пленного — этот был в штатском и в руке держал наготове смит-вессон с укороченным дулом, какими обычно пользовалась сыскная полиция. «Даже так? — подумал Лямпе относительно спокойно.— Интересные дела...»

— По какому праву? — спросил он сварливо.

— А в рыло ежели? — с интересом, деловито спросил околоточный.— Ну-ка, примолкни... Зыгало, Мишкин! Волоките его быстренько в пролетку, да без шума мне!

Двое в штатском — от коих за версту несло переодетыми городовыми — вмиг выскочили из смежной комнатки, подхватили Лямпе под локти и поволокли во двор. Кинулись через огород, и Лямпе успел заметить, что мальчишка, стервец, издевательски помахал ему вслед.

Часть ветхого заборчика была заранее выломана, Лямпе, без всякого почтения подталкивая под бока кулаками, пропихнули туда, протащили через другой, примыкающий огород, еще через какие-то безлюдные дворики — и все трое оказались на улице, где стояла самая обычная пролетка с поднятым верхом. Лямпе втолкнули в нее, и оба поместились по бокам — все это со сноровкой, свидетельствовавшей о немалой практике. Извозчик без расспросов подхлестнул гладкую лошадку. Не оборачиваясь, поинтересовался:

— Что за птица?

— Серьезная птичка,— удовлетворенно отфыркнулся сидящий справа от Лямпе.— В одном кармане револьвер, в другом — кастетик. Не интеллигент, надо полагать...

— Плохо ты, Мишкин, ситуацию знаешь,— хмыкнул извозчик.— Я этих интеллигентов, с револьвертом да с бомбою, насмотрелся в пятом годе...

Судя по разговору, извозчик, вполне вероятно, тоже был ряженым полицейским чином. Лямпе не особенно задиристо спросил:

— В чем дело, братцы? По какому праву? Человек зашел в гости к знакомому...

— Сиди,— сказал тот, что справа, по причине нежданного улова, такое впечатление, настроенный вполне благодушно.— В части тебе все и разобъяснят, а наше дело — маленькое... Взять под микитки, коли приказано, да довезти в товарном виде. Так что сиди себе, дыши атмосферой, а будешь ерзать — так двину...

Подумав, Лямпе оставил всякие попытки завязать беседу — сразу видно, все трое были мелкой, рядовой сошкой, с которой просто бессмысленно искать взаимопонимания. Что ж, ситуация достаточно скверная, господа... но и весьма даже интересная, глядя непредвзято...

Его вытащили из пролетки в небольшом внутреннем дворике, со всех четырех сторон замкнутого стенами трехэтажного квадратного здания,— и, не давая передышки, потащили в одну из дверей. Там, в длинном коридоре, обшарили с ног до головы, быстро, однако тщательно; верзила Зыгало распахнул обитую ржавой жестью дверь и без церемоний запихнул туда Лямпе. С лязгом запер снаружи засов.

Классическая «холодная» — нары из необструганного дерева, под потолком крохотное, забранное толстой решеткой оконце, у двери — источавшая застарелую вонь параша — лохань с деревянной крышкой. Пол последний раз мыли и подметали, право слово, не ранее Крымской кампании, а стены не штукатурили вообще с момента постройки. Брезгливо передернувшись, Лямпе присел на краешек нар, оказавшись в полной тишине и одиночестве. Машинально потянулся за портсигаром, но вспомнил, что из карманов выгребли абсолютно все.

Медленно тянулись минуты. Тщательно восстановив в памяти все свои предшествовавшие действия, Лямпе решил, что упрекать себя не в чем. Ошибок не было. Единственно возможные в данной ситуации действия: он обязан был лично навестить Тутушкина, отработать этот след, проверить ниточку...

За ним пришли примерно через полчаса. Верзила Зыгало и значительно менее рослый, но гораздо более юркий Мишкин распахнули тягуче проскрипевшую дверь, и Зыгало с широкой ухмылкой позвал:

— Выходь, постоялец! Заскучал, поди? Ничего, сейчас тебе весело будет, все равно что в цирке...

— Наручники снимите,— угрюмо попросил Лямпе.— Руки затекли.

— А это уж, сокол, как начальство распорядится,— развел руками Зыгало.— Мы — люди маленькие, ключей не имеем... Шагай, да гляди у меня!

Его повели по чистому, но отмеченному унылостью и безликостью коридору, какие свойственны присутственным местам, втолкнули в дверь, на которой красовалась синяя эмалированная табличка: «Сыскная комната». «Ну да,— подумал Лямпе.— Какая-то полицейская часть».

Толкнули на табурет, а сами утвердились за спиной. За столом сидел человек в штатском, совсем молодой, даже года на два-три младше Лямпе, с простецким славянским лицом, конопатый, самую чуточку разлохматившиеся льняные волосы придавали ему вид простого деревенского парнишки, наивного и беззаботного. Вот только глаза, умные и хитрые, этому образу решительно противоречили. Не бывает у деревенских простяг-пастушков таких вот глаз — а у полицейских как раз бывают...

— Сажин Петр Ефимович, губернский секретарь*,— с приятной улыбкой представился молодой человек.— Сыскная полиция. Позволено ли будет поинтересоваться вашим почтенным именем и общественным положением?

— Снимите наручники,— сердито сказал Лямпе.

— Пожалуй,— кивнул молодой человек.— Но ежели вы, господин хороший, со свободными руками станете вести себя неприлично...

— Сразу по башке,— прогудел за спиной Зыгало.

— Зыгало! — поморщился молодой человек, этакий кудрявый Лель из пьесы г-на Островского.— Сколько учишь тебя, а все без толку... С господами следует придерживаться деликатного обращения...

— Таких господ кажинный день по Владимирке этапом гонят...— проворчал верзила.

В голосе молодого человека явственно прорезался металл:

— Зыгало!

— Слушаюсь! — торопливо рявкнули над головой Лямпе, и тот лишний раз убедился, что чин сыс-

---

* О чинах, званиях и прочем см. приложение в конце книги.

101

кной полиции, несмотря на молодость и несерьезный облик, умеет себя поставить.

Вслед за тем Сажин зашел за спину Лямпе и отпер замок наручников. Лямпе с удовольствием размял затекшие запястья.

— Папиросочку не желаете? — спросил Сажин, цинично протягивая Лямпе его же собственный портсигар.— Огоньку позвольте... Итак, не будете ли столь любезны отрекомендоваться?

— Лямпе Леонид Карлович, дворянин, проживаю в Гостынском уезде Варшавской губернии, вероисповедания лютеранского, по торговой части.

— Да-да, тут все так и прописано,— сказал с детской простотой Сажин, кося глазом в раскрытый паспорт. И доброжелательно, даже участливо протянул: — Только вот какая незадача выходит, любезный Леонид Карлович... При вас обыском обнаружен еще один паспорт, столь же безупречный и не вызывающий сомнений, как первый. Одна беда: по н е м у вы — и не Лямпе вовсе, а совсем даже Савельев Павел Еремеевич, происходящий из мещан Вытегорского уезда Олонецкой губернии, вероисповедания православного... Как же так, дражайший... Павел Карлович? Или — Леонид Еремеевич? По законам Российской империи, знаете ли, положено иметь лишь о д и н паспорт. Два — это уже излишняя, мало того, сугубо противозаконная роскошь, в особенности если паспорта на разные фамилии...

— Понимаете ли, я...— начал не спеша Лямпе.
— Минуточку! — жизнерадостно воскликнул Сажин и даже с детской непосредственностью ударил в ладоши.— С вашего позволения, я сам попытаюсь найти ответ на сей ребус... Вот этот паспорт, второй, на имя олонецкого мещанина Савельева, вы обычнейшим, я бы сказал, примитивнейшим образом нашли на улице. А? Шли-шли, глазели по сторонам — а тут и паспорт лежит в пыли. Вы его под-

няли, полюбопытствовали, а потом самым опрометчивом образом, не подумав толком, сунули в карман. С намерением, очень возможно, снести его впоследствии в часть, как и положено благонамеренному обывателю... Угадал?

За спиной у Лямпе тихонько фыркнули городовые.

— Самое поразительное, сударь, что вы угадали,— сказал Лямпе.— Именно так и обстояло.

— И где изволили найти сей злополучный документ?

— Да возле кладбищенской церкви.

— Место подходящее,— согласился Сажин.— В Ольховке много чего можно отыскать... Ну что же, вопрос с паспортом мы прояснили. На улице подняли. А это? — он повел ладонью над столом, где в некоей несомненной гармонии лежали браунинг, кастет и трость с наполовину выдвинутым клинком.— Сии предметы тоже на улице валялись? Поразительно, как богат наш Шантарск на нечаянные находки...

— Ну что вы,— сказал Лямпе.— Все это принадлежит мне. Насколько мне известно, ношение любого из этих предметов либо всех вместе никоим образом не противоречит законам Российской империи... Или я не прав?

— При соблюдении определенных условий,— мягко дополнил Сажин.— В данном случае, что касается браунинга — покупки на законных основаниях в надлежащем магазине...

— А он так и куплен,— сказал Лямпе.— В Варшаве. Что можно без труда выяснить. Правда, это отнимет определенное время...

— Именно, что отнимет,— кивнул Сажин.— Давайте продолжим нашу игру в отгадывание мыслей. Попробую угадать, зачем вам столь мощное вооружение. Словно вы не человек, а крейсер, право... Вы, Леонид Карлович, человек торговый, никогда прежде в Сибири не бывали, наслушались страшных баек о местах наших — мол, медведи средь бела дня по улицам разгуливают, а варнаки с безменами в каждой подворотне таятся... Вот и решили вооружиться до зубов, отправляясь в наши палестины? А?

— Вы поразительным образом читаете мысли,— поклонился Лямпе.

— Ну, есть такой талант, что поделаешь,— скромно потупясь, сказал Сажин.— Выходит, мы и этот вопрос прояснили... Остается последнее, самое пустяковое. Каким ветром вас, милейший Леонид Карлович, занесло в дом Тутушкина? Что вы там искали и по какой надобности?

Лямпе пожал плечами:

— Насколько я понимаю, это тоже не является преступлением — войти в дом мирного обывателя, не питая преступных намерений? Было жарко, я устал, хотелось пить, вот и завернул в ближайший дом справиться, не нальют ли мне там, за деньги, разумеется, чистой воды или молока...

—,Убедительно,— кивнул Сажин.— Что ни возьми — все у вас настолько убедительно, что холодок по коже пробирает от такого совершенства ответов... Зыгало?

— Брешет, ваше благородие,— прогудел Зыгало.— Племяш мой, Мишка, паренек вострый. Право слово, подрастет — по сыскной части пускать можно. Он мне подробно обсказал, как этот вот субчик ему деньги совал да расспрашивал, знает ли он Ваньку Тутушкина и где сейчас Ванька находится...

— Было дело? — улыбнулся Лямпе молодой сыщик.

— Было,— сказал Лямпе, не желая после таких разоблачений выглядеть смешно и даже жалко, отрицая очевидное.— Но, опять-таки, в том, что я зашел в дом к господину Тутушкину, нет никакого состава преступления.

— А что же имеется?

— Видите ли...— взвешивая каждое слово, сказал Лямпе.— Мне частным образом сообщили, что господин Тутушкин может помочь в области приятного времяпрепровождения, я имею в виду дам... Вот я и хотел договориться с ним о надлежащих услугах с его стороны...

Сажин прижал ладони к груди, на его лице появился почтительный ужас:

— Господин Лямпе, Леонид Карлович! Я вас начинаю форменным образом опасаться! У меня здесь, знаете ли, обычно гостит разное всевозможное отребье, человеческий хлам, варнаки-разбойники... Объяснения у сего элемента совершенно неубедительны, а то и предельно фантастичны, оправдания жалки, на песке построены, отговорки, приходящие в их убогие мозги, плоски и вульгарны... Зато вы — качественно иной случай. Ваши объяснения сведены в железную систему, все ваши поступки, все ваши пожитки либо не противоречат законам Российской империи, либо имеют самое убедительное объяснение... Так и тянет выдумать специально для вас некий памятный знак, подобно пряжке «За безупречную службу». Назвать его, скажем, «За безупречные оправдания»... А? Как вам идея?

— Возможно, она и недурна,— сказал Лямпе.— Но я, простите уж великодушно, человек торговый, занятой. Время мое дорого. Не соблаговолите ли, наконец, объяснить, по какому праву меня привели в полицию и в чем обвиняют? Есть ведь прокуратура, судебные власти, вышестоящее начальство...

— Ну да, ну да,— покивал Сажин.— Это — следующая стадия. Сиречь завуалированные в той или иной степени угрозы в адрес производящего дознание полицейского чина...

— Я вовсе не имел в виду...

— Имели, конечно,— мягко, но непреклонно оборвал Сажин.— Этим многие грешат — связями угрожают, действительными или мнимыми, в надежде, что дрогнет пугливый чиновник, слабину даст... В общем, господин Лямпе, разговор наш, я так понимаю, заходит в тупик? И вы предпочитаете остаться при прежних показаниях?

— Боюсь, именно так и обстоит,— вежливо сказал Лямпе.— Либо я вам больше не скажу ни слова, либо предоставьте убедительные основания для подобного обращения с приличным человеком...

Не похоже, чтобы Сажин был рассержен. Он развел руками с видом грустной покорности судьбе, пославшей столь упрямого собеседника.

И сейчас же дверь распахнулась. Лямпе не мог видеть, кто ее открыл, но по звуку понял — очень уж энергично и решительно дверь распахнули, совершенно по-хозяйски...

К столу вразвалочку подошел человек в летнем полицейском кителе, судя по темляку на шашке, имеющий военный чин. На груди у него красовался внушительный рядок регалий — Анна, Станислав, длинная шеренга медалей, а пониже — еще и какой-то затейливый иностранный орден, восточный, судя по виду. Он представлял собой вытянутую по вертикали прямоугольную серебряную пластину с эмалевым выпуклым изображением дракона, на взгляд Лямпе, весьма походившего на китайские изображения. Грозно сопя, он какое-то время разглядывал Лямпе с нехорошим интересом, шумно придвинул ногой стул, уселся.

Лямпе вежливо ему улыбнулся, как и полагалось воспитанному немцу. Незнакомец был человеком совершено иного склада, нежели довольно щуплый Сажин,— коренастый, медведеобразный, с ядреными кулачищами, какие у обычных людей встречаются редко. И усы были роскошными, как у борца Ивана Поддубного.

— Упорствует? — сопя, поинтересовался вошедший.

Сажин с печальным видом развел руками.

«Ну, эти приемчики нам тоже известны,— подумал Лямпе.— Сначала допрос ведет душевный, субтильный чиновник, брезгующий любым рукоприкладством, а потом, якобы невзначай, заходит грубый бурбон, рукоприкладство как раз обожающий. Знакомо-с...»

Страха он, конечно, не чувствовал. Одну лишь досаду. Может, удастся выкрутиться, не переступая известных границ? Ага, вон там, за дешевой литографией, скорее всего, и расположена дырка в соседнюю комнату, сквозь которую усачу все слышно, а то и видно, если в литографии имеются незаметные отверстия...

Усатый повертел в руках тросточку Лямпе, привычно подкинул на ладони браунинг, напоследок взял обе паспортных книжечки и, похлопывая ими себя по колену, уставясь на Лямпе, заговорил:

— Ты мне сейчас, сучий прах, расскажешь, как на духу, зачем и для чего приперся к Тутушкину. Ясно тебе? Или и дальше будешь барина играть?

— Я — дворянин,— сказал Лямпе.— Или вы, сударь, беретесь мне доказать обратное? С кем, кстати, имею честь?

— Пристав данной части Мигуля,— буркнул усатый.— В мои обязанности как раз и входит знать, зачем такие вот воши по моей части ползают... Молчать, кариатида! — рявкнул он, едва Лямпе открыл рот. И продолжал спокойнее: — Ну вот что, сударь мой. В этикеты и прочие благоглупости мне играть некогда. Не располагаю временем-с. Оба паспорта изъяты у вашего степенства. Следуя обычному порядку, полагается послать запрос по телеграфу либо в Олонецкую губернию, либо в Варшавскую, ну а потом уж, судя по ответам, отправить вас по этапу для полного установления личности... Только на это я не могу тратить время. Мне нужно знать, что вы делали у Тутушкина. Ясно? Пугать меня связями и знакомствами не советую. Крепко подозреваю, что таковых не имеется. Очень уж коллекция хороша — аж два паспорта, дура бельгийская второго номера, перо в тросточке, кастет... Ты, пташка божья, не из простых воробьев будешь и уж никак не из благонамеренных обывателей. А потому позволь уж с тобою по-свойски... Знаешь, что мне кажется, Петруша? — повернулся он к Сажину.— Что подпольный из двух паспортов — тот, что выписан на Лямпе. А тот, что на Савельева, самый что ни на есть доподлинный...

— Интересно, а в чем смысл такой игры? — с искренним любопытством спросил Лямпе.

— А ты не понял, залетный? — столь же искренне удивился пристав Мигуля.— Ох, чувствую, не бит... С дворянином Лямпе, немецких кровей, в чем бы ни обвинялся, надлежит соблюдать некоторый этикет... зато с мещанином Савельевым можно и совсем по-простецки... Сапогом ему в рыло,— широко улыбнулся он.— Теперь понял? Точно тебе говорю, Петруша: паспорт на Лямпе фальшивый, а вот на Савельева — настоящий...

— Ваше благородие! — рявкнул Зыгало из-за спины Лямпе.— Прикажете за резиновой плеткою сбегать?

— Дурак ты, Зыгало, под стать твоей дурацкой фамилии,— отозвался пристав задумчиво.— Вон и в протоколе давеча накорябал «револьверт». Во-первых, с ошибками, а во-вторых, там был не револьвер, а пистолет, каковой от револьвера по устройству отличается принципиально. И не в том беда, что пишешь ты с ошибками, а в том, что ушлый адвокат за твою описку ухватится и начнет мне дело разваливать... Резиновой плеткой, Зыгало, в уезде мужиков по заднице хлещут. А мы в губернском городе обретаемся, должны соблюдать стиль... Беги за валенком, Мишкин, он в канцелярии под столом валяется, я видел намедни...— и, едва за Мишкиным захлопнулась дверь, повернулся к Лямпе.— Растолковать вам сей сужет? В валенок, изволите ли видеть, насыпается песок и сим нехитрым приспособлением охаживаем клиента со всем нашим старанием, благо дурацкое дело — нехитрое. У вас потом печенка с селезенкой перемешается, да ни один врач не усмотрит внешних-с повреждений, слово даю...— Не меняя тона, он бросил: — Зыгало...

Лямпе так и бросило вперед от жесточайшего подзатыльника. В голове загудело, из глаз посыпались искры. Уже не владея собой, он попытался вскочить, но Зыгало, положив ему на плечи широкие ладони, прямо-таки припечатал к стулу.

— Ишь, глазами засверкал...— удовлетворенно сказал Мигуля.— Принесет Мишкин валенок, еще похуже будет... Ну что, варяжский гость, колоться будем?

Лямпе понимал, что шутки кончились и пора выкарабкиваться из этой поганой истории.

— Хорошо,— сказал он, все еще морщась от боли в затылке.— Я вижу, у вас тут телефон. Прекрасно. Вызовите номер двадцать девять, жандармское управление, попросите к аппарату полковника Ларионова...

Телеграфная депеша, расшифрованная за неделю до описанных событий.

ШАНТАРСК ЗПТ НАЧАЛЬНИКУ ГУБЕРНСКОГО ЖАНДАРМСКОГО УПРАВЛЕНИЯ ПОЛКОВНИКУ ЛАРИОНОВУ ТЧК ДЛЯ РАССЛЕДОВАНИЯ ОБСТОЯТЕЛЬСТВ СМЕРТИ

СОТРУДНИКА ПОДЧИНЕННОГО МНЕ ОХРАННОГО ОТДЕЛЕНИЯ ЗПТ КОЛЛЕЖСКОГО АСЕССОРА СТРУМИЛИНА ЗПТ В ШАНТАРСК НАПРАВЛЯЕТСЯ РОТМИСТР ОТДЕЛЬНОГО КОРПУСА ЖАНДАРМОВ БЕСТУЖЕВ АЛЕКСЕЙ ВОИНОВИЧ ТЧК РОТМИСТР БЕСТУЖЕВ ПРИ НАЛИЧИИ ТАКОВОЙ НЕОБХОДИМОСТИ ИМЕЕТ ВСЕ ПОЛНОМОЧИЯ ЗАНИМАТЬСЯ ДРУГИМИ ИЗВЕСТНЫМИ ВАМ ДЕЛАМИ ЗПТ ПРЕБЫВАЯ НА ПЕРВОНАЧАЛЬНОМ ЭТАПЕ ИНКОГНИТО ТЧК РОТМИСТР БЕСТУЖЕВ МОЖЕТ ПОЛЬЗОВАТЬСЯ ПАСПОРТАМИ НА ИМЯ ЛЯМПЕ ЛЕОНИДА КАРЛОВИЧА ЛИБО САВЕЛЬЕВА ПАВЛА ЕРЕМЕЕВИЧА ТЧК ПРОСЬБА ОКАЗАТЬ ВСЯЧЕСКОЕ СОДЕЙСТВИЕ И ПОМОЩЬ РОТМИСТРУ БЕСТУЖЕВУ И СОПРОВОЖДАЮЩИМ ЕГО В ПОЕЗДКЕ ФИЛЕРАМ ЛЕТУЧЕГО ОТРЯДА СЕМЁНУ АКИМОВУ И ПАНТЕЛЕЮ ЖАРКОВУ ТЧК ДАННАЯ КОМАНДИРОВКА ПРЕДПРИНИМАЕТСЯ ПО СОГЛАСОВАНИЮ СО ВСЕМИ НАДЛЕЖАЩИМИ ИНСТАНЦИЯМИ ТЧК

НАЧАЛЬНИК САНКТ-ПЕТЕРБУРГСКОГО ОХРАННОГО ОТДЕЛЕНИЯ ГЕНЕРАЛ ГЕРАСИМОВ

Глава девятая. **Без маски, среди своих**

— Насчет н е м ц а Лямпе — это было специально придумано? — спросил полковник Ларионов.— Чтобы был именно немец, а не представитель какой-то другой нации?

— Специально,— устало усмехнулся Бестужев.— Видите ли, Василий Львович, немцу в нашем российском представлении отведен некий определенный набор качеств. Немец педантичен, скопидомист, он формалист до абсурда, как это блестяще описано Лесковым,— но вот в х и т р ос т и, в коварстве азиатском немцу у нас отчего-то решительно отказывают. И, что характерно, относятся чуточку свысока: ты, мол, немец-перец-колбаса, и расчетливее нашего брата русака в сто раз, и оборотистее, но вот и г р ы у м а от тебя не дождешься... И, право же, те, кто мне готовил эту

110

личину, оказались правы, я проехал чуть ли не всю Россию, встречая именно такое отношение, какое было предсказано...

— Что же вы семужкой-то брезгаете? — радушно укорил полковник.— Сейчас пельмешки подадут, я, знаете ли, чувствуя себя несколько виноватым, вспоминая, что вам пришлось перенести у наших полицейских бурбонов...

— Пустяки,— усмехнулся Бестужев.— Одна-единственная затрещина. Никак не повод для уныния.

Полковник деликатно покашлял, отвел взгляд, словом, он теперь выглядел как воспитанный человек, вынужденный сказать в глаза нечто нелицеприятное:

— Вы уж простите провинциального медведя, Алексей Воинович, но позвольте все же заметить, что от этой затеи с немцем Лямпе и мещанином Савельевым явственно попахивает пинкертоновщиной, этими книжечками в мягких обложках, гимназическим чтивом...

— Вполне возможно,— со вздохом признался Бестужев.— Но вы, Василий Львович, не учитываете подчиненности моего положения. Это вы здесь — царь и бог, между нами говоря. А офицерам вроде меня в столицах приходится поступать согласно приказам начальства.

— Да какой уж царь...

— Ну, не скромничайте. Вы все-таки начальствуете над губернским управлением, в а ш е начальство далеко... Генерал велел действовать поначалу инкогнито, оставалось щелкнуть каблуками и, преданно поедая глазами начальство, заверить в скрупулезном выполнении инструкций оного... Позавидуешь вам, господин полковник...

— А вы не завидуйте,— усмехнулся полковник.— Скажу вам по секрету, Алексей Воинович, полковник — самый г л у п ы й чин. Да-да, вот именно. Потому что каждый полковник с некоторых пор начинает задаваться вопросом: станет он когда-нибудь генералом или так и уйдет в отставку полковником? В других воинских чинах это не столь ярко выражено, а вот переход от полковника к генералу — штука заковыристая... Станете полковником — узнаете на опыте.

— Ну, когда-то будет...

— Не скромничайте,— сказал полковник.— Мы здесь, во глубине сибирских руд, как ни странно, наслышаны об успехах столичных коллег. Ну как же, ротмистр Бестужев. Первый сотрудник охранного отделения, коему удалось проникнуть в заграничную школу бомбистов... Да-с, наслышан и о ваших подвигах во Львове, и о досрочном производстве, и о крестике...

— Работа как работа,— пожал плечами Бестужев.

— Ну, не скромничайте, хвастаться заслугами — глупо, но и вовсе их замалчивать — тоже несвойственно норме... Еще рюмку?

— С удовольствием,— сказал Бестужев. Все переменилось за какой-то час — немец Лямпе, как и мещанин Савельев, канули в небытие, он сидел сейчас в отдельном кабинете ресторана при «Старой России», уже в старательно отглаженном железнодорожными жандармами летнем кителе, извлеченном из багажа, и полковник Ларионов старательно его потчевал. Вряд ли из одного почтения к столичному гостю — видно было, что полковник, как это частенько случается с пожилыми людьми, всем прочим радостям жизни предпочитает чревоугодие.

Официант внес исходящую паром супницу, серебряным половником принялся ловко разливать в глубокие тарелки бульон с крохотными пельменями.

— Это, извольте видеть, из рябчика,— сказал полковник, вовремя подметив легкое изумление Бестужева малыми размерами яства.— Их специально такими ма-ахонькими лепят.

Из вежливости Бестужев сказал:

— Неловко, право, что вам приходится столь тратиться...

— Вы о рябчиках? Ох,— полковник фыркнул с детской непосредственностью.— Алексей Воинович, это у вас в столицах рябчик — дорог, а у нас сия птичка летает во множестве, быть может, как-нибудь выберетесь к нам осенью, вот и свозим вас на охоту... А? Чем не идея? Зимой? Берлогу медвежью присмотрим...

— А в медвежью шкуру никого зашивать не будете? — усмехнулся Бестужев.

— Господи, и до столиц эта история дошла?

— В самых общих чертах. Не расскажете ли?

— Ох! — полковник махнул рукой с нарочитой досадой, но глаза смеялись.— Ославили на весь свет, право... Прибыл к нам с визитом некий сенатор, второго класса чин, принятый при высочайшем дворе, и прочая, и прочая. Аккурат перед прибытием посредством синей ленты собрал на груди чуть ли не всех святых...* И вот загорелось ему непременно ухлопать Топтыгина. Одна беда, доложу я вам: из государственного мужа давно уж песок сыпался, поднять самое легонькое ружьишко еще способен, но вот попасть в цель из оного — задача непосильная. Ну-с, мы, сибиряки, люди с фантазией. Есть при губернаторе чиновник особых поручений, молод, однако хват,

---

* Т. е. получил высший орден Андрея Первозванного, что по тогдашним правилам делало награжденного одновременно и кавалером высших степеней орденов Анны и Станислава, а также Белого Орла и Александра Невского (степеней не имевших).

каких поискать. Этот вьюнош и подал дельный совет: зашить в медвежью шкуру человеческого индивидуума. Патроны господину сенатору, естественно, вложить холостые. А шкуру бы потом представили доподлинную... Сказано — сделано. Упаковали в шкуру полицейского урядника, человека проверенного, два дня с ним роль репетировали: как выскочит, как рявкнет, как живописно после меткого выстрела упадет... И вот — охота. Бабахает его высокопревосходительство в белый свет, как в копеечку,— но «Топтыгин», сами понимаете, все равно весьма натуралистично подыхает. Рукоплескания, восхищение всеобщее... и вот тут-то становой пристав, дубина, в тонкости разыгранного спектакля не посвященный, решает к высокому гостю подольститься. Цапает свой наган, орет: «Да он еще корячится!» — и всаживает пулю в нашего «мишку». «Мишка», естественно, от такой неожиданности взмётывается на дыбы и дурным голосом орет на пристава: «Убьешь, мать твою! Что делаешь, дуролом?!» Последовавшая сцена достойна пера Шекспира — кто прочь бежит, кто крестится, переполох, гам, столпотворение... Хорошо еще, урядник получил лишь легкое ранение в мякоть левой ноги. Пришлось потом бедняге выхлопотать медаль шейную «За усердие» на Аннинской ленте, деньгами наградить... Самое трудное было подыскать убедительное объяснение — его высокопревосходительство в момент столь опрометчивого выстрела стоял в двух шагах от «добычи» и настаивал, что прекрасно слышал и видел, как мертвый медведь вдруг вскочил, да еще орал самым что ни на есть человечьим басом. Справились и с этим. Учли характер и пристрастия объекта. Его высокопревосходительство — мистик известный, ни одного спиритического сеанса не пропускает, французские оккультные журнальчики выписывает, ныне, на-

114

сколько мне известно, замечен среди почитателей Распутина...

— Совершенно верно,— кивнул Бестужев.

— Вот-с... Трудами моего помощника и еще двух чинов, Корпуса и сыскного, была вскоре же сочинена убедительная легенда о злокозненном инородческом шамане, вороне здешних мест, который из неприязни к православию пытался своим гнусным ведовством навести страх на влиятельную и приближенную к императору особу. Самое смешное, что эту версию его высокопревосходительство изволили скушать мгновенно и с нескрываемым аппетитом,— причем горячо заверяли, будто сразу все так и поняли, но, конечно же, ничуть не испугались, встретив, так сказать, грудью волховские происки... Историю эту какая-то добрая душа не поленилась пересказать нашему начинающему литератору, инженеру Вячеславу Яковлевичу, так что, вполне возможно, мы ее еще прочитаем в беллетристическом виде...— он зафыркал, немного посерьезнел.— Алексей Воинович, Распутин что, доставляет о п р е д е л е н н о е беспокойство?

— Пожалуй,— кивнул Бестужев.

— Ох уж это мне столичное чистоплюйство,— протянул полковник с нешуточным раздражением.— Да вызовите вы из провинции парочку хватких жандармов или даже полицейских приставов, они этого вашего мужицкого пророка в два счета прогонят подзатыльниками вдоль всего Невского так, что дорогу забудет в Петербург...

«Провинциал вы все же, ваше высокоблагородие,— с грустной насмешкой подумал Бестужев.— Оторвались от столичных реалий. Как бы ваших хватких провинциальных жандармов самих не прогнали по Невскому затрещинами такие господа и дамы, что помыслить неуютно...»

А вслух сказал:

— Ну, будем надеяться, эта заноза как-нибудь да ликвидируется. Удовлетворите любопытство, Василий Львович,— Георгий ваш не за турецкую ли кампанию получен?

— Угадали. А ваш, конечно же, за японскую? Мукден?

— Нет,— сказал Бестужев.— Дело это стало впоследствии известно как прорыв конницы генерала Мищенко в Корею. За Мукден — Анна третьей степени.

— А этот крест, судя по украшающим его инициалам, австрийский?

Бестужев кивнул:

— Рыцарский крест ордена Франца-Иосифа. После... Львова.

Завязался неспешный разговор об орденах сих и чужих, в том числе и о немаленькой пластине с драконом на груди пристава Мигули, полученной, как оказалось, от китайского премьера не только за бравый внешний вид, но и за немалые услуги по отысканию драгоценной табакерки, свистнутой у проезжавшего в Москву китайского сановника оборотистыми ольховцами. Бестужев поддерживал непринужденную беседу, не выказывая ни малейшего неудовольствия. Он уже понял тактику полковника и не сомневался, что это была именно т а к т и к а,— сразу после освобождения его из полицейских лап Ларионов весьма даже мастерски уводил разговор от того, что послужило причиной командировки Бестужева в Сибирь. Мотивировка, надо признать, была убедительной донельзя: в самом деле, какие могут быть серьезные разговоры о жандармских сложностях и хлопотах, когда время близится к десяти вечера и наилучшим выходом будет лишь плотно поужинать, а хлопоты начнутся завтрашним утром...

Бестужев на месте полковника и сам вел бы себя точно так же, но этот день, казавшийся бесконеч-

116

ным, пожалуй, самый длинный день в его жизни, оказался столь насыщен встречами, новыми знакомствами и коллизиями, что ротмистр, словно бы по инерции, до сих пор не мог прийти в себя, успокоиться, остыть. Жажда действий все еще бурлила по жилочкам, но силы приложить оказалось некуда, оставалось покорно поддаваться напору ларионовского чревоугодия да вести приятную беседу о сущих пустяках...

— Если не секрет — где ваши филеры?

— Спят уже, наверное,— безразличным тоном сказал Бестужев.

Семен до сих пор так и не объявился, и это довольно-таки беспокоило — стоит вспомнить о происшедшем со Струмилиным и Штычковым,— но полковника пока что не нужно посвящать в иные тонкости... Во исполнение инструкций Герасимова.

— Алексей Воинович,— сказал полковник, когда с пельменями было покончено и в рюмки вновь заструилась чистейшая смирновская.— Простите старому бурбону его навязчивость, но меня, откровенно признаюсь, гложет любопытство... Как вы оказались в Корпусе? То, что вы в Корпусе оказались, прямо-таки подразумевает некие непреложные детали: можно с уверенностью говорить, что происходите вы из потомственных дворян... хотя, пардон, бывают исключения... не католик... что вы прослужили в армии не менее шести лет, не имеете долгов, репутация ваша безукоризненна, располагаете достаточными средствами... Но это лишь — перечень непременных условий для всякого, поступающего в Корпус жандармов. А вот побудительные мотивы... Знаете, на старости лет становишься любопытен не в меру. Новые люди — это всегда и новые загадки. Далеко не худшее кавалерийское училище, потом — гвардейская кавалерия, два ордена и Аннинское оружие за японскую войну... А что п о т о м? Обожаю психологические ребусы, есть такая страстишка. Разумеется, если здесь есть свои секреты...

— Господи, какие там секреты? — сказал Бестужев устало.— Знаете, Василий Львович, виной всему как раз господа революционеры. Да, именно так. Своими руками пополнили ряды охотников за ними...— он выпил следом за полковником, отставил рюмку, прожевал сочный ломтик нежно-розовой рыбы.— До войны я не интересовался политикой, как и большинство нашего офицерства. Знал, конечно, что творится в стране: радикальные партии, экспроприации, бомбы, поздравления японскому микадо с победами, отправляемые русской же интеллигенцией... Все равно, это было где-то далеко. А потом, в мае шестого, взорвалась бомба. В прямом смысле. Эсеры бросили бомбу на одном из севастопольских бульваров — то ли за очередным «царским сатрапом» охотились, то ли просто так... жена и ее брат оказались в числе убитых, я сам спасся форменным чудом — увидев знакомого по училищу, отошел на несколько шагов, и по какому-то капризу баллистики осколки не пошли в ту сторону.

— Мои соболезнования...

— Нет, все сложнее,— признался Бестужев.— С женой, откровенно говоря, не ладилось так давно и серьезно, что мы к тому моменту стали совершенно чужими людьми во всех смыслах. Да и братца ее терпеть не мог — ничтожество, пустышка, мот... Здесь другое. До сих пор вся эта революционная сволочь существовала где-то о т д е л ь- н о. Отдельно и отдаленно. Это был другой мир, никоим образом не соприкасавшийся с моим. И вдруг — соприкоснулось. Ясно стало, что нет двух миров, что о н и — в том же самом, в моем, в э т о м. Что их нужно остановить, в том числе и

118

моими усилиями... Это я сейчас относительно гладко излагаю — тогда, конечно, все это почти не выливалось в слова, я с трудом мог изложить побудительные мотивы... но генерал Герасимов понял сразу. Если бы не он — не сидеть бы нам сейчас здесь...

— И — не жалеете? Того, например, что отныне бесповоротно отлучены от офицерских собраний, куда нашего брата п у щ а т ь не велено?

— Постараюсь пережить и это неудобство.

— Ну, вот оно, значит, как...— задумчиво протянул Ларионов.— Признаться по совести, вы мне сейчас напомнили меня в молодости. Право слово. Только для меня толчком стало первое марта восемьдесят первого года, злодейское покушение на государя и его смерть... Что-то мы о печальном? Незаметно свернули беседу на работу, будь она проклята... Время самое неподходящее, уж одиннадцать скоро. Утомил я вас? Болтовней и назойливым потчеваньем? Что поделать, мы тут попросту... Да и нельзя ударить в грязь лицом перед столичным гостем, чтобы не говорил потом, что в Сибири обитают скряги, негостеприимны... Но ежели, Алексей Воинович, я вас и в самом деле утомил, вы не стесняйтесь, так и скажите. Какие счеты меж своими?

— Помилуйте! — усмехнулся Бестужев.— Что-то я не чувствую особенной усталости. Готов хоть сейчас заняться делами, так что ловлю вас на слове, дабы доказать, что вы меня не утомили нисколечко, можно и о делах поговорить...

— Нет, вы серьезно? На ночь глядя?

— Ну, не углубленно, конечно,— сказал Бестужев.— В управлении у вас нет никого, разошлись по домам, бумаги под замком... Но хотя бы в общих чертах можем обменяться мнениями?

— А есть ли смысл? — мягко спросил полковник Ларионов.— В общих-то чертах? Без серьезного доклада работающих по делу офицеров, без документации? Я понимаю, вы молоды и энергичны, вас снедает нетерпение, но, право, подождите до завтра.

— Пожалуй, вы правы,— кивнул Бестужев, понимая, что разговора о делах ни за что не получится, полковник непреклонен.

Он посмотрел на собеседника. Ларионов ссутулился на стуле, в один миг словно бы постарев.

— Разговор у нас пока что частный, Алексей Воинович,— сказал он негромко.— И я вас просто-таки умоляю: дайте старику поспать спокойно хотя бы эту ночь. Я прекрасно понимаю, как выгляжу во всей этой истории,— самым печальным образом. Грабятся золотые караваны, гибнут люди, командированные к нам из столиц для расследования,— и, бьюсь об заклад, какая-то циничная душа уже начала усматривать зависимость второго от первого...

— Ну что вы! — энергично запротестовал Бестужев.

— Я не о вас, помилуйте, вы чересчур молоды, благородны и прямодушны... но ведь старые, прожженные циники всегда найдутся в любом ведомстве. Неужели не пошли шепотки в э т о м духе? Мол, не уберегли здешние растяпы столичного чиновника?

— Гм... нечто подобное действительно имело место.

— Вот видите! А крайним в сей скверной истории, попомните мои слова, непременно окажется ваш покорный слуга.— Полковник наполнил рюмку до краев, от волнения забыв предложить Бестужеву, и ш а р а х н у л ее до дна, но смотрелось это не залихватским гусарским жестом, а скорее отчаянием. Крякнул, поднял на ротмистра усталые глаза: — Хотя виноват далеко не я один, но кто же об этом помнит, когда ищут козлов отпущения... Застрелиться, что ли? — он рассолодел на глазах.

— Господин полковник!

— Я фигурально... Но положение мое и вправду премерзкое. Ох, я же и забыл вам налить, хорош хозяин...— он торопливо исправил оплошность.— А знаете ли вы, кстати, что мы вообще могли оказаться не привлечены к расследованию смерти Струмилина? Никто ведь в «Старой России» и не подозревал о причастности его к охранному отделению. Сама по себе форма чиновника Министерства внутренних дел чересчур, я бы сказал, всеобъемлюща. Мало ли в МВД таких чиновников, занимающихся самой что ни на есть текущей канцелярщиной? У нас даже и губернаторы числятся по МВД... Первой приперлась полиция. Васька Зыгало, орясина,— да-да, тот самый, что вас наградил подзатыльником,— ухитрился растоптать сапожищем гильзу от браунинга. Ну, не растоптал совсем, все-таки сделана из металла, однако в лепешку смял. Только и умеют, что щелкать по мордасам... Хорошо еще, наш верный конфидент Прохор, он же Антуан, догадался позвонить в охранное. Старателен, болван, он, кстати, быстренько сообщил и о том, как страшный социалист Лямпе махал у него под носом браунингом, запугивал, в шайку свою вербовал...

— Так-таки и вербовал? — усмехнулся Бестужев.

— Напугали вы его изрядно, вот и наплел с три короба... Хотя, в общем и целом, агент старательный. Сами понимаете, нельзя такой объект, как «Старая Россия», держать без освещения... Одним словом, когда приехали мы, полицейские михрютки не успели особенно напортить. Правда, портить было практически и нечего, не считая гильзы, которую приснопамятный Зыгало вертел в пальцах с таким видом, словно возомнил себя Натом Пинкертоном... Ну, следует признать, что судебный следователь Аргамаков — толковый молодой человек...

— Вы уверены, что это самоубийство? — спросил Бестужев напрямую.

— Совершенно уверен. Стопроцентно. Алексей Воинович, я не так уж и пьян, просто... муторно что-то. А потому отнеситесь серьезно к моим словам. Я вас убедительно прошу на завтрашнем совещании ни словечком не упоминать о Струмилине и его... кончине. Потом мы с вами, оба-двое, съездим к Аргамакову, и он расскажет обо всем подробнее. Я вас прошу! Можете дать мне слово, что эту просьбу выполните? Алексей Воинович, извините, что напускаю тумана и интригую вас на сон грядущий, но вы потом сами поймете, что предлагаемый мною вариант — в интересах не какого-то там «полкаша» Ларионова, а, не сочтите за поэтическое преувеличение, всей нашей службы... Не надо об этом завтра... на людях. Ну, обещаете?

— Слово,— кивнул Бестужев.— Василий Львович, вы меня убедили, я не буду донимать вас сегодня расспросами, а завтра в точности последую вашей просьбе... но вот об одном эпизоде хотел бы узнать немедленно. Слишком все серьезно. Нет ли у вас сведений о судьбе Кузьмы Штычкова из ювелирной мастерской Коновалова?

— Штычков? В жизни о таком не слышал. Это кто?

— Дней десять назад поступил в мастерскую Коновалова. Потом исчез. Это был наш человек, из летучего отряда.

— Первый раз слышу,— решительно сказал полковник.— Да и сам Коновалов куда-то запропастился — впрочем, он и прежде исчезал по делам без особого предупреждения...

— Я начинаю подозревать самое худшее,— признался Бестужев.— Поэтому хотел бы посмотреть все бумаги по «насильственным» трупам. Сможете устроить?

— Ну, это-то предельно просто... Утречком же отряжу офицера в канцелярию полицмейстера...

У Бестужева так и крутилось на языке еще несколько вопросов, вполне закономерных и логически проистекающих из уже сказанного, но он сдержался. В чем-то полковник был прав — не стоило пороть горячку заполночь...

...Возвращаясь к себе в номер, он натолкнулся на Прохора, озабоченно рысившего куда-то с сифоном сельтерской. Завидев «немецкого торгового человека» и «страшного социалиста» в полной жандармской форме, прохиндей, такое впечатление, ничуть даже не растерялся. Расплылся в масленой улыбочке:

— Счастлив приветствовать ваше высокоблагородие в подлинном вашем виде!

— Ты, голубь, меня не навеличивай,— сказал Бестужев, в общем, ничуть не сердясь — за что? — Я пока что просто благородие. Значит, сдал все-таки социалиста по принадлежности?

— А как же-с? — усмехнулся Прохор.— Обязанности свои знаем-с и социалистов представлять по начальству умеем. Сам полковник благодарили-с высокопарными словами, серебряный портсигар обещали... Не за вашу милость, за прошлые заслуги...

— Ну, служи,— серьезно оказал Бестужев.— И вот что, брат... Мне, быть может, еще с Анюткой пообщаться захочется, так что я по старой памяти к тебе и обращусь.

— Непременно, ваше высокоблагородие! Я ж вас еще тогда заверял — розанчик, и обхождение знает...

— Ладно, ступай,— отмахнулся Бестужев.

Отперев дверь номера, легонько вздрогнул от неожиданности, но тут же успокоился — сидевший в кресле у стола оказался Сёмой Акимовым, имевшим вид усталый, но чрезвычайно довольный.

— Хорош,— устало сказал Бестужев, снимая шашку и кладя на стол фуражку с синим околышем.— А если бы я с порога из браунинга шарахнул?

— Алексей Воинович, я ж знаю ваше хладнокровие...

— Ты как сюда попал?

— Обыкновенно. Завалялась в кармане невидная железка, я ею деликатно замочек ковырнул, а он возьми и отворись. Не один Пантелей хитрыми рукомеслами владеет, хоть и любит хвастаться, что лучше его во всем отряде нет...

— Итоги, Сёма, итоги,— сказал Бестужев, вытянув ноги.— Время позднее, устал, как собака...

— Итоги в следующем,— мгновенно посерьезнел Сёма.— Мною был принят объект наблюдения, которому в соответствии с обычной практикой присвоена кличка Облом,— больно уж здоров, черт, щеки лопаются... После того, как Облом безнадежно сбился со следа Пантелея, он еще минут несколько говорил с напарником в канотье. Судя по жестикуляции и выражению лиц, сначала мерзко ругались, потом выясняли, надо полагать, кто больше виноват в неудаче,— так оно обычно и бывает в таких случаях. Затем Канотье удалился в неизвестном направлении, а я согласно данной вами инструкции пошел за Обломом. С того места он довольно целеустремленно направился в некое место, каковое впоследствии оказалось, по его туда прибытии, торговым заведением. Под вывеской «Съестные припасы и бакалея Даника», Николаевская слобода...

— Всехсвятская улица, дом одиннадцать,— сказал Бестужев.— Знаю уже. Как он шел?

124

— Как человек, полностью в себе уверенный,— сказал Сёма.— И в мыслях не держал, что его могут тропить. Благодаря чему я, рискнув войти за ним следом, прекрасно слышал, как он потребовал у приказчика провести его к хозяину, что приказчик и исполнил с таким видом, словно оба давно знакомы и просьба эта уже привычна. Я, конечно, в задние комнаты следом за Обломом последовать не мог, пришлось вести чисто наружное наблюдение. Через восемнадцать минут Облом появился в лавке, вышел, в течение минут примерно сорока бесцельно болтался по улицам, явно не зная, куда себя деть. Потом в скверике на Почтовой к нему подошел субъект, мне неизвестный: лет около тридцати пяти, роста среднего, глаза темные, черноволос, усы и борода того же цвета, одет как купец средней руки — русское платье, не европейское, во всем облике есть нечто цыганистое, почему и был зашифрован мною как Цыган. Перекинувшись несколькими словами, оба остановили извозчика. Я тоже сумел остановить другого и следовал за ними до места, известного в Шантарске, как Афонтова гора — обширная лесистая возвышенность на восточном краю города, застроена дачами и так называемыми заимками — отдельно стоящими частными домами. В одной из таких заимок оба и скрылись. Пребывали там достаточно долго, до десять тридцати шести вечера, когда вышли, не осталось сомнений, что употребляли спиртное в приличном количестве. Пешком направились в город, благодаря поддавшему состоянию и лесной местности вести за ними наблюдение было нетрудно. В черте города Цыган взял извозчика и скрылся в неизвестном направлении, а Облома я повел дальше, пока он меня не привел к частному деревянному домику по улице Пристанской, семнадцатый номер. Последующие наблюдения убедили, что там он и проживает,— собака хвостом вертела, на грудь кидалась, потом во двор вышел враспояску, папироску выкурил. Я решил, что моя миссия выполнена, и отправился на ваши поиски. По причине позднего времени людей на Пристанской не было, так что порасспросить оказалось не у кого. Но там он живет, это точно.

— Молодец,— сказал Бестужев.

Работать Сёма умел, несмотря на относительно молодой возраст, именно он однажды, ведя порученный его заботам объект, оказался вынужденным с тремя рублями в кармане прыгнуть вслед за клиентом в поезд дальнего следования. И оказался за девятьсот девяносто верст от Петербурга, в глухом белорусском местечке, где и русского-то толком не знали. Претерпев разные приключения, коих хватило бы на полромана Дюма, Сёма ухитрился просуществовать как-то и установить адрес, куда направлялся объект,— там потом был вскрыт неплохой эсеровский гадюшник...

— Что дальше?

— Ничего пока,— оказал Бестужев, чуть подумав.— Будьте с Пантелеем в полной боевой готовности. Как станут развиваться события, толком неизвестно.

— Алексей Воинович...

— Ну, что ты мнешься?

Еще немного поерзав, Сёма сказал решительно:

— Алексей Воинович, что-то тут неладно.

— А конкретно?

— Эти двое. Облом и Канотье, мне, уж простите на глупом слове, чрезвычайно напоминают филеров. Я наших давно уж без промаха узнаю по ухваткам, этакому чему-то неуловимому... как и нелегалов, впрочем. Пудель, знаете ли, даже если во всю жизнь волкодавов не видел, встретив такового, тут же опознает, что имеет дело с такой же собакой, а не, скажем, с козой...

— Вот что, Сёма,— сказал Бестужев тихо и серьезно.— Ты, родной мой, помалкивай. Нет, со мной ты просто-таки обязан делиться всеми соображениями и догадками, а вот с прочими, если приведется, помалкивай. Усек?

— С полным разумением... Разрешите скрыться черным ходом?

— Валяй,— кивнул Бестужев.

Заперев за Акимовым дверь, он тщательно повернул ключ в замке. И перед тем, как погасить перед сном керосиново-калильную лампу, положил под подушку браунинг с патроном в стволе. Он вовсе не ждал скверного визита, но ничего не мог с собой поделать, душа требовала присутствия оружия рядом.

Вопреки тяжелым предчувствиям, на кровати покойника спалось не так уж плохо, и никакие кошмары не приснились, а приснилась прекрасная незнакомка с бесценными рубинами на шее — снилась поэтически, светло и чисто, почему-то лес вокруг был осенний, багряно-золотой, их разговор казался во сне душевным и нежным до щемящей тоски в груди. Вот только, проснувшись, Бестужев, как это случается сплошь и рядом, забыл все до единого сказанные во сне слова, и свои, и ее. А вот щемящая тоска осталась...

СУВОРОВСКАЯ ТАКТИКА
С МЕСТНЫМИ ПОПРАВКАМИ

Глава первая. **Обстоятельно и подробно**

— Пантелей пусть п о х о д и т вокруг Даника,— сказал Бестужев.— Осторожненько, не его учить, но все равно напомни лишний раз насчет скрупулезности...

— Ага,— сказал Сёма.— А мне, значит, этот, Облом?

— Не спеши,— поморщился Бестужев.— Этот Облом как личность, несомненно, представляющая собой чистой воды рядового исполнителя, меня интересует в последнюю очередь. У тебя — не Облом, а девица по имени Анюта Белякова. Имеющая жительство в меблирашках на Покровской. Сразу уточню, что девицей ее следует звать чисто фигурально — поскольку промышляет тем древним ремеслом, что связано с полным отсутствием девичества... Сначала опять-таки п о х о д и вокруг, разузнай по возможности, сильно пьет или не особенно, не употребляет ли порошочки и вообще не слывет ли записной фантазеркой. Одним словом, в быстрые сроки сделай мне полный «портрет». Вот и все пока. А сейчас испаряйся, за мной скоро должны приехать гостеприимные хозяева.

— Чересчур уж гостеприимные,— проворчал Семён.— С ходу «хвостов» поставили...

— Сёма,— серьезно сказал Бестужев.— Я тебе, как ценному сотруднику, иногда позволяю вольности, но ты все-таки тонко чувствуй момент, когда начальство не расположено выслушивать твои комментарии... Брысь!

Семён улетучился из номера, и, как оказалось, очень вовремя — буквально через минуту в дверь решительно постучали. Бестужев крикнул:

— Прошу!

Сначала он увидел голубую жандармскую фуражку и лишь потом узнал ее хозяина. Вот так неожиданность... Рокицкий, удивленный еще больше, даже воскликнул:

— Вы?

— Я,— сказал Бестужев, ощутив мучительную неловкость.— Я полагал отчего-то, Иван Игнатьевич, что вы — в Иркутском управлении...

— Нет, меня направили именно сюда,— сказал штабс-ротмистр Рокицкий, уже полностью овладев собой.— Имею честь служить помощником полковника Ларионова. За вами прислан экипаж. Если вы готовы, прошу пожаловать...

Он теперь сохранял на лице бесстрастное выражение хорошо воспитанного человека, умеющего к тому же надежно скрывать свои эмоции,— по крайней мере, после первой, минутной растерянности. Сторонний наблюдатель, войди он с опозданием, мог вообще не понять, что Бестужев с Рокицким прекрасно знают друг друга...

— Сию минуту,— оказал Бестужев, торопливо надевая саблю.

— Полковник просил передать эту бумагу, он сказал, вы ее просили...

Бестужев бегло просмотрел справку. Очередной тупик и очередная тайна. Из опознанных покойников, поступивших к шантарским божедомам за соответствующий период, ни один не ассоциировался с Кузьмой Штычковым, а трое неопознанных, судя по беглому описанию, были совершенно другими людьми, не подходили под описание Штычкова ни по возрасту, ни по внешним приметам... Что ж, на войне именно это и называется — «пропасть без вести». Но — в мирное время, пусть даже при яростном противоборстве охраны и ее врагов?! Убивали, конечно, калечили — это было, но чтобы опытный филер пропал без вести... Бестужев даже не мог припомнить прецедента.

— Пойдемте,— сказал он, стараясь держаться непринужденно и корректно.

И все равно, как бы оба ни старались изображать мнимое отсутствие эмоций, напряжение висело в воздухе. Бестужев с неудовольствием ощутил виноватым с е б я — хотя, видит бог, он здесь вообще ни при чем...

История, разыгравшаяся в прошлом году, была банальной, как беседа пьяных крючников. Штабс-ротмистр Рокицкий, довольно уверенно делавший карьеру в Санкт-Петербурге, поскользнулся, цинично выражаясь, на форменной ерунде: всего-то п о с т а в и л якобы революционную подпольную типографию, начавшую уже печатать листовки возмутительного содержания, а потом якобы ее обнаружил и накрыл. И даже успел получить Владимира.

Потом, увы, грянуло... Бестужев ни в армейские времена, ни позже, в Отдельном корпусе, не страдал младенчески наивным взглядом на российское бытие. Не только в Российской империи, но наверняка и в других державах подобное случается чаще, чем думают прекраснодушные идеалисты. Даже легенда отечественного уголовного и политического сыска Иван Путилин, как выяснилось позже, был уличен в излишне вольном, в свою пользу, обращении с секретными казенными суммами, что говорить о рыбешке помельче?

Строго рассуждая, вовсе не Рокицкий являлся первооткрывателем подобного способа заработать орденок или внеочередное производство. Не оскудела талантами земля русская, все придумали до него — и постановку фальшивых типографий тоже. И многим эти шалости сходили с рук, оставались без последствий, пусть даже все вокруг были в курсе. Невезение Рокицкого оказалось в том, что он подвернулся под горячую руку в тот час, когда срочно потребовалось организовать образцово-показательную порку. Нет ничего хуже, и в России, и за рубежом, как попасть под показательную борьбу с прегрешениями. Кампании эти замышляются не с кондачка, проводятся пышно: реют флаги и вымпелы, строятся шеренги, пуговицы драятся зубным порошком, парадные шпицрутены чуть ли не бантами украшены... Потом все надолго затихает, до следующей вспышки начальственного гнева.

Рокицкий подобным образом и подвернулся. Многим сходило, а ему не сошло. Если разобраться, с ним поступили где-то даже и милостиво — не уволили в отставку, не подвергли суду офицерской чести, всего-то навсего отправили подальше с глаз долой, в Сибирь,— но карьера, вне сомнения, после такого поворота оказалась разрушенной напрочь. Та же ссылка, если подумать. Заранее можно предсказать, что с чинопроизводством и наградами отныне будет обстоять самым печальным образом. Впору пустить пулю в висок — и некоторые, между прочим, пускали, а некоторые нет. Не столь уж простое дело...

Бестужев, спускаясь по лестнице, старался не смотреть на бывшего сослуживца по Петербургу — и боялся, что тот расценит это как демонстративное презрение, но что тут прикажете делать? Ситуация щекотливейшая... Хорошо еще, Рокицкий попросту молчал, не пытался непринужденно беседовать, делать вид, будто ничего и не было...

— Позвольте...— промолвил Бестужев с нескрываемым неудовольствием.

Лакированную коляску, запряженную парой гнедых, еще можно было перенести — хотя до жандармского управления всего-то полверсты*. Но вот два конных жандарма в качестве эскорта — это уже, как выражаются картежники, законченный перебор-с...

Рокицкий, поняв, в чем дело, пожал плечами:

— Простите, таково распоряжение полковника. Надо полагать, он решил оказать должный почет посланцу всемогущего генерала Герасимова...

«Я считал его умнее»,— подумал о Ларионове Бестужев, но делать было нечего, пришлось лезть в коляску и восседать в ней полным и законченным идиотом — прохожие на улице, все без исключения, с любопытством таращились на неизвестного им офицера, явно представлявшего собой важную персону,— иначе почему коляску сопровождают конные жандармы? В какой-то миг Бестужев ощутил себя обезьянкой шарманщика — еще и оттого, что его профессия предполагала скорее анонимность...

Поистине, грозная слава генерала Герасимова докатилась и до этих богом забытых мест, до Ветропыльска...

Вчерашняя оговорка полковника о том, что иногда дворянское происхождение для службы в Отдельном корпусе вовсе необязательно, несомненно, касалась как раз Герасимова Александра Васильевича. Происходя из малороссийских казаков, он некогда пытался стать инженером, но попал под циркуляр министра Делянова «о кухаркиных детях», надежно отрезавший пути к образованию для подобных «плебеев». С трудом поступив в Черниговское пехотное юнкерское училище, Герасимов после окончания оного тянул лямку в запасных батальонах, где само понятие «производство по службе» считалось величайшей редкостью, вроде находки на улице бриллианта размером с вишню. Такое

---

* Верста — 1,06 км.

если и случается, то не чаще, чем раз в столетие, а то и реже. Не видя никаких для себя перспектив, Герасимов решил перейти в Отдельный корпус — что для лица недворянского происхождения опять-таки было чем-то вроде выигрыша миллиона золотом на бегах. Однако чудо свершилось, упрямый хохол надел-таки фуражку о голубым околышем.

Дальнейшее, учитывая полное отсутствие высоких покровителей, было прямо-таки фееричным. За пять лет — из ротмистров в генерал-майоры и начальники Петербургского охранного отделения, созвездие орденов, до Станислава 1-й степени включительно. Более того, если рассуждать вопреки иерархическим таблицам, именно Герасимов занимает сейчас самое высокое положение в политическом сыске империи. Он не подчинен, как следовало бы согласно субординации, ни начальнику Особого отдела Департамента полиции, ни вице-директору по политической части, ни самому директору. Промежуточных инстанций (кои, помимо всего прочего, еще и непременно отщипывают свою долю пирога) попросту нет. Генерал сносится либо непосредственно с премьером Столыпиным, либо, на крайний случай, с его товарищем* по Министерству внутренних дел. Фактически все охранные отделения империи подчиняются Герасимову, планы действий обсуждаются не с департаментом, а с ним, отчеты идут в первую очередь не в департамент, а к нему. По сути, Петербургское охранное отделение подменило собой не только Особый отдел Департамента полиции, но и сам департамент...

Неизвестно, что на этот счет думали те, кого Герасимов столь нахраписто отодвинул в сторону (вряд ли лучились умилением и кротостью), но для

---

* Товарищем министра в то время именовался его заместитель. Став премьер-министром, Столыпин сохранил за собой и портфель министра внутренних дел.

молодых, дерзких офицеров вроде Бестужева карьера генерала была примером, позволявшим полагать, что времена Бонапарта отнюдь не ушли в прошлое. Причины такого взлета были широкой публике неизвестны, но посвященные-то понимали: достичь без протекции подобного положения можно лишь одним: блестящей работой на ниве сыска...

Ничего удивительного, что провинциальные полковники чуть ли не коврами устилают путь герасимовскому личному посланцу. Следуя логике, можно опасаться, что в губернском жандармском управлении встретит цыганский хор с его классическим: «К нам приехал, к нам приехал...».

Зря опасался. Ни цыганского хора у крыльца, ни военного оркестра, ни даже почетного караула из нижних чинов. Вое прошло предельно обыденно, в хорошем деловом стиле: в вестибюле Бестужева встретил полковник Ларионов, выглядевший энергичным и бодрым, ничуть не похожий на вчерашнего рассолодевшего, крепко тряхнул руку — судя по хватке, стоит решить, что вчера он прибеднялся, выставляя себя чуть ли не старцем, рамоликом,— и повел наверх. Дежуривший в вестибюле вахмистр, правда, встал во фрунт так, как, строго говоря, положено тянуться лишь перед генералами. Бестужев попросту притворился, что не заметил этих почестей не по чину, и побыстрее направился следом за Ларионовым, браво шагавшим через две ступеньки. Они шли по безликому казенному коридору, не угнетавшему, но и не радовавшему взгляд,— обычное присутственное место...

Кабинет, куда они вошли, судя по табличке на двери, принадлежал Ларионову. Обставлен просто, без роскошных затей. Это Бестужеву понравилось, особенно после рассказов полковника Прудкова, разбиравшего недавно затянувшийся конфликт меж охранным отделением и жандармским управлением в соседней с Шантарской губернии. Тамошний

134

коллега Ларионова, желая придать должности помпезность, превратил кабинет в помесь антикварного магазина с декорациями к опере «Хованщина»...

— Прошу знакомиться, господа,— сказал Ларионов, занимая свое место.— Ротмистр Бестужев Алексей Воинович из Петербурга. Наш начальник розыскного пункта, подполковник Баланчук Илья Кузьмич.

Невысокий плотный офицер с ухоженными усами поклонился.

— Коллежский секретарь Силуянов Евгений Павлович, начальник агентурного отдела внутреннего наблюдения, исполняющий временно обязанности заведующего Шантарским охранным отделением.

Молодой, двумя-тремя годами старше Бестужева, человек в штатском раскланялся столь же безукоризненно. Бестужев присмотрелся к нему с любопытством — Силуянов по внешности походил скорее на университетского преподавателя или приват-доцента, а то и на земского либерала: интеллигентного вида, с аккуратной русой бородкой, добавить пенсне — получится вылитый Антон Павлович Чехов, покойная знаменитость. Правда, внешность сплошь и рядом бывает обманчива, когда речь идет о сотрудниках их епархии. Гораздо интереснее другое: Силуянов как раз и есть тот, кто может отправить для слежки за кем угодно немаленький отряд филеров... ну, правда, не он один. И не факт еще, что он с у м ы с л о м посылал топтунов, тут есть свои нюансы, неизвестные и непонятные постороннему по причине их полной засекреченности...

— Давайте не будем терять времени, господа? — уверенно начал Ларионов.— Ротмистр командирован к нам лично генералом Герасимовым, а потому всем присутствующим должно быть ясно, что Петербург раздражен и обеспокоен,— причем мы, к нашему стыду, пока что ничего не в состоянии сделать, дабы развеять эти чувства... Алексей Воинович?

— Я кратко изложу историю вопроса,— сказал Бестужев, устраиваясь поудобнее в расчете на долгое сидение на жестком казенном стуле.— Случившиеся у вас ограбления золотых караванов стали предметом рассмотрения в самых высоких сферах. Поверьте, господа, я не стараюсь сгущать краски, а добросовестно излагаю истинное положение дел... Всем присутствующим должно быть известно, что в соседней губернии расположены кабинетские золотые прииски, собственность императорской фамилии. Естественно, последние события вызвали нескрываемое беспокойство у тех, кто поставлен на страже государственных интересов...— он понял, что сбивается на самую низкопробную канцелярщину, и стал следить за речью о удвоенным вниманием.— Говоря проще, господа, высокие чины стали задавать себе вполне понятный в таком положении вопрос: а не перекинется ли эта зараза на кабинетские прииски? Представляете масштаб скандала, который тогда произойдет?

— Да уж, ничего приятного...— горько усмехнулся Силуянов.

Бестужев продолжал:

— Пословица о том, что у страха глаза велики, лично мне представляется справедливой, но мы с вами, господа, обречены на четкое выполнение приказов начальства... Я постараюсь избежать ненужных подробностей. Вы и сами представляете, какие силы были задействованы в столицах. Логично было предположить, что если похищенное золото так и не всплыло в Шантарске, не попало в поле зрения внимания здешних служб, то, следовательно, оно вывозится за пределы губернии. Генерал Герасимов, получив указания Столыпина, стал отрабатывать несколько версий. Выполняя одну из разработок, Петербургская охрана вышла на ювелира по имени Кондратий Иванович Алентьев, в свое время подозревавшегося в причастности к делу о пятисотенных кредитных билетах. Напомню вкратце: после ограбления Тифлисского казначейства эсдеками, в их руки попало определенное количество «петров»*. Поскольку номера многих из них были записаны и несколько подпольщиков арестованы при обмене денег в банках, боевая организация эсдеков решила с помощью сообщников среди граверов изменить номера и попытаться обменять деньги за границей... забегая вперед, скажу, что в некоторых случаях им это удалось. Так вот, в свое время именно Алентьев, среди прочих, подозревался в переделке номеров, но улик тогда не нашлось. Зато появилась возможность подобраться к нему с другого направления: от одного из секретных сотрудников поступили сведения, что Алентьев замешан в потаенных торговых сделках с золотом... деликатно говоря, не имеющим на себе государственного пробирного клейма. Был немедленно произведен обыск, в ходе которого мы и в самом деле обнаружили три слитка золота высокой пробы, но кустарного производства,— проще говоря, выплавленного неизвестными русскими умельцами в домашних, так сказать, условиях. И, что гораздо интереснее, было найдено около фунта самородного, шлихового золота. Привлеченные эксперты, в квалификации коих департамент не сомневается, однозначно определили это золото, как происходящее из ваших месторождений, расположенных на юге Шантарской губернии. Заключение у меня с собой, вы потом можете ознакомиться... Вполне понятно, господин Алентьев был лишен свободы и допрошен. Сначала он тянул время и преподносил небылицу

---

* Обиходное название пятисотрублевой кредитки с портретом Петра I.

за небылицей, но впоследствии понял, что это бессмысленно и пора выходить из этой истории с минимальными для себя потерями...

— Говорил я, что это — эсдеки! — торжествующе воскликнул Баланчук.— А вы, Евгений Павлович, уверяли, что эти негодяи партийной принадлежности не имеют вовсе...

— Подождите, Илья Кузьмич,— мягко сказал Бестужев.— Ничего толком не известно, но я предполагаю, что господин Силуянов может оказаться прав... Алентьев упорно утверждает, что сам он ни к каким партиям не принадлежит, противоправительственной деятельностью не занимается, а в махинации с золотом влип исключительно из вульгарных побуждений наживы... Лично я, анализируя все, что нам о нем известно, склонен ему верить: он и «петрами» занимался исключительно в расчете на хороший нелегальный заработок. Вокруг всех революционных партий крутится масса подобных субъектов, они столь тесно переплетаются с нелегалами, что порой невозможно различить, где кончается эсдек или эсер и начинается темный делец... Короче говоря, ни малейших доказательств идейности Алентьева мы не нашли. Обычная, ничем не примечательная уголовщина. Гораздо важнее то, что нашим офицерам удалось в конце концов вскрыть к о н т а к т Алентьева. Каковым оказался ваш, шантарский, ювелир Коновалов. Он и поставлял Алентьеву шлиховое золото, привозившееся в Петербург под видом обычного багажа. Не буду подробно описывать все перипетии следствия, скажу лишь, что Алентьев согласился с нами сотрудничать. Им было написано письмо Коновалову, в котором он просил приютить у себя дальнего родственника, человечка в уголовном смысле вполне надежного, то есть попавшего на заметку петербургской сыскной полиции и потому вынужденного сбежать от греха подальше... Как легко догадаться, под видом этого родственника к Коновалову был направлен опытный филер из Петербургского летучего отряда Кузьма Штычков. Одновременно к вам совершенно открыто выехал наш сотрудник Струмилин,— поймав многозначительный взгляд полковника и помня о данном вчера слове, Бестужев поторопился сказать: — Впрочем, Струмилин — тема отдельного разговора, и мы ее сейчас не будем касаться... Итак... Узнав о... происшедшем со Струмилиным, генерал Герасимов отправил в Шантарск меня. Прибыв сюда, я обнаружил, что Кузьма Штычков исчез, пропал, растворился в воздухе. Равным образом пропал и Коновалов. Так обстоят дела... Быть может, вопросы?

— Значит, никакой связи с нелегалами в данном случае не просматривается? — спросил Силуянов.

— Ни малейшей,— ответил Бестужев.

— Ну что ж, именно это я долго и безуспешно пытался доказать Илье Кузьмичу, придерживавшемуся противоположной точки зрения...— пожал плечами Силуянов.

«А он весьма неглуп,— подумал Бестужев.— Внутренне торжествует, как любой на его месте, что оказался прав, но не выказывает это внешне. И правильно, в таких ситуациях не стоит обострять, топтать чье-то самолюбие...»

— А собственно, подполковник, почему вы грешили на «политиков»? — поинтересовался Бестужев.— Были какие-то фактические данные?

— Трудно сказать,— помолчав, честно признался подполковник.— Так, интуиция играет... Очень уж не похоже это на банальную уголовщину...

— А что у вас есть на Коновалова?

— Не так уж много,— сказал Баланчук.— И нам, и сыскной полиции давно известно, что Коновалов б а л у е т с золотишком. Как многие-с в нашей богоспасаемой губернии. Скупает потихоньку у вольных старателей, посылает в тайгу спиртоносов... но в том-то и суть, господин ротмистр, что до сих пор он либо держался в рамках закона, либо принимал меры, чтобы не дать себя поймать. Согласно существующим правилам, любой подданный Российской империи вправе невозбранно сдавать в золотопромышленные конторы или в казну любое количество самородного золота и получать за это наличными — забота государства о золотодобыче, подкрепленная соответствующими циркулярами...

— Но ведь эти ваши спиртоносы, те, кто выменивает золото на спирт — прямо подлежат...

— Подлежат,— кивнул Баланчук.— Полиция с ними борется в силу своих возможностей. Но ни один пойманный спиртонос еще не сознался в связях с Коноваловым, хотя о некоторых прекрасно известно, что они собирали золотишко именно для него. Так им не в пример выгоднее, Алексей Воинович, к чему им попадать под те статьи Уголовного уложения, где упоминается о «преступном сообществе»? Сие только отягощает положение схваченного... Вот и молчат, как рыбы. Коновалов до сих пор не был пока что пойман за руку.

— В связи с этим возникает интересный вопрос,— сказал Силуянов.— Господин ротмистр, почему в Петербурге решили, что найденное у этого вашего Алентьева золото непременно происходит из ограбленных караванов? В конце концов, оно могло оказаться коноваловским — скупленным у старателей его спиртоносами...

— Резонно,— кивнул Бестужев.— Однако прослеживается интересная закономерность, господин Силуянов. У меня не было подробных сведений об ограблениях — одни сухие даты и цифры. Но они сами по себе весьма многозначительны... Первое ограбление произошло второго мая, верно? Взято пять пудов шлихового золота — фунты и золотники я для удобства опущу... Так вот, вскоре Коновалов доставил Алентьеву около с е м и пудов, хотя до этого привозимые им Алентьеву «посылки» заключали в себе не более полупуда, один только раз Коновалов привез почти пуд... Далее. Второе ограбление — семнадцатого мая. Вскоре Коновалов привозит Алентьеву восемь пудов — если вспомнить, что при втором ограблении взято семь, ситуация становится все более увлекательной, не так ли? Наконец, третье ограбление произошло тридцатого мая. Взято более шести пудов. Хотите знать, сколько привез Коновалов? Шесть с половиной. Во всех трех случаях прослеживается четкая закономерность: и з л и ш е к — это, скорее всего, и есть то скупленное из-под полы золотишко, о котором вы упоминали. А вот г л а в н а я часть перевозимого груза — добыча с ограблений. Повторяю, очень уж многозначительны совпадения — настолько, что в совпадения у нас никто и не верит. Я вас убедил?

— Пожалуй...— отозвался за всех Ларионов после затянувшегося молчания.— Что-то не похоже это на совпадения... Так где все-таки Коновалов, Иван Игнатьевич?

— Неизвестно, господин полковник,— с бледной, вымученной улыбкой признался Рокицкий.— Словно растаял. Впрочем, он и раньше исчезал вот так на несколько дней... В Петербурге его нет?

— Л е г а л ь н о он в Петербург, во всяком случае, не прибывал,— сказал Бестужев.— Паспорт не регистрировался.

— Сбежал, сволочь? — вслух предположил Ларионов.— Но кто же знал, господа... Если бы мы получили из Петербурга хоть какую-то наводящую информацию или просьбу взять под наблюдение... Эх, Алексей Воинович, простите на дерзком слове, но Петербург с нами сыграл... не вполне чисто, скажем так.

Бестужев слегка смутился — в словах полковника был свой резон. И поторопился напомнить:

— Василий Львович, простите, но не от меня зависело, что именно сообщать в Шантарск... Ваши упреки вполне понятны и, должен признать, заслуженны. Но мы ведь не продвинемся ни на шаг, упрекая друг друга... Теперь, когда нет никаких неясностей, нужно навалиться, по мужицкому выражению, всем миром... Меня для того и командировали, чтобы...— он вдруг потерял нить, не знал, чем закончить фразу. Сердито замолчал.

— Ну-ну,— добродушно сказал Ларионов.— И в самом деле, не будем ссориться. Расхлебывать эту кашу придется всем вместе, любые разногласия и споры будут губительны... Вы уверены, что Алентьева р а с к р у т и л и по полной? Что он все выложил?

— Давайте исходить из того, что в чем-чем, а в э т о м я уверен полностью,— суховато сказал Бестужев.— Алентьев сломан. Он понимает, что запираться далее бесполезно. Более того, учитывая важность расследования, работавшие с ним офицеры получили полномочия заключить нечто вроде сделки. Как это иногда практикуется. Охрана не будет пока что п р и с т а л ь н о расследовать старые дела по «петрам», а господин Алентьев в обмен на это одолжение не станет утаивать ничего по делу о шантарском золоте. Как вы понимаете, в случае нарушения им неписаного договора есть все законные возможности гораздо более усложнить его участь... Давайте исходить из того, что Алентьев раскручен по полной.

— Хорошо, будем из этого исходить...— кивнул Ларионов.— Вас, Алексей Воинович, интересуют, конечно, наши соображения?

— Да, но в первую очередь я хотел бы более детально узнать об ограблениях.

— Илья Кузьмич? — вопросительно поднял бровь полковник, повернувшись к Баланчуку.

Тот сноровисто расстелил на столе карту, вооружился тонкой лакированной указочкой:

— Итак, господин ротмистр... Шантарск. Железная дорога. Здесь — Аннинск, уездный городишко, последний, так сказать, аванпост цивилизации на пути к золотому царству Иванихина. Далее, меж Аннинском и приисками, никаких поселений нет. Одна тайга. Две деревни — значительно в стороне, вот тут и тут... «Стольный град» Иванихина я отмечу булавочкой для вящей наглядности. Вот это — дорога, связывающая прииски с Аннинском. Пусть у вас не возникает при слове «дорога» ассоциаций, свойственных центральным губерниям, России. Здесь — Сибирь. И «дорога» в данном случае означает лишь место, свободное от деревьев. Протяженность ее — восемьдесят шесть верст. По ней через Аннинск доставляется все необходимое для работы приисков и поддержания нормальной жизни людей, говоря проще, провизия. Спиртоносы и прочий не чтящий Уголовное уложение народец дорогой не пользуются, предпочитая бродить дикими тропами. Да, главное я и забыл... В хорошую, сухую погоду путь с приисков до Аннинска вполне возможно проделать в течение светового дня — проще говоря, выехав на рассвете, Аннинска можно достигнуть к вечеру. Повозки едут немногим быстрее шагающего вольным шагом человека... Если случится распутица, дожди и прочие атмосферные неурядицы, путь удлиняется и может при самых неблагоприятных условиях отнять пару суток... Вы себе наверняка не представляете, что такое — долгий дождь в тайге, во что превращается тогда дорога...

— Ну, а каковы, собственно, правила перевозки? — спросил Бестужев.— В Петербурге я эту тему не успел проработать.

— В данном случае правила таковы... Пресловутый золотой караван обычно состоит из трех-четырех повозок. На вид они совершенно пусты, только в задок брошены опечатанные сумки со шлиховым золотом, занимающие не столь уж много мес-

143

та. Золото — вещь тяжелая... Назначение поездки обычно держится в строжайшей тайне, принимаются все меры, чтобы посторонние не отличили золотой караван от обычного обоза, отправленного по некоей казенной надобности. Обычно караван сопровождается казачьим конвоем — в нашем случае это человек шесть-семь, не более восьми. С ними, как правило, отправляется казачий офицер, но иногда обходятся унтер-офицером. Столь малый конвой вызван тем, что количество казаков заранее определено соглашением меж съездом золотопромышленников и войсковым атаманом. Съезд за плату нанимает отряд, берет его на полное содержание... Часть казаков к тому же постоянно отвлечена в летучий отряд по ловле спиртоносов, вкупе с полицейскими силами. Увеличить конвой р е з к о — задача не из простых, тут все спланировано заранее. Соответствующие документы я вам представлю, если понадобится. Начнем... Второго мая сего года погода стояла как раз мерзкая, до настоящей распутицы было далеко, но дорога была чертовски непроезжей. Пришлось заночевать в тайге. Накануне, перед отъездом, некая добрая душа, так и оставшаяся впоследствии неразысканной и неизловленной, снабдила казачков тремя бутылками коньяка, каковые были на привале благополучно и выпиты...

— И что за «душа»?

Баланчук зло вздохнул:

— Одна местная, пардон, дамочка легкого поведения. Последующее показало, что дамочка лишь выполняла чье-то поручение, не сама ведь додумалась,— но успела растаять в пропащности, стерва... Короче говоря, как показали потом анализы, коньяк содержал весьма сильную сонную отраву. На каждого и пришлось-то по чарочке, но снотворное сшибло с ног практически всех. Ямщикам тоже налили по доброте души, вахмистр пригубил, сопровождавший караван один из иванихинских опричничков тоже не отказался... В общем, после тягостнейшего пробуждения выяснилось, что из повозок пропали две сумки со шлихом, весом, как вы правильно информированы, более пяти пудов. Это было первое ограбление подобного размаха. Шкодили и раньше, но именно шкодили: самое большое достижение, на какое допрежь того оказались способны наши мазурики,— это умыкнуть полпудика в девятьсот третьем в ходе налета на промывочный пункт. Даже в пятом и шестом боевики до иванихинского золота не добрались — хотя и пытались несколько раз. Но тогда действовали меры чрезвычайной охраны и военного положения, воинские экспедиции были весьма многочисленны, и с пойманными не церемонились, юстицию не утруждали...

— И что было потом?

Глава вторая. **Подробно и крайне уныло**

— Непосредственно после... пробуждения? — понятливо подхватил Баланчук.— Что там могло быть... Поскольку до Аннинска было ближе, какая-то треть пути, туда наши герои и отправились. Ну, разумеется, переполох случился страшный, в приливе пресловутого административного восторга уездная полиция и местные жандармы бросились на дорогу — что было пустым делом, понятно, кто бы их там ждал? — и устроили обыск на железнодорожном вокзале — что было уже далеко не пустым делом, вот только запоздалым. Ибо нападавшие давным-давно, надо полагать, поместились на один из проходящих поездов: их в обоих направлениях с утра проследовало семь. Золото — вещь тяжелая, но компактная, его без особого труда можно разместить в обычном багаже... Бедолагу вахмистра отдали под военный суд, казаки получили страшную выволочку от атамана, а иванихинские работнички — от хозяина. Вся местная агентура была поднята на ноги, в Аннинске и Шантарске начались облавы и прочие сыскные мероприятия, но результат оказался нулевым. Ни малейшей ниточки, ни единой зацепки. Вышеупомянутая дамочка — называю ее так исключительно из вежливости, ибо речь идет об обычной дешевой проститутке,— до сих пор не разыскана, и кое-кто у нас полагает, что среди живых ее уже не числится. Вы хотите знать соображения по сему поводу или сразу перейти ко второму налету?

— Соображения — потом,— сказал Бестужев.— В самом конце.

— Итак-с... Господин Иванихин, и до того не отличавшийся кротостью библейского царя Давида, разошелся вовсю. Мало того, что нажаловался губернатору, еще и отправил депеши в Петербург, где располагает определенными связями...

— Читал,— хмыкнул Бестужев.— В самом деле, крайне эмоционально написано...

— О разносе, который учинило местное и столичное начальство всем, кому только могло, упомяну лишь вскользь,— сказал Баланчук.— И без того понятно, что без разноса, причем лютого, в таком деле никак невозможно... Дело житейское. Гораздо хуже другое. Иванихин, от злости потеряв всякое доверие к власть предержащим, решил действовать самостоятельно. Следующий караван, второй, был им отправлен втайне от полиции, жандармерии и прочих кровно заинтересованных лиц. При нем, знаете ли, как при древнем восточном сатрапе, есть нечто вроде личной преторианской гвардии — с дюжину молодцов, вооруженных до зубов. Законами подобная «лейб-гвардия» не возбраняется-с, коли не совершает ничего криминального. Есть у Иванихина этакий черкесец, на каторге побывал...

— Исмаил-оглы? Я его видел.

— Он самый. А Луку Гнездакова не доводилось видеть? Ну, это вас бог миловал. Еще одна каторжанская морда... Он этой иванихинской опричниной и заведует. Ну-с, караван сопровождали лично Гнездаков с Исмаилом и восьмеро конных «гвардейцев» — да и на облучках вместо ямщиков тоже были посажены эти самые молодцы. Обычных налетчиков они встретили бы ж у т к о — народец, скажу вам откровенно, отпетый, но храбёр и оружием увешан по самые уши. Однако во второй раз налетчики устроили совершенно неожиданный сюрприз. Вот на этом самом месте, в лощине, караван был внезапно обстрелян из тайги... из пулемета.

Бестужев поднял брови.

— Именно-с, не изволили ослышаться...— вздохнул Баланчук.— Я, господин ротмистр, еще служа по армии, неоднократно наблюдал на учениях пулеметную стрельбу, а потому не удивлюсь действию, которое она оказала на конвойцев. Бежали врассыпную, как зайцы, собственно, даже не бежали — перепуганные кони, конечно же, не строевые, разнесли их так, что просто чудом обошлось без разбитых о сучья голов и переломанных при падении шей. И Лука, и Исмаил-оглы, даром что прошли все каторжные университеты, с пулеметом в жизни не сталкивались, а потому поддались той же панике... Когда все улеглось, обнаружилось, что лошади в одной из повозок убиты, а из повозки исчезли сумы, где было более семи пудов золота. Ни описания нападавших, ни их возможного количества никто из подвергшихся нападению дать был не в состоянии — лишь парочка краем глаза, посреди суматохи, видела, как из тайги выскочили всадники. Но нет уверенности, что речь идет именно о нападавших,— у страха глаза велики, вполне возможно, они друг другу казались налетчиками...

— Дерзость, между нами говоря, даже заслуживает некоторого восхищения...— сказал Бестужев.

— Да уж... Ну что же, вновь на ноги были подняты полиция, жандармерия, конно-полицейская стража и казаки, вновь шли облавы, обыски и агентурная работа, но результаты и на сей раз оказались не богаче прежнего. В чью-то светлую голову пришла мысль послать фальшивый караван, где роль ямщиков играли переодетые жандармы, а в повозках были спрятаны казаки. И — ничего. Караван сей добрался до Аннинска благополучно — как и другой, неделю спустя, уже настоящий, и вновь под конвоем казаков и стражников. Это многим прибавило уверенности, поверили, что неведомые налетчики, решив не испытывать фортуну в третий раз, убрались восвояси... Тридцатого мая двинулся очередной обоз. Две повозки, одиннадцать казаков со стражниками...— Баланчук шумно вздохнул, прижал указку к ничем не отмеченной точке на карте.— Вот здесь, когда они вброд пересекали речушку, на берегу внезапно рванул сильный подрывной заряд, после чего вновь вступил в действие пулемет. Человеческих жертв не оказалось и на сей раз, лишь один стражник получил касательное пулевое ранение в плечо, а второй сломал ногу, когда его подмяла собственная убитая лошадь... И вновь та же тактика — пулеметным огнем были убиты лошади первой повозки, именно из нее и выхватили сумки двое замаскированных субъектов, действовавших под прикрытием пулеметного огня. Их на сей раз видел казак. Ничего дельного в его показаниях нет — двое, одеты по-таежному, морды закрыты тряпочными масками... Предпринятые меры вновь оказались бесполезны и результата не принесли. Единственный успех, если только можно назвать это успехом,— мы обнаружили поблизости пулемет. В качестве экспертов выступали офицеры местного гарнизона, они письменно засвидетельствовали, что в наши руки

148

попал...— он заглянул в бумажку,— ручной пулемет системы «Мадсен» датского производства, в небольших количествах состоящий на вооружении российской армии. Происхождение его до сих пор не установлено. Предполагается, что был похищен из какой-то воинской части, но еще не на все наши запросы поступили ответы — началась обычная бюрократическая возня с проволочкой и прохладцей. Мы полагаем, что пулемет был брошен по очень простой причине: у налетчиков более не было к нему патронов.

— Ну что ж,— грустно усмехнулся Бестужев.— По крайней мере, у них более нет пулемета...

— Если только это способно хоть как-то облегчить наше пиковое положение...— сказал Баланчук.— Подводя кое-какие итоги, можно с той или иной степенью уверенности предполагать следующее... Мы имеем дело с небольшой, но дерзкой и отчаянной группой. У них был ручной пулемет, верховые лошади, кто-то из них прекрасно знает тайгу — быть может, все,— а также умеет обращаться с подрывными зарядами. Все три налета были спланированы самым тщательным образом, пути отхода, несомненно, продуманы заранее, в Аннинске у них просто обязана быть явка... или несколько. Еще после первого ограбления на вокзале в Аннинске регулярно дежурили сыскные агенты и филеры охраны, всех подозрительных немедленно задерживали, вызывавшую подозрения ручную кладь обыскивали, крупногабаритный багаж проверялся. И — ничего. Судя по тому, что золото, согласно заверениям господина Бестужева, все три раза уходило в Петербург, им как-то удавалось миновать расставленные сети... Может быть, о н и, наконец, ушли — следующий караван, десятого июня, прошел без сюрпризов. Но если нет, если будет очередное нападение... Хоть в отставку подавай.

— Неужели ничего нельзя сделать?

— Поймите меня правильно, господин Бестужев,— печально развел руками Баланчук.— Это Сибирь. Заранее облаву в тайге устроить невозможно: попробуйте представить себе несколько тысяч квадратных верст чащобы... Даже если бы каким-то чудом нам удалось заполучить в свое распоряжение два-три регулярных полка — а с меньшим количеством людей о таежной облаве нечего и думать,— само их выдвижение к месту было бы столь масштабным предприятием, что любой налетчик узнал бы о том заранее и отсиделся на своей «малине»... Ну, а если перейти из области фантазий к реальности, то воевать с сими господами попросту некем. Штаты уездной полиции и жандармерии определены заранее и увеличены быть в обозримое время не могут. Количество казаков, отправляемых по наряду для охраны приисков, опять-таки ограничено. Войсковой атаман выделил нам две сотни в качестве летучих отрядов, но после трехнедельного патрулирования дороги и окрестностей был вынужден их вернуть на прежнее место дислокации. Воинскую команду нам никто не даст. Для ее посылки требуется нечто большее, чем эти грабежи. Простите за вольнодумство, но существующая военная, сыскная и бюрократическая машина на сегодняшний день по сути своей неспособна выделить достаточные силы и оказать достаточно масштабную помощь. Вот разве что государь лично распорядится, но это, во-первых, опять-таки из области фантазий, а во-вторых, много воды утечет, прежде чем даже высочайшее указание будет претворено в жизнь... Нам велено справляться имеющимися в наличии силами, справедливо напомнив при этом, что мы ради того и получаем жалованье, чтобы отыскивать, ловить и представлять по начальству нарушителей Уголовного уложения. Ну, предположим, это скорее задача полиции, нежели органов политического сыска, однако ввиду серьезности происшедшего и нам предписано приложить все усилия... Но я — говоря от лица присутствующих здесь господ офицеров — просто не представляю, к чему наши усилия можно приложить... Жандармский пункт на приисках не блещет достижениями. Тамошний народец весьма специфичен и во многом отличается от тех, с кем мы работаем в городах. Агентура, естественно, имеется, но она либо притаскивает недостойные внимания мелочи вроде стандартной фразы «Васька Корявый в моем присутствии матерно честил начальство и власти», либо разводит фантазии в расчете на аккордное денежное награждение... Да и агентура эта совершенно бесполезна. Прежде всего потому, что п р о с т ы е рабочие и прочие обитатели приисков не могут знать точных дат отправки обозов с золотом. Здесь нужны люди в н у т р е н н и е, если можно так выразиться. Налетчиков, безусловно, во всех трех случаях кто-то информировал, а это могли сделать лишь субъекты из ближайшего окружения Иванихина. У меня здесь есть список... Три человека, которые безусловно знают о выходе к а ж д о г о каравана,— и еще одиннадцать, которые в такие секреты не посвящаются никогда, но по занимаемому на приисках положению могут, в принципе, в ы ч и с л и т ь даты. Угодно взглянуть?

Бестужев, внимательно прочитав список, усмехнулся:

— Вы и самого Иванихина туда включили?

— Исключительно формальности ради,— хмыкнул Баланчук.— Все мы прекрасно понимаем, что сам у себя он красть золото не будет — э т а к и м - т о образом?! Смех, да и только...

— А другие двое?

— Мельников, заведующий золотоплавочной лабораторией,— вне всяких подозрений и благодаря безупречному послужному списку, и благодаря...—

Баланчук сделал многозначительное выражение лица,— тесным отношениям с нашей конторою... В нем-то можно быть полностью уверенным. А вот господин Енгалычев... Тут другое. Тут, очень может быть, и зацепка...

Бестужев быстро прочитал про себя: «Енгалычев Владимир Арсеньевич, коллежский асессор, Шантарская казенная палата, особое при казенной палате присутствие по золотопромышленности». И спросил:

— В чем зацепки?

— Конкретного нет ничего,— сказал Баланчук охотно.— Однако фигура с душком-с. В молодости был причастен к нелегальщине — «Союз борьбы за освобождение рабочего класса», прокламации, подпольные лекции для пролетариата под видом вечерних школ, хранение поступающей из-за границы агитационной литературы и прочее тому подобное. Допрашивался, но отделался отеческим внушением и от нелегальщины вроде бы отошел. Однако в девятьсот пятом вовсю ораторствовал на митингах, в выборный Совет не входил, но мелькал там и сям. Образ мыслей весьма невоздержанный, в приватных беседах высказывается весьма радикально, иные из знакомств — самые что ни на есть неблагонадежные, в пользу ссыльных и отправленных на каторгу жертвует, литературку кой-какую хранит по старой памяти...

— И все?

— Пожалуй...

— Ну и что? — спросил Бестужев.— С ваших слов рисуется обычный образ либерала-интеллигентишки. Масса их невоздержаны в мыслях и речах, хранят литературку, по примеру Саввушки Морозова и скорбного умом покойного Шмита дают деньги «на революцию»... И столько их, что пересажать даже третью часть решительно невозможно, да и необходимости нет...

— Вот только единицы из них осведомлены о времени выхода золотых караванов,— быстро ответил Баланчук.— Или я не прав?

— Вы безусловно правы, подполковник,— сказал Бестужев примирительно.— Но конкретика-то у вас где? Не вижу конкретики.

— Будет вам конкретика,— пообещал Баланчук.— Господин полковник тоже, подобно вам, Алексей Воинович, изволит надо мной порой подшучивать, но я Енгалычева агентурой обложил п л о т н о. И, видит бог, еще дождусь... Или у вас в Петербурге не верят в интуицию?

— Ну что вы, наоборот,— сказал Бестужев.— Верят, и весьма.

— У меня как раз — интуиция,— горячо заверил Баланчук.— Нюх.

— Ваша интуиция, подполковник, пока что привела лишь к тому, что я вынужден держать на разработке Енгалычева агентов, коих мог бы с успехом использовать по другим делам,— бесстрастно произнес Силуянов.

— А вы подержите, Евгений Павлович, подержите! — запальчиво воскликнул Баланчук.— Потом сами спасибо скажете!

Силуянов поджал губы, но промолчал. «А ведь у них определенно контры,— подумал Бестужев, перехватив взгляды спорщиков.— Внешне все благопристойно, но контры есть...»

И спросил:

— Значит, Евгений Павлович, так-таки и ничего не уловила зорким оком и тренированным ухом ваша агентура?

— Увы...— пожал плечами Силуянов.— Если не считать ползущих по городу слухов.

— Каких именно?

— С т р а н н ы х, я бы сказал,— протянул Силуянов.— Упорно кружат разговоры, что золотые караваны грабит отряд некоего благородного разбойника, этакого Робин Гуда или гоголевского капитана Копейкина. Якобы некий гвардии полковник, разуверившийся в государе и вообще в монархии, бежал в леса, собрал к себе столь же обиженных властью и разуверившихся в ней людей, в основном знатных, образованных, бывших военных,— и якобы эта, о позволения сказать, дружина объявила смертную войну «кровососам» и «эксплуататорам». Ради народного блага, понятно. Излишне уточнять, что это сущий бред. За последние два года я не слыхивал не только о гвардии полковнике, но и заурядном армейском прапорщике, который встал бы на путь вооруженной борьбы с властью. Да и какая, с позволения сказать, в Шантарске «знать»? Однако, что небезынтересно, стойкость этих слухов и их всеобщее, даже в интеллигентских, чиновничьих и купеческих кругах, распространение дает повод думать, что они распускаются кем-то вполне сознательно и целеустремленно.

— А! — сказал Бестужев.— Подозреваете, о н и?

— Я бы не отбрасывал с ходу и такой версии. Цели здесь могут быть самыми разнообразными: от желания запугать население и представить налетчиков чрезвычайно опытной силой, сопротивляться которой просто-таки невозможно, до стремления увести нас от подлинных организаторов. Но источник слухов пока не разыскан. Все, кто нам попадает в поле зрения, оказываются — или хотят предстать — вульгарными переносчиками услышанного...

— Позвольте, я резюмирую? — решительно вмешался Ларионов.— Мне кажется, беседа наша теряет стержень, начинаем мыслью по древу растекаться... Алексей Воинович, я как раз закончил отчет по наблюдению за революционным движением, могу вам его представить для ознакомления нынче же. А выводы изложу сам: никакие усилия не помогли отыскать наших налетчиков ни в уголовной среде, ни в политической. Перед нами — нечто третье. Новоявленные «червонные валеты»*, быть может. Потому и ухитряются держаться вне поля зрения... если не считать Енгалычева, на коего нет опять-таки никаких конкретных материалов.

— А как там, кстати, у него обстоит с политическим лицом? — поинтересовался Бестужев.— Вы не упоминали, подполковник... «Союза борьбы за освобождение рабочего класса» давно не существует, большинство его бывших активных членов — среди социал-демократов обоих направлений.

— Енгалычев скорее близок к эсерам,— ответил Баланчук.— А эти господа — бомбисты известные, да и к экспроприациям склонны.

— Ну, к «эксам» они все склонны...

— Тем более нужно его разрабатывать.

— Бога ради, это ваша прерогатива, подполковник,— сказал Бестужев, уже уверенный, что для Баланчука этот Енгалычев превратился в некий пунктик.— Если считаете нужным, разрабатывайте. Меня сейчас волнует другое... Самый животрепещущий вопрос, на мой взгляд, таков: покончено с налетами на золотые обозы или же нет?

— Вопрос, действительно, животрепещущий,— серьезно сказал Баланчук.— Учитывая, что, по моим данным, через пару дней из золотого царства иванихинского должен отправиться очередной караван... То, что у них больше нет пулемета, меня ничуть не успокаивает — эти затейники и без пулемета способны отколоть номер...

«По Шантарской губернии организовались главным образом две революционные группы: партии

---

* «Ч е р в о н н ы е в а л е т ы» — название шайки, состоявшей главным образом из отпрысков знатных семей, в конце XIX в. печально прославившихся серией дерзких преступлений в Москве и Петербурге.

социалистов-революционеров и партии социал-демократов, но кроме того находится и незначительное число анархистов-коммунистов. За отчетный период деятельность партий проявлялась в нижеследующем виде:

Партия социалистов-революционеров, придя к сознанию, что одной из причин неуспеха революции является недостаточное распропагандирование крестьян и войска, сосредоточила все силы своей агитации как среди них, так и среди лиц, соприкасавшихся с ними. Было обращено внимание на агитацию среди офицерства, чиновничества, духовенства, народных учителей и волостных писарей.

Встречая затем противодействие со стороны как администрации, так и общественных деятелей, социалисты-революционеры устраняли их или путем насилия, заставляя прекращать свою деятельность под угрозой убийства, или совершали ряд убийств, причем в населении умышленно распускали слухи, порочащие вредных им лиц. Таким образом в отчетном периоде были убиты: подполковник Козловский, жандармский унтер-офицер Терещенко, смертельно ранен председатель „Союза русского народа“ Смирнов, умерший от раны. Устраняя со своего пути лиц вредных, социалисты-революционеры убивали и тех, которые, как они думали, давали сведения властям о революционных деятелях. Из таких лиц убито: кузнец депо Шатов, сторож депо Кордин, ранены: рабочие депо Кадыпский и Кузнецов.

Главная деятельность социал-демократов была направлена на агитацию среди населения и на подготовку к проведению в Государственную думу своих представителей. Агитация велась среди рабочих, войска, учителей Всероссийского союза, духовенства и крестьян, причем для разъездов своих ораторов организация купила лошадей и экипажи.

Социал-демократы имеют большее значение, чем социалисты-революционеры, благодаря мастерским и сплоченности приказчиков. Работа среди военных подвигается, но довольно слабо, главный элемент, поддающийся пропаганде,— это нестроевые нижние чины, а также специальные войска: железнодорожный батальон, телеграфный парк. В смысле сходок Шантарск предоставляет большие удобства, будучи окружен лесом и горами.

Партия анархистов-коммунистов встретила сочувствие лишь в подонках общества, и по положению своему люди эти не могли организовать что-либо целое, стройное и придать ему политический оттенок, почему анархистами-коммунистами можно назвать лишь лиц приезжих или случайно попадающих. Первоначально агитация велась среди боевой дружины партии социалистов-революционеров и имела некоторый успех, но затем группа распалась.

Партия „Народной свободы" насчитывает в своих рядах только по одному г. Шантарску более трехсот человек, причем значение ее было тем более, что в число членов входили и чиновники, состоящие на государственной службе, и часть богатого купечества, почему все правительственные распоряжения могли быть известны комитету партии и она всегда имела средства. Партия одно время шла рука об руку с революционными организациями...»

«Вот и версия, а? — подумал Бестужев, подняв глаза от бумаг.— Иванихин организовал грабеж собственного же золота, чтобы иметь возможность пополнять партийную кассу... Нет, пожалуй что, вздор. Слишком сложно и риск велик. Наш миллионщик мог бы попросту вынуть из бумажника потребное число „катенек" и „петенек", да и отдать партийному кассиру».

Он вздохнул про себя и принялся читать дальше.

«Насколько известно из негласных источников, социал-демократическая и социал-революционная партии в губернии имеют сношения с Томском, Иркутском, Читой, Москвой и Самарой.

По наблюдениям в Шантарске и Минусинским уезде были произведены аресты среди главных руководителей и боевой дружины, и такие лица привлечены к формальным дознаниям или к перепискам в порядке Положения об охране или же, наконец, высланы административным порядком.

Нельзя не указать на то обстоятельство, что к прокурору окружного суда Верещагину все относятся с недоверием, и в деятельности его является лишь формализм в мелочах. Во всех действиях администрации он становится против нее, о чем, как мне говорили, заявляет слишком гласно.

Нельзя не указать на то, что в городе Шантарске нет не только адресного стола, но даже домовых книг, почему регистрацию приезжих вести невозможно, и розыски кого бы то ни было продолжаются очень долго и обыкновенно безрезультатно.

Чинов полиции — семь чиновников и 53 городовых — на город Шантарск слишком мало, а потому ни в деле наблюдения, ни в розыске полиция должной энергии проявлять не может.

Город Шантарск, как место ссылки политических и уголовных преступников, кишит подонками общества; убийства и грабежи случаются очень часто, и у полиции нет сил бороться с преступностью общего характера, не говоря уже о борьбе с проявлениями политическими»*.

«Господи ты боже мой,— тоскливо подумал Бестужев,— и у них прокурор — либерал. Поветрие какое-то, моровая язва, мало нам было скандалов со Стахеевым и Шиловым...»

Он взял последнюю бумагу.

---

* Отчет губернского жандармского управления подлинный, цитируется со значительными сокращениями.

«По агентурным сведениям, в городе Шантарске в мастерских изготовлялись оболочки бомб. Наблюдение не дало положительного результата. Были указания и на склады оружия, и на типографии, но обыски ничего не обнаружили.

По имеющимся сведениям, в местных организациях РСДРП и социалистов-революционеров происходят разногласия на почве единичных, ни к чему не ведущих политических убийств, ввиду чего социалисты-революционеры решили организовать боевые обученные отряды, которые в нужный момент окажут большую услугу революции нападением на монастыри, банки, казначейства и пр. правительственные учреждения с целью захвата их в свои руки. Переход войск на сторону народа будет моментом активных действий вышеназванных отрядов. Лица, которые войдут в организации боевых отрядов, будут именоваться анархистами. Центральные учреждения организаций предположено иметь не в городах, а в незначительных селениях близ ж.дорог, где отсутствует полиция, а если и есть, то малобдительная.

Ввиду такого решения многие члены местной партии социалистов-революционеров, не соглашаясь с вышеизложенным решением, оставляя ряды социалистов-революционеров, переходят на сторону социал-демократов»*.

«Да у них тут прямо-таки благостные эсеры,— подумал Бестужев.— Находятся среди них такие, кто не желает участвовать в боевых дружинах. Расскажи в Петербурге — не поверят...

Что любопытно, упоминание о „незначительных селениях" кое в чем зловеще напоминало практику неизвестных налетчиков — у них, несомненно, есть явка в Аннинске, это хотя и город, но от деревни мало чем отличается...

* Документ подлинный, приводится полностью.

Значит, эсеры? Но Силуянов, кажущийся, несмотря на молодость, опытным работником, прав: будь наши налетчики хоть каким-то боком связаны с революционными партиями, либо охрана, либо жандармский розыскной пункт непременно ухватили бы ниточку. Тогда? Не относиться же всерьез к россказням о „гвардии полковнике“, вздумавшем разыгрывать из себя Робин Гуда? В Шантарской губернии попросту нет ни единого полковника гвардии, даже отставного, коли уж на то пошло... Гвардейских воинских частей нет вовсе».

Он вздохнул, на сей раз уже не про себя, аккуратно собрал документы в папку и направился в кабинет Ларионова. Рокицкий проворно, но без лишнего подобострастия встал из-за своего стола в приемной и распахнул перед ним дверь.

— Ну-с, голубчик мой? — поинтересовался полковник.— Каковы впечатления? Кель импресьен?

— Я бы сказал, ситуация в вашей губернии ничем не выделяется,— подумав, заключил Бестужев.— Судя по отчету, у вас не хуже и не лучше, чем во многих других местах...

— От чего ничуть не становится легче,— вздохнул полковник.

— Вы мне обещали визит к судебному следователю...

— Бога ради.— Полковник грузно поднялся и взял фуражку.— Сейчас же и поедем, я ему минут пять назад телефонировал. В отличие от прокурора, господин Аргамаков — весьма ответственный и серьезный молодой человек, вот если б только...— он нахмурился, оборвал фразу.— Думаю, он произведет на вас самое хорошее впечатление. Да и супруга — красавица, здешняя светская львица...

Бестужев вспомнил все, что ему рассказала об этой светской львице шустрая Анютка. «Интересно, если это правда, полковник знает? Не может не знать... Впрочем, мне-то что до того?»

— Василий Львович,— сказал он, решившись,— меня все же удивляет, почему во время нашего совещания ни словом не было упомянуто о работе Струмилина, пробывшего здесь все же достаточно долго...

Похоже, этот вопрос, не самый сложный и ошеломляющий, оказался для полковника крайне неприятен. Он откровенно отвел взгляд, без нужды принялся перекладывать на столе бронзовые безделушки.

Бестужев непреклонно ждал, всем своим видом показывая, что не отступится.

— Алексей Воинович...— вздохнул Ларионов.— Да в том-то и состоит печальная истина, что господин Струмилин занимался чем угодно, только не работой... Поедемте?

Глава третья. Самые разные встречи и впечатления

— Василий Львович,— сказал Бестужев, с неудовольствием косясь на монументального вахмистра, размеренно колыхавшегося в седле справа от коляски,— ну это-то зачем? Я же не губернатор как-никак...

— Простите, уж придется потерпеть,— решительно сказал Ларионов.— Мы с Иваном Игнатьевичем,— он показал глазами на сидевшего напротив Рокицкого,— и с Баланчуком совместно измыслили, если можно так выразиться, кампанию по приведению противника в смятение чувств. Не считаете же вы меня, в самом деле, банальным провинциальным подхалимом, готовым выдумать для столичного гостя всякие помпезные глупости? Нет, тут все несколько сложнее. Вы у нас, простите великодушно, вроде штандарта... Особо доверенная агентура уже распространяет по городу слухи, что в недрах столичной жандармерии родился некий коварный и гениальный план по изловлению наших налетчиков, каковой с вашим приездом стал успешно претворяться в жизнь... Понимаете? Если они всё еще в Шантарске — а я подозреваю, что так оно и обстоит,— непременно должны занервничать. Неизвестность всегда путает, особенно в таких делах, а мы им подсунем великолепнейшую неизвестную угрозу, о сущности коей они ни за что не смогут догадаться...

— Очень мило,— поморщился Бестужев.— А не окажется ли так, что в столичного гостя шарахнут бомбою из-за угла? Или высадят обойму из браунинга? Полагая, что с моим устранением угроза и сойдет на нет...

— Уж не боитесь ли?

— Знаете ли, Василий Львович, я всегда боялся погибнуть глупо,— признался Бестужев.— И на войне, и впоследствии. А теперь есть такая опасность...

— Да подумал я о ней, подумал, не беспокойтесь,— усмехнулся Ларионов.— В тех самых слухах ведь не утверждается, что именно вы являетесь единственным двигателем дела. Наоборот, всячески подчеркивается, что план поимки давно известен большому числу жандармов и полицейских, так что никто не станет метать ни в вас, ни в меня бомбу, поскольку это совершенно бессмысленно. Давно служу под голубым околышем-с, опрометчивые решения принимать отучился... Не переживайте, право. Доедем до Аргамакова в целости и сохранности.

— Что он за человек?

— В отличие от прокурора, который мне проел все печенки, уж простите за вульгарность, Аргамаков — человек надежный и толковый. В тридцать один год дослужиться до надворного совет-

162

ника, что по Табели о рангах соответствует армейскому подполковнику,— это, знаете ли, кое о чем говорит. Разумеется, сей молодой человек не без недостатков, но это такая уж российская беда,— он досадливо махнул рукой,— ничего общего с политикой не имеющая. Все, вот и прибыли...

Довольно большой деревянный дом стоял в глубине сада — по здешним меркам, респектабельное жилище, хоть и уступающее кирпичным особнякам купцов, но тем не менее наглядно свидетельствующее о явной зажиточности хозяев. Поневоле вновь вспомнились рассказы Анютки о побочных источниках этого благополучия. Очень может быть, девица и не врет. В столицах, случалось, обнаруживали целые бордели, где искали приработка дамы из общества, чьи мужья стояли и выше судебного следователя Аргамакова на лестнице чинов и положения...

— Вон, поспешает хо́дя,— сказал Ларионов, одергивая китель.— Их у нас после японской кампании немало появилось...

Выкрашенную в белый цвет калитку распахнул китаец в столь же белоснежном кителе, классический китаец с косой, каких Бестужев насмотрелся предостаточно. Он низко поклонился, залопотал, старательно борясь с теми буквами русского алфавита, кои был решительно не в состоянии выговорить:

— Балина и балыня изволят в саду...

Из мальчишеского озорства Бестужев степенно ему поклонился:

— Хао, хао, туньчжи*.

Китаец с бесстрастным выражением лица произнес длинную чирикающую фразу, но Бестужеву пришлось пожать плечами:

_____

* Хорошо, друг *(кит.)*.

— Во бутунды, шеньмайе бутунды.*

И они двинулись вслед за китайцем по чисто подметенной дорожке среди пышных кустов не отцветшей еще сирени.

— Ловко,— оказал Ларионов.— Вы что же, по-ихнему понимаете?

— Да где там,— смущенно сказал Бестужев.— Нахватался обиходных фраз, не без этого... А вот понимать не способен. У них ведь, Василий Львович, огромное значение имеют даже не слова, а интонация. Одна и та же фраза, произнесенная, скажем, с тремя разными интонациями, три смысла и имеет, совершенно отличных друг от друга...

— Одним словом, Азия-с...— полковник расцвел на глазах: — Ирина Владимировна, звезда вы наша! Честь имею!

И первым подошел к ручке хозяйки. Бестужев по старшинству последовал за ним. Что ж, молодая белокурая дама в белом летнем платье была чертовски красива, по столичным меркам прекрасно подходила под амплуа «роскошной женщины», и, если все правда, можно понять купцов, наносящих изрядное кровопускание своим бумажникам...

— Позвольте представить, дражайшая,— сказал полковник с умиленно-восхищенными интонациями.— Наш столичный коллега, ротмистр Бестужев...

— Не из тех ли Бестужевых? — любезно поинтересовалась провинциальная дива, в чьих синих глазах Бестужев не мог усмотреть ничего, свидетельствовавшего о двойной жизни.

Что ж, все, что касается двойной жизни и прочих своих маленьких тайн, женщины умеют скрывать мастерски...

— Вынужден вас разочаровать,— поклонился он.— Ни к кому из знаменитых Бестужевых отношения не имею. Родство есть, безусловно, но отда-

---

* Не понимаю, ничего не понимаю *(кит.)*.

ленное до той самой степени, о которой простонародье сложило вульгарную поговорку: «Нашему плотнику троюродный забор».

— Как вы говорите? Троюродный забор? Весьма оригинально...— она рассмеялась так, как и следовало уверенной в себе молодой красавице, опытной кокетке.— Прошу, господа. Супруг и властелин уже изволят ожидать в беседке.— Вслед за чем Бестужеву был послан один из тех многозначительных взглядов, которые можно толковать по-разному, от механического кокетства до подачи определенных надежд.— Супруг, должна вам сказать, ротмистр, находится с вами в сходном положении. Он тоже... ха-ха, троюродный забор тех Аргамаковых*... но, быть может, это и к лучшему? Будь он более близким родственником, у кого-то из заядлых монархистов могли бы возникнуть неприязненные чувства...

— Весьма вероятно,— вежливо кивнул Бестужев. Беседка представляла собою небольшой домик, наполовину состоящий из застекленных рам. Летом в ней, сразу видно, чрезвычайно уютно. Накрытый белоснежной скатертью стол был накрыт, учитывая щедрость и обильность здешнего гостеприимства, довольно скупо, что несколько не вязалось с обликом хозяина, радушно вышедшего им навстречу,— с первого взгляда было видно, что перед Бестужевым оказался классический образец провинциального жуира и гурмана, слегка располневшего, с живыми глазами и подвижным ртом весельчака, души застолья.

— Наслышан, наслышан,— Аргамаков крепко тряхнул его руку.— Василий Львович говорил о вас так таинственно и уважительно... Судя по его

---

* Плац-адъютант императора Павла I Аргамаков состоял в заговоре Палена-Зубова и в ночь убийства Павла провел заговорщиков в Михайловский замок.

туманным намекам, вы — этакий Рокамболь охраны...

— Да полноте,— сказал Бестужев.— Служим помаленьку...

— Прошу, господа, к столу! Мамочка...— Аргамаков, явственно припахивавший свежим, недавно употребленным спиртным, со страдальческой миной развел руками.— Начинаются сплошные служебные секреты...

— Всегда одно и то же, господа,— сделала Ирина Владимировна печальную гримаску.— В кои-то веки к нам попал блестящий офицер из столицы — и вновь начинаются роковые тайны государевой службы... Что ж, я вас оставляю, господа. Но я тебя умоляю, душа моя...— она послала мужу многозначительный взгляд и вышла.

— Ах вы, счастливчик,— протянул Ларионов.— Будь я молод и красив, непременно заставил бы вас поревновать, Викентий Сергеевич...

— Да вы у нас и ныне — орел, полковник, к чему скромничать? — усмехнулся Аргамаков, проворно наполняя рюмки.— Не угодно ли, господа, шустовского? Прошу прощения за скудость стола, но я рассудил, что разговор пойдет о вещах малоаппетитных, и нашему гостю, вполне возможно, кусок не полезет в горло... Ваше здоровье!

Когда он разливал, рука предательски подрагивала, горлышко графина звякало о края рюмок. И потребил он свой коньяк чересчур торопливо, словно боялся, что более ему не достанется. Кажется, Бестужев при виде всего этого стал догадываться, о каком недостатке Аргамакова говорил полковник. В самом деле, сугубо российский недостаток, Ивашкой Хмельницким именуется...

— Вам не доводилось, ротмистр, читать, что написал о нас Антон Павлович Чехов? — осведомился Аргамаков, тоскливо глядя на свою пустую рюмку.— Жаль... Я, знаете ли, запомнил дословно.

«В Шантарске интеллигенция мыслящая и немыслящая с утра до ночи пьет водку, пьет неизящно, грубо и глупо, не зная меры и не пьянея. После первых же двух фраз местный интеллигент задаст вопрос: „А не выпить ли нам водки?"» Определенные преувеличения, конечно, имеются, но тенденция подмечена верно. А не выпить ли нам коньячку? — он проворно схватил графин.

— Викентий Сергеевич, дорогуша,— мягко сказал полковник.— Я вас прошу, не увлекайтесь...

Краем глаза Бестужев подметил странное выражение на лице Рокицкого — скорее безмерное удивление. Впрочем, штабс-ротмистр тут же овладел собой, и загадочная гримаса пропала с его лица. Воцарилась некоторая неловкость, и Бестужев, стараясь держаться непринужденно, отошел к дощатому простенку, принялся разглядывать висевшие там акварели. Все три изображали каменные здания довольно старой постройки, величавые, чуть ли не подавлявшие. Здания красивы, и нарисовано вроде бы мастерски, но акварели чересчур уж холодны даже для неподготовленного зрителя, в них не хватает чего-то теплого, светлого...

— Заинтересовались моим курьезом? — неслышно подошел сзади Аргамаков.— Это, изволите ли видеть, память о прекрасной Вене. Был я там этой весною, и в Пратере* разговорился с любопытнейшим типусом. Совсем юнец, тощий, голодный, а глаза горят этаким, знаете ли, фанатичным огоньком. Приехал поступать в Академию художеств, да провалился, однако не потерял напора. Глазищи так и сверкают внутренним огнем, я, твердит, еще многого добьюсь... Звать Адольфом, а фамилия... Шилькер, Шильдер...— он присмотрелся к подписи внизу одной из акварелей.— Ага, Шиккельгрубер...

---

* П р а т е р — парк в центре Вены.

Скорее уж Шикльгрубер,— поправил Бестужев.— «Е» в данном случае не произносится, я владею немецким...

— Какая разница? Шикльгрубер... Вот только мне представляется, хотя я и не специалист в живописи, что художником ему не быть. Не хватает чего-то, а?

— Вы совершенно правы,— сказал Бестужев.— Этаким холодком веет. Но вот архитектор из него, быть может, и неплохой получится. Я в юнкерском имел высший балл по черчению, немного в этом понимаю.

— Архитектором-то он как раз быть не хотел,— фыркнул Аргамаков.— В художники метил. Ну, я и купил у него акварельки, не из особого интереса, а скорее благотворительности ради — вьюнош был голоден, как подтощалая бездомная кошка. Архитектор, говорите? Хм, забавно получится, если из него выйдет второй Кваренги или там Росси. Войдет в славу, а акварельки-то — вот они... Ну, поживем — увидим, неизвестно, что нам сулит грядущий двадцатый век, каковой и не наступил еще...

— То есть как? — немного удивился Бестужев.— По-моему, давно...

— Это у Викентия Сергеевича такой пунктик,— с усмешкой пояснил Ларионов.— Насчет правильного счета столетий.

— Я бы это пунктиком не назвал, полковник,— явственно обиделся Аргамаков.— Это и не пунктик вовсе, а логичное научное объяснение. Видите ли, Алексей Воинович, я убежден, что столетие не стоит мерить чисто арифметическими мерками и считать начало такового с календарным началом нового века. Разве девятнадцатое столетие наступило в восемьсот первом? Позвольте усомниться. Наполеоновские войны — сие, на мой взгляд, не более чем затянувшееся продолжение и завершение века восемнадцатого. Ибо вершили эти кампании люди, во всем воспитанные восемнадцатым столетием, выросшие и сформировавшиеся интеллектуально именно в нем... понимаете?

— Кажется, понимаю,— серьезно сказал Бестужев.— Вы предлагаете отсчитывать начало века не от календарной даты, а от масштабных изменений в сознании людей, в устроении государств, раскладе европейской политики...

— Именно-о! — Аргамаков торжествующе прицелился в него указательным пальцем.— Алексей Воинович, мы меня, право слово, очаровали! Моментально поняли суть проблемы! Не то что насмешник Василий Львович! Собственно, если разобраться, мы до сих пор живем в девятнадцатом столетии. Династические системы, политика, войны, дипломатия, общественные учения, искусство — все это и до сих пор является лишь механическим продолжениям столетия де-вят-над-ца-того!

— Так-так-так...— с интересом сказал Бестужев.— А начало подлинного девятнадцатого столетия вы, как я понимаю, отсчитываете от восемьсот пятнадцатого? От Венского конгресса?

— Совершенно справедливо!

— Но позвольте, развитие технического прогресса...— нерешительно вставил Рокицкий.

— А! — махнул рукой Аргамаков.— Все опять-таки берет начало в девятнадцатом столетии — пароходы и паровозы, телефон и телеграф, автомобили... Вот разве что аэропланы в эту хронологию не вписываются, но исключения лишь подтверждают правило...

— Очень интересно, знаете ли,— серьезно сказал Бестужев.— Значит, подлинный двадцатый век, по вашей гипотезе, должен начаться лишь в девятьсот пятнадцатом? Интересно, что в этом году такого должно случиться, резко меняющего течение жизни и заставляющее говорить о начале нового столетия...

— Ну, это вовсе не обязательно должен быть девятьсот пятнадцатый, год в год, день в день... Главное, вы уловили суть. Если взять...

— Простите, Викентий Сергеевич,— решительно прервал Бестужев.— Все это крайне интересно, и ваши теории, и студент этот ваш с фанатичным огнем в глазах... Но служебные обязанности...

— Как хотите,— с неудовольствием сказал Аргамаков и, на сей раз не обращая ни малейшего внимания на деликатное покряхтыванье Ларионова, наполнил рюмки.— Прошу-с! Давайте без тостов, речь пойдет о печальном... Алексей Воинович, мне, право же, неловко и больно, но вы ведь наверняка предпочитаете суровую действительность убаюкивающей лжи... С вашим Струмилиным все обстояло неприглядно... и чертовски банально. Повод для несомненного самоубийства был весомый и лежал на поверхности...— он нервно налил себе одному и выпил одним махом.— Вскрытие делал доктор Галковский, военный врач с большим опытом... Во-от такая гуммочка была у вашего Струмилина в головном мозге, классическая гумма вульгарис* последней стадии сифилиса... Выпейте, а, ротмистр? У вас лицо помертвевшее...

— Пожалуй,— мертвым голосом сказал Бестужев, глядя в пол, на крашеные доски. Проглотил коньяк как лекарство, бездумно, механически.— Бессмысленно спрашивать, не ошибся ли ваш доктор?

— Бессмысленно, батенька,— легонько похлопал его по колену Ларионов.— Как мне объяснили, сифилитическая гумма на поздней стадии развития — это такой недвусмысленный знак, какой опытный врач ни с чем иным не спутает... У него должны были быть дикие головные боли, расстройство внимания и утрата способности к толковой

---

* Гумма обыкновенная *(лат.)*.

работе... Я ведь говорил вам, что Струмилин, собственно, и не работал вовсе. Так, проглядывал бумаги, нехотя беседовал с разными людьми, видно было, что делает он это через силу, что с ним неладно что-то... У меня с самого начала были недоумения, лишь п о т о м все разъяснилось...

— Но он должен был знать...

— Не обязательно,— пожал плечами Ларионов.— Доктор мне все подробно растолковал. Если не имелось ярко выраженных признаков поражения кожных покровов, мог и не подозревать ни о чем и лечиться, скажем, от мигрени, безуспешно, понятно... Вот такой печальный сюжет, Алексей Воинович. Понимаете теперь, почему я старательно избегал всяких разговоров о Струмилине, стремясь удержать таковые в самом узком кругу? Неприглядная история получается, если выйдет наружу... Вряд ли там, в столицах, будут нам благодарны, допусти мы утечку... Еще и оттого... Как бы вам деликатнее...

— Еще и оттого, что у него здесь была любовница? — спросил Бестужев, глядя в пол.— Я уже все знаю, Василий Львович. Что в «Старой России» порой бывают не только проститутки, но и дамы... э-э, стоящие несколькими ступеньками выше на общественной лестнице, что Струмилина, судя по всему, регулярно навещала как раз дама из общества...

— Вот то-то и оно, голубчик,— печальным, севшим голосом сказал Ларионов.— Именно так и обстоит. Представляете, ежели он эту неизвестную дамочку... н а г р а д и л? Врач уверяет, что первые симптомы в этом случае возникают не ранее чем по прошествии месяца, но все равно... Возможен нешуточный скандал. Если в с е станет известно... Думаю, даже генералу Герасимову придется пережить несколько неприятных минут. Во-первых, Струмилин полностью самоустранился от командировки, в которую его послали. Во-вторых, мог заразить венерической болезнью даму из общества... Да нам такое устроит либеральная печать...

— Вы так и не установили, кто была эта женщина?

— Алексей Воинович...— полковник открыто взглянул ему в глаза.— Вы будете возмущены, узнав, что я н е х о ч у ее устанавливать? Что не испытываю ни малейшего желания это делать?

— Пожалуй что и нет,— после долгого раздумья сказал Бестужев, ни на кого не глядя.— Пожалуй, с вашими действиями согласились бы и в штабе Корпуса...

— Ну, в деликатности Викентия Сергеевича я уверен,— сказал Ларионов.— Таким образом, история эта не выйдет за пределы нашего тесного круга. Жаль Струмилина, но кто же мог подумать... И ведь не первый случай. Не помните, часом, девятьсот седьмой? То самое самоубийство подполковника Климачёва?

— Да, я знакомился с бумагами,— кивнул Бестужев.— В самом деле, точное повторение ситуации...

Горлышко графина звякнуло о тонюсенький край рюмки — это Аргамаков наливал себе первому. Не было никаких сомнений, что он надолго запьет, но Бестужева это уже не интересовало. У него как раз родилась идея, быть может, и неплохая...

...Субъект в шляпе набекрень, наряженный под франтика, ш л е п а л за Бестужевым из рук вон бездарно, прямо-таки наступал на пятки. Бестужев засек его сразу, едва вышел из гостиницы, уже в партикулярном платье,— но пока что не стал предпринимать никаких действий, только сделал незапланированный крюк длиной в несколько кварталов, чтобы не осталось никаких неясностей.

Их и не осталось. Преследователь, судя по его поведению, являл собою классического «михрютку», как это называл генерал Герасимов. Оторваться от него без труда сумел бы и менее опытный, нежели Бестужев, сыщик,— но вот спешить как раз и не следовало.

Случай представился вскоре. Завидев того самого городового, что откровенно испугался разбираться с неизвестной красавицей, Бестужев вдруг решительно шагнул на проезжую часть, подошел к скучавшему стражу порядка и напористо, без тени колебаний, сказал:

— Вот что, любезный. Видишь вон того субъекта? Что к витрине отвернулся?

— Так точно-с...— сказал городовой, еще не понимая, чего от него хотят.

— Разберись-ка, что за тип,— сказал Бестужев властно, с уверенностью имеющего право.— Ходит за мной уже полчаса, прилип, как репей к собачьему хвосту. Кто его знает, вдруг да ограбить норовит... Ну, что стоишь?

Городовой окинул цепким взглядом сначала его, потом «михрютку», столь неубедительно изображавшего интерес к витрине кондитерской, что Медников, легендарный учитель филеров, давно лишил бы такого растяпу парочки зубов.

Судя по физиономии городового, барский вид Бестужева ему представился гораздо более весомым, нежели облик топтуна.

— Сию минуту-с,— решительно заявил городовой.— Извольте подождать, мы мигом... Эй, государь милостивый!

Бестужев добросовестно ждал на краю тротуара. Он не мог ни расслышать разговора, ни рассмотреть своего преследователя — городовой его заслонял широкой спинушкой. Но вдруг стало ясно, что ситуация далека от простоты. Очень уж странный вид был у неспешно плетущегося к Бестужеву городового — верзила смотрел себе под ноги в тщетных попытках придать своей конопатой физии бесстрастность. Добредя, все так же не поднимая глаз, он протянул:

— Обознались, видать, ваша милость. Вполне приличные-с господа, гуляют себе. Показалось вам невесть что...

Бестужев украдкой глянул поверх его плеча. «Михрютка» все так же торчал у витрины, полуотвернувшись.

— Что он тебе показал? — шепотом спросил Бестужев.

— Ничего-с...— опущенный долу взгляд городового вильнул так, что никаких сомнений не оставалось.

— Стоять спокойно! — страшным полушепотом распорядился Бестужев, из ладони показывая городовому свою карточку охранного отделения.— Не вздумай навытяжку, болван! Стой, как стоял! Он тебе показал то же самое?

— Точно так...— промямлил городовой, судя по его безнадежной роже, окончательно запутавшийся в сложностях жизни, коих он и не пытался разгадывать.— Вы уж, ваше благородие, промеж себя сами разбирайтесь...

— Ладно, ступай на пост,— распорядился Бестужев и махнул показавшемуся в пределах досягаемости извозчику.— Эй, любезный!

Он имел удовольствие видеть, как преследователь беспомощно заметался на тротуаре, тщетно высматривая второго свободного «ваньку». Но торжествовать было рано. В том, что его «хвостик» оказался филером, уже никаких сомнений нет, но вот был ли преследователь так бездарен и глуп, как хотел казаться?

Бестужев прекрасно знал эти фокусы. Подобные недотепы, которых мог без труда расшифровать и гимназист, на жаргоне охранного отделения именовались «брандерами» или «михрютками». Вообще-то, они и в самом деле были законченными растяпами — на такую слежку не стоило посылать опытного филера, чтобы его не испортить,— но предназначалась им строго определенная цель: демонстративная слежка с помощью подобного «брандера» как раз для того и устраивалась, чтобы дать понять подозреваемому боевику: он раскрыт, о его деятельности известно, и лучше бы ему, пока не поздно, смыться от греха подальше, оставив лелеемые замыслы.

Чаще всего так и происходило: преследуемый начинал нервничать, ложился на дно, а то и бежал из России. Герасимов в использовании «брандеров» приобрел огромную сноровку... Благодаря чему не раз удавалось предотвращать террористические акты и «эксы».

Но с какой радости «михрютку» вдруг послали за Бестужевым? Объяснений просто-таки не находилось. Те, что следили за ним прежде, действовали не в пример квалифицированнее, и внезапное появление растяпы, признаться по чести, полностью сбило с толку. Служить прикрытием для более опытных коллег «брандер» не мог — их попросту не было на хвосте...

...Мигуля вышел ему навстречу в расстегнутом кителе, с засученными к локтям рукавами, раскрасневшейся физиономией. Прежде чем захлопнулась дверь, из которой он появился, Бестужев успел заметить съежившегося на стуле человечка, судя по одежде — из простых, и бдительно возвышавшегося за его спиной Зыгало. Бестужев уже знал, что пристав Мигуля широко известен как среди уголовного элемента, так и в полиции под кличкой Ермоша Скуловорот — для чего были все основания...

— Здравствуйте, Ермолай Лукич,— сказал он вежливо.

— Наше почтение, господин ротмистр,— оторвался Мигуля с некоторой дозой независимости, отдуваясь.— Что вы так смотрите? Либерально? Я понимаю, у вас в Корпусе клиентов чайком с бутербродами потчуют, папироску предлагают, а уж про то, чтобы в рожу залезть — ни-ни и думать... У нас, чтоб вы знали, немножко иначе обстоит. Традиция-с. Ежели такому вот субчику,— он небрежно кивнул в сторону наглухо захлопнутой двери,— пару раз не залезть в личность, толкового разговора и не получится. Ежели полицейский по мордасам не щелкает, к нему наши клиенты с ба-альшим подозрениям относятся, подозревая в нешуточном коварстве и затаенных подвохах. А дерзнешь пару раз по его уголовной личности, смотришь — и разговор наладился вполне даже дельный...

— Господи, Ермолай Лукич...— усмехнулся Бестужев.— То, о чем вы сейчас сказали, я уже слышал от чинов столичной сыскной полиции и отношусь к сему философски. В каждой конторе свои правила... Вы лучше скажите, можем мы с вами доверительно побеседовать?

— Что, большая нужда?

— Крайняя.

— Фу ты, а он у меня как раз петь начал...— Мигуля с сожалением оглянулся на покинутую комнату.— Ладно, авось не спадет с настроя. Вот сюда попрошу.

Он распахнул перед Бестужевым обшарпанную дверь, и они вошли в небольшую комнатку. Из угла к ним бросился черный бесхвостый щенок, завилял задом, радуясь людям.

— Ишь, стервец! — почти умиленно сказал Мигуля.— Заскучал тут один... Породистый...

— Позвольте,— присмотрелся Бестужев.— Это же ротвейлер!

— Ага,— кивнул Мигуля, садясь за стол и ловко подхватывая щенка на колени.— Куплен на свои деньги, из Петербурга привезен. Немцы их в качестве полицейских собачек давно пользуют, вот я и решил следовать за ихней цивилизацией. Мазурика нашего и пистолетом не особенно запугаешь, а вот к обученным полицейским песикам он пока что не привык, и польза, я чую, будет... Подрастет, поглядим. Садитесь, ваше благородие. Что вас привело к нам, убогим?

— Полно прибедняться, Ермолай Лукич,— усмехнулся Бестужев в открытую.— Ну какой же вы убогий? О вас отзываются, как о лучшем в Шантарске частном приставе, я навел справки...

— А...— махнул Мигуля устрашающей лапищей.— Болтают всякое...

— Ермолай Лукич,— проникновенно сказал Бестужев.— Объясните вы мне, пожалуйста, чего ради охотитесь за Ванькой Тутушкиным?

Очень похоже, он застал пристава врасплох этим немудрящим вопросом. Мигуля ерзнул взглядом, преувеличенно заботливо принялся трепать щенка за черные ушки. Наконец поднял хитрые мужицкие глаза:

— Да с чего вы взяли?

— Ну как же,— сказал Бестужев.— Такую засаду поставили... Учитывая, что в Шантарске всего-то полсотни городовых, выделять аж полдюжины человек ради поимки Тутушкина — это получается либо ненужное расточительство, либо охота на чрезвычайно опасного преступника. Вот только Тутушкин, насколько мне известно, ничего противозаконного не свершил пока. Альфонсирует помаленечку, это верно, сутенерствует, сукин кот,— но это еще не повод, чтобы т а к у ю охоту за ним устраивать. Городовые в партикулярном, сыскные агенты, извозчики ряженые, всех схваченных моментально к вам везут, даже племянничка городового Зыгало, мальчишечку нежного возраста, к наружному наблюдению привлекли...

Мигуля, судя по его виду, лихорадочно искал, что бы соврать поубедительнее. И наконец сообразил:

— Помилуйте, господин ротмистр, с чего вы взяли, что мы как раз Тутушкина ловим? Ловим мы вовсе даже другого человека, есть один такой фармазон, который должен как раз у Тутушкина объявиться...

— А сам Тутушкин где?

— Кто же его ведает, прохвоста? Вам бы с Петенькой Сажиным поговорить...

— Я пытался его отыскать по телефону,— пожал плечами Бестужев.— Однако где он находится, никому не известно. Вот и пришлось к вам ехать... Так как же, Ермолай Лукич?

— Да господи! — с сердцем сказал Мигуля.— Говорю вам, все мы не ловим Ваньку Тутушкина, а ловим известного фармазона, с помощью фальшивого брильянта выманившего деньги у купчихи Калатозовой... Вы что ж, не верите?

— Уж простите, не верю,— сказал Бестужев.

— Ну, дело ваше.

— Интересный вы человек, Ермолай Лукич,— примирительно улыбнулся Бестужев.— В конце-то концов, мы с вами числимся по одному министерству, должны сотрудничать...

— Было б в чем с вами сотрудничать, господин ротмистр, неужто я бы стал уклоняться? — с видом невиннейшего дитяти заявил Мигуля.— Неужто я не понимаю, что такое охрана? Никакого сравнения с нашими-с мелкими заботами...

— Но если заботы ваши так мелки, что же вы их держите в секрете?

— Да кто держит? Говорю вам, ловим фармазона...

— А нельзя ли посмотреть, что там насчет этого фармазона имеется в ваших штрафных списках*?

---

* Штрафные списки — аналог современных картотек. Касались лиц, в том или ином качестве соприкасавшихся с полицией,— от уже осужденных до подозреваемых.

— У нас штрафных списков такого рода не имеется,— сказал Мигуля весело.— Таковые — в сыскной...

— А в сыскной не знают, куда подевался Сажин, вот и получается сказка про белого бычка...

— Ничем помочь не могу,— непреклонно заявил Мигуля. Он выскальзывал из рук, как чеховский налим.

— Хорошо,— сказал Бестужев.— Возможно, я напрасно вас беспокоил, приношу искренние извинения... Там, в комнате, я видел только что Василия Зыгало... Могу я с ним коротко поговорить?

Судя по всему, Мигуле хотелось отклонить и эту нехитрую просьбу, но он, как и следовало ожидать, не нашел серьезных оснований. Развел руками:

— Ну, коли служба требует... Я его пришлю сей минут,— опустил щенка на пол и быстро вышел.

Бестужев поцокал щенку языком, и тот с поскуливанием заплясал у его ног.

«Сей минут» растянулся минут на пять. Несомненно, Мигуля в это время наставлял подчиненного держать язык на зубах и не брякнуть лишнего... Когда великан Зыгало все же возник в дверях, вид у него был угнетенный и печальный. Блуждая взглядом по комнате, городовой пробасил:

— Ваше благородие, прощенья просим... Кто ж знал...

— Это ты насчет оплеухи? — спросил Бестужев.— Да я и забыл уже... За что обижаться? Ну, справлял ты службу... Садись, Василий, садись, в ногах правды нет... Садись, кому говорю!

После долгих колебаний Зыгало устроился на краешке стула, готовый в любой момент вскочить и вытянуться.

— Да сядь ты поудобнее, братец,— с досадой сказал Бестужев.— Говорю же, про затрещину я и забыл... Ты мне вот что скажи: по какой причине ловите Тутушкина?

Зыгало отчеканил, как заведенный:

— Ваше благородие, облава вовсе не на Тутушкина, а на фармазона, каковой...

— Злодейски обвел вокруг пальца купчиху Калатозову? — понятливо подхватил Бестужев. Ясно было, что с этого объяснения Зыгало ни за что не сойдет.— И черт с ним, с фармазоном... Ты мне лучше расскажи о другом. Когда в номерах «Старой России» застрелился постоялец, коллежский асессор по Министерству внутренних дел Струмилин, ты, насколько я знаю, вошел туда первым?

Зыгало воззрился на него недоуменно, мучительно пытаясь сообразить, что ему в этом случае отвечать, чтобы не подвести начальство, отчего-то не желавшего посвящать жандарма в свои внутренние дела. Бестужев смотрел на него доброжелательно, открыто, легким движением бровей принуждая к разговору. Наконец рослый усач, одолеваемый внутренними борениями, промямлил:

— Да вроде как бы и так...

Терпение у Бестужева лопнуло. Он перегнулся к собеседнику через обшарпанный канцелярский стол и грозно пообещал:

— Васька, я ведь сейчас поеду к полицмейстеру, велю ему тебя к себе вызвать, и там мы этот разговор продолжим... Только при этом будет считаться, что ты, аспид, злостно препятствуешь следствию, проводимому жандармерией... Тебе что, служба надоела? Тут политика, тебя и Мигуля не спасет... Будешь ты говорить, как нормальные люди?

— Как прикажете...— протянул струхнувший Зыгало.

— Ты первым вошел?

— Так точно. Когда Прошка, коридорный, телефонировал в часть, меня с Мишкиным и послали... Входим мы, а он лежит на кровати, глаза открыты, прямо на нас таращится...— Зыгало неподдельно передернулся.— Кровь на виске, и пи-

180

столетик блестящий из руки выпал, тут же валяется...

Достав блокнот с карандашом, Бестужев быстро провел несколько линий, подрисовал прямоугольник, подсунул раскрытый блокнот городовому:

— Смотри внимательно. Вот так и выглядел номер? Это — кровать, это — окно, это, соответственно, дверь... Разбираешься?

— Да что тут трудного...

— Молодец,— сказал Бестужев.— Ты, значит, вошел первым... и раздавил сапогом гильзу?

— Да не раздавил, а помял, она ж медная, как ее раздавишь... Смял, был такой грех. Хрупнуло под сапогом, я попервости решил, что таракан, эти мирские захребетники и в приличных гостиницах попадаются... Глядь, а это вовсе и не таракан, а гильзочка, маленькая такая, аккурат для того пистолетика, так и следствие потом определило... Она, хоть и помятая, а буковки-то на ней читаются, донышко и не смялось вовсе, так что я не виноват... Кто ж знал, что она на полу...

— Ладно,— сказал Бестужев.— Никто тебя за раздавленную гильзу не виноватит, понятно? Но вот где ты на нее наступил, мне нужно знать совершенно точно. Сможешь сосредоточиться и показать? — он ткнул карандашом в рисунок.— Вот дверь. Вот так ты входишь, как я веду карандашом... Ну, Зыгало, подумай как следует...

— А чего думать? Вот-с,— Зыгало ткнул толстым ногтем в рисунок.— От туточки. Прошел три шага, а под сапогом — хр-руп! И не таракан это оказался вовсе, а гильза...

— Точно? — спросил Бестужев.— Ничего не путаешь? Еще подумай...

— Да что тут думать? — даже обиделся Зыгало.— Я, как-никак, ваше благородие, восьмой год в полиции, глаз обязан иметь наметанный. Вон, у вашего благородия пистолетик-то под пиджачком, слева, под мышкой. Обычный человек не подметит, а я подмечу, потому как глаз полицейский, опытный... Точно, вот здесь.

— Дай-ка спичку,— сказал Бестужев хриплова-то.— Я свои забыл, в гостинице, видимо...

Он жадно затянулся дымом, глядя сквозь Зыгало, не видя его. Если этот болван не врет — а он, судя по всему, искренен,— каша заваривается нешуточная, господа. Конечно, гильзу мог поддать ногой Прохор... Нет! Вряд ли он входил, шлялся по комнате, где лежал покойник, а во-вторых, гильза даже от шевеления ногой не смогла бы улететь туда, где на нее имел неосторожность наступить Зыгало...

Гильза эта — точнее, место, где она лежала,— напрочь разрушала всю картину самоубийства. Струмилин был найден полулежащим на кровати, правым боком к правой стене, он должен был стрелять правой рукой в правый висок, что мы и имеем... но гильза лежала слева от покойника, на значительном расстоянии! Почти у самой двери. У Струмилина был стандартный, серийный браунинг, с расположенным справа окошечком выбрасывателя. Самостоятельно гильза попасть в указанное Зыгало место никак не могла, для этого ей пришлось бы птичкой порхать по комнате вопреки всем законам баллистики...

Верить ли всецело этому провинциальному городовому? Приходится верить — не из желания, а потому, что к этому странному факту добавляются еще несколько уже известных... Даже в жар бросило! И знакомый охотничий зуд в теле...

Зыгало осторожно кашлянул, напоминая о себе.

— Ну, вот и все,— сказал Бестужев спокойно.— И ничего мне от тебя больше не нужно. Приставу своему ты, конечно, наш разговор передашь... только я тебя заранее предупреждаю: чтобы оба держали язык за зубами. Так ему и скажи. Чтобы этот разговор дальше нас троих не пошел. Иначе, уж прости, загоню куда-нибудь в места не столь отдаленные. Я не шучу, ты понял?

— Чего ж тут не понять...

— Иди,— распорядился Бестужев и, прежде чем за городовым успела захлопнуться дверь, по-хозяйски снял телефонную трубку.— Барышня? Барышня, дайте мне сто двадцать первый, аптеку на Театральном...

...Он никогда не бывал здесь прежде, но сориентироваться оказалось не столь уж и трудно — служебный вход, узкая высокая лестница с фигурными чугунными перилами... Аптечным запахом шибало в нос так, что Бестужев забеспокоился: как бы не пахло от него потом за версту разнообразными фармацевтическими ароматами, этакое амбре и за неделю, полное впечатление, не выветрится...

Деликатно постучал в дверь с табличкой, где белые по синему буквы гласили: «Старший провизор». Услышав приглашение войти, без церемоний последовал оному. Стараясь говорить как можно дружелюбнее, произнес:

— Добрый день, Виталий Валерьянович, вот и снова свиделись. Гора с горой... Присесть позволите?

Подождал немного и, предпочтя расценить молчание как согласие, опустился на стул. Открыто огляделся. Человек с поэтическим складом ума непременно вспомнил бы по ассоциации о лаборатории алхимика — столько здесь было стеклянных шкафов с разноцветными жидкостями и разнообразнейшими порошками в бутылках и флаконах всех видов и размеров,— но Бестужев, прагматик по натуре, никаких лирических красивостей в сознание допускать не стал. Были дела и поважнее.

— Виталий Валерьянович, ну что вы, право...— произнес он с неудовольствием.— Не нужно на меня смотреть, словно кролик на удава, я пришел к вам, пожалуй что, за консультацией...

Хозяин кабинетика, человек средних лет, в белом халате, при чеховском пенсне, уставился на него со странной смесью испуга и мнимой бравады. Бестужев досадливо поморщился:

— Да что с вами такое?

— Ничего! — с той же уморительной смесью испуга и вызова ответил провизор.— Почему вы решили, будто...

Провизор замолчал, потеряв нить.

— Что — будто? — усмехнулся Бестужев.— Виталий Валерьянович, самое смешное — обстоятельства сложились так, что я пришел к вам за помощью...

— Вы?!

— Да так уж сложилось...— сказал Бестужев и, не теряя времени, выложил на стол сложенный вчетверо лист бумаги.— Вот, прочитайте эти художества, только, умоляю вас, внимательно...

Хозяин робко протянул руку, поощряемый взглядом Бестужева, развернул лист, держа вверх ногами, перевернул правильно. Стал читать. И едва не уронил пенсне. На лице отразилась крайняя растерянность, прямо-таки панический страх:

— Что за вздор, ничего подобного...

— Я верю,— мягко сказал Бестужев, протянул руку и деликатно вынул лист из закаменевших пальцев старого знакомого.— Я вполне вам верю. Сущий вздор, галиматья... Но каков стиль и слог, какова экспрессия чувств... а? Неизвестный верноподданный обыватель бдительно извещает Петербургское охранное отделение, что административно высланный господин Покитько Виталий Валерьянович ведет здесь, в Шантарске, самый что ни на есть противоправительственный образ жизни: тайно связан с анархистами-коммунистами, ядами их снабжает, посредством коих, надо полагать, будут

184

злодейски отравлены губернатор, полицмейстер и чуть ли не все благонамеренные граждане... Мало того, причастен к ограблению обозов с золотом...

Как это иногда случается, предельный испуг кратковременно перелился в свою противоположность, крайнюю отвагу. Покитько выпрямился на стуле и, старательно пытаясь испепелить Бестужева взглядом, визгливо рявкнул:

— Что за чушь!!!

— Да чушь собачья, конечно,— легко согласился Бестужев.— Прежде всего, какого рожна вам делать у анархистов? Вы ж с эсерами... игрались, да и то вскользь. И не более того. Далее. Наш аноним не приводит ни единого факта, ни единого доказательства, оперируя в основном эмоциями...

— Так вы из-за этого приехали, господин штабс...

— Уже не штабс,— мягко поправил Бестужев.— Полный ротмистр. Нет, Виталий Валерьянович, что вы. Мы, конечно, сатрапы, но не настолько же швыряемся казенными деньгами, чтобы из-за каждой мерзкой анонимки посылать людей через всю империю... Знаете, сколько подобного вздора, писанного чьими-то недоброжелателями, а то и умалишенными, приходит в наш адрес? Курьер мешками на помойку носит... ну, насчет помойки я, конечно, приукрасил, мы подобные писульки летом копим, а зимой в котельной жжем...

— Тогда почему же вы...

— Я объясню,— сказал Бестужев.— Но сначала давайте-ка освежим в памяти прошлое. Я вам никогда не был врагом, милейший Виталий Валерьянович. Вы в свое время были со мной, как я просил, полностью откровенны, а я сдержал свое обещание: выслали вас не в Нарым или Туруханск, а сюда, в губернский город, без особых ограничений в правах. Остался какой-то годик, потом вернетесь в Петербург... Отстоять вас совсем я, простите, не смог, но и не обещал этого. Начальство тогда было рассвирепевшее, даже случайные хранители листовок и типографских шрифтов, вроде вас, отправлялись прямиком на край глобуса... Но меня-то вам не в чем упрекнуть, верно? Признайте.

— Ну, вы, собственно, правы...

— Приятно слышать,— сказал Бестужев.— Помилуйте, какой из вас революционер и уж тем более боевик? Случайно оступились, бывает. Мы же не звери, в конце-то концов, у нас нет стремления стричь под одну гребенку по-настоящему заматерелых и людей случайных, я вам это тогда говорил и сейчас повторю...

— Зачем же вы тогда приехали и показываете мне эту гадость?

— В том-то и дело, что из расположения к вам,— сказал Бестужев.— Будь я настроен предвзято, ни за что не стал бы показывать сию писульку вам. Это логично?

— Логично,— со вздохом признался Покитько.

— Вот видите... Я искренне пытаюсь разобраться. Перед тем, как идти к вам, я навел кое-какие справки в охране. Вы сейчас — человек вполне благонадежный, с сомнительными людьми не водитесь, от нелегальщины любого пошиба бежите, как черт от ладана,— и правильно делаете, по-моему... Позвольте, я отклонюсь от темы. Донос этот... Д он о с,— твердо повторил он,— подвергся у нас тщательному исследованию. У нас есть специалисты... Так вот, они утверждают, что эта бумага сочинена вполне образованным, интеллигентным человеком, решившим выступить в обличье не шибко грамотного мещанина. Не впервые с таким сталкиваюсь... И возникает закономерный вопрос — если вы ни в чем из приписываемого вам анонимом не виновны, почему этот некто горит желанием вам напакостить? Почему, наконец, наш аноним не накропал свой донос в м е с т н у ю охрану, а отправил его прямехонько в Петербург?

— Я понятия не имею...

— А я — имею,— усмехнулся Бестужев.— Вас, милейший, включили в некую к о м б и н а ц и ю. Кто-то расчетливый и крайне беспринципный отвел вам роль пресловутого козла отпущения. Понимаете? Прекрасно... Только вот ведь в чем загвоздка, Виталий Валерьянович... Наш некто умен и хитер, без сомнения. Не может не понимать, что о д н о й этой бумажки для приличной комбинации мало. Должно быть еще что-то. Но я не знаю, что. Вероятнее всего, наш аноним попытается создать некую в и д и м о с т ь вашего участия в чем-то грязном.

— В чем?

— Если бы я знал...— честно признался Бестужев.— Но не знаю. Это-то мне и нужно нащупать. Вас в в о д я т в классическую комбинацию, вами кого-то хотят прикрыть... Здесь и в самом деле есть яды?

— Да, конечно, но я никому...

— Есть яды...— задумчиво повторил Бестужев.— Единственная реальная зацепка, хотя, видит бог, я не представляю, куда ее вставить... Вы уже догадались, чего я боюсь? Того, что вас мне п о д с т а в я т в качестве виновника, а настоящий-то и упорхнет... Вас такой финал устраивает? Меня — тоже нет. Поэтому давайте думать вместе. Комбинация не рождается на пустом месте, из ничего. У нее обязательно есть в реальности какие-то привязки, опорные точки... Вы в состоянии рассуждать трезво и холодно? Вот и отлично. Я подожду, не буду вас торопить, а вы хорошенько освежите в памяти всю вашу жизнь за год ссылки. Жизнь, разговоры, встречи, знакомства. Попытайтесь припомнить, не случалось ли с вами чего-то странного? Выбивавшегося из обычной картины? Чего-то не вяжущегося с обычным течением вашей жизни? Недоброжелатели, быть может? Враги? Соперники в борьбе за сердце дамы или... ну, не знаю.

Он встал и, заложив руки за спину, медленно прошелся вдоль шкафов, читая латинские надписи на банках и бутылках и, конечно же, ничего в них не понимая. За его спиной поскрипывал стул. Покитько старательно сопел, временами бормоча что-то себе под нос.

— Простите, господин ротмистр...

— Да? — обернулся Бестужев.

— Вы в свое время обещали, что здесь никто меня не будет... беспокоить, но вышло несколько... иначе. Это подходит под ваше требование с т р а н н о г о?

— Пожалуй,— кивнул Бестужев.— Вас что, заагентурили?

— Ну, вообще да...

— Кто? Смелее, не бойтесь.

— Господин Рокицкий. Но поймите! — вскрикнул Покитько.— Мне просто нечего... о с в е щ а т ь! Я не бываю ни в каких таких местах, не знаюсь с теми, кто... может представлять интерес. Но господин Рокицкий тем не менее настаивает, чтобы я регулярно с ним встречался и рассказывал все эти ничтожные пустяки...

— Где? Да не ломайтесь вы!

— Неподалеку отсюда. В доходном доме на Всехсвятской, восемь, квартира сорок один. Мы там встречаемся раз в две недели... Мне, право же, буквально нечего сообщать, но господина штабс-ротмистра это словно бы ничуть не раздражает.

«Неужели Рокицкий и здесь взялся за свое?» — подумал Бестужев. Эти штучки опять-таки были прекрасно известны: иные либо выдумывают себе парочку секретных сотрудников, либо выдают плотву вроде Покитько за ценный источник. Сплошь и рядом суммы из секретного фонда уходят в карман форменного кителя...

— Ваши с ним отношения имеют какую-то финансовую подоплеку?

188

— Вообще...— замялся Покитько.— Жизнь здесь не столь уж дешева. Мне в ы д а ю т по двадцать рублей в месяц. Но, поймите, я же, по сути, не сообщаю н и ч е г о!

Бестужев хохотнул про себя. Что ж, кое-что проясняется. Очень может быть, что в отчетах Рокицкий указывает несколько иные суммы. Проверить его невозможно: никакое начальство не вправе интересоваться у офицера именами его секретных сотрудников, так что для нечистых на руку типов вроде Рокицкого имеется определенный простор...

— И это все из с т р а н н о г о, что с вами случалось?

— Не совсем. Сейчас, когда вы так подробно все обрисовали, мне и самому стало казаться подозрительным... Понимаете ли, вот уже с месяц мне просто-таки набивается в приятели один человек...

— Кто?

— Вы его знать не можете. Даник...

— Бакалейный торговец?

— Он самый.

— Так-так-так...— сказал Бестужев.— А вот это уже гораздо интереснее... Ну-ка!

— Понимаете ли, культурная жизнь здесь, собственно, пребывает в зачаточном состоянии, и интеллигентный человек поневоле вынужден...

— Пойти в ресторан и хлопнуть рюмочку,— весело продолжил Бестужев, видя его замешательство.— Не смущайтесь, это и с людьми неинтеллигентными, вроде меня, случается. Значит, вы пошли...

— В «Старую Россию», в ресторан при гостинице. Там иногда можно послушать музыку...

— И завести приятные знакомства, верно? — подмигнул Бестужев.— Не смущайтесь, Виталий Валерьянович, ничего в том нет предосудительного. Можете поверить мне, сатрапу: даже ваш кумир, граф Толстой, по достовернейшим данным, будучи в соку, обожал эти... приятные знакомства. А вы, тем более, молоды, семьей не обременены, мужчина видный и умный...

Лестью добиться от интеллигента можно многого. Узнав о себе, что он видный и умный, щупленький недомерок Покитько, по глубокому убеждению Бестужева, особым умом не блиставший отроду (иначе не стал бы, в частности, брать на хранение от знакомых пакеты, не интересуясь их содержимым), расцвел на глазах. И принялся довольно живо и связно рассказывать, как в ресторане к нему подсел Даник, как они вместе пили, а потом и развлекались в компании «приятных знакомств» (эту часть рассказа Покитько передавал главным образом мимикой и жестами). Потом собеседник заметно посерьезнел:

— Алексей Воинович, я же все-таки не глуп. С тех пор он ко мне буквально липнет. В гости навязался, на квартире теперь бывает частенько, чуть ли не каждый вечер тащит развлекаться... и, главное, платит! У меня не хватило бы финансовых средств на столь регулярное веселое времяпрепровождение...

— Быть может, все объясняется гораздо прозаичнее? — спросил Бестужев.— Купчишка, мурло, персонаж Островского, подсознательно ищет общества интеллигентных людей? К культуре тянется? Вы ведь петербуржец, повидали мир и людей...

— Да все это ему абсолютно неинтересно! — в сердцах сказал Покитько.— Ни мир, ни люди, ни Петербург... Амёба, простите! Чистейшей воды амёба! Одноклеточный вибрион! Я пытался первое время развивать его умственно, но Ефим Григорьевич решительно уклонялся от любых попыток его образовать... или просто слушать рассказы о чем-то, имеющем отношение к культуре... В толк не возьму, зачем он вокруг меня вертится. Для подобного времяпрепровождения он мог бы подыскать три дю-

— Да, распорядитесь.

Гнездаков высунулся в окно и рявкнул совсем другим тоном — повелительным, хамским:

— Вещи в повозку, орясины! — повернулся к Бестужеву, вновь елейно протянул: — Без пистолетов в нашем положении никак невозможно-с, народец поганейший, варнаки... Дай им волю, кишки б вытянули...

Здесь он, в общем, был по-своему прав — Бестужев знал от Ларионова, что Гнездакова раз шесть пытались ухайдакать приисковые. Личность, мягко говоря, гнусненькая — по достоверным агентурным сведениям, добросовестно исполняя роль цепного пса, перепорол без всякого на то законного основания массу народа, морды бил направо и налево, а по собственной инициативе еще и принуждал молодых красивых баб к сожительству, не гнушаясь прямым насилием. Бестужев с превеликой охотой назначил бы этого типа на роль главного подозреваемого и поручил поработать с ним кому-нибудь вроде Зыгало, но, увы, гнусность человеческая еще не причина для того, чтобы отдавать такого субъекта под политическое следствие... Все равно Иванихин за него держится обеими руками, прикрывая от всех чисто уголовных дел...

...Енгалычев чуточку неуклюже собрал свои бумаги со стола, раскланялся и вышел. Иванихин спросил с легкой насмешкой:

— Леонид Карлович, говорят, и он у вас на подозрении?

— У меня? Да вздор, с чего вы взяли?

— Возможно, я неточно выразился. Не у вас, а у ваших...

— Не знаю, право...

— Да знаете, конечно,— усмехнулся Иванихин.— Знаете, Леонид Карлович, господин Лямпе... Хм, вы меня тогда провели здорово. Немецкая лич-

197

ность была безупречна, классический недалекий тевтон.

— Возможно, вас это и разочарует,— едко ответил Бестужев,— но все было затеяно отнюдь не ради вас...

— А вы — изрядная язва, Леонид Карлович...— сказал Иванихин беззлобно. Хохотнул: — Но это мне нравится. Люблю независимых людей, не лишенных собственного достоинства.

— Что же тогда держите при себе всякую сволочь?

— Вы про Гнездакова? Милейший Леонид Карлович, одно дело — наши личные пристрастия, и совсем другое — хозяйские интересы. Не выпустите ж вы амбары охранять чистенького, завитого белого пуделя, обученного подавать лапку и стоять на голове? То-то. Когда рядом шастают волки, волкодав бывает нелишним, а если он при этом прохожих за ноги цапает да на персидских коврах, простите, испражняется... Что поделать, издержки производства. В конце-то концов, и вы не с апостолами работаете, а? Енгалычева вы, конечно, подозреваете, и Мельникова тоже, ход ваших мыслей в данном случае загадки не представляет...

— А вы? — напрямик спросил Бестужев.— Вы-то кого подозреваете? Только не говорите, что столь умный и энергичный человек, как вы, после всех событий никого ни разу не заподозрил... Поделитесь мыслями. Не считаете же вы, что я немедленно поволоку в кутузку тех, чьи фамилии от вас услышу...

— Я и не считаю,— махнул рукой Иванихин.— Не в том дело. Просто, как бы вам объяснить, вернее, сформулировать... Я не берусь кого бы то ни было подозревать. Не мое это дело. Не учен. Что вы, я никоим образом, не испытываю к вашей службе модного ныне презрения, так что вы напрасно кривитесь... Просто каждый должен заниматься своим делом. Коли уж вас специально обучили и поставили на эту обязанность, вы и должны... подозревать. Квалифицированно.

— Но есть же у вас личные соображения?

— Нет,— решительно сказал Иванихин.— Опять-таки по причине моей полной неопытности в ваших сыскных тонкостях. Тут легко напороть горячку. Разумно будет заключить, что под подозрение попадают в первую очередь Енгалычев с Мельниковым, как люди, прекрасно осведомленные о времени выхода караванов... но кроме логики есть еще естественное человеческое разумение, инстинкт, если хотите. Основанный не на пустом месте, а на знании людей, с которыми давно знаком. Енгалычев — не тот человек, что способен связаться с чем-то противозаконным, особенно с т а к и м. Он, конечно, любит витийствовать, крыть наши порядки — ну да кто их нынче не кроет? Для пособника налетчиков он боязлив, бывают такие люди, знаете ли. Никогда не пойдут на преступление по причине слишком глубоко засевшего врожденного страха. А Мельников — б а р и н. Из породы холеных барчат, каких от преступлений отвращает опять-таки не благородство души, а с п е с ь. Н е в м е с т н о преуспевающему, довольному жизнью и судьбой барину водиться с уголовным элементом. Неужели вам не знакомы подобные психологические типы?

— Знакомы, как же,— медленно сказал Бестужев.— Я прекрасно понимаю, о чем вы, нарисованные вами образы не столь уж редки... Но ведь, помимо двух этих господ, есть еще так называемый второй круг — люди, которые непосредственно не соприкасаются с вашими секретами, но способные в ы ч и с л и т ь точные даты?

— Три раза подряд? — хмыкнул Иванихин.— Позвольте усомниться. Раз — куда ни шло. Два — можем допустить. Но чтобы т р и ж д ы? Извините, это уже попахивает разветвленной и всепроникающей тайной организацией, какие любят описывать французы в детективных романах, а уж в то, что на моих приисках действует этакая Черная рука или Красная маска, я не поверю ни за что и никогда. По весьма простой, рационалистической причине: рано или поздно на ниточки, что к этой воображаемой организации непременно долины были тянуться, вышли бы либо вы, либо полиция, либо мой, простите, личный сыск. Нет, нереально...

— Ну что же тогда? — спросил Бестужев.— Люди информированные вне подозрений, в тех, кто способен вычислить даты, вы не верите, никакой организации нет... а караваны трижды грабили?

— Вы на что намекаете?

— Да ни на что, господи,— сказал Бестужев.— Хочу лишь честно признаться, что стою перед глухой стеной...

— Что же вы никак не поймете, что и я пред ней стою?! — в сердцах воскликнул Иванихин.— Делайте что-нибудь, дорогой мой! Вы — сыщик, обязаны знать, что в таких ситуациях делают... берите кого хотите, на дыбу вздергивайте, благословляю!

— Вы серьезно насчет дыбы?

— А? Нет, конечно, фигурально выражаясь...— И он вдруг с азартным интересом уставился на Бестужева.— А что, помогло бы?

— Вряд ли,— сказал Бестужев.— Дыба нам никак не поможет отыскать виновника, а если он отыщется, его и без дыбы можно разговорить. Скажите, вы не встречались в Шантарске со Струмилиным?

— Встречался, как же. Наносил мне визит, мне он показался дельным человеком, но, вот беда, в добыче золота и прочих наших тонкостях ничегошеньки не понимал. Пришлось читать ему длинную лекцию, Мельников даже по его просьбе составлял нечто вроде памятной записки по азам золотодобычи, или, откровенно говоря, скорее уж что-то

200

вроде букваря... но потом с ним произошла известная неприятность...

— Послушайте! — Бестужев ощутил нечто вроде озарения. Торопливо выхватил из внутреннего кармана инженерного сюртука бумажник, вынул свернутый лист.— Это, случайно, не та записка?

— Покажите-ка...— Иванихин бросил беглый взгляд.— Ну да, она самая. Один листок, первый. Мельников составил ему записку листах на десяти, и это лишь первый...

Вот теперь Бестужев запутался совершенно. Какой смысл было прятать этот безобидный листок в бачке клозетной чашки? Теперь совершенно ясно, что записка не содержала никакого шифра... где, кстати, остальные листы? Нужно будет узнать по возвращении в Шантарск...

— И главное, я вот-вот должен отправлять очередной караван,— сказал Иванихин.— Поднакопилось крупки... Что прикажете делать? Разве что эскортировать его всеми наличными силами — собрать всех казаков и стражников, молодцов Гнездакова присовокупить... А если опять нарвутся на очередной поганый сюрприз? Наши неизвестные на них мастера...

В дверь без стука, по-свойски вошел сухопарый человек с длинным лицом, бритый, как актер или официант. Вынув изо рта незажженную прямую трубку, проговорил, нетерпеливо косясь на Бестужева:

— Господин Иванихин, чертежи машин в готовности...

— Подождите пару минут,— повелительно махнул ладонью Иванихин.— Вот вам еще один подозреваемый,— усмехнулся он, когда неизвестный вышел, пожимая плечами.— Мой инженер, американский мистер Крукс. Мотивы? Он, изволите видеть, американец, а в Североамериканских Соединенных Штатах здорово навострились грабить золотые прииски.

— Ну, вы же сами этому не верите,— хмыкнул Бестужев.— У них там совершенно иные методы и ухватки, не имеющие ничего общего с теми, что были использованы против вас... Я специально справлялся.

Под окном резво протопотали кони, остановились у крыльца.

— Явилась, амазонка,— непонятно сказал Иванихин.— Так о чем бишь мы?

— У меня есть план действий,— твердо сказал Бестужев.— Есть ловушки, которые могут сработать. Когда вы будете совершенно свободны от дел, мы поговорим обстоятельно...

— Бога ради,— нетерпеливо сказал Иванихин.— А сейчас у меня пойдут совещания чередой — нужно ставить новые котлы, на одном из приисков обрушение, на другом — бунтишко, забот полон рот...

Дверь распахнулась настежь — так, вроде бы, и не полагалось врываться к золотому королю...

Бестужев повернул голову — и охнул про себя от удивления. В кабинет довольно бесцеремонно ворвалась та самая кареглазая и золотоволосая незнакомка, что чуть не стоптала его в Шантарске бешеным рысаком. Она самая, никаких сомнений, разве что волосы были забраны в простой крестьянский калачик из кос, с длинными выбившимися прядками, а вместо модного платья на ней был здешний длинный кожаный кафтан, называвшийся, кажется, шабур. Помахивая нагайкой, она подошла к столу, дернула подбородком:

— Дел, разумеется, невпроворот?

Бестужев только сейчас сообразил, что сидит, и торопливо встал, едва не щелкнув каблуками по старой офицерской привычке, но вовремя опомнился. Чуть смущенно отвел глаза — только сейчас заметил, что на ней не юбка, а просторные мужские шаровары, заправленные в сапоги. В подобных эмансипированных нарядах в Петербурге иные смелые

202

дамы уже отправлялись на велосипедные прогулки, Бестужев видел их не раз. Но все равно, мужские штаны, пусть даже просторные, скрывавшие очертания ног, на женщине были столь непривычной новинкой, что Бестужев не мог избавиться от неловкости.

— Мы с вами, кажется, уже встречались?

Рубинов на шее у нее на сей раз не было, но взгляд остался столь же капризным и дерзким.

— Это где же? — поинтересовался Иванихин.

— В Шантарске,— беззаботно пояснила девушка.— Этот господин весьма неосторожно переходил улицу, когда я ехала...

И вновь уставилась с той же лукавой подначкой: «Будешь ябедничать?» Он, разумеется, промолчал.

— Врешь, Танька,— убежденно сказал Иванихин.— Ведь врешь. Наверняка опять носилась сломя голову... Она, амазонка доморощенная, однажды изволила сшибить тарантасом отца дьякона, хорошо хоть, ничего он себе не сломал, но все равно казус обошелся мне в полусотенную... Это, Леонид Карлович, единственная дочь и наследница. Существо, выращенное мною, вдовцом, без надлежащего ухода и воспитания и оттого своенравное, дикое и совершенно неуправляемое...— впрочем, говорил он это, откровенно любуясь.— Хорошо хоть, очаровательное и неглупое. Но предельно эмансипированное — заметили портки? Староверы наши вслед крестятся и плюются.

— Вообще-то, в столицах дамы уже частенько носят шаровары при занятиях спортом, к коим можно отнести и верховую езду...— сказал Бестужев растерянно.

— Ага,— удовлетворенно сказал Иванихин.— Еще один сражен и очарован. Берегитесь, господин... инженер, красавица эта обожает бездушно разбивать сердца, так что не поддавайтесь ее мнимой беззащитности... Татьяна, естественно, Константиновна — Леонид Карлович. Теперь вы друг другу представлены по всем правилам, способным удовлетворить любого блюстителя светских церемоний, и можете оставить меня в покое. Дел, простите, невпроворот. Татьяна, можешь показать господину инженеру нашу град-столицу, если у него нет других планов...— Он цепко глянул на Бестужева.— Да нет, не похоже, чтобы он был занят... А о н а ш и х делах мы обязательно поговорим ближе к вечеру. Время ведь терпит?

Бестужев кивнул.

— Вот и прекрасно,— сказал Иванихин, с явным намеком косясь на дверь.— Ступайте, молодые люди, ступайте...

Глава пятая. **Луч света в темном царстве**

Как и полагается воспитанному человеку, Бестужев вежливо приоткрыл перед ней дверь, и она вышла первой. Едва они оказались в широком коридоре, девушка повернулась к нему:

— Вы и есть этот тайный агент?

— Как вам сказать...— протянул Бестужев, в глубине души ругательски ругая Иванихина, не умевшего держать язык за зубами.

— Бросьте,— безмятежно улыбнулась Татьяна.— Не считаете же вы, что я понесусь сплетничать по поселку? Ну да, государь-батюшка не сумел удержать эту новость при себе... а вы могли бы от меня что-то скрыть?

Это было даже не кокетство — нечто естественное, как тайга или дождь. И потому Бестужев чувствовал себя откровенно беспомощно: он умел кокетничать о красотками, умел непринужденно общаться с чужими, посторонними людьми под очередной своей личиной, но здесь было нечто иное, к чему он оказался никак не готов. Амазонка...

— Пожалуй.

— Пожалуй — да или пожалуй — нет?

— Пожалуй — да, простите, Татьяна Константиновна...

— Н-да? — она послала взгляд, от которого у Бестужева опять тоскливо защемило в сердце.— Твердокаменный вы человек... Вас и в самом деле величают Леонидом Карловичем?

— Нет,— не выдержал он.— По-настоящему я — Алексей Воинович, но убедительно вас прошу...

— Можете быть спокойны,— важно сказала Татьяна.— Как сказал бы суровый Исмаил-оглы — магыла, да! Пойдемте? Во исполнение отцовских наказов покажу вам наши владения, насколько удастся... Или вы не хотите?

— Хочу,— сказал он, пытаясь быть немногословнее.

— Признаться, от офицера из Петербурга я ожидала что-то более галантное и сложносочиненное... Что же вы так?

— Я плохо представляю, как мне с вами держаться,— честно признался Бестужев.— Вы не похожи на... обычных барышень.

— Еще бы! — ослепительно улыбнулась она.— Я — сибирская амазонка, прелестная и дикая. Вы согласны с этим определением?

— С первым — безусловно. Со вторым... простите, я пока что не вижу в вас особой дикости. Непосредственность, да...

— Ах, во-от как...— Татьяна разглядывала его с непонятным выражением.— Всего лишь — непосредственность? Вы меня обидели, сударь. Обычно столичные кавалеры от меня шарахаются... разве это не признак моей дикости?

— Татьяна Константиновна...— сказал он потерянно.— Я — не светский человек, коего ваша непосредственность может испугать. Я — обычный офицер, без особых претензий на светскость... Бывший офицер,— поправился он,— я имею в виду, армейский... Теперь — жандарм.

— А вы бывший пехотинец или кавалерист?

— Кавалерист.

— Интересно. Сейчас проверим, не врете ли...

Она спустилась с дощатого крыльца, стуча каблуками. Возле крыльца восседал на коне прямой, как тополь, черкес Исмаил-оглы, одетый совершенно так же, как тогда на вокзале, держал в поводу второго коня, рыжего.

Татьяна взлетела в седло, едва коснувшись стремени, властно распорядилась:

— Слезай. Отдай коня господину инженеру. Ну?

— А он сумэит на лошить? — с сомнением спросил черкес, оглядев Бестужева без всякого уважения.— Ти, барышня Татьян, мине всэгда поручен... Башка отвечаю, сама знаишь.

— Я кому сказала?

Черкес нехотя слез — скорее, сполз, каждый миг ожидая, что юная хозяйка передумает. Она решительно задрала подбородок:

— Свободен!

— Ти сматри,— сказал бровастый черкес, крайне неохотно передавая Бестужеву повод.— Лошить наравыстый, не лубит нэумелый...

Бестужев, не собираясь ударить в грязь лицом, подобрал поводья, оперся ладонью на луку, одним рывком подбросил тело — и вполне исправно взлетел в седло, не коснувшись стремян.

— Н-ну, пока нэплох...— критически заключил Исмаил-оглы.— Толко ти пасматрывай...

Татьяна лихо развернула своего рыжего, подняв на дыбы,— и помчалась галопом по широкой улице, застроенной домами лишь с одной стороны, вдоль зеленой чащобы. Бестужев поскакал следом, впервые почувствовав себя уверенно за все время общения с ней, в чем-чем, а в верховой езде он мог не ударить в грязь лицом. Гнедой оказался не таким уж норовистым, почуяв опытную руку, не откалывал номеров, шел ровным коротким галопом.

Они вскачь промчались мимо домов, свернули вправо, кони пошли в гору. Первое время Татьяна то и дело оглядывалась, явно оценивая спутника, но потом убедилась, что придраться не к чему, и перестала. Узел волос рассыпался совсем, золотая коса упала на спину, рыжий наддал, и Бестужев подхлестнул своего, стараясь не отставать, уклоняясь от близких сосновых лап, так и норовивших хлестнуть по лицу. Бездумная, привычная скачка подняла ему настроение и даже вернула уверенность в себе.

Татьяна придержала коня на вершине утеса. Аршинах в пяти перед ними он круто обрывался, уходил вниз полосой дикого серого камня. Вид открывался потрясающий, на добрых два десятка верст. Слева на расчищенных прогалинах светлели дома, разбросанные далеко, вольготно, на значительном пространстве, пожалуй что, не уступавшем по величине иному уездному городу. Справа тянулась сплошная тайга, кое-где вспучивавшаяся сопками, замкнутая у горизонта закутанными голубоватой дымкой вершинами гор. Густо и свежо пахло лесными ароматами, непривычными для Бестужева.

— Ну, как вам это по сравнению с Петербургом? — засмеялась она.— Есть некоторая разница?

— Пожалуй,— сказал Бестужев, похлопывая по шее мотавшего головой коня.— Дико, первозданно, возможно, и романтично...

— Фу, какой вы скучный!

— Я городской человек,— пожал он плечами.— Хотя и провел детство у матушки в имении, но у нас в Тамбовской губернии леса другие. А в нашем уезде их и не было почти...

— Знаете, мне вас жаль.— Татьяна смотрела в даль серьезно, прямо-таки упоенно, став такой кра-

сивой, что у него отчаянно заколотилось сердце.—
Я бывала и в Петербурге, и в Париже, но отчего-то
ничуть не прониклась городским мировоззрени-
ем. Я — отсюда...— Она повернула коня, подъе-
хала к Бестужеву почти вплотную.— Что, я глупа?

— Вы великолепны,— он чувствовал, что ступил
на скользкую дорожку, но остановиться уже не
мог.— Даже если вы и впрямь разобьете мне сердце, я буду лишь благодарить за это бога...

Неизвестно, что случилось бы с ним, рассмейся
Татьяна ему в лицо. Но она смотрела ему в глаза
серьезно и строго, без тени насмешки или беспомощ-
ности. Бестужев взял ее за руку, и руку она не отняла. Ее пальцы оказались тонкими и теплыми, но
сильными. Ветерок, налетавший с обрыва, играл
прядями ее волос и конскими гривами.

— Это и называется — офицерская атака? —
спросила она, не отводя глаз.

— Нет,— сказал Бестужев, чувствуя, как пере-
хватывает горло.— С тех пор, как я впервые увидел
вас в Шантарске, покоя для меня не стало. Я вас
даже видел во сне.

— В каких-нибудь соблазнительных видах, которое в первую очередь измышляет мужской ум?

— Нет, честное слово. Совсем нет. Какая там атака, Таня, я один на всем белом свете, так уж вышло...

— А вы, похоже, искренни,— сказала она тихо.—
Только не ожидаете же, что я брошусь вам на шею?

— Да что вы...— Бестужев смешался, выпустил
ее руку.

Она спокойно отъехала на несколько шагов, задумчиво смотрела на дикий и прекрасный пейзаж,
раскинувшийся почти под копытами ее коня. Бестужев остался на прежнем месте, он и сам не понимал, чего ждет, но знал отчего-то, что самое лучшее сейчас — молчать, не двигаясь с места...

— Посмотрите туда. Видите? — Таня повернулась к нему, у нее было совершенно спокойное, без-

мятежное лицо.— Вон там, где сходятся два склона... у нас это называется распадком. Видите?

Он присмотрелся: походило на какой-то стол, вот только, если прикинуть расстояние, стол должен быть великанских размеров...

— Что это?

— Шаманкина могила,— ответила она, понизив голос.— Тунгуска там лежит, говорят, раскрасавица... а еще говорят, что она ночами мертвая летает искать неосторожных... которые одни на белом свете. Не вздумайте смеяться, это чистая правда, все вокруг знают... Некоторых и до смерти довела, кровь высосала, они-то считали, она живая, а она давным-давно мертвая... Вячеслав Яковлевич, на что уж вольнодумец и материалист, а сходивши туда ночью, с оглядкой рассказывал, что колода хрустнула на весь лес и крышка поднималась...— она говорила тихо, напевно, так, словно верила в рассказанное безоглядно.

— И что?

— Броситесь сейчас с обрыва, если я прикажу?

— Нет,— сказал Бестужев.— Это было бы глупо... да и вы не стали бы всерьез предлагать...

— Правильно,— засмеялась Таня.— Вы Марка Туэйна читали?

— Туэйна? А что именно?

— «Похождения Тома Сойера».

— Каюсь, давненько, еще в гимназии,— признался Бестужев.

— Помните, как они ходили ночью на кладбище смотреть чертей, которые должны были прийти за свежим покойником?

— Да, припоминаю смутно...

— Пойдете со мной ночью к шаманкиной могиле? — Ее глаза не смеялись, смотрели испытующе.— Только предупреждаю сразу: она может и встать...

— Пойду,— твердо сказал Бестужев.— Но разве вы имеете возможность...

— Знали бы вы, Алексей, сколько у меня возможностей...— рассмеялась она.— Есть известные границы, поставленные грозным родителем, а в остальном — простор для дикарки... Я у вас помяукаю за окном согласно Туэйну.

— Лишь бы это не было для вас опасно...

— Для меня? — подняла она брови.

Брови были темные, под стать глазам. Волосы и брови разного цвета с незапамятных пор служили признаком п о р о д ы. Один бог ведает, почему это вдруг проявилось в купеческой дочке, чье генеалогическое древо вряд ли было известно в точности и вряд ли украшено дворянами,— но это было прекрасно...

Отъехав от края на несколько саженей, ближе к лесу, она откинула полу кожаного шабура и вытащила из коричневой большой кобуры американский кольт. Пистолет казался слишком тяжелым для девичьей руки, но ствол не колыхнулся, когда Таня направляла его к ближайшему дереву.

Выстрел. Второй. Третий. Кони, словно были строевыми, даже не шелохнулись — видимо, к выстрелам их специально приучили. Бестужев смотрел во все глаза — и видел, как с каждым выстрелом отлетала с ветки зеленая продолговатая шишка.

— Ну как? — поинтересовалась она, пряча пистолет в кобуру.— Меня хорошо учили... Я дикарка, вы не забыли?

Бестужев только и смог, что покрутить головой. Стрельба была мастерская, что тут скажешь...

...Он давно уже не чувствовал себя прямо-таки окрыленным. Мог поклясться, что слышит пресловутую музыку сфер. Хотя ничего обнадеживающего, если холодно разобраться, и не было — подумаешь, не отняла руку там, на обрыве, подумаешь, улыбнулась при расставании, глядя в глаза...

— Господин анжинер!

Он остановился с маху, недоумевающего огляделся. Улица была пуста, единственным человеческим существом, которое могло к нему обращаться, был босой мальчишка совершенно деревенского вида, скуластый и щупленький.

Видя, что Бестужев его наконец заметил, мальчишка сказал:

— Господин анжинер, меня Макаркой Шукшиным кличут...

— Приятно слышать,— сказал Бестужев легкомысленно.— И что ж тебе от меня нужно, Макарий?

— Макарий — так иереев кличут, а я попросту Макар...

— Учту,— сказал Бестужев.— Непременно учту. Так что ж тебе нужно, Макар?

Мальчишка хитро, предусмотрительно оглянулся, посунулся поближе:

— Меня к вам, господин анжинер, дядя Пантелей послали. Дали гривенник. Велели вас непременно отыскать, мол, вы из хозяйского дома рано или поздно выйдете... Они вас ждут уж на праздник, казенная с закуской готовы, аж слюнки текут...

«Какой еще праздник? Какая закуска?» — растерянно подумал Бестужев. До него не сразу дошло, что подчиненные попросту под самым благовидным предлогом вызывали его на встречу. Сообразив это наконец, он полез в карман, вытащил первую монетку, какая только попалась:

— Благодарю, Макар Шукшин, наше вам с кисточкой...

— Много даете, господин анжинер,— серьезно сказал юный Макар.— Цельная полтина, вон и написано на ней...

— А ты и читать умеешь?

— И писать даже помаленьку. Дьячок учил. Отец с мамкой сюда из центральных губерний приехали, счастья искать, я даже письма родне пишу...

— Молодец,— нетерпеливо сказал Бестужев.— Глядишь, писателем будешь... Оставь полтину себе.

И торопливо направился к зданию, исполнявшему здесь функции гостиницы для чистой публики. На столе, у коего сидели Семён с Пантелеем, естественно, не наблюдалось ни казенной, ни закуски. Лица у обоих были неприятно серьезные.

— Что стряслось? — спросил Бестужев, тщательно прикрыв за собой дверь и убедившись, что под окном не торчит какая-нибудь любопытная Варвара.

— Я его узнал, Алексей... Леонид Карлович. Непременно он, и никакой ошибки! — свистящим шепотом поведал Пантелей.

— Кого?

— Барчука. Инженера. Он самый...

— Тихо, тихо,— сказал Бестужев.— Не части и говори толком, ничего не понимаю. Какой инженер?

— Мельников Георгий Владиславович, губернский секретарь, горный инженер, заведующий Шантарской золотоплавочной лабораторией,— отчеканил Пантелей.— С которым вы, направляясь в контору к Иванихину, беседовали некоторое время. Аккурат у колодца.

— И что?

— Я в девятьсот третьем этого самого Мельникова полгода **водил** по Питеру,— сказал Пантелей.— И в девятьсот четвертом тоже, с февраля по май. Был к нему персонально приставлен, на пару с покойным Кузьмой Штычковым. Нам, сами понимаете, далеко не всегда знать положено, кого ведешь и зачем, но про него я знаю доподлинно. Социал-демократ видный, как же-с, известно...

— Так...— протянул Бестужев, чувствуя даже не охотничий азарт — тупое недоумение.— Ошибки быть не может?

212

— Какое там,— солидно сказал Пантелей.— Чай, не новички, знаем службу. Походочка у него такая... характерная. Этакие походочки обычно попадают в описание примет, как с ним и было. Шифровали мы его сначала Барчуком, а потом Инженером. Точно так же большей частью в инженерном ходил, с горной фуражкой, как и теперь.

— Значит, был п р и ч а с т е н?

— Еще как,— твердо сказал Пантелей.— По таким квартирам шлялся и с такими личностями встречался, что причастен к нелегальщине прочно, словно блохи — к барбоске. Нет, Леонид Карлович, ошибиться я никак не мог. Как увидел, сначала по личности не опознал, а потом, когда вы с ним распрощались и он направился этой своей походочкой, меня словно шилом в... ну, прошило: он самый! Вы у нас человек новый, тех горячих годков не помните, а нам-то досталось... Однажды, в мае четвертого, его молодцы меня засветили. Были у него, как выяснилось, молодцы, судя по ухваткам, боевички. Заманили на крышу на Шпалерной и чуть вниз не сбросили. Спасибо Кузьме, не бросил, засвистал, они и всполохнулись, убежали... Не так уж и часто под смертью ходил, так что запомнил накрепко — и тех молодцов, и Барчука... Вот выгоните меня без пенсии, ежели это не Барчук!

Бестужев лихорадочно размышлял. Пытался понять, что здесь можно сделать. «А что, собственно? Воспользоваться телеграфной линией, забросать Шантарск шифрованными депешами? Но ч е м у тут можно помешать, если Мельников и в самом деле... Тот же Иванихин расхохочется в лицо. Поручик местного жандармского пункта, двое нижних чинов при нем... Стражники конной полиции, опричники Гнездакова... Ну, а от них-то какой толк? И чему воспрепятствовать, если с н о в а... Нет,— подумал он отстраненно и трезво.— С Мельниковым будем разбираться потом, а сейчас нужно проводить операцию так, словно ничего не случилось, по задуманному».

— Он тебя не узнал?

— Да вряд ли,— подумав, сказал Пантелей.— Сколь лет-то прошло... О н и нас помнят плохо, не то что мы их...

— Ну вот что,— решительно сказал Бестужев.— Постарайся как можно меньше маячить на улице, пока не уедем отсюда. Зубной болью майся, что ли...

— А делать что будем?

— А ничего,— сказал Бестужев столь же твердо.— Ничего, кроме того, что задумано и спланировано...

Глава шестая. Шаманкина могила

Тихое кошачье мяуканье, раздавшееся под его окном ближе к полуночи, казалось столь натуральным, что он в первый момент подумал о том, чтобы кинуть за окно чем-нибудь бесполезным в хозяйстве. Потом сообразил, спохватился, тихонько приоткрыл заранее смазанную раму и ногами вперед прыгнул из темной комнаты в лунную ночь, придержав на боку кобуру с маузером, экспроприированным у Семена.

Оглянулся. Увидев в глубокой тени меж двух строений темный силуэт, направился туда. Таня проворно втянула его за рукав в этот узкий проход, и он тут же притаился — по залитой лунным светом улице неспешно проехали двое верховых в форменных гимнастерках, с винтовками через плечо. Коннополицейская стража, надо признать, добросовестно выполняла свои обязанности.

— Поехали к восточной окраине,— прошептала ему на ухо Таня.— Теперь долго не вернутся, оттуда станут возвращаться другой дорогой... Значит, решились все-таки?

214

— Русскому офицеру уставом предписано покойников не бояться,— ответил Бестужев таким же шепотом, старательно притворившись перед самим собой, что губами ее ушка он коснулся чисто случайно, заботясь о конспирации.

— Ну, посмотрим... Пойдемте?

— Пешком?

— Ну, не коней же посреди ночи выводить, я бы шуму наделала...

Она уверенно направилась по хорошо различимой тропинке куда-то меж домами, ни разу не оглянулась, и Бестужев быстро направился следом. Легкость в движениях и пустота в мыслях были необычайными — словно во сне. Поселок Шаралинский, град-столица золотого короля, безмятежно спал, не горело ни одно окно, и не нужно было особенно напрягать фантазию, чтобы представить, что на свете они сейчас одни, а все остальное человечество неведомо куда провалилось.

Они перешли узенькую шумную речушку по узкому, но добротному мостику, снабженному даже перилами из плах,— и дальше начинались места совершенно дикие, тропинка ныряла в чащобу. Тайга бесшумно и неожиданно сомкнулась вокруг них, как вода над головой ныряльщика. Серебристый лунный свет сообщал окружающему такую необычность и загадочность, что в сердце боролись самые непонятные чувства, а в голову лезли всякие глупости. Отчего-то подумалось, что происходящее — идеальная ситуация для засады. Прыгнет на спину из-за дерева кто-то решительный — и ни одна собака не отыщет более ротмистра Бестужева, бывшего кавалериста и нынешнего жандарма, кавалера нескольких российских орденов и одного австрийского, уверенно делавшего карьеру в столичной охране...

Покосившись на Таню, он устыдился этих мыслей. Истолковав его взгляд по-своему, она усмехнулась:

— Ну как, пока не страшно? Только не надо мне опять напоминать про ваше славное кавалерийское прошлое. Тут совсем другое, тут тайга... Шибир, как инородцы говорят. Кажется, отсюда и само название Сибири пошло... Не страшно?

— Нет,— сказал Бестужев.— Я бы сказал, несколько необычно. Не похоже на все места, где я бывал прежде...

Что-то крикнуло справа — длинно, пронзительно, скрипуче, и он поневоле вздрогнул.

— Это птица,— фыркнула Таня.— Стрелять не вздумайте.

— А если — медведь?

— Ну и подумаешь, медведь, невидаль какая... Медведи сейчас сытые, а потому благостные, как упившийся становой пристав. Мы его все равно не заметим — он на мягких лапах ходит тихонечко, а вот он нас заранее услышит и уйдет с дороги.

Она говорила серьезно, но Бестужев все равно, на всякий случай, передвинул тяжелую деревянную кобуру чуть вперед, чтобы пола тужурки не помешала при нужде выхватить пистолет мгновенно. Близкие и далекие, тихие и громкие ночные крики звучали часто, и он заставил себя не вздрагивать от неожиданности, глядя, как спокойно и уверенно шагает Таня, даже грациозно, пожалуй, насколько может быть грациозной красивая девушка в таежном мужском наряде. Тропинка вела теперь по открытым пространствам, покрытым кое-где кучками густых зарослей неизвестных Бестужеву кустов.

Потом справа показалась избушка, блеснули застекленные окошки. Бестужев спросил:

— А с этим строением, надо полагать, тоже местные легенды связаны? Там, часом, не бродит призрак очередного трагического персонажа сибирской истории?

Таня обернулась к нему, протянула с укором:

— Ох уж эти городские материалисты... Кто же о таких вещах говорит ночью посреди тайги? Смотрите, накличете... Нет там никаких... этих самых, обыкновенное охотничье зимовье, я сама там иногда ночевала. Впрочем, кто знает... Всякое болтают...

— А вам не бывает здесь скучно? — спросил Бестужев, столь же старательно, по ее примеру, приглушая голос.

— Почему бы вдруг? — удивилась она.— Это в городе невыносимо скучно — все по линеечке и ранжиру, в вашем Питере и вовсе скука смертная, камень бессмысленный давит... Памятник Петру зеленый, как утопленник... ох, я и сама начала поминать...

— Но уж этим-то, о которых вы... им-то откуда взяться посреди безводного леса?

— Плохо вы их знаете,— серьезно сказала Таня.— Осторожно, под ноги поглядывайте, тут корней много...

Сосны опять придвинулись, стиснули тропинку. Мягкие тени, образованные переплетением серебряного лунного света и темных ветвей, колыхались, переливались, скользили, и не стоило к ним присматриваться очень уж пристально, иначе начинала чудиться всякая глупость, живая и осмысленная, не исключено даже, злокозненная. «Хорош, нечего сказать, господин ротмистр,— подумал Бестужев,— потащился за взбалмошной девицей в чащобу, шаманку смотреть, видел бы генерал Герасимов...»

Таня приостановилась, поманила его, произнесла шепотом:

— Вот, пришли... Сейчас и будет место...

Только теперь Бестужев заметил, что тропинка давно куда-то пропала, не видно ее, как ни вглядывайся. Таня двинулась вперед медленно, сторожко, и он последовал за девушкой. Остановился у нее за спиной, когда остановилась она.

Посреди поляны на четырех высоких столбах со снятой корой лежала большая колода, прикрытая сверху широкими кусками бересты, завернувшимися на концах. Из колоды, из щели, свисал неподвижно длинный черный жгут.

Касаясь спиной его груди, чуть повернув голову, Таня прошептала:

— Косу видите? Ее коса... Тихо...

Они замерли. Тени среди ближайших сосен колыхались уже вполне осмысленно. Береста, которой просто-таки полагалось быть тяжелой, колыхалась, как клочок материи на ветру, хотя ветерка не было ни малейшего.

Таня уже крепко прижималась к нему, вряд ли сознавая это. В тайге резко, скрипуче взлетали ночные крики. От напряжения ломило глаза, высоко над поляной стояла луна — и все равно нельзя было отделаться от ощущения, что береста колышется то ли от дыхания, то ли от шевеления лежащего под ней существа.

Черная коса шаманки колыхнулась?!

Он опустил руку на деревянную кобуру, прикосновением к пистолету, рациональному механизму, стараясь прогнать первобытные страхи. И все равно по спине невесомой холодной лапкой прошелся суеверный страх-сумбурчик...

Что-то тягуче хрустнуло непонятно где — то ли сук, то ли колода. Девушка шарахнулась, прижимаясь к нему всем телом. Бестужев инстинктивно обнял ее, волосы защекотали щеку, он чувствовал холодным, отстраненным кусочком сознания прильнувшее к нему гибкое, теплое тело, руки и грудь, но в этом не было ничего от извечных мужских побуждений, потому что страх медленно поднимался к сердцу, заливал...

Все же он справился с собой. Трезво и расчетливо, умом воевавшего человека осознал приближение того рубежа, за которым все захлестывает паника и

218

следует безумное бегство. Что есть сил удержал рванувшуюся Таню, стал медленно-медленно отступать к краю поляны, уже прикидывая, что сейчас наткнется спиной и затылком на жесткую россыпь сосновых игл, и в этом нет ничего страшного, нет...

Таня придушенно ойкнула. Отпусти он ее сейчас — рванулась бы опрометью в тайгу. Бестужев прошептал что-то успокоительное, непонятное ему самому, прижимаясь щекой к ее щеке, продолжал отступать, наткнулся на иглы, как и ожидал,— и не вздрогнул, отвернулся, побрел в глубь леса, увлекая за собой Таню. Она подчинялась, как завороженная. А там и пришла в себя настолько, что промолвила чуточку сварливо:

— Однако вы осмелели, ротмистр... Пустите.

Бестужев смущенно убрал руки. Шепотом попытался оправдаться:

— Я не имел в мыслях...

— Ладно, я понимаю,— фыркнула она.— Ох... Где это мы? Ага... Пойдемте назад?

Бестужев огляделся по сторонам. Вновь окружающее предстало обыденным, лишенным и тени сверхъестественного: вокруг темнела ничуть им не угрожавшая ночная тайга, скрипучие пронзительные крики принадлежали птицам и мелкому зверью, тени происходили исключительно от игры лунного света в переплетении мохнатых ветвей. Вот только где-то глубоко медленно угасал слепой, неуправляемый страх...

Таня остановилась, подняла к нему лицо:

— Ну как, испугались? Даже побежали...

— Я? — искренне изумился он.— Помнится, это кто-то другой так порывался метнуться напролом, что едва с ног меня не сшиб...

— Но я ведь в и д е л а, как коса колыхнулась,— призналась она.

— Я тоже,— сказал он рассудительно.— Это ветер.

Но слишком хорошо знал, что никакого ветра не было...

Они шагали обратной дорогой по вновь вынырнувшей откуда-то тропинке, плечо в плечо, страх окончательно улегся, уснул, и Бестужев вновь подумал, как она красива. Слишком хорошо помнил прильнувшее к нему тело, чтобы остаться равнодушным. И постарался напомнить себе, что эта своенравная и манящая таежная красавица всю свою сознательную жизнь прожила на свете без ротмистра Бестужева, а значит, логически рассуждая, проживет без оного и далее. Вот только логику хотелось послать ко всем чертям...

— Ну что? — спросила она неожиданно.— Теперь, после благополучного завершения столь смелого предприятия, можем и на призрака в зимовье поохотиться?

— Вы серьезно?

— Конечно,— сказала Таня, удержав его за рукав, когда он хотел пройти мимо ответвлявшейся к зимовью тропиночки.— Многие говорят, что там тоже обитает призрак, видение лишившего себя жизни от несчастной любви охотника...

Чересчур уж я в с т в е н н ы й испуг звучал в ее голосе, чересчур уж крепко она держала Бестужева за рукав, чересчур уж театральные нотки в голосе прорезались... Он подозревал, что это неспроста. И решил: если она замешкается, пропустит его в дверь, следовательно...

И точно! Таня остановилась, стараясь, чтобы это выглядело естественно. Изо всех сил пытаясь говорить равнодушно, тихо предложила:

— Идите вперед, вы как-никак мужчина, а мне страшно...

Подметив краем глаза не страх, а откровенное, коварное любопытство на ее личике, Бестужев более не сомневался. Он широкими шагами приблизился к избушке, взошел на низенькое крыльцо, ухватил ручку из круглого, хорошо ошкуренного куска дерева, зажал ее в кулаке, рванул дверь на себя...

В глубине единственной комнаты, отделенной крохотными сенями, снизу вверх, от пола к потолку рванулось что-то белое, колышущееся, просторное, но этот рывок был очень уж неживым, механическим, нестрашным...

— Татьяна Константиновна! — громко сказал он, не оборачиваясь.— Надеюсь, на э т о г о призрака вы не новую простыню извели, старенькую взяли?

Теперь он прекрасно мог рассмотреть, что простыня была прикреплена верхним краем к тонкой палке, а от нее тянулась бечевка — через крюк в потолке, к двери.

— Вы о чем это? — подчеркнуто равнодушно поинтересовалась Таня.— Представления не имею, что вам в голову пришло...

— У великого драматурга Шекспира есть замечательные строки,— сообщил Бестужев, подергивая дверь вперед-назад и заставляя этим действием «призрака» колыхаться в такт.— О женщины, вам имя — вероломство...

— Ну что же вы тревожите великие тени? — Таня прошла мимо него в избушку.— И никакое не вероломство, а всего лишь невинный розыгрыш, пусть даже нынче и не первое апреля...

Она повозилась в глубине, у печки, пошуршала чем-то, чиркнула спичкой. Зажглась высокая, целая свеча в широком латунном поставце, по стенам колыхнулись тени, и пламя успокоилось, вытянулось ровным лепестком.

— Отвяжите бечевку,— распорядилась она.— Это уже неинтересно.

Бестужев распутал узел. Теперь он мог рассмотреть, что небольшая горничка содержится в идеальном порядке — широкая лежанка, свернутая рулоном постель, замотанная в цветастое покрывало, аккуратно сколоченный стол и такие же лавки, шкапчик на стене.

— Садитесь,— сказала Таня, сбрасывая на нары кожаный шабур.— В ногах правды нет...— Перехватила его взгляд, окинула себя быстрым взглядом.— Я вас смущаю? — и, ничуть не выглядя смущенной, одернула черную расшитую косоворотку.

— Мне ваш наряд просто кажется чуточку непривычным,— сказал Бестужев чистую правду.

— А как же питерские дамы при занятиях спортом? Я бы еще нелепее выглядела посреди тайги в модном платье из французского журнала... Знаете, а вы ничуть не похожи на жандарма. Все, кого я здесь знаю,— этакие осанистые, в годах, при некотором, пардон, пузе, усы врастопыр...

Бестужев невольно потрогал верхнюю губу. Нельзя же было ей рассказывать, что немцу Лямпе усов не полагалось, немцы обычно бреются чисто, как актеры, вот и пришлось пожертвовать...

— Мы, знаете ли, в с я к и е бываем,— сказал Бестужев.

— Но ведь это очень опасно — быть жандармом? В газетах только и пишут — бомбу бросили, обойму из браунинга выпустили... Правда, я слышала, есть еще и заграничные командировки. Это, наверное, очень весело и спокойно: рестораны, дамы, свидания с агентами при поднятых воротниках...

— Вы совершенно правы,— кивнул Бестужев.— Заграничные командировки — вещь веселая и спокойная...

И вспомнил с в о ю — когда висел на поручнях «Джона Грейтона» над серой неприветливой водой, носки ботинок скользили по ржавому борту, ища опору, а Жилинский, не сводя с него бешеного взгляда, вслепую совал патроны в револьвер, и решали секунды, удача...

Таня сидела напротив и смотрела на него с непонятным выражением на лице, оперев подбородок на переплетенные пальцы.

— С простыней я вас, конечно, разыграла,— сказала она.— Но ведь шаманкина могила — это взаправду... Вячеслав Яковлевич не первый год по тайге ходит, а бежал оттуда сломя голову, о чем сам не постыдился рассказывать...

— Она, часом, сюда не заявится? — спросил Бестужев шутливо.

— Как же она сюда заявится, если тут икона висит? — серьезно ответила Таня.— Видите, в углу? Городской офицер, а таких вещей не понимаете...

Что-то с ними происходило. Бестужев совершенно точно знал — если эта пустая болтовня затянется, возникнет тягостная неловкость, начнет крепнуть... Он встал, выглянул в окошко. В серебряном лунном свете сосны уже не казались прибежищем живых загадочных теней, мохнатых сумбурчиков.

За спиной решительно простучали каблуки сапог.

— Знаете, а я загадала,— сказала Таня совсем близко.— Если вы отшатнетесь при виде моего «призрака», выйдет одно, а если нет — совершенно даже другое. Вы не отшатнулись.

— И что теперь? — спросил Бестужев, медленно оборачиваясь.

— Тебе непременно объяснить? — спросила Таня, глядя ему в глаза совершенно спокойно.— Экий ты, право...

Подняла руки — широкие рукава косоворотки сползли к плечам — и властно закинула ему на шею, переплела пальцы на затылке, притянула голову.

Ну, а уж в такой-то жизненной ситуации ни один нормальный мужчина не мог уподобляться незадачливому библейскому персонажу, в особенности если сам этого хочешь больше жизни. Все происходило как бы само собой, естественно, как радуга или

223

дождь: объятия становились все крепче, поцелуи все более сумасшедшими, кто кого увлек к лежанке, и не понять, цветастое покрывало будто без малейшего человеческого участия вспорхнуло и вмиг развернулось, открывая постель, одежда куда-то исчезала с глаз, а ненужная стыдливость исчезла еще раньше. Поначалу Бестужев был скован по вполне понятным причинам, но очень быстро оказалось, что трепетная невинность его не ждет, что его умело и непреклонно привлекла к себе очаровательная молодая женщина, точно знающая, что может ему дать, что может от него получить. Тогда он отбросил все предосторожности, хотя рассудочная частичка сознания не уставала ныть, что все это — сущее безумие, ну да кто ж ее слушал в этом месте и в такую ночь?

Он не думал, что еще способен терять голову, а оказалось — потерял. Дыхание смешивалось, неосторожные стоны пьянили, обнаженные тела ощущались единым целым — стать ближе друг другу было просто невозможно, весь мир состоял из лунного света, невероятного наслаждения и бессмысленного шепота, и это сладкое безумие продолжалось вечность, пока он, опустошенный и счастливый, не замер, уткнувшись щекой в ее плечо.

— Ты не умер, часом? — защекотал ему ухо дразнящий шепот.— Даже страшно сделалось...

Не шевелясь, он улыбнулся в потолок, ничего не ответив. Давно уже не было так хорошо и покойно на душе.

— Совершенно никакого раскаяния,— грустно сказала Таня.— Одна циничная улыбка. Совратили беззащитную барышню, господин офицер, а теперь изволите цинично ухмыляться?

— Ага,— сказал он счастливо, легонько притянул ее голову на плечо.— А еще я вскорости начну сатанински хохотать, как и положено по роли роковым соблазнителям... Танюша, а ты, коли уж по-

224

шли театральные штампы, должна рыдать горючими слезами над погубленной жизнью...

— Еще чего,— фыркнула Таня, погладив его плечо.— Зачем, прости, рыдать, если можно взять пистолет и всадить пулю?

— Логично...— покрутил он головой.— Я...
Она легонько вздохнула:

— Ну вот, сейчас, чувствую, начнется: милая, единственная, люблю пуще жизни и петушков на палочке... Алеша, я тебя прошу, не надо, милый, ты чудесный человек, полный ротмистр, загадочный жандарм, мне с тобой хорошо невероятно, только, я тебя умоляю, не нужно мне ни в чем признаваться. Ты меня и не знаешь ничуть,— она наклонилась над ним и, осыпав пушистыми золотыми прядями, заглянула в глаза.— Хочешь, скажу, про что жаждешь спросить, да деликатности не хватает?

— Не надо.

— Как прикажете, ваше благородие...— она нагнулась и мимолетно поцеловала в губы.— Я тебе одно скажу: твоих предшественников было все же не столь много, чтобы тебе по этому поводу впадать в черное уныние. Не будешь?

— Не буду,— сказал он серьезно.— Жизнь — вещь сложная, коли она настоящая, а не в театре. Жила без меня, как складывалось, и дальше проживешь...

— Ну что ты загрустил? Ничего еще не решено...— сказала Таня с непонятной интонацией, подавшей ему бешеные надежды.— Ох, мы все же порядочные греховодники, Алеша. Без прогулок, без долгих ухаживаний...

— Я тебе ни в чем не буду признаваться,— сказал он покорно.— Но покой потерял с тех пор, как ты меня чуть не растоптала...

— У тебя был тогда такой вид, словно ты шел и сочинял стихи. Честное слово.

— Вот уж не грешен. Совсем над другим думал. Наша служба и стихи... как-то не вяжется.— Не рассказывать же ей о Семене, питавшем слабость к сочинению бездарных и искренних виршей о тяжкой доле и почетной службе охраны? — Хотя... Был у меня однажды случай, когда стихи пришлось слушать всю ночь, причем, ты не поверишь, как раз на службе. Этой весной. Привели ко мне по подозрению в контактах с революционерами одного странного молодого человека, быстро стало ясно, что молодой человек — не от мира сего, абсолютно вышиблен из реальности... так он мне чуть ли не до утра без всякой просьбы с моей стороны и без малейшего стеснения читал собственные вирши. Ну, хотелось ему так. И как-то так заворожил, что я его старательно слушал, будто так и следует. Ничего почти не запомнил, вот только насчет прошлых веков...

И нет рассказчика для жен
В порочных длинных платьях,
Что проводили дни, как сон,
В пленительных занятьях:
Лепили воск, мотали шелк,
Учили попугаев
И в спальню, видя в этом толк,
Пускали негодяев...

Звали Осипом, а вот фамилия вылетела из головы — то ли Мандель, то ли Мандиштам...

— Неплохо,— сказала Таня.— А мне вот один инженер специально посвящал целое четверостишие.

Я встретил красавицу. Россыпь хрустела.
Брусника меж кедров цвела.
Она ничего нет меня не хотела,
Но самой желанной была...

Господин ротмистр! — прыснула она.— Прошу вас столь ревниво и грозно не фыркать! С его стороны это было чисто платонически, а с моей — вообще никак. Насмешливо и без капли женского интереса. Это ты вдруг взял, да и свалился, как снег

226

на голову. У тебя тогда, в Шантарске, лицо было столь несчастное и суровое, что мне это показалось необычным...

— Несчастное?!

— Но и суровое тоже,— улыбнулась Таня.— И в чем-то загадочное. Как потом оказалось, женская интуиция не подвела, ты у меня и в самом деле оказался тем самым незнакомцем из романов, что проходят в тени колоннады, пряча лицо под краем черного плаща... Алеша, а ты правда не женат?

— Вдовец.

— В твои-то годы? Ой, прости, если я что-то...

— Нет, пустяки,— сказал он честно.— Там все сложилось так, что и грустить не о чем, хотя, конечно... Смерть есть смерть.

— А ты скоро уедешь?

— Наверное, завтра... или, получается, уже сегодня. Но мы ведь можем встретиться в Шантарске? Или ты меня там не захочешь узнавать?

— Глупости какие,— энергично сказала Таня.— Не такая уж я дрянь. Как только выдастся момент, обязательно пришлю к тебе кого удастся, так и напишу: «господин полный ротмистр, вас знают по-прежнему...»

— Побожись.

— Грех,— возразила она серьезно. Гибко соскользнула с лежанки и встала в косой широкой полосе слабеющего лунного света, нагая, с разлетевшимися волосами.— Но обещать — обещаю,— сказала Таня нараспев.— Ротмистр, а вы не боитесь, что я сейчас превращусь во что-нибудь этакое? По Шекспиру? — Она вытянула к нему руки и произнесла глухим голосом: — А если я и есть — шаманка из колоды? И сейчас обернусь чем-то жутким?

— А пускай,— с отчаянной лихостью сказал Бестужев, глядя на нее с радостью, с болью.— Теперь мне и помирать не жалко, так что можете превращаться, госпожа шаманка... но должен вам честно сказать, что о прежнем вашем облике, очаровательном и нежном, я буду сожалеть сколько успею, прежде чем вы из меня всю кровь выпьете...

— Правда? — спросила она тихо.— Будете сожалеть?

— Сколько успею. Сколько вы мне оставите жизни.

— Ну, в таком случае не буду я ни во что превращаться,— сказала она решительно.— Коли нынешний облик признан очаровательным и нежным...

Бесшумно скользнула к лежанке, грациозно опершись на локоть, наклонилась над ним и бросилась в объятия. Все повторилось — нежно и бешено, наполняя радостью и тоской, потому что ее покорность ничего еще не значила и ничего не обещала, сейчас она была не просто рядом — единым целым, но совсем скоро должна выйти из зимовья, и как повернется дальнейшая жизнь, предугадать нельзя, ничего еще не решено, а этом мире разбито столько сердец, в том числе и офицерских, что осколки еще одного никого не удивят и ничего не решат...

Возвращались засветло, держась за руки и временами улыбчиво переглядываясь с лукавством людей, объединенных общей тайной. Прощальный поцелуй на мостике — и она ушла окольной тропинкой и, выражаясь высоким поэтическим штилем, унесла с собой сердце ротмистра Бестужева. Он смотрел ей вслед, пока не потерял из виду, а потом, вздохнув, направился в поселок другой тропой. Солнце еще не встало над лесом, но было совершенно светло, неуловимая рассветная игра тени и света придавала всему окружающему необычайно чистый и свежий вид, словно земля и небеса были только что сотворены.

Потом он с крайним неудовольствием распознал стоявшую прямо посреди улицы фигуру — Лука Лукич Гнездаков, здешний Малюта при здешнем государе, торчал на пути с таким видом, словно и поднялся-то в такую рань исключительно ради Бестужева.

Сухо кивнув, Бестужев сделал попытку обойти неприятного встречного, но Лука проворно загородил дорогу, кланяясь и скалясь:

— Какая встреча приятная, ваше благородие! Гулять в тайге изволили?

Бестужев неприязненно кивнул, не глядя тому в глаза.

— Прогулочки в тайге-с — вещь в молодые года понятная и приятная,— негромко сказал Гнездаков.— Позвольте-с только из моего к вам дружеского расположения дать совет: коли уж играете в опасные игры, осторожность блюдите. Папенька симпатии вашей на расправу крут, не посмотрит на золотые погоны. Здесь, в тайге, и не такие люди, случалось, бесследно пропадали. Со стороны красавицы-с вашей дикой беспечность простительна — ей лишь словесная выволочка грозит, а вот с вами папенька могут обойтись и вовсе жутко-с... Исмаилке что человека зарезать, что овцу, я хоть и сам варнак, чего не скрываю, а таких боюся...

Он заглядывал в глаза с хитрой усмешечкой, юлил и делал всей фигурой многозначительные телодвижения. Крепко взяв его за ворот поддевки, Бестужев выдохнул бешено:

— Ты смотри у меня, варнак, язычок за зубами держи! Сам же говоришь, что в тайге люди бесследно пропадают...

И встряхнул как следует. Не сделав ни малейшей попытки высвободиться, покорно мотаясь, Лука Лукич, сделав еще более умильную физиономию, почти что пропел:

— Обижаете-с! Гнездаков никогда доносителем не был-с! Убивать людишек случалось, а вот доносить — нет-с! Я, наоборот, предупредить хочу об осторожности, видя сердечную симпатию двух столь младых и красивых созданий-с! Поверьте, из искреннего к вам расположения, ваше благородие! Господин Иванихин изволят раненько вставать-с, только что в окне конторы маячили. Сегодня сошло, а завтра могут и усмотреть-с. Вы уж как-нибудь след путайте...

Самое противное, что он был кругом прав, варнак, каторжанская морда,— неосмотрительно было возвращаться рука об руку чуть ли не до главной улицы поселка...

— Ладно, смотри у меня...— многозначительно сказал Бестужев.— Отойди, не загораживай дорогу...

Стоя на прежнем месте, оглянувшись, Гнездаков вдруг зачастил плаксивой скороговоркой:

— Ваше благородие, господин ротмистр! Сделайте такую божескую милость, не вешайте-с всех собак на бедного старика! Все грешны, по мелочам, я имею в виду, иногда кой-что и прилипнет к рукам, да и с женским полом бывают казусы... Только это не я... насчет обозов... видит бог вседержитель, не я! Вы этой гнусной бумажке-то ходу не давайте, милостивец!

— Какой такой бумажке?

— А то не знаете, хе-хе-хе-с...

— Не знаю,— сказал Бестужев.— Извольте изъясняться без загадок.

— И правда не знаете? Это вам не донесли еще... так донесут непременно. Людишки, надо вам знать, почти поголовно аспиды, сквернавцы и гнусь... Какая-то ехидна прислала господину Иванихину неподписанный донос на покорного слугу вашего — быдто, значит, я караваны и граблю... Господин Иванихин, положим, своего верного раба знает доподлинно и в обиду не даст, да кто ж вас ведает, гостя столичного? Ваше благородие, Леонид Карлович, не погубите душу! Не я это!

Пожалуй что, его страх был неподдельным. «Ну что же, намотаем на ус»,— сказал себе Бестужев. И грозно пообещал:

— Разберемся беспристрастно, могу заверить...

И, коротко поклонившись, заторопился прочь, мимо конторы, мимо окна на втором этаже, откуда выползали сизые пласты табачного дыма. Проскользнуть незамеченным не удалось — из окна высунулась по-домашнему растрепанная голова Иванихина:

— Леонид Карлович, вот кстати! Поднимитесь-ка...

Облик его и голос были, конечно, совсем не так грозны, как следовало ожидать от разъяренного отца, вскройся все. Ни о чем он не подозревал. И все равно Бестужев, входя в кабинет, ощущал жгучую неловкость.

— Садитесь к столу,— пригласил Иванихин, в шлепанцах и ярком персидском халате на голое тело.— Коньячку хотите?

— Помилуйте,— сказал Бестужев.— В пять-то часов утра?

— Хиреет наше славное офицерство,— печально сказал Иванихин, наливая себе треть стакана.— Помню, будучи вашим ровесником, ха-арошую однажды пьянку закатили с драгунскими — на семеро суток и до чертей... Ну, как хотите. Ваше здоровье! А мы тут только что кончили совещаться с Мельниковым и Енгалычевым, караван-то очередной пора собирать в дорогу, а в сердце поневоле закрадывается тревога, вот и приходится лечить нервы... лекарством,— он, полузакрыв глаза, сквозь зубы высосал шустовское «лекарство», как воду.— Не тот плох, Леонид Карлович, кто пьет, а тот, кто разум теряет... Не расскажете, откуда или куда в такую рань? Или это настолько секретно?

— Да как вам сказать, пожалуй что...— сказал Бестужев, про себя содрогаясь от неловкости.— Была тут служебная встреча...

— Понятно,— серьезно сказал Иванихин.— Что ж, в эти дела не лезу. Вы их знаете лучше. Скажите-ка... Как вы думаете, и на этот раз... нападут?

— Хотелось бы быть оптимистом, но...— сказал Бестужев.— Не могу объяснить, на чем зиждется уверенность, но не сомневаюсь, что нападут. Семнадцать пудов золота... Я бы на их месте напал. Благо почти все казаки со стражниками на «Благодатном»... Я слышал, там волнения?

— Ну, волнения — чересчур громко сказано,— отмахнулся Иванихин.— Однакож бучу подняли, и исправник перебросил туда чуть ли не всю казенную силу... Леонид Карлович, я вас прекрасно понимаю — насчет уверенности. У вас в городе это называется интуицией, а у нас, таежных дикарей — чутьем. Чую я их, Леонид Карлович,— признался он.— Я вполне трезв, не подумайте... Звериным нюхом чую, как эти волки ходят вокруг моего золота... Как у них слюнки текут промеж клыков...

— Константин Фомич, можете вы искренне ответить на мой вопрос? — спросил Бестужев.— Гнездакову вы верите? Я неправильно выразился, простите... Как по-вашему, он может он быть связан...

— Глупости,— не раздумывая, ответил Иванихин.— Вздор и чепуха. Не стану забираться в психологические дебри, скажу вам попросту: Луку я знаю. Всю его поганую душу знаю до донышка. Изучил за восемь лет раба божьего, обшитого кожею. А потому всякие спекуляции на тему о его причастности решительно отметаю.

— Нельзя ли, тем не менее, взглянуть на анонимный донос по его поводу?

— Какой еще? А... Возьмите у Польщикова, я у него оставил, а он наверняка сохранил — он служака аккуратный, хоть и фатально невезучий... Но говорю вам со всей уверенностью: вздор!

— Но ведь, простите, получается некая фантасмагория.— сказал Бестужев.— Все близкие к вам люди вне подозрений — и Мельников, и Енгалычев, и Гнездаков... а меж тем мы имеем дело с несомненной утечкой сведений из ближнего круга...

— Вот и ищите,— сварливо бросил Иванихин.— За что же вам платят жалованье, вешают кресты и дают льготное чинопроизводство? Личность предателя — для меня полнейшая загадка, Леонид Карлович. В конце концов, свет не сошелся клином на ближнем круге. Иначе можно дойти до того, что подозревать станете и меня. Да-с! Некоторые, не будем называть имена, соизволили и меня включить в список подозреваемых. Великолепная родилась версия: Иванихин, будучи членом партии «Народная свобода», крадет сам у себя золото, чтобы финансировать партию... Чушь в кубе. На партию я даю открыто, и столько, что украденное золото на этом фоне предстает мелочишкой... Что вы так смотрите? За время, что мы с вами путешествовали в одном купе через всю Россию, вы, по-моему, успели изучить мои взгляды... Коих я, кстати, не считаю нужным скрывать, как вы успели, должно быть, убедиться...— Он налил себе еще «лекарства» и жадно выпил.— И повторяю вам снова: Россия-матушка больна. Опасно и тяжко. Это служителям чистой науки вроде господина Менделеева вольно фантазировать насчет небывалого экономического подъема. А на взгляд делового человека — никакого подъема нет. Нет-с! То, что мы почитаем подъемом, гибельно для России по трем причинам. Первое. Подъем переживают лишь сырьевые отрасли и те области промышленности, что пользуются казенными заказами. Второе. Ваши столичные дурачки поднимают нелюдской визг касаемо еврейского засилья, понимая под этим отчего-то изрядное число евреев, пробившихся в газетные репортеры, врачи и ювелиры. Засилье, ротмистр,— в другом. И — в других. Целые области промышленности монополизированы иностранцами, никакого отношения к еврейству не имеющими. Куда ни плюнь — Сименсы, Эриксоны, Нобели, Юзы, Крузы, Болье, Гарриманы... Телефонные аппараты, электроаппаратура вплоть до лампочек, шахты, станки и многое другое! И третье, наконец,— финансы. Рубль наш крепок не государственным умом отечественных финансистов, а постоянной подпиткою иностранными займами, французскими в первую очередь. Это — как опийная зависимость. И страшно в первую очередь тем, что при первом намеке на военный конфликт мы окажемся прочно привязанными к французской повозке. Я уж не говорю о том, что, по точной информации, беспорядки на кавказских нефтяных приисках оплачены не еврейскими денежками, а фунтами господина Детердинга... не изволили у себя слышать? Наш английский конкурент, опасающийся, и вполне резонно, что при нынешнем состоянии дел вся торговля нефтепродуктами в Европе вскоре перейдет в русские руки. А вы там к еврейчикам прицепились, студентов гоняете...

— Константин Фомич,— твердо сказал Бестужев.— Не мое это дело — вести дискуссии о политике и экономике. Я — практик, если можно так выразиться. Никто не подозревает в а с. Не по доброте душевной, а исключительно из ясного осознания того, что для в а с это был бы излишне сложный путь поиска финансов на партийную деятельность.

— Ну, спасибо и на том...— гаерски раскланялся Иванихин.— Не подозреваете, и то ладно...

— Константин Фомич, вы способны говорить трезво и серьезно?

Иванихин прищурился:

— Неужели похоже, что я перед вами комедию ломаю?

— Не похоже. И все равно...

— Бросьте,— сказал Иванихин веско.— Обычная утренняя доза, не влияющая на мозги. Как для британца — чашка с овсянкой...

— Ну хорошо,— сказал Бестужев.— Константин Фомич, у меня есть определенный план. Я не могу гарантировать, что он принесет триумф, успех. Но ш а н с ы — велики. Могу я рассчитывать, что вы исполните все мои просьбы и сохраните полную секретность?

— Можете,— кивнул Иванихин, глядя строго.— Если это поможет и х взять. Возьмите их и приволоките, и я, право слово, Таньку за вас выдам... э, нет, это уж меня занесло, мы, черт возьми, не в русской сказочке, где Ваньке-дураку обещают полцарства и царевну в придачу... Но все равно, благодарность моя будет безгранична.

— А черт с ней, с вашей благодарностью,— в тон ему сказал Бестужев.— Вы, главное, пообещайте в точности следовать моим инструкциям, не отступая ни на йоту. Дело в следующем...

...Поручик Польщиков, заведующий приисковым жандармским пунктом, сильное подозрение, был из неудачников. Из тех, что перешли в Отдельный корпус в расчете на карьеру, но прежнее фатальное невезение потащилось следом, как сказочное Лихо Одноглазое. Бывают такие люди — меченные вечным невезением.

Дело даже не в том, что ему было не менее сорока,— возраст для поручика, мягко говоря, юмористический. Весь его вид, манера держаться, приниженная, грустно-покорная, откровенно унылая, поневоле вызывали в памяти образ Акакия Акакиевича — разве что в данном случае вместо чиновничьего вицмундира носившего военный мундир с голубыми кантами и синюю фуражку. Он даже не заискивал перед гостем из столицы, как порой бывает с обойденными чином провинциалами,— просто-напросто держался с пришибленной, устоявшейся тоской. А меж тем Бестужев, прочтя несколько составленных поручиком материалов, увидел там и неплохие аналитические задатки, и четкое знание службы. Беда только, что все эти качества нимало не помогут продвинуться, если нет в человеке некоей искры, таланта, толчка...

— Федор Иваныч,— сказал Бестужев, отпив предложенного чаю.— У меня отчего-то такое впечатление, что вы любите в огороде копаться...

— Угадали, господин ротмистр,— сознался печальный Польщиков, равнодушно глядя в окно на подступавшую к самому дому тайгу.— А чем же здесь еще заниматься в видах скоротания скуки? Знаете, меня уж и супружница пилить перестала за то, что завез в эту глушь. Это, понимаете ли, характеризует степень привыкания... Сопьюсь я здесь,— поведал он неожиданно.

Бестужеву и жаль его было, и наличествовала легонькая брезгливость удачника, молодого веселого хищника к бездарно промотавшему лучшие годы упряжному коню. Бывает такое: и сочувствуешь человеку искренне, и в то же время радуешься втихомолку, что сам, слава богу, не в пример более благополучен, ведь все мы эгоисты в душе...

— Ну, не прибедняйтесь, поручик,— сказал он уверенно.— Читал я ваши отчеты — весьма толково, говорю искренне. Наблюдение ведется грамотно, освещение с помощью негласных сотрудников наладили весьма даже неплохо для такой глухомани...

— А караваны тем временем грабят,— сказал Польщиков уныло.— И ничем тут агентура не поможет...

— У вас есть свой взгляд на события?

— А разве вам интересно?

236

— Безусловно,— кивнул Бестужев.— Вот, например, возьмем это анонимное письмо по поводу Гнездакова... Как по-вашему, имеет оно хоть малейшее соответствие с реальностью?

— Никакого,— неожиданно твердо сказал Польщиков.— Во-первых, у него мозгов не хватит з а д у м а т ь такое предприятие. Лука — мерзавец, на коем пробы ставить негде, каторжанская морда, варнак, но он, господин ротмистр, и не умен вовсе, а всего лишь х и т е р. Это — вещи разные, ум и хитрость. За всеми этими налетами, коли уж вам угодно знать мое мнение, проглядывает чей-то острый и отточенный г о р о д с к о й ум. По-ученому выражаясь, интеллект. А Лука — тварюшка примитивная. Обсчитает, утаит, взятку примет, перехватит горсть шлиха у вольных копачей, сам втихомолку п р о м ы в о ч к у сделает на чужих землях, силком задерет подол глупой бабенке — вот и все его свершения. Отсюда вытекает «во-вторых»... Лука три раза топтал каторгу и больше туда не хочет. А следовательно, осторожен, как волк, от коего, я полагаю, непосредственно и произошел вопреки теориям английского господина Дарвина... Не пойдет он в п о д м е т к и к кому бы то ни было в столь опасном и шумном деле, как грабеж золотых караванов. Не станет, как выражается каторжный народ, «волохать на барина». Понимаете? Неплохо я успел изучить сего гада. И уверенно вам говорю: то, что можно применительно к нему именовать жизненной философией, ни за что ему не позволит идти в сообщники к т е м, как бы заманчиво ни было... Еще и оттого, что за Иванихина он держится мертвой хваткой, поскольку господин Иванихин — единственный его якорь спасения на этой земле. Выпади он из доверия — либо устукают в тайге те, кому он давненько поперек горла стоит, либо сам хозяин... У Иванихина, знаете ли, это просто. Подалее, верст на полсотни к

237

востоку, у него возле озера Чебаркуль даже собственная и личная тюрьма есть-с для инородцев, подземелье, камнем обложено...

— А вы куда смотрите?

— Эх-хе-хе...— вздохнул Польщиков.— Согласно существующему порядку, потребны либо улики, либо жалобы. Улик не найдете, а жалобщиков отчего-то не бывает... Нет, не Гнездаков. А кто — судить не берусь.— Он вдруг с нескрываемой обидой вскинул на Бестужева унылые глаза.— Не в моей компетенции-с...

— Как вы думаете, о н и могут напасть завтра?

— Запросто-с. Золото — вещь дикая и хмельная. Это как с алкоголием — втянуться легко, а вот вылечиться трудно. Тем более — семнадцать пудов, а охрана необычно слаба. Я бы посоветовал подождать, когда с прииска «Благодатный» вернутся казачки. По моему мнению, риск чересчур велик. Жаль, не располагаю властью задержать караван...

«А ведь ты это искренне говоришь,— подумал Бестужев.— Нет, не ты, не ты... Есть вещи, которые таким, как ты, и в голову не придет сделать. Не ты...»

— Что вы имеете в виду под компетенцией? — спросил он напористо.— Как раз в в а ш е й компетенции все, связанное с данным делом.

— Это я так обмолвился...

— Вздор,— сказал Бестужев твердо.— Вы не обмолвились — это у вас накипевшее прорвалось. Федор Иваныч, я ведь не паркетный шаркун, я сыщик и, говорят, неплох... Что за странные намеки насчет компетенции? Что у вас накипело? Я требую ответа. Требую,— жестко подчеркнул он.— Полномочия мои такое право дают. В чем сложности?

Помолчав немного, Польщиков вдруг махнул рукой:

238

— А, семь бед — один ответ. Дальше не пошлют, а если и пошлют, будет то же самое... Господин ротмистр, я, вполне возможно, работал бы эффективнее, не отбирай у меня часть полномочий и прерогатив град Шантарск...

— А конкретнее? Я т р е б у ю, поручик.

— Дальше Кушки не пошлют, больше пули не дадут...— Польщиков резко выпрямился, что применительно к нему, очевидно, означало самое эмоциональное выражение протеста.— Господин ротмистр, когда по территории, подведомственной моему участку, регулярно разъезжают сотрудники губернской охраны, когда они под носом у меня вербуют агентуру, а то и перевербовывают, причем сверху рекомендуют не чинить ни малейших препятствий, такое может означать одно: то ли мне перестали доверять, то ли считают нужным мою компетенцию резко ограничить. Протестовать не могу-с — против субординации...

— Кто ведет работу на вашем участке? Поручик!

— Есть такой купец...

— Ефим Даник?

Польщиков согласно опустил ресницы:

— Мало того, что документы выправлены по всем правилам, губерния подтвердила его полномочия... Понимаете мое положение?

— Кто подтвердил?

— С в е р х у,— показал поручик в потолок пальцем.

Бестужев видел, что более детального ответа ни за что не добьется,— у тихого бунта есть свои пределы, и они как раз только что были достигнуты...

— С какого? — все же переспросил он.

И ответа не дождался, поручик без надобности принялся ворошить бумаги на столе.

— Ладно,— сказал Бестужев.— Анонимку на Гнездакова не выкинули?

— Как можно? Зарегистрировано-с, срок хранения не истек...

Еще не дочитав бумагу до конца, Бестужев понял, что она составлена и написана тем же неизвестным интриганом, что сочинил донос на недотепу Покитько,— тот же почерк, тот же стиль, даже водяные знаки на бумаге те же...

Глава седьмая. Дикое золото

— Все в полном порядке, ваше благородие,— приложил руку к козырьку рослый железнодорожный жандарм.— Подозрительного ничего в полосе отчуждения не усмотрено, по-моему, все в точности как всегда. Прикажете давать отправление?

Бестужев бросил под ноги окурок и тщательно придавил его носком сапога. Огляделся, стараясь проделать это незаметно, как учили. В общем, жандарм был прав — куда ни посмотри, не видно ровным счетом ничего подозрительного: люди на небольшом перроне такие, каким им и подобает быть, обычные, никто не выламывается из общей истины ни подозрительным любопытством, ни, наоборот, деланным безразличием (безразличие тоже нужно уметь изобразить, неумелая игра режет опытный глаз...)...

— Отправляйте,— кивнул он, нахлобучив поплотнее инженерную фуражку — этому персонажу еще рано было уходить со сцены.

Жандарм вновь откозырял, гораздо торопливее, побежал мимо черного тендера к паровозу. Уперевшись носком сапога в подножку, Бестужев одним прыжком оказался в теплушке. Коротко, звонко лязгнула сцепка, паровоз пронзительно свистнул, мощно фыркнул — и товарный поезд тронулся, постепенно набирая ход. Аккуратное здание вокзала, коричневое с белой каймой, осталось позади, а за ним и поднятый семафор. Какое-то время еще тянулись простые крестьянские домишки, потом пропали и они, паровоз свистнул, наддал, двигаясь меж подступивших совсем близко сосен, словно снаряд в пушечном жерле.

Бестужев, стоя в дверях, оглядел теплушку. Все было в полном казенном порядке — за невысокой деревянной решеткой лежали кожаные сумки, опечатанные орленой казенной печатью, и возле них, зажав карабины меж колен, сидели на скамеечке двое стражников. Семён с Пантелеем помещались в другом углу. Два длинных зеленых ящика стояли как раз посередине, напротив двери. Мышеловка была взведена и старательно оснащена вкусным кусочком сыра. Вопрос только, имеется ли в пределах досягаемости сырного духа хоть одна мышь...

Хоть в горле уже першило, он зажег очередную папиросу, пуская дым в распахнутую дверь, прихваченную к стене изнутри железным крюком. До сих пор не отпускало напряжение девятичасового путешествия от приисков до Аннинска, когда в любой момент мог произойти очередной, новый, непредвиденный сюрприз.

Обошлось. Никто ни разу не побеспокоил золотой караван с преступными намерениями. Что немедленно вызывало вопросы и раздумья. О н и либо отказались от налета, либо...

Самое грустное, что у него по-прежнему оставался не один твердо, уверенно подозреваемый, а двое. И Енгалычев, и Мельников, окажись они все же замешаны, получили р а з н у ю ложь, но нынешняя ситуация с равным успехом могла оказаться следствием деятельности либо первого, либо второго. И тот, и другой могли по с в о и м причинам дать сообщникам сигнал об отмене налета...

— Все помните? — сурово обернулся он к стражникам.

— Точно так, ваше благородие,— торопливо ответил тот, что постарше.— Ежели, не дай бог, нападут — ружья бросать и пощады просить...

Видно было, что оба испуганы, вышиблены из колеи странными распоряжениями начальства,— но не посвящать же их в детали... Обойдутся. Итак, можно решительно сказать, что Польщиков ни при чем — он-то как раз проверен самим фактом ненападения...

Он передвинул кобуру с наганом на живот, так, чтобы бросалась в глаза. Думать о Тане не было времени — и слава богу, потому что все повисло в самой мучительной неопределенности. Они даже не увиделись перед...

Бестужев вздрогнул и сбился с мысли — паровоз испустил длиннейший, душераздирающий свист, а там начал свистеть и вовсе беспрерывно. Что-то там происходило впереди!

Он успел подумать, что паровозная бригада — из соседней губернии, из Новониколаевска, совершенно не посвященная в здешние уголовные хроники. Что ж, так даже лучше...

Высунулся, держась за косяк. Отчаянно заскрежетали колеса — машинист тормозил. Теплушка была расположена непосредственно за тендером, железная дорога выполняла здесь плавный поворот — и потому Бестужев сразу разглядел стоящую прямо на путях накренившуюся телегу, лишившуюся одного из задних колес, увидел, как храпит и прижимает уши замухрышка-лошадка, как один мужик держит ее под уздцы и вроде бы пытается свести с «чугунки», но отчего-то все время получается так, что она лишь пятится — именно на рельсы. Второй просто бегал рядом, хватаясь за голову и вопя.

Поезд остановился окончательно, шумно выпустил струи пара. Слышно было, как испуганно хра-

242

пит лошадь. Вслед за тем Бестужев услышал ругань машиниста — мастерскую, в три загиба,— а в следующий миг справа от него раздался громкий и, такое впечатление, даже веселый голос:

— Руки задери, шкура!

Повернув голову, он узрел не далее чем в полуаршине от своей физиономии черный зрачок пистолетного дула. Машинально отметил, что это «Бергман», машинка надежная и убойная. Тут же, одним прыжком проскочив мимо него, в теплушку метнулся второй, выстрелил в потолок и яростно заорал:

— Сидеть смирно!

Краем глаза Бестужев успел заметить, что оба мужичка уже вскарабкались на паровоз, а потом тот, что проник в теплушку, дернул его за шиворот так, что ротмистр улетел внутрь. Ухитрился все же не упасть, остался на ногах и поднял руки — как и остальные четверо.

— Туда иди! — показал ему пистолетом налетчик.

Бестужев послушно отодвинулся в угол, к остальным четырем,— стражники уже побросали карабины. Слышно было, как справа, со стороны вагонов, кто-то возится, гремя сцепкой.

Налетчик, стоя на широко расставленных ногах, приказал:

— Кобуры снимайте, шкуры охранные! Кидайте в угол! Тогда еще поживете...

Судя по движениям и по голосу, он был довольно молод. Лицо закрывал матерчатый капюшон с прорезями — как у палача или неуловимого бандита Фантомаса из французской фильмы, виденной Бестужевым в Австро-Венгрии.

Бестужев снял пояс с кобурой и кинул в указанный угол. Так же поступили и Пантелей с Сёмой.

— А теперь стойте тихо, драконы! — распорядился нападавший, прочно привалившись к дощатой стене теплушки.— А то живо на небеса отправлю!

Он никоим образом не производил впечатления истеричного или неопытного — говорил скупо, оружием не размахивал, держал его вполне уверенно. «Битый» — оценил Бестужев.

В теплушку запрыгнул второй, чье лицо скрывал такой же капюшон. Послышался резкий свист, и поезд фыркнул, дернулся.

Правда, по той легкости, с какой он пошел с места, стало ясно, что из всего состава только их теплушка и осталась. То-то второй со сцепкой возился...

Судя по всему, нападавшие на сей раз применили тактику, давно и успешно освоенную бандитами в Североамериканских Соединенных Штатах. Под дулом пистолета машинист отгонит поезд на несколько верст, к заранее выбранному месту, где уже ждут сообщники с лошадьми. Чтобы увезти все кожаные сумы, достаточно парочки сильных, не заморенных коней. После чего вся шайка благополучно растворится в таежной необозримости, предварительно испортив что-то в паровозе или заперев всех в теплушке. Пока они освободятся и доберутся до ближайшего телеграфа, до Аннинска, небольшой отряд верховых окончательно растворится в спасительной безвестности, обнаружить их будет невозможно. В округе — несколько больших сел, где можно спрятать добычу, их лиц никто не видел, опознать невозможно. План нападавших был предельно ясен. Они не собираются никого убивать, иначе не прятали бы лиц...

Поезд набирал скорость. Оба замаскированных субъекта то и дело косились за загородку, на раздувшиеся кожаные сумы, золото притягивало их, как магнитом.

— Закурить можно? — спросил Бестужев обычным голосом.

244

— Я т-те закурю, шкура охранная! Стой смирно! Ишь, инженером прикинулся...

— Зря вы так,— сказал Бестужев.— Мы — люди подневольные, что приказано, то исполняем...

Он пытался их разговорить, сбить немного внимание, заставить ослабить бдительность.

— Стой уж... подневольный,— фыркнул налетчик (второй так и не проронил ни словечка).— А впрочем... где пулеметы? Здесь? — он кивнул на зеленые ящики.

— Здесь,— угрюмо сказал Бестужев, притворяясь удивленным и раздосадованным.— Откуда вы знаете?

— Сорока на хвосте принесла... Открой ящик!

— Не имею права,— сказал Бестужев.— Оружие казенное.

— Пулю меж глаз захотел?

— Да кто же себе такую неприятность добровольно захочет? — пожал плечами Бестужев.— Сумасшедший разве что, а я вроде бы здоров...

— Болтаешь много.

— Это я от нервов,— признался Бестужев с обезоруживающей простотой.

— Ящики открывай, говорю!

— Сейчас,— сказал Бестужев.— Только вы нас свяжите потом, парочку синяков, что ли, поставьте... Чтобы было видно: казенное оружие мы защищали со всем усердием и смирились лишь перед превосходящими силами...

— Трясешься, как овечий хвост, ротмистр? — с удовольствием протянул замаскированный.— Ладно, и свяжем, и синяки от этого самого сапога я тебе лично обещаю... Пошел!

— И все же...— сказал Бестужев.— Где гарантии сохранения нам жизни?

— Не дури,— судя по тону, говоривший поморщился под маской.— Тебе что, на бумажке написать гарантии? Где я тебе возьму здесь бумагу... да и какой от нее толк? Не трясись. Уцелеет твоя поганая шкура. Не по доброте душевной, а оттого, что руки пачкать неохота. Ну, валяй!

Бестужев, старательно изображая непреходящий испуг перед пистолетным дулом, приблизился к ящику — и, оказавшись на миг спиной к налетчику, послал Пантелею многозначительный взгляд, молясь про себя, чтобы тот понял его правильно.

Наклонился, стал вытаскивать простой деревянный колышек, просунутый в железную петлю вместо замка. И передернулся от истошного вопля — но в следующий же миг ощутил острую радость: правильно понял Пантелей, самородок медниковской обработки! Р а б о т а т ь начал!

Вопя, воя, причитая и всхлипывая, Пантелей ползал на коленях перед охранявшим всю группу налетчиком, по лицу у него катились натуральнейшие слезы, а в голосе не было ничего, кроме животного страха:

— Родненькие, помилосердствуйте, подневольные мы! Отпустите душу на покаяние, Христом богом клянусь, уйду из охраны! Только не убивайте, миленькие!

Он упал на бок, подпрыгивая в этой нелепой позе всем телом, дергаясь, валялся у ног налетчика, от растерянности даже не отодвинувшегося. Потом тот неуверенно тронул Пантелея носком сапога:

— Эй, заткнись!

— У него падучая,— быстро сказал Бестужев, выдергивая колышек и поднимая крышку.— Теперь не остановить...

— Черт с ним, пусть воет,— бросил через плечо напарнику тот, что говорил с Бестужевым.— Ну, доставай пулемет, тебе уже ни к чему, а нам в хозяйстве пригодится...

— Берите,— сказал Бестужев, отступая на шаг.

Замаскированный заглянул в ящик, за собственные деньги заказанный Бестужевым у столяра. И оторопел на миг — как любой, кто вместо ожидаемого ручного пулемета, о наличии которого твердо знал из верных источников, вдруг узрел ржавую железную трубу и еще какой-то скобяной хлам, положенный для тяжести...

— Бей! — рявкнул Бестужев.

Тот, что стоял над Пантелеем, опустив пистолет, явно не знал о приеме, с помощью которого лежащий способен вмиг сшибить с ног стоящего. Зато Пантелей этот прием прекрасно знал — и во мгновение ока претворил в жизнь, так что налетчик, нелепо взмахнув руками — он успел нажать на спуск, но пуля ушла в потолок,— опрокинулся навзничь, стукнувшись затылком об пол, и на него тут же насели Пантелей с Сеней. Буквально в этот самый миг Бестужев распрямился, словно отпущенная пружина, согнутой левой ладонью подшиб запястье врага, уводя его вправо,— а выпрямленной, как дощечка, правой, наоборот, ударил по пистолету, направляя его влево. Послышался отчаянный, нечеловеческий вопль — пальцы налетчика вмиг оказались то ли вывихнуты, то ли сломаны, смотря по его невезению, пуля зыкнула далеко слева от Бестужева, а там «Бергман» вывалился из руки...

Молниеносно и безжалостно Бестужев нанес удар локтем в лицо, подцепив носком сапога ногу противника.

Тот полетел назад, мотая руками, все еще вопя от боли,— и, потеряв равновесие, головой вперед вывалился в раскрытую дверь теплушки. Мелькнуло оскаленное лицо, разорванный криком рот, тело мотнулось нелепо, т р я п и ч н о — и исчезло под колесами, снизу послышался жуткий, тут же оборвавшийся вопль.

Выхватив браунинг, заткнутый сзади за ремешок, Бестужев одним взглядом оценил ситуацию.

Его филеры крепко держали поверженного противника, заломив ему руки за спину, уткнув физиономией в пол. Стражники так и сидели в своем углу — то ли полагали, что это и далее входит в их задачу, то ли просто потеряли голову.

— Свяжите его быстренько! — распорядился Бестужев.— Вон веревка! Живо! И приготовьтесь, сейчас тряхнет!

Убедившись, что пленник надежно связан, он кивком велел Сёме достать маузер, прянул в угол, подпрыгнул и ухватился за вычурный, начищенный рычаг стоп-крана. Рванул его, повиснув всей тяжестью.

И тут же уцепился за деревянную решетку — машинист послушно отреагировал, затормозив на всем ходу согласно профессиональному условному рефлексу, всех бросило к задней стенке, пленник покатился по полу, как сноп, остальные едва на ногах удержались.

Спрыгнув на насыпь, Бестужев крикнул:

— Прикрывайте огнем!

И, распластавшись на жесткой зеленой травке, вскинул пистолет, навел на паровозную будку. Оттуда высунулась голова, за ней появилась рука с пистолетом — но над головой хлестко зачастили выстрелы из маузера. Семён не зацепил высунувшегося, он и не ставил перед собой такой задачи,— но звонкое цоканье пуль по металлической стене будки способно было произвести должное впечатление. Так и вышло: голова проворно спряталась.

— Выходи, бросай оружие! — крикнул Бестужев, подперев левой ладонью руку с пистолетом.— Ваши уже арестованы, бомбами забросаю!

Со стороны будки раздался выстрел — явно сделанный наугад, вслепую, пуля прошла так высоко над головой, что Бестужев даже не услышал характерного зыканья. И сам два раза выстре-

248

лил по стене будки, рядом с окошком. Пули срикошетили с противным визгом. Повинуясь взмаху руки Бестужева, Семён выпрыгнул на насыпь, залег, прижимая к плечу деревянную кобуру-приклад. Бестужев кивнул — и они выпустили по парочке пуль.

Потом, завидев какое-то шевеление на той стороне, Бестужев опустил голову к самой земле и увидел меж колесами, как на той стороне путей мелькают бегущие ноги — две пары. Тут же выпустил в ту сторону всю обойму, не особенно и стараясь попасть, перевернулся на бок, проворно загнал новую. Прислушался.

Стояла тишина, нарушавшаяся неподалеку хрустом ломаемых веток. Потом из будки послышался вопль:

— Не стреляйте, за ради Христа! Они в тайгу убегли!

Приходилось рисковать... Вскочив на ноги, держа пистолет наготове, Бестужев ринулся к паровозу, вмиг взлетел по железной лесенке. Человек в кителе паровозного машиниста лежал на гладком полу, от страха пытаясь вцепиться в него растопыренными пальцами. На тендере, на куче угля, лежал чумазый кочегар, прикрывая руками голову, судя по всему, живехонький.

Облегченно вздохнув, Бестужев прикрикнул:

— Ну, чего разлеглись? Живо, крутите рычаги или как там у вас полагается... Задний ход со всей возможной скоростью! Пока не вернемся к составу! Сёма, побудь с ними...— крикнул он, высунувшись в окно.

Соскочил и побыстрее вернулся в теплушку, где стражники уже пришли в себя настолько, чтобы подобрать с пола карабины. Поезд тронулся, за дверью замелькали сосны. Присев на корточки, Бестужев сорвал с пленника капюшон, кратко пояснив:

— Мы не на маскараде...

Обнаружилось лицо совсем молодого человека — без особых примет, европейского типа, совершенно незнакомое. Он уже оценил свое незавидное положение и таращился со смесью злобы и страха.

— Ну вот, — сказал Бестужев почти ласково. — Наконец-то свиделись хоть с кем-то из вас, господа члены кружка любителей самородного золота...

Поперек лба у пленника тянулась длинная, не успевшая еще подсохнуть царапина, в схватке ему успели подшибить глаз, но, не считая этих несмертельных повреждений, он казался в добром здравии, совершенно готовым к употреблению. На душе сделалось невыразимо приятно — наконец-то у него был «язык»...

...Пантелей, подталкивая в спину связанного по рукам пленника, завел его в избу. Бестужев вошел следом, распорядился:

— Положи его на пол, что ли, да ноги свяжи, — и, придвинув ногой табуретку, сидел рядом, пока Пантелей сноровисто спутывал нижние конечности изловленного. Убедившись, что дело сделано, распорядился, отвернувшись от пленника: — Скажи Савелию, пусть седлает коня, нужно скакать на прииски...

Пантелей воззрился недоумевающе, но, увидев подмигиванье, браво рявкнул:

— Слушаюсь!

И проворно выкатился во двор. Медленно выпустив дым, Бестужев осведомился:

— Поговорим?

Зло глядя на него снизу вверх, пленник попытался плюнуть, но в его неудобном положении это привело лишь к тому, что слюна попала на физиономию ему самому. Тогда он выругался, поминая по матушке и самого Бестужева, и все охранное отделение в полном составе.

— Интересно,— сказал Бестужев,— а с чего ты взял, собственно, сучий потрох, что мы — непременно из охранного отделения? И почему твой дружок, столь неосторожно сорвавшийся под колеса, называл меня ротмистром? Предположим, мы действительно из охраны и я в самом деле ротмистр, но откуда ты это мог узнать? Не поделишься секретом?

— Ты еще сдохнешь, сатрап...

— Да, разумеется,— рассеянно сказал Бестужев.

Вслед за тем встал и принялся вытирать грязные подошвы сапог о рубаху на груди пленника — обстоятельно, неторопливо, со всей возможной заботой о чистоте обуви. Пленник извивался, пытаясь отползти, но, когда это не удалось, прямо-таки взревел:

— Как вы смеете?!

Бестужев моментально прервал свое занятие, вновь сел на табурет и усмехнулся:

— Вот и выдали себя, милостивый государь! Не правда ли? Судя по содержанию реплики и интонации, с коей она была выкрикнута, судя по возмущению, с коим были встречены мои хамские действия, вы, любезный, вряд ли принадлежите к простонародью... Нет уж, вы, несомненно, принадлежите к тому образованному слою, для коего невыносимо унизительно видеть, как жандарм вытирает о него ноги в самом что ни на есть прямом смысле... А я сейчас еще и о вашу нахальную физиономию сапоги вытру...— и привстал.

Пленник, отчаянно пытаясь придать себе гордое положение фигуры — что в его ситуации было решительно недостижимо,— яростно посмотрел Бестужеву в глаза:

— Извольте соблюдать уважение, ротмистр!

— Хорошее заявление,— невозмутимо сказал Бестужев.— Опять-таки подразумевает вашу принадлежность к строго определенной категории лиц...

В просторечии именуемых либо «мы с гонором», либо «из благородных»... А?

— Я требую, чтобы вы прекратили эти подлости!

— Ради бога, в любой момент,— сказал Бестужев.— Как только вы мне докажете, что имеете право на благородное обхождение. Может, представитесь для начала?

— Голубая крыса!

— Ну что же, никаких сомнений, вообще-то, не осталось,— сказал Бестужев.— Значит вы, сударь, непременно хотите быть политическим узником, с которым следует обращаться со всей предписываемой правилами галантностью? Вполне понятное желание. Одно дело — сидеть в охранном отделении или жандармерии и совсем другое — быть переданным полиции, где и сапогом под копчик могут... Так что, назоветесь?

— И не подумаю.

— Голубчик,— сказал Бестужев беззлобно.— Назоветесь. Куда вы денетесь. Собственно, а почему вы решили, что вас станут куда-то передавать? Я имею в виду, передавать в руки служителей закона? Нет, конечно, никто вас не собирается отпускать, тут другое...— он выдержал хорошо рассчитанную паузу.— Неужели еще не догадались, милейший?

Он молча курил, с удовольствием глядя, как лицо пленника искажается от нехороших предчувствий.

— Вы правильно понимаете,— сказал Бестужев доверительно.— Я верю, что вы — не из уголовных, что вы — политический. Но это не облегчает мне задачу, а наоборот, усложняет. Попробуем представить дальнейший ход событий. Мы отвезем вас в Шантарск, в охранное отделение. Начнем допрашивать, соблюдая предписанный инструкциями такт, боже упаси, без всякого

252

физического воздействия и даже грубого слова. Вы, конечно, станете запираться и вилять. Возможно, вашу личность установят, а возможно и нет. Рано или поздно появится мнимая невеста, будет вам передавать всякие вкусности вроде ветчины и апельсинов, каковые мы будем вынуждены позволить вам жрать на нарах... Одновременно вам станут готовить побег... И даже если это не удастся, что в итоге? Вы предстанете перед судом, где ловкие адвокаты, хорошо оплаченные краснобаи, станут выжимать слезу из присяжных, упирая на вашу пылкую, неразумную юность, искренние заблуждения и полное отсутствие трупов при налетах. Истеричные курсистки станут бросать вам цветы, либеральные господа — устраивать сборы в вашу пользу... В конце концов получите пару лет, неважно, отсидите вы их или сбежите — при любом раскладе станете для сообщников авторитетом, примером, озаренным славою политического каторжанина, героического борца с царскими сатрапами... Судя по вашей физиономии, вы, как и я, прекрасно понимаете, что все произойдет примерно так, как я описываю... Но у меня, слава богу, есть возможность сделать так, чтобы все завершилось совершенно иначе.

— В самом деле? — с ухмылкой бросил лежащий.

— Да уж поверьте,— серьезно сказал Бестужев.— Вас еще не удивило то, что мы несколько отступили от заведенного шаблона — чуть-чуть не доезжая до Аннинска, сняли вас с поезда, привели сюда лесом? Что наш хозяин по моему приказу седлает коня, чтобы скакать на иванихинские прииски? — Он наклонился к лежащему и широко, открыто улыбнулся.— Там, в поезде, сейчас работают местные жандармы, ну и бог с ними... Официально будет считаться, что мы искренне пытались доставить вас по начальству, но вы по дороге ухитрились бежать. Интересно, кто докажет обратное? Вот именно, милейший. Посудите сами, для чего мне представлять вас по начальству? Чтобы вы отделались минимальными неприятностями, которые я только что подробно описал? Нет уж, хороший вы мой. Я вас передам людям Иванихина. Изволили слышать про Луку Лукича Гнездакова? Судя по вашему изменившемуся личику, имели такую честь. Вот они будет с вами душевно беседовать — где-то в таежной глуши, вдали от прокуроров и восторженной либеральной печати. Гнездаков мне омерзителен, но он, в отличие от меня, не скован статьями Уголовного уложения и ведомственными инструкциями. А я вовсе не обязан знать, какими методами Лука станет вырывать у вас имена и явки... Что-то вы побледнели? Ну да, этот таежный мизерабль вам ремни со спины нарежет... Уж ему-то, будьте уверены, выложите все, что только знаете. А потом... Ну кто же станет оставлять свидетеля? Вас и закапывать не будут, бросят труп в тайге, зверье управится...

— Вы не посмеете...

— Интересно, почему это? — с искренним недоумением спросил Бестужев.— При том, что мне никто не способен помешать, а люди мои, могу вас заверить, сохранят полнейшее молчание... Простите, я сатрап. Голубая крыса. Высокой моралью не отягощен, а такие, как вы, у меня стоят поперек горла. Честно вам признаюсь, все равно никому не расскажете... Ну да, цапнул я с Иванихина хорошую взятку. Благо его устремления полностью совпадали с моими, так что насилия над собой делать не пришлось. Все просто прекрасно устроилось: впоследствии Гнездаков поделится со мной всей добытой у вас информацией, я ее представлю по начальству, и все будут довольны: Иванихин, я, мое начальство... Все, кроме вас — ваши-то косточки будут раскиданы по всей тайге...

— Вы не посмеете...— повторил пленник, судя по его лицу, уже придерживавшийся абсолютно противоположного мнения.

— Да посмею, посмею,— скучным голосом сказал Бестужев.— Ну кто мне помешает? Экий вы, право... Возможно, с в а ш е й точки зрения я и поступаю дурно, но кого интересует ваша точка зрения? Какие глупости... Знаете, я больше ни о чем вас не буду спрашивать. Подите вы к черту, любезный. Возиться с вами... Все равно уже через несколько часов, когда прибудет с приисков Лука Гнездаков, из вас с помощью совершенно нецивилизованных методов вытряхнут все, что знаете. К чему мне себя утруждать, оскорбления ваши слушать? Желаю удачи... хотя в вашем положении об удаче говорит смешно и неуместно...

Он сделал ручкой пленнику, глядевшему на него с пола уже без прежней заносчивости, наоборот, с ужасом, вышел во двор и отвел в сторону Пантелея с Сёмой.

— Вот что, ребятки,— сказал он устало.— Бросьте его куда-нибудь в чулан, пусть полежит там часочка три. Кляп забейте для пущей надежности, чтобы не орал. Не обращайтесь к нему, не говорите с ним, смотрите, как на пустое место... Один пусть сторожит дом вместе с Савелием, а другой сбегает в город и подыщет надежное место, куда его можно будет переправить с темнотой. Вы же толковые сотрудники, обучены делать чудеса, с подобной задачей справитесь шутя... Когда стемнеет, переправьте его на новое место и караульте как следует. Я сейчас поеду в Шантарск и вернусь через день-другой. Ну а часика через два, когда дойдет до кондиции, прежде чем переправить на новое место, расколите. Он уже доходит, полежит в чулане еще немного, полной мерой осознает безнадежность своего положения. Вряд ли ему хочется попадать в лапы Гнездакова, откуда живым не вырваться... Ну, не вас мне учить. Сами на вокзале не появляйтесь, оставьте для меня письмо на почте, до востребования. Все поняли?

Оба кивнули, глядя на него грустно-понимающе. Не задали ни единого вопроса, которые в такой ситуации у толковых филеров просто-таки вертелись на языке. Ну хотя бы — «а почему мы его не везем в Шантарск?» Но именно потому, что оба были опытными сотрудниками, прошедшими огни и воды (а медных труб им, увы, и не полагается вовсе), должны были догадываться о многом — быть может, обо в с е м.

— Ну, я на вас полагаюсь,— сказал Бестужев, видя, что пауза затягивается.— По сравнению с иными переделками не задача перед вами поставлена, а сущие пустяки... Я — на вокзал.

...Как и следовало ожидать, на вокзале он застал непривычную для этих мест суету — там толокся весь наличный состав здешней полиции и жандармерии вкупе с местными властями. Товарняк давно отогнали на запасной путь, так что публика и не понимала, что, собственно, происходит...

— Ваше благородие...— неуверенно сказали за спиной.

Бестужев обернулся. Давешний жандарм, не так давно провожавший их в дорогу, мялся, плохо понимая, стоит ли раскрывать вслух инкогнито гостя из губернии.

— Ну?

— Господин поручик хотят поговорить с вашим благородием...

— Когда ближайший поезд на Шантарск?

— Через восемь минут подойдет пассажирский западного направления.

— Тогда ничего не получится,— сказал Бестужев.— Некогда. Поручику передашь, пусть все идет обычным порядком... В Шантарск по телеграфу доложили?

— Конечно, первым делом...

— Вот и прекрасно,— сказал Бестужев, нетерпеливо глядя на запад, в ту сторону, откуда должен был появиться пассажирский.— Кругом!

БЕССТРАСТНЫЙ СВОД НЕБЕС

Глава первая, **во многом невеселая**

— Вот, изволите ли видеть! — воскликнул подполковник Баланчук, щелкнув ногтем по извлеченной из конверта бумаге казенного вида.— Алексей Воинович, вы ведь, кажется, близко сталкивались с Иваном Мызгиным? Волков, Петрусь и прочая, и прочая?

— Ну как же,— сказал Бестужев, оживившись.— Несмотря на молодость, на этом волчонке клейма ставить негде. Боевая дружина эсдеков, участвовал в переправке оружия из-за границы, в Львовской школе бомбистов со мною вместе учился, «эксов», в коих участвовал, и не перечесть по пальцам, поскольку пальцев не хватит. Искалечил агента охраны, а уж вооруженное сопротивление полиции для сего вьюноши — дело столь обыденное, что о нем и упоминать особо не стоит... Он ведь пойман на Урале?

— И даже судим,— кивнул Баланчук.— Вот-с, сводка... Интересно вам знать, сколько отмерила этому молодцу Казанская судебная палата? Всего-то восемь годочков каторги... а потом снизила срок до двух лет восьми месяцев каторжных работ с последующей вечной ссылкой в отдаленные районы Сибири. Как будто эти господа надолго в отдаленных районах задерживаются...

— Сколько лет?!

— Два года восемь месяцев,— с горькой иронией повторил Баланчук.— Судебная палата, изволите ли видеть, приняла во внимание несовершеннолетие обвиняемого в момент совершения им большей части преступлений. Гуманно, не правда ли?

— Черт знает что такое,— с сердцем сказал Бестужев.— Как будто ему несовершеннолетие мешало калечить агентов, стрелять в городовых и красть взрывчатку... Это ведь волчина, несмотря на юные годы, прекрасно его помню. Звереныш.

— Вот так. Мы ловим, а судебная палата... Вам доводилось слышать об североамериканском Куклос-клане, Алексей Воинович? Честное слово, есть в этом что-то привлекательное: явиться ночью к такому вот Петрусю, веревочку на суку примостить... И никакой тебе либеральной юстиции. И ведь н а с сатрапами именуют ихние газетенки...

— Господи, подполковник...— устало вздохнул Бестужев.— Сам знаю, что мы связаны по рукам и ногам, да что поделаешь...

— Можете вы мне ответить на щекотливый вопрос? Государь, вообще-то, ч и т а е т то, что ему сообщает начальство охраны? — Баланчук понизил голос.— Простите за ересь, но кажется иногда, что — нет. Иначе не было бы такого разгула либерализма...

Бестужев усмехнулся:

— Знаете, Илья Кузьмич, я, к сожалению, не имел чести быть допущенным во дворец, так что вы не по адресу обращаетесь...

— Бросьте. Вы прекрасно понимаете, что я имею в виду. Вы как-никак работаете в столице, должны знать о б с т а н о в к у. Что у нас происходит в империи? Любая европейская держава, хоть на словах и выставляет себя светочем либерализма, со с в о и м и бомбистами расправляется так, что небу жарко... А у нас...

— Эх, Илья Кузьмич, не наша это компетенция...

— Я знаю,— кивнул Баланчук.— Но порой бывает невероятно обидно...

Он встал, вытянув руки по швам. Бестужев тоже поднялся.

— Ну что, Алексей Воинович,— с явным удовольствием сказал вошедший Ларионов.— Подняли тарарам? Должен сказать, поневоле восхищаюсь изяществом, с коим вы провели операцию. В Аннинске творится такое, что городок больше всего напоминает развороченный муравейник. Только что туда выехала наша команда... От ваших филеров по-прежнему никаких известий?

Бестужев мотнул головой:

— Никаких. Следовательно, продолжают поиски.

— Как это он ухитрился сбежать...

Бестужев насторожился, но в голосе полковника не было ни малейшего д в о й н о г о смысла — он откровенно переживал мнимую неудачу Бестужева, и только. Со вздохом повторил:

— Как он ухитрился... В руках у вас был...

Напустив на себя грустный и расстроенный вид, Бестужев пожал плечами:

— И на старуху бывает проруха... Ловок в приемчиках, несомненно, специально обучался всяким хитростям вроде джиу-джитсу. Первым сшиб меня, кинулся в тайгу, агенты, болваны, бросились ко мне, вместо того чтобы немедленно начать преследование или стрелять по ногам...

— Ну, ничего,— ободряюще сказал Ларионов.— Человек со связанными руками в таком городишке, как Аннинск,— вещь приметная. Вряд ли будет отсиживаться в тайге, пойдет в город...

— А в городе у него наверняка явка,— уверенно сказал Бестужев.

— Ничего, постараемся отыскать... Я говорил с губернатором, в Аннинск перебрасывают три вагона со стражниками. Устроим хар-рошую облаву...

«Как бы они от излишнего усердия не наткнулись на мою троицу,— подумал Бестужев озабоченно.— Да нет, Пантелей с Сёмой сумеют продержаться...»

260

И спросил:

— Труп того, что выпал из теплушки, не опознали?

— Нет пока. Судя по всему, совершенно чужой в этих местах человек,— досадливо ответил Ларионов.— Работают-с... Алексей Воинович, тут у нас еще один труп. Господин Силуянов не верил в интуицию подполковника — но, как оказалось, зря. Илья Кузьмич нюхом своим хвалился не зря...

— Что стряслось? — приподнялся Бестужев.

— Енгалычев покончил с собой,— сказал полковник, грузно усаживаясь за свой стол.— С поезда отправился прямиком к себе на дачу, на Афонтову гору, и там... Снял люстру, приспособил веревку на крюк... Там сейчас работают наши сотрудники, обыск еще не завершился, но и того, о чем доложили, достаточно. Господа офицеры, на даче Енгалычева обнаружено около двух фунтов шлихового золота, кроки местности, подозрительно напоминающие чертежи отдельных участков дороги, ведущей из Аннинска на прииски, два кавалерийских карабина, а главное — из мусорной корзины вытащили обрывки письма и сумели их сложить... Рано пока строить п о л н у ю версию, но уже сейчас несомненно явствует, что наш безобидный, остававшийся вне подозрений господин Енгалычев был связан с налетчиками. Автор письма недвусмысленно на это намекает, вообще письмо выдержано в угрожающем духе, из него явствует, что в случае, если Енгалычев провалит дело, к нему будут применены самые жесткие меры критики. Должно быть, когда сорвался налет и наш герой вернулся в Шантарск, нервишки у него не выдержали, предпочел с а м, не дожидаясь кары «товарищей»...

— Говорил же я! — со вполне понятным торжеством воскликнул Баланчук.— А Силуянов не верил... Письмо у вас, господин полковник?

— Да, уже доставили. Ознакомьтесь, господа. С одной стороны, проскользнул он у нас меж пальцев... но с другой...— полковник значительно поднял палец.— Быть может, все обстоит не так уж плохо? После самоубийства Енгалычева и провала очередного налета, завершившегося жертвами исключительно с их стороны, они наверняка приутихнут, а то и вовсе откажутся от дальнейших планов. Теперь нужно напрячь агентуру...

Бестужев взял у Баланчука письмо, аккуратно наклеенные на плотную бумагу и расправленные обрывки. Быстро прочитал про себя. Что ж, составлено оно было крайне убедительно — полностью ложилось в эту версию. Вот только имевшиеся у него сведения эту самую версию полностью опровергали. Но сказать об этом он пока что не мог... Значит, вот так. Под угрозой разоблачения не остановились перед убийством. Судя по тому, как оперативно все проделано, задумано было, не исключено, заранее — при первых известиях о провале план стал претворяться в жизнь...

— Что скажете? — ликующе спросил Баланчук.

— Что тут скажешь? — пожал плечами Бестужев, старательно изображая на лице радость.— Жаль, что не попал нам в руки... Но вы безусловно правы — теперь известно направление поисков...

— А не пора ли докладывать в Петербург? — потер руки полковник.— Алексей Воинович, мы так долго блуждали в потемках, что сейчас я не могу удержаться, хочется побыстрее донести об успехах... ведь это успех!

— Безусловно,— кивнул Бестужев.— В некоторой степени успех. Я немедленно отправляюсь на телеграф. Простите, господа, у меня свой шифр, таковы уж инструкции...

Однако, выйдя из жандармского управления, он свернул в другую сторону. Старательно проверяясь, прошел пару кварталов, свернул за угол. Не обнаружив за собой слежки, остановил извозчика и распорядился:

— В Николаевскую полицейскую часть, да поживее...

...Великан Зыгало, провожавший его по коридору, выглядел сегодня каким-то необычным — насупленным, словно бы удрученным. Трудно было представить, что на свете отыщутся вещи, способные всерьез удручить незатейливого сибирского богатыря, но Бестужев не стал приставать с вопросами, собственных забот хватало.

Однако он почувствовал что-то определенно неладное, когда навстречу им попался тщедушный — полная противоположность фамилии — Мишкин. У этого в лице тоже наличествовало что-то странное, словно бы на полицейскую часть внезапно обрушилась некая беда, оставив на всех без исключения физиономиях свой унылый отпечаток.

Бестужев вошел в дверь, откуда Мишкин как раз вышел. Пристав Мигуля сидел за столом в расстегнутом кителе, молча глянул на Бестужева, нехотя кивнул в сторону шаткого стула (шаткого, надо полагать, из-за того, что очень уж частенько с ним вместе летели на пол клиенты, коим Зыгало отвешивал свои неопровержимые аргументы во всю силушку), потянулся к откупоренной бутылке с водкой и налил себе треть стакана.

Никаких казенных бумаг на столе на сей раз не было — вместо них красовалась помянутая бутылка, блюдечко с ломтиками сала и разломанной на крупные дольки чесночной головкой. Подобный натюрморт был абсолютно неуместен в кабинете уважающего себя полицейского пристава — средь бела дня, на глазах у подчиненных, будучи в форме?! Бестужев сел, окончательно удостоверившись, что здесь происходит нечто из ряда вон выходящее по здешним меркам.

Одним движением выплеснув водку в рот, Мигуля сглотнул, легонько передернувшись, вместо закуски понюхал очищенную дольку чеснока. Уставился на Бестужева:

— У вас, говорят, успех?

— Так, некоторый...— пожал плечами Бестужев.

Он видел, что Мигуля вовсе не пьян — как недавно Иванихин, находился в состоянии, когда определенная доза спиртного служит скорее аналогией английской чашке овсянки к завтраку...

— А у нас вот несчастье,— признался Мигуля, глядя на ротмистра совершенно трезвыми глазами побитой собаки.— Петеньку Сажина убитым нашли. У нас тут, знаете ли, ротмистр, все кому-нибудь да родня, вот и Петенька на моей крестнице был женат. Аглая, бедная, на сносях, а тут такое стряслось...

— Как?!

— Да вот так, обыкновенно,— устало промолвил пристав.— Был человек — и нету... Господин ротмистр, ежели у вас ко мне нет срочных служебных дел, я бы вам, право, был весьма даже признателен...

— Я не уйду,— сказал Бестужев.— Поскольку как раз и пришел поговорить с вами откровенно. По-моему, самая пора.

— Да о чем говорить...

— О деле,— сказал Бестужев решительно.— Сажин знал... и вы знаете что-то такое, что должен знать я.

— Полагаете?

— Да хватит вам вилять,— сказал Бестужев, кладя на стол шляпу (он был в партикулярном):— Ваши с Сажиным расследования имели какую-то связь с самоубийством коллежского асессора Струмилина... вернее, в чем я уже нисколько не сомневаюсь, убийством, замаскированным под самоубийство. И я должен знать, к чему вы пришли, каким образом, почему...

Мигуля молча смотрел на него, иронично щуря печальные глаза.

— Хватит! — сказал Бестужев.— Судя по вашим погонам, вы пришли в полицию не с гражданской

264

службы, а с военной. Следовательно, имеете некоторое понятие об офицерской чести...

— Да уж, позвольте таковое иметь!

— Что ж, я только рад, что вы имеете...— сказал Бестужев.— Ермолай Лукич, хотите, я скажу, ч т о вы так старательно пытаетесь от меня скрыть? Ваше убеждение в том, что к смерти Струмилина и нападению на золотые караваны причастны с в о и. Точнее, н а ш и. Кто-то, занимающий достаточный пост в охранном отделении или жандармском управлении. Я прав? Не смотрите на меня так. Я, да будет вам известно, самостоятельно пришел к тем же выводам. Правда, мне пока непонятно, кто именно. Но я обязательно его найду. Покойный Струмилин был моим хорошим другом, я учился у него р е м е с л у... И ничего не намерен оставлять безнаказанным. Мне нечего опасаться, простите. За спиной у меня — Петербург. А вам, как человеку с опытом, должно быть прекрасно известно, какое значение придается сейчас в департаменте генералу Герасимову... Даю вам слово офицера, что я д е й с т в и т е л ь н о намерен покарать виновного. Невзирая на прошлые заслуги. Ситуация такова, что никакие заслуги не спасут... У вас есть выбор: либо работать со мной, либо... черт, мне просто нечем на вас воздействовать. Я просто буду считать вас человеком, недостойным вашего мундира. Можете рассмеяться над этой угрозой... но чутье мне подсказывает, вы хороший полицейский, вам небезразлично мнение о вашей персоне со стороны...

— А водки выпьете? — спросил вдруг Мигуля.

Не колеблясь, Бестужев протянул руку к стакану пристава, поскольку другой посуды в пределах видимости не имелось, налил себе на треть, залпом выпил и бросил в рот ломтик сала.

— Слово, значит, даете? — протянул Мигуля.— Ох, Алексей Воинович, в мои-то годы столько словес наслушался...

И все же он теперь был другим. Некий перелом произошел. Чувствуя это, отчаянно пытаясь найти верный тон, Бестужев сказал:

— А вы рискните, Ермолай Лукич. Пытайся я что-то затушевать, покрыть, я бы к вам и не пришел вовсе. И Тутушкина искал бы не я, а другие...

— Думаете, они его не ищут? — фыркнул Мигуля.

— Конечно, ищут,— кивнул Бестужев.— И могут найти раньше нас... Вы ведь его тоже пока что не нашли, а?

— Откуда вы знаете?

— Нюхом чувствую.

— Не нашел,— признался Мигуля.— Я, собственно, лишь помогал Петеньке...

— Что с ним стряслось?

— Нашли в меблирашках Покровской,— сказал Мигуля.— Выглядит все так, словно она сначала его ножиком пырнула под сердце, а потом сама зарезалась... только я Петеньку знаю давно. Не позволил бы он девке себя пырнуть, да еще положить с одного удара. И потом, мне-то достоверно известно, что Петя с нею не путался. А была она его негласным сотрудником. Его уж мертвого полураздели да придали такой вид, будто...

— Кто — «она»?

— Анька Белякова,— сказал Мигуля.— Была такая девица...

— Анюта?! — воскликнул Бестужев.

Мигуля впился в него уже лишенным расслабленности, полицейским взором:

— Вы ее знали?

— Да,— сказал Бестужев.— Она-то мне и выдала описание той дамочки под вуалью, что регулярно навещала номер Струмилина, мало того, была там в ночь убийства. Я и пошел к Тутушкину... Значит, Сажин тоже отрабатывал этот след?

Мигуля вздохнул:

— Петя был человеком с большими карьерными амбициями, следует вам знать. Жаждал повторить феерическую карьеру Путилина, да и о вашем Герасимове говорил исключительно в превосходной степени. За пять лет из ротмистров в генерал-майоры — эт-то, знаете ли, впечатляет амбициозную молодежь... Вы вот расспрашивали Ваську Зыгало про гильзу... Значит, догадались, что дело нечисто?

Бестужев молча кивнул.

— Вот...— сказал Мигуля.— Петруша пришел к тому же самому выводу, послушав Ваську. Что-то неладное с этой гильзой, никак она не могла оказаться на том месте, имей мы дело с обычным самоубийством. А тут еще и Ванька Тутушкин неведомо почему пустился в бега. И Анька рассказала про даму под вуалькой. И Аргамаков ни за что не соглашался показать Пете следственные материалы, запойным прикинулся, ха! Да у него счеты в голове вместо мозгов, он карьеру делает с упорством швейцарского хронометра, какие ж тут запои?

— Да, мне самому показалась весьма наигранной эта внезапно вспыхнувшая страсть к спиртному...— сказал Бестужев.— Аргамаков ничуть не походил на запойного. Я их навидался, как всякий русский человек...

— То-то и оно... Короче говоря, Петруша увидел во всем этом деле прекрасный повод ухватить удачу за хвост. Или что там у нее, кудри-локоны? Начал копать с привлечением всей негласной агентуры и гласных возможностей. А потом, когда узнал, что Струмилин ваш был не просто чиновником, а сотрудником питерской охраны, что дело связано каким-то боком с ограблением приисковых обозов,— воодушевился еще больше. Понять его нетрудно. Раскрыв такое дело, можно ждать самой высокой благодарности, и орденов, и повышений.— Мигуля горько усмехнулся.— Вот только в таких делах можно еще вместо всех награждений дождаться преждевременной панихиды... но Петруша, как я его деликатно ни предостерегал, решил по-своему: либо грудь в крестах, либо голова в кустах. Крест и вышел, деревянный только...

— Господи...— сказал Бестужев.— Да расскажи вы мне всё раньше, он мог остаться жив...

— Кто же вас знал,— посмотрел ему в глаза Мигуля.— В таком деле следует соблюдать осторожность. Люди тут замешаны немаленькие, если устроили такое Петруше, могут и нас с вами, знаете ли...

— Значит, вы отстраняетесь?

— А вот уж нет,— не раздумывая, сказал Мигуля.— Месть — оно, с одной стороны, чувство словно бы и не совсем христианское, а с другой — сказано же: подъявший меч от меча и сгинет...

— Вы знаете, к т о это?

Мигуля отрицательно покачал головой:

— А вы?

— Пока что нет,— сказал Бестужев.— Я вам кратенько расскажу, как обстоят дела...

Мигуля выслушал внимательно, ни разу не перебив. Потом сказал:

— Ефимка Даник всегда был прохвостом, так что ничего удивительного. И трусоват в должной степени, так что, ежели взять его на цугундер...

— Не спешите,— сказал Бестужев.— Нужно отыскать Тутушкина. Если он только жив. Даник подождет. Он тут десятая спица в колесе. Меня больше всего интересует Мельников. Понимаете, Ермолай Лукич, у меня ведь в сумках з а р а н е е был свинец. Не золото, а свинец, по весу. Так мы договорились с Иванихиным. И Енгалычев об этом знал т р е т ь и м. Будь он з а м е ш а н, обязательно нашел бы время предупредить своих, что золота в сумках нет вовсе, а значит, не стоит и рисковать. Зато Мельникову я сказал нечто другое: что в тех двух ящиках у нас с собой ручные пулеметы, из коих мои люди и намерены угостить как следует налетчиков, буде таковые объявят-

268

ся. Я его поймал, а он и не понял — я ж ему говорил, будто про пулеметы знают человек шесть, вот он и почел себя в безопасности... А никто не знал про эти мнимые пулеметы, кроме меня и его. И налетчики, вскочив в теплушку, первым делом пулеметы из ящиков потребовали...

Мигуля задумчиво сказал:

— Данного господина, хочу сразу предупредить, прижать будет трудненько. Мало ли что у него там было в столицах, но у нас он уж три года, на хорошем счету, связями оброс, у губернатора принят.

— Генерал Герасимов...— произнес Бестужев многозначительно.

— Вот эта-то персона за вашей спиной мне смелости и придает, признаюсь вам откровенно...— вздохнул Мигуля.— Без таковой ни вы, ни я многого не добьемся, зато при такой протекции... Я ведь, милейший ротмистр, давненько служу, как вы справедливо изволили подметить. И мочиться против ветра давно отучен — себе дороже-с.

— Вы знаете, я тоже не идеалист,— сказал Бестужев.— Это-то мне и придает уверенности — полное отсутствие во всем этом деле какого бы то ни было идеализма. Разве что ваш Сажин... Впрочем, он тоже наверняка не был идеалистом, судя по вашим словам?

— Да уж...

— Нам нужно выиграть время,— сказал Бестужев.— Мои орлы сумеют очень быстро расколоть нашего пленника, не первый год служат. А если удастся тем временем найти Тутушкина, прибавится козырей. Свидетели нужны. И показания.

— Да что вы меня-то учите,— досадливо вздохнул Мигуля.— Без вас знаю...

— Тогда что же мы с вами сидим перед этой дурацкой бутылкой? — спросил Бестужев деловито.— От вас Тутушкину скрыться будет трудно, а?

— Это точно,— кивнул Мигуля.— Я, грешным делом, решил свернуть розыск — уж простите, в одинокие герои как-то не тянет, стар, но ваше появление придало делу новый колер... Поедемте. Это хорошо, что вы в партикулярном, я быстренько переоденусь, у меня тут есть штатская одежка... Проверим еще пару адресков, коли уж пошла такая карта...

Глава вторая. Поговорим о странностях любви...

Партикулярное платье Мигули оказалось русским — поддевка, косоворотка, белый картуз и сапоги. Бестужев быстро понял, что в этом был свой толк: в пиджачной паре, при галстуке пристав Мигуля непременно смотрелся бы ряженым, не подходили к европейскому платью ни его медвежья фигура, ни физиономия, а в нынешнем своем виде он выглядел вполне естественно.

— Нож и баба — малосовместимо,— говорил Мигуля, задумчиво глядя в спину с в о е г о извозчика.— Диковинно смотрится...

— А вы не слышали про убийство студента Шлиппе? — спросил Бестужев.— Там дама как раз пустила в ход нож...

— Слышал,— кивнул Мигуля.— Все газеты в свое время гомонили, и наши перепечатывали тоже... Там, во-первых, была именно д а м а, истеричная, как это именуется? Экзальтированная... Во-вторых, она ж с е б я не кончила, а? Осталась дожидаться полиции. У вас в столицах, быть может, дамский пол и начал уже понемногу ножи осваивать... а для наших краев, подчеркиваю, нож в бабьей руке, вдобавок последовавшее после убийства мужика самоубийство с использованием того же ножа...— он покрутил головой.— Нет-с, не вписывается в картину нравов и обычаев. Я так полагаю: н е к т о плохо разбирался в текущей уголовщине. Поставил первую идею, что под руку подвернулась, и не подумал нисколечко про ее необычность для наших мест и данного состава участников драмы... Стой, Феденька. Прибыли. Вы, господин ротмистр, мне поначалу не мешайте, только если мигать стану вступайте, и церемонии можете не разводить, по любой роже бейте без колебания...

Он выскочил из пролетки у двери трактира с довольно новой вывеской «Уютный уголок», кивнул Бестужеву на дверь и двинулся внутрь с целеустремленностью и напором паровоза. Щуплый субъект в потрепанном пиджачке, оказавшийся на дороге, отлетел в сторону, что твой бильярдный шар. Бестужев быстрыми шагами двигался следом, держа руку поближе к браунингу.

Внутри было тихо и благопристойно — пары чая на столах, спокойные компании, негромкий, едва слышный разговор. Бестужев тут же отметил угрюмую тишину, мгновенно наступившую при их появлении. Мигуля почти бежал, так что полы поддевки разметались. Дверной проем, узкий коридорчик...

Какой-то плечистый малый попытался было заступить дорогу. Не останавливаясь, Мигуля с размаху врезал ему большим пальцем под кадык, после чего малый задохнулся надолго и стал оседать на корточки. Спешивший следом Бестужев гуманно поймал его за ворот и посадил у стены.

Пристав распахнул пинком дверь так, что доски едва не треснули. Рявкнул с порога:

— Не дергаться, ламехузы! Сидеть!

В маленькой комнатке за столом сидели двое. Того, что оказался к двери спиной, Мигуля моментально сдернул за шиворот со стула, посмотрел в лицо:

— О, Митя... А ну, беги отсюда так, чтобы подошвы горели...

И сильным толчком выкинул в дверь. Потом аккуратненько прикрыл ее за собой, заслонил своей фигурою маленькое окошко и издевательски раскланялся:

— Наше вам, Степан Филатович...

— И вам, господа менты, коли не шутите,— спокойно ответил сидящий, не делая попыток к бегству или сопротивлению.— Что это вы, Ермолай Лукич, двери ногой пинаете в пределах чужой части? У нас тут свой пристав имеется...

— Садитесь, господин ротмистр,— спокойно сказал Мигуля и, подавая пример, опустился на колченогий стул.— Это верно, Филатыч, часть тут не моя, соседняя, но пока ты к прокурору добежишь, я тебе все зубы высвистну... Да и не побежишь ведь к прокурору, а? Он хоть и либерал, а биография твоя его вмиг заставит Уложение вспомнить...

Усевшись, Бестужев рассмотрел незнакомца. Это был человек средних лет, одетый столь же незамысловато и, судя по лицу, отнюдь не принадлежавший к мелкой уголовной шпане. От него веяло злой силой и уверенностью в себе.

— Ну что, Шкряба Степан Филатыч? — спросил Мигуля весело.— Докатился, шпаргонец? Господа жандармские офицеры твоей поганой персоной интересуются... Предъявите ему, господи ротмистр, ваши бумаги, он по-печатному читать умеет, хоть и темным прикидывается сплошь и рядом...

Бестужев показал карточку. В глазах сидящего что-то явно изменилось, но он пожал плечами с видом полнейшего равнодушия и благонадежности:

— Мы, Ермолай Лукич, как вам должно быть прекрасно известно, к политике-с стараемся касательства не иметь...

Х-хэк! Кулачище Мигули впечатался ему в скулу так, что Бестужев на миг зажмурился. Ударенный не упал, лишь слегка колыхнулся со стулом. Опустив глаза, елейно протянул, щупая пухнущую на глазах скулу:

— Неаккуратно-с, Ермолай Лукич...

— Где Ванька Тутушкин? — рявкнул Мигуля.

— Впервые слышу о такой персоне...

Бестужев ожидал второй затрещины, но ее не последовало. Мигуля, взяв со стола спичечную коробку, высыпал из нее на стол некоторое количество спичек и сказал:

— Смотри внимательно, выродок...

Вслед за чем принялся брать по одной и аккуратно откладывать в сторону. И Шкряба, и Бестужев следили за его действиями с одинаковым недоумением. Когда перед приставом осталась одна-единственная спичка, он ухватил ее за кончик двумя пальцами и поднес к лицу Шкрябы:

—Видел? Вот так я в данном случае и работал. Сначала перебрал в уме всех, кто заведомо н е м о г прятать Ваньку Тутушкина, отсеял их, пересортировал... и остался ты у нас, одинокий, как каменная баба на кургане... Смекаешь? Розыском установлено: последним, с кем видели Ваньку, был Сережка Маз, в полпивной на Всехсвятской. А Сережка Маз любому понимающему человеку известен, как твоя подметка... И допрежь того у них с Ванькой дел не было, они, все говорят, и незнакомы были вовсе... А ушли вместе...

— Помилуйте, Ермолай Лу...

— Ма-алчать! — кулак Мигули заколыхался в опасной близости от угреватого обонятельного органа Шкрябы.— Вот этот и н д и в и д у й, чтоб вы знали, господин ротмистр, среди уголовного народа числится Иваном. Ежели перевести на ваши политические мерки, Иван — это как бы член ЦК нелегальной партии. Этакий генерал уголовного мира.

— Скажете тоже, Ермолай Лукич...

— Молчи, выползок,— оказал Мигуля не особенно зло.— Ты хоть знаешь, Филатыч, что тебя погубит? А твое известное кой-кому желание подобраться к в е р х а м. Ну какого хрена тебе в верхах делать-то? Я ведь наслышан, как ты тихомолком пытаешься в с е к р е т ы проникнуть... Чтобы поиметь с этого свою выгоду... Ты и Ваньку-то спрятал не по доброте душевной, не на деньги позарившись — охота тебе из него секретиков надоить... Губья раскатал на Ванькины секретики касаемо в е р х н и х... Эх ты, дурья голова, да кто ж тебе сказал, что у тебя получится?! Не зря давным-давно умными людьми подмечено: всяк сверчок знай свой шесток...

— Ермолай Лукич, вы б объяснили ваши претензии...

— Не допираешь? — искренне изумился Мигуля.— Всерьез? Ваньку нам изволь на блюдечке!

— Кто-то вас в заблуждение ввел...

— Ну, хотел я с тобой по-хорошему...— пожал плечами Мигуля. Достал из кармана нечто напоминавшее щипцы для сахара и кинул на пол. Судя по звуку, темный предмет был металлическим.— Что, зовем околоточного с понятыми? Чтобы приобщили сей предметик?

— Нечестно поступаете, Ермолай Лукич...

— А может быть,— согласился Мигуля.— Только дела обернулись так, что в честность играть некогда...— Он протянул руку, ловким движением сцапал со стола серебряную с чернью папиросницу Шкрябы, сунул Бестужеву.— Вот, господин ротмистр, обратите внимание на украшающие сие вместилище табака фигурки. Все они тут не просто так, а со смыслом... Бутыль казенной — «бутылка сгубила». Семейная пара за столом и рядом аист с дитем — значит «родителей не знаю, аист принес». Христово распятье перевернутое — «бог отвернулся». Чертячья рожа — «черт прислонился». А вот последняя фигурочка, крошечная корона на их варначьем языке, на «музыке», означает, что Шкряба, изволите ли видеть, «коронован в Иваны». Вам, господин ротмистр, как офицеру политического сыска, эта корона, в точности повторяющая очертания российской императорской, неужели не дает пищи для ума и оснований для задержания господина Шкрябы?

Под его выразительным взглядом Бестужев не колебался. Покачав папиросницу на ладони, серьезно сказал:

— Как же, пристав... Субъект, столь нахально поместивший на предмете личного обихода точную копию короны российского императорского дома, заслуживает, чтобы его препроводили не под шары*, а прямиком в охранное отделение. И возбудили дело об оскорблении величества.

— Шутить изволите? — вскинулся Шкряба. Но улыбка его была вымученной. Бестужев сухо сказал:

— Какие там шутки. Собирайтесь, господин Шкряба. Вы — человек с богатым жизненным опытом, не могли не слышать, что законы наши временами — как дышло, куда повернул, туда и вышло... Даже если я вас и не загоню в Акатуй, насидитесь по политической линии до-олгонько... Разумеется, если вы соблаговолите ответить на вопросы господина пристава, я постараюсь как-то недоразумение уладить...— и стукнул кулаком по столу: — Шутить со мной не советую, оглодыш!

— Господи...— протянул Шкряба, и по тону Бестужев понял, что партия ими выиграна.— Да зачем вам этот сморчок понадобился?

— Быстро, Шкряба, быстро! — грозно поторопил Мигуля.— Меня ты знаешь, а господина ротмистра вскорости узнаешь тоже... Это,— он кивнул на пол, на загадочный предмет,— да еще вдобавок оскорбление величества... Ну?

— Ванька в Овсянке, у Демида...— глядя в стол, вымолвил Шкряба.— Затаился там, и деться никуда не должен...

---

* «Под шары» — т. е. в участок. Оборот этот произошел оттого, что полицейские части, как правило, располагались в одном здании с пожарной командой, где на каланче при пожаре вывешивались шары, сигнализировавшие, на территории какой именно части горит.

— Ну, смотри,— удовлетворенно сказал Мигуля, поднимая с пола похожий на щипцы предмет.— Если соврал — пустим по Владимирке, как паровоз по рельсам, и надо-олго... Всех тебе благ!

— Чем вы его так застращали? — спросил Бестужев на улице.

— А вот...— Мигуля грузно залез в пролетку.— Извольте полюбопытствовать. Не доводилось прежде видеть?

На внутренней стороне лопаточек этих странных «щипцов» Бестужев сразу рассмотрел изображения обеих сторон серебряного двугривенного — четкие до идеальности.

— Вот в эту дырочку металл заливается,— пояснил Мигуля.— Продукт умелых рученек наших мазов, сиречь мошенников первой руки. И получается, доложу я вам, столь убедительная монета, что темный мужик не сразу и отличит, да и человек из общества примет за настоящую. Не люблю я, признаться, этаких методов, какие только что продемонстрировал, но обстоятельства таковы, что миндальничать и неудобно как-то. А вы молодцом, господин ротмистр, с маху подхватили мою мысль и хорошо подыграли, у него сердце в пятки ухнуло, хоть и храбрился, уж я-то его знаю, тварюгу, как облупленного...

...Мигуля хлопнул по плечу извозчика:

— Феденька, останови тут. С нами не ходи, справимся. Сделаем, господин ротмистр, так...

Во исполнение плана Бестужев открыто, посреди улицы подошел к невысокому заборчику, постучал кулаком в калитку, и, когда во дворе залилась бдительным лаем рыжая собачонка, встававшая на задние лапы на длинной брякающей цепи, а за отдернувшейся занавеской мелькнула чья-то физиономия, закричал:

— Открывайте, полиция! Кому сказано?

Продолжая барабанить кулаком в калитку, услышал сквозь яростный собачий брех и лязг цепи, как на другой стороне дома звонко распахнулось окно, послышался стеклянный дребезг — кто-то выпрыгнул столь поспешно и неосторожно, что выбил при этом стекло. Бестужев остался на месте, но стучать перестал. Потом из огорода послышалось:

— Порядочек, господин ротмистр, дело сделано!

С другой стороны дома показался пристав Мигуля, влекущий перед собой без всяких усилий человека с заломленными за спину руками. На ходу пристав громко и весело комментировал:

— Ишь, в окошко прыгать вздумал, нервная натура! Огорчительно мне, что этот народец нас до сих пор за дураков держит...— Чтобы не проходить в опасной близости от злившейся шавки, он лихо и непринужденно выломал пинком кусок забора, вывел пленного сквозь образовавшуюся дыру. Обернулся к окошку, за которым все еще маячила перекошенная физиономия: — Демид, ареопаг ты драный! Живи уж пока! Ты нас не видел, а мы тебя не видели... Шагай в пролетку, Ванька, с шиком поедешь...

— Ермолай Лукич,— спросил Бестужев, когда они поместились в пролетку, стиснув боками безропотно повиновавшегося пленника.— Откровенно вам скажу, меня несколько удивляет ваш лексикон... Ламехузы, ареопаг... Давеча, когда я попал к вам, кариатидой меня обозвали...

— А это с умыслом-с,— охотно пояснил Мигуля.— Уголовный наш народец страсть как боится непонятного. Если будешь посылать его по привычной матушке хоть в сорок четыре загиба — не произведет впечатления. А вот словеса сложные, ученые, насквозь непонятные, из толстых книг взятые, наших вибрионов пугают не на шутку. У сынишки берешь любой учебник — и в момент наколупаешь полезных словечек. Помню, бился я с одним мазуриком, ничего поделать не мог, а потом — как осенило. Хочешь, говорю, сучий ты потрох, я тебе сейчас со всем старанием заделаю неорганическую химию? Вот тут он и поплыл, враз раскололся... Непонятное пугает, хе-хе.

Ну, вот только Ивана свет Федулыча, господина Тутушкина, на такую уловку не возьмешь, он как-никак гимназию с грехом пополам кончил, в ученых словах кое-как разбирается. Но, смею думать, господин ротмистр, два не самых недотепистых человека, каковы мы, уж придумают что-нибудь не менее эффектное, а?

— Безусловно, господин пристав,— ответил Бестужев.

Он моментально подхватил тактику Мигули — переговариваться через голову Тутушкина с видом полного безразличия к последнему, словно его и на свете нет, словно и не сидит меж ними в тряской пролетке ни живой, ни мертвый. Что в полиции, что в охранном тактика эта применялась с одинаковым успехом, поскольку сплошь и рядом давала плоды, заставляла клиента нервничать пуще...

Краем глаза Бестужев присматривался к пойманному. Этакое дешевое, провинциальное издание франта с Невского проспекта — ухоженные усики, вьющиеся естественным образом, да вдобавок подкрепленные с помощью щипцов кудри, смазливый облик фата. Было в нем что-то от актера синематографа Макса Линдера — о чем Тутушкин, понятно, не подозревал по причине отсутствия в Шантарске электротеатра*. А в общем, поскольку женская душа, как известно, потемки, именно такой облик кавалера с конфетной коробки определенную, не столь уж маленькую часть дам привлекал всегда. Сутенерствовать с такой «вывеской» может успешно — да и альфонсировать тоже...

— Ну что, Иван Федулыч,— соизволил Мигуля обратить внимание на пленника.— Грустно тебе?

---

* Старое название кинотеатра.

Тутушкин затравленно покосился на него, явственно вздрагивая всем телом.

— Грустно ему,— сообщил Бестужеву Мигуля опять-таки через голову несчастного Ивана Федулыча.— В сердце начинают помаленьку закрадываться подозрения — а не пристукнуть ли мы его везем? Правда, Федулыч? Эк тебя потряхивает... Ты, как та ворона, каждого куста сейчас боишься, но нет у меня к тебе сочувствия, признаюсь откровенно. Вот честное слово, будь ты вором-разбойничком, я бы к тебе получше относился. Громила или там скокарь — человек дерзкий. При всем своем уголовном непотребстве он, видишь ли, на дело ходит, под смертушкой гуляет, я их ловил и ловить буду, но притом толику уважения испытываю. А ты, Ванька Федулыч, промышляешь тем, что сдаешь в аренду женский неудобосказуемый орган, даже не тебе лично принадлежащий, да вдобавок тешишь иной похотливый дамский интерес, опять-таки за плату. И нет во мне к тебе уважения. Девки твои, по крайности, свой хлебушек старательно отрабатывают собственными усилиями, а ты... Ладно, не трясись, этак ты меня из пролетки выпихнешь. Жив будешь, если поймешь, в чем твой интерес...

— Ермолай Лукич,— дрожащим голосом сказал Тутушкин.— Не берите греха на душу...

— Слизь,— с удовлетворением сказал Мигуля.— Когда это я, скажи на милость, тихим убийством руки пачкал? Я, голубь, в людишек стреляю только в том случае, если они на меня со стволом или пером кидаться начинают... Знаете, господин ротмистр, что, на мой непросвещенный взгляд, этого обормота погубило? Да та самая Шантарская мужская гимназия, куда его мамаша протолкнули, на свои медные гроши образование дали. Продолжать учебу в университетах сей индивидуй не стал, прекрасно понимая, что не того он ума субъект, но и работать за честное жалованье интересу не было-с. Вот и получилось ни то ни се, не пришей к звезде рукав и сбоку бантик... Будь он человеком простым, без гимназического аттестата, вряд ли сунулся бы в к о м б и н а ц и и. Стал бы обычным сутенеришкой, с Катькой, Машкой и Дуняшкой. Но у нашего Иван Федулыча, гимназера, заиграли амбиции, вот он и решил д а м о ч е к в оборот пустить. И доигрался до такого состояния, когда жизнь его ни копейки не стоит. Эх, Федулыч, тебе бы раньше подумать, что с е к р е т ы — вещь опасная. Сегодня ты на них приличную монету зашибаешь, а завтра эти самые секреты тебя до пикового положения доведут... А остановись-ка ты здесь, пожалуй, Феденька. Место подходящее, нас никто с дороги не увидит, побеседуем спокойно.

Извозчик натянул вожжи. Тутушкин остался на месте, обеими руками цепляясь за сиденье. Без труда Мигуля оторвал его от пролетки, вытолкнул в придорожную тайгу и, держа за шиворот, вел до тех пор, пока не углядел поваленный ствол. Удобно усевшись на нем, рассудительно сказал:

— Ванька, не трясись. Мы тебя не убивать привезли, а всего-то поговорить по душам. Если вздумаешь бежать — твоя воля, я и шагу-то не сделаю. Только мне отчего-то сдается, что на свободе тебе разгуливать гораздо опаснее, нежели сидеть под замком в части... А?

— В самом деле, Иван Федулыч,— поддержал Бестужев.— Скрываетесь вы наверняка оттого, что охотятся за вами, говоря по-библейски, ищущие души вашей, а вульгарно выражаясь — те, кто желает заткнуть вам рот навсегда... Мы с господином Мигулей на данный момент — ваш единственный якорь спасения, и другого нет. Так что извольте не вилять...

— Господи, вы-то откуда на мою голову? — вырвалось у Тутушкина.

— Из Петербургского охранного отделения,— сказал Бестужев.— Давайте сразу внесем ясность. Покойный Струмилин, чин того же отделения, был моим хорошим другом. Из дружбы и до долгу я обязан расшибиться в лепешку, но выяснить обстоятельства его убийства. Убийства,— повторил он с напором.— Я не знаю, что вам известно, Тутушкин. Но вам известно нечто важное, и я должен это знать. Если же вы будете упрямиться... Господин Мигуля прав. М ы не будем причинять вам вреда. Мы вас просто-напросто отвезем в город и оставим где-нибудь в людном месте...

— В портерной «Эльдорадо», к примеру,— подхватил Мигуля.— Или в ресторане «Париж». Попробуй-ка опять спрятаться, если Шкряба тебя больше укрывать не станет, а больше податься и не к кому.

— Они ж меня...— стоном вырвалось у Тутушкина.

— Не сомневаюсь,— кивнул Бестужев.— Даже наверняка. Положение ваше печально, Иван Федулович. Мы с приставом, как чины известных ведомств, и могли бы обеспечить вам защиту... вот только от ч е г о? И — от кого? Мы ведь пока не располагаем убедительными доказательствами, что вашей жизни угрожает опасность... Вы нам д о к а-ж и т е, что находитесь под угрозою,— тогда и поговорим серьезно...

— А не убьете?

— Господи...— поморщился Бестужев.— Да посмотрите вы мои документы, право... В мои обязанности входит не покрывать чьи-то здешние злоупотребления службой и властью, а как раз выявить таковые и примерным образом наказать. Решайтесь. Вы все-таки не темный мужик, вы получили некоторое образование, а значит, должны уметь логически мыслить... Что у вас стояло в аттестате по логике?

— От педагогического совета — четверка, на испытаниях — тройка...

— Да, не блистали... Но все же это лучше, чем ничего, а? — усмехнулся Бестужев.— Выбора у вас нет, милейший, вот что. С нами вы получаете хоть какой-то шанс. Зато без нас... Все. Я не хочу понапрасну тратить с вами время. Либо рассказывайте искренне и подробно, либо мы уедем, оставив вас здесь. Идите на все четыре стороны.

— Прямиком в гробик сосновый,— осклабился Мигуля.— Тебя в него, Ванька, любая дорожка приведет... если идти по ней без н а с. А с нами, глядишь, еще и поживешь, пусть без прежней вольготности. Ну, ты будешь душевно беседовать с господином ротмистром или бросить тебя тут к чертовой матери?

Тутушкин уставился на Бестужева:

— А вы мне дадите честное офицерское слово, милостивый государь? Что не станете... предпринимать ничего душевредного?

— Даю,— сказал Бестужев.— Но предупреждаю: не вилять.

— Какое там — вилять...— грустно сказал Тутушкин.— Отвилялся...

— Значит, это была ваша собственная идея — привлечь к... сотрудничеству дам из общества? — спросил Бестужев.

— Представьте себе,— Тутушкин усмехнулся в отчаянной попытке создать видимость джентльменского достоинства.— Собственно говоря, господин ротмистр, и до меня процветало, как бы поделикатнее выразиться, предпринимательство иных дам в области свободной любви с последующими денежными благодарностями. Вот только обстояло это все на пещерном, первобытном уровне — никакой вам системы, организации, через доверенных сводней, старушонок этих мерзких, которые...

— Вообще о логике и физике Краевского не слыхивали,— понятливо кивнул Бестужев.

— Вот именно. Я и задался вопросом: отчего же образованный молодой человек, вполне современный, не в состоянии внести в это древнее ремесло американскую предприимчивость? Вы позволите, я не буду излагать подробно историю становления...

промысла? Скажу лишь, что труд это был громадный, отнял массу сил и нервов...

— Труд этот, Ваня, был страшно громаден...— задумчиво процитировал Бестужев.— Итак, вы решили внести в сибирскую провинцию элементы американской предприимчивости? История предприятия меня и в самом деле не интересует. Гораздо интереснее другие аспекты, которые здесь просматриваются... У Струмилина бывала, я так понимаю, одна из ваших кошечек? Или как вы их там называете?

— Гетерами,— с кривой улыбкой признался Тутушкин.

— Да? — поднял бровь Бестужев.— Ну что ж, вновь дало о себе знать классическое образование... Итак?

— У Струмилина? Ага, конечно...

— Но ведь она и на ночь оставалась частенько? Любопытно, как вы э т у сложность преодолели? Я прекрасно понимаю, что д н е м замужняя дама или девица из хорошего семейства может найти немало убедительных предлогов для того, чтобы на несколько часов покинуть семейный очаг... (Поневоле вспомнил покойную супругу и перекосился внутренне от памятной до сих пор боли и брезгливости.) Но как вам удавалось з а н и м а т ь ваших гетер на ночь?

— Нет таких преград, коих не преодолел бы образованный человек,— словно бы даже с гордостью сказал Тутушкин.— Покосился на Мигулю.— А, семь бед — один ответ... Понимаете ли, господин ротмистр, на берегу реки, под Шантарском, размещается, как вы, быть может, слышали, Крестовоздвиженский женский монастырь, разбросанный зданиями на значительном расстоянии — тут вам и часовенки, и богомольноприимные дома, и рукодельные мастерские, и келии... Говоря совсем уж откровенно, удалось мне найти сотрудницу в лице одной из сестер, одержимой простой человеческой страстишкой касаемо денежных ассигнаций... Понимаете? Она мне и обеспечивала, говоря изысканно, официальное прикрытие, с превеликой охотой подтверждая папенькам-маменькам-мужьям, что их оранжерейные цветики, отсутствуя дома, богоугодными делами занимаются: то в молении ночи проводят, то в мастерских помогают во исполнение заветов о помощи ближнему. Можете не поверить, но за год не было ни единого прокола. Дерет с меня старая ведьма жирный процент, но отрабатывает его с лихвой. Заботливые родители и мужья ничего не имеют против, ежели их сокровища переночуют в одном из монастырских богомольноприимных домов, нежели ехать домой затемно,— у нас под городом с темнотой шалят-с...

— Марфа! — ахнул вдруг Мигуля.— Если сопоставить твои признания, Ванька, с кое-какими агентурными наметочками, то и выходит — Марфа! А?

Бестужев взглядом заставил его умолкнуть. Сказал:

— Ах, вот оно, значит, как... Ну что же, Иван Федулыч, снимаю мысленно шляпу перед вашей поистине американской предприимчивостью. С подобными «прикрытиями» я в Петербурге еще не сталкивался... Кто посещал Струмилина? — резко переменил он тон.— Ну?

Ерзая взглядом по сторонам, Тутушкин тихонько произнес:

— Олечка Серебрякова...

Мигуля издал неописуемый звук — то ли подавился, то ли тихо всхлипнул. Лицо у него перекосилось. Яростным взглядом призывая его молчать и не вмешиваться, Бестужев спросил:

— Как вы их свели?

— Обыкновенно-с...— пожал плечами Тутушкин.— Струмилин ваш, проживши в гостинице сутки, недвусмысленно стал намекать Прошке, что желает свободное от дел время посвятить нимфе из тех, что поприличнее. Прошка побежал ко мне.

Дальше было совсем просто. Точнее говоря, это мне, дураку, так в первый день показалось. Потом-то...

— Что было потом?

— Да то и было, что влип, как кур в ощип! — передернулся Тутушкин.— На другой же день прижали вашего покорного слугу в укромном месте к стеночке двое молодчиков. Сначала предъявили карточки охранного отделения, потом потыкали пистолетами в физиономию и заявили следующее: чтобы я забыл начисто, что привел Олечку к Струмилину, что они вообще на свете существуют, Олечка и Струмилин. В случае же, если я их дружеским советом пренебрегу, обещали множество приятных вещей — от поездочки за казенный счет в Нарымский край до Шантары, в кою меня спустят с камнем на шее...

— Интересно...— искренне сказал Бестужев.— Как они свои милые требования мотивировали?

— А никак,— огрызнулся Тутушкин.— Что тут мотивировать при таких документах и бельгийских пистолетах?! Кому-то, быть может, таких мотивировок и не хватило бы, но я же человек неглупый...

— И дальше?

— Ну что — дальше? Стал вести себя, как посоветовали. Забыл и про Олечку, и про Струмилина, благо в остальное они не мешались.

— Кто они-то, кстати?

— Ефимка Даник, цыган поддельный, да один из его приказчиков. Про которого мне известно мно-ого веселого... достаточно, чтобы взять в толк: эти не шутят, что обещали, могут исполнить в точности и даже более того...

— Понятно,— сказал Бестужев.— И неужели у вас, Иван Федулыч, так и не взыграл человеческий порок, именуемый любопытством?

— Да взыграл, конечно,— кивнул Тутушкин.— Мне, знаете ли, прежде всего интересно было, зачем им это вообще затевать? Доходы у меня перехватывать? Так ведь не посягали на все мое предприятие, одна Олечка им понадобилась... Ну, поскольку все остальные мои девицы оставались при мне... и при гостинице, я им велел смотреть в оба и расспрашивал усиленно. Только ничего интересного поначалу не проклевывалось — ну да, видели, как дамочка в вуалетке что ни ночь шмыгала в шестнадцатый номер... А вот потом... Анька Белякова проболталась, что дамочка в ночь смерти вашего Струмилина была, как обычно, в его номере. А всего через часок ко мне в портерной подошел Даник и пристал, как с ножом к горлу: мол, должен я с ним немедленно ехать на гулянку к его знакомому. Хорошо, народу было много, сумел я от него вырваться, выскочил на улицу, прыгнул на извозчика, да так с тех пор и... на нелегальном положении-с. Я не дурак, господин ротмистр. Не знаю в точности, да и знать не хочу, что там в номере произошло, зато знаю — было все это н е с п р о с т а. И если бы я с Даником поехал, лежать бы мне в Шантаре...

— Вполне вероятно,— задумчиво кивнул Бестужев.— Даже наверняка. Очень уж неудобным вы для них стали свидетелем...— и решительно встал.— Мне от вас пока что ничего больше не нужно, господин Тутушкин. Слово свое я держу. Ермолай Лукич что-нибудь придумает. Поедемте в город.

Передав Тутушкина под присмотр извозчика, он вопрошающе оглянулся на Мигулю, уже давно державшегося странно — с тех пор, как было названо имя женщины. Отошел в чащобу.

Мигуля проворно догнал его, тихонько выдохнул:

— Х-хосподи... Не было печали, да черти накачали...

— Кто такая Олечка Серебрякова?

— Блядь малолетняя,— выдохнул Мигуля.— Уж простите на похабном слове... Не в ней дело. Дело в батюшке. Серебряков Дмитрий Кузьмич, второе по значению лицо в губернской золотодобыче после

Иванихина, первой гильдии купец и потомственный почетный гражданин, гласный городской думы, миллионщик... Две звезды имеет, за благотворительность пожалован мундиром ведомства вдовствующей императрицы Марии с золотым шитьем и шпагою. В Петербурге иные двери пинком отворяет, а уж здесь... Ах ты, гимназисточка восьмого класса...— Он постоял и сказал уныло, с грустной покорностью судьбе:— Меня, Алексей Воинович, папенька Серебряков запросто по стенке-с размажут, как клопа или таракана, да и вам карьеру подпортить могут...

— Значит, вы отстраняетесь от дела? — напрямик спросил Бестужев.— И рассчитывать на вас более нельзя?

Какое-то время казалось, что Мигуля ответит утвердительно. На лице у него боролись самые разнообразные чувства. Бестужев молча ждал, понимая, что слова бесполезны. Наконец Мигуля спросил:

— А вы, следовательно, отстраниться не желаете?

— Никоим образом,— твердо сказал Бестужев.— Во-первых, как я уже говорил не раз, Струмилин был моим другом. Во-вторых, я обязан вывести на чистую воду т о г о. Кто за всем этим стоит. То, что я от вас услышал о Серебрякове, меняет дело... но не кардинально. Я просто-напросто буду соблюдать предельную осторожность. Но не отступлюсь. Ермолай Лукич, я не имею права при создавшихся условиях от вас чего-то требовать...

— Петьку Сажина жалко,— кривя лицо, сказал Мигуля.— Аглайка как мертвая сидит... А! — махнул он рукой с видом человека, все поставившего на последнюю карту.— С о п у т с т в о в а т ь я вам открыто не берусь... не во всем. Но в о т д а л е н и и буду присутствовать. Бог не выдаст, свинья не съест. Вы только поймите правильно щекотливость моего положения и общую ситуацию...

— Я понимаю,— сказал Бестужев.— Спасибо, Ермолай Лукич. Есть еще честь у офицеров...

Он вернулся к пролетке и, сурово глядя на Тутушкина, спросил:

— У вас, Иван Федулыч, конечно же, есть какая-то возможность вызвать... некую юную особу в некое условленное место? Ведь правда?

— Ну, вообще-то...

— Есть и возможность, и место,— жестко сказал Бестужев.— Это вытекает из самой природы ваших с ней отношений. Так вот, мы сейчас вернемся в город, и вы ее вызовете. И смотрите, не подведите меня. Коготок увяз — всей птичке пропасть.

— Вы только...

— Я вам, кажется, уже дал слово офицера,— сухо сказал Бестужев.

Глава третья. Сыщик и нимфа

— Падение нравов, причем катастрофическое — вот чего я никаким умом понять не могу,— говорил пристав Мигуля.— Почитайте газеты — то гимназистка четырнадцати лет благополучно разрешилась от бремени, то в другой губернии за беременность исключили столь же сопливую, а в третьей — и двоих сразу... Был у меня... матерьяльчик на Олечку Серебрякову,— признался он неожиданно.— По другой, правда, так сказать, линии. Есть у нас в Шантарске, изволите ли знать, подпольное общество «Эдем» — только вот к вашей нелегальщине не имеет никакого отношения. поскольку сии нелегалы собираются исключительно для танцев. Но танцуют они там в следующем виде: на барышнях нет ничего, окромя чулков и шляп, на молодых людях — опять же ни черта, кроме шляп и галстуков.

— И у вас? — хмыкнул Бестужев.— Что ж, общая тенденция, я помню сводку. В Минске — «Лига свободной любви», в Киеве — «До-ре-фа», в Казани — «Веселая минутка». В столицах балетные танцоры забавляются с мальчиками, а иные поэтессы и вовсе живут друг с дружкою... Насколько я понимаю, и у вас среди «подпольщиков» состоят лица обоего пола, чьи имена вслух и упоминать-то страшновато?

— Вот именно,— печально сознался Мигуля.— Полюбуешься на иные агентурные донесения — и спалишь в печке подальше от греха. Ведь попробуй заикнись родителям — в порошок сотрут за клевету на милых чадушек. Куда катимся?

— Позвольте вам напомнить, Ермолай Лукич, что ситуация ничем не уступает существовавшей в Древнем Риме,— сказал освоившийся Тутушкин.

— Цыть ты,— уныло оборвал Мигуля.— И без тебя тошно. Смотри, если не придет твоя нимфа, я тебя спрятать-то спрячу, но предварительно такую тебе неорганическую химию устрою...

— Обижаете, Ермолай Лукич. Я с вами предельно откровенен. Когда телефонировал, твердо обещала быть. Полагает, что вновь речь пошла о... веселом времяпрепровождении. Мадемуазель, должен уточнить, весьма любит...

— Сиди,— угрюмо цыкнул Мигуля. Полез в карман поддевки и извлек небольшую книжицу в синем переплете.— Вот, для скоротания времени, Алексей Воинович, расскажу, какой казус вышел давеча. В парке, в общественном месте, прогуливается молодой человек с барышней и шпарит ей, понимаете ли... Вот...

> Расстегни свои застежки и завязки развяжи,
> Тело, жаждущее боли, нестыдливо обнажи.
> Чтобы тело без помехи долго-долго истязать,
> Надо руки, надо ноги крепко к кольцам привязать.
> Чтобы глупые соседи не пришли бы подсмотреть,
> Надо окна занавесить, надо двери запереть...

Слышит это имеющий там дежурство Васька Зыгало и, простая душа, усматривает в сей декламации нарушение общественной нравственности. Недолго думая, препровождает парочку в часть. А там выясняется, что данные стихи господина Сологуба напечатаны легально, с дозволения цензуры, популярность имеют... Кавалер пошел к прокурору, сделал скандал, Ваську пропесочили, меня пропесочили, газетки хихикали-с... А вот еще был случай, в мае...

— Господа! — ликующе воскликнул Тутушкин.— Вот, а вы не доверяли мне...

Бестужев посмотрел в ту сторону — к дому приближался извозчик, в пролетке виднелось белое кисейное платьице и закрывающая личико столь же белоснежная легкая шляпа. Тутушкин во исполнение только что полученных инструкций пригнулся так, чтобы даже его затылка не было видно над скамейкой.

— Алексей Воинович, вы уж...— сказал Мигуля конфузливо.

— Разумеется,— сказал Бестужев.— Я пойду один. Давайте ключ, Иван Федулыч...

Он пересек безлюдную улицу, вошел в подъезд доходного дома вслед за девушкой в белом платье, задержался в небольшом, но опрятном парадном и стал подниматься вверх, лишь услышав, как за ней на втором этаже захлопнулась дверь.

Бесшумно отпер замок и шагнул в прохладную прихожую, держа руку под полой пиджака, на рукоятке браунинга. Нельзя было исключать хитрой ловушки — после Сажина, после Струмилина...

— Это вы, Жан? — послышался из комнаты мелодичный, юный голосок.

— Если вы привлекаете французский стиль, то скорее уж — Алексис,— сказал Бестужев, входя.— Здравствуйте, госпожа Серебрякова. Жан, должен вас разочаровать, не появится. Это мне хотелось с вами поговорить...

И довольно бесцеремонно заглянул в соседнюю комнату, оказавшуюся спальней, потом — в кухонь-

290

ку. Нигде не обнаружив третьих лиц, успокоился окончательно и снял руку с браунинга. Вернулся в гостиную, обставленную с непритязательным мещанским изыском.

Девушка сидела у стола, наблюдая за ним совершенно спокойно, даже с интересом, выглядела она совсем юной, как и положено гимназистке восьмого класса — и казалась столь чистой, свежей, непорочной, что показания Тутушкина и информация Мигули об «Эдеме» и в самом деле представали грязной клеветой. Бестужев вздохнул про себя — будь эта златовласая кукла порочной на вид, было бы не в пример легче...

— Очень мило,— сказала она с очаровательной гримаской.— И как же понимать ваше появление, Алексис? Ой, я кажется, догадалась... Нам с вами предстоит общение в голубой уютной спаленке, как выражается несравненный господин Блок? Может быть, мне сразу раздеться? Такая, право, жара... Боже мой, Алексис, да у вас щеки зарумянились! Какая прелесть!

— Ольга Дмитриевна...

— Помилуйте, к чему эти церемонии? Олечка...

— Ну, положим, это совершенно излишняя фамильярность...

— Отчего же, Алексис? Вы, случаем, не принесли с собой золота? — ее непринужденность казалась Бестужеву чем-то неестественным.— Я очень люблю «золотую дорожку», я вам сейчас объясню. Я лежу нагая, а вы выкладываете золотыми дорожку, начиная...

— Ольга Дмитриевна, у меня к вам серьезный разговор,— сказал Бестужев твердо.— Я — офицер Отдельного корпуса жандармов и по поручению Петербургского охранного отделения наряжен сюда произвести следствие. Вот мои документы...

— Как интересно! — она мельком заглянула в карточку.— Следствия, заговоры, черные плащи...

Но позвольте, разве это нам мешает предварительно навестить спаленку? Вы, как человек современный, должны понять, что мне слишком долго было скучно и одиноко, противный Жан куда-то запропастился...

Присмотревшись к ней внимательнее, Бестужев кое-что понял. Серые глаза кажутся огромными еще из-за того, что зрачки сошлись в черную точку, будто острым карандашом поставленную, руки и ноги словно не могут пребывать в покое, слова льются рекой...

— Вы принимали кокаин? — спросил он жестко.

— Обычную дозу, Алексис, честное слово! Ничего из ряда вон выходящего. У меня с собой, хотите?

Глаза у нее были не пустые и не шальные — просто-напросто д р у г и е. Она пребывала в каком-то другом мире, который Бестужев и представить себе боялся,— лишь временами смотрела из того мира в наш, реальный, как из окна выглядывала...

— Вот,— с детской простотой сказала Ольга, протягивая ему круглую серебряную коробочку.— Это делается так...— она ловко отсыпала на кончик розового миндалевидного ногтя понюшку, поднесла к носу.

Бестужев крепко взял ее за тонкое запястье, порошок просыпался на ковер.

— А вы противный,— надула она губки.— Ну хорошо, хорошо, что там у вас?

— Я — офицер...

— О-очень о-отдельного корпуса, наряжены сюда, дабы... Я все помню, я же вам сказала, что приняла обычную дозу... Знаете гимназический шутливый диктант на букву «о»? Однажды охальный отец Онуфрий оглаживал обнаженную Ольгу... Ну вот, вы опять хмуритесь... Алексис, как мне вас развеселить? Ну давайте, я разденусь?

— Не нужно меня веселить,— сказал Бестужев осторожно.— Лучше ответьте на мои вопросы, Ольга...

— Оленька.

— Ответьте на мои вопросы, Оленька.

— А на какие? — лукаво прищурилась она.

— На всевозможные.

— Хорошо. Вы меня не хватайте за руку, не рассыпайте м е л о к, а я возьму маленькую дозу — и отвечу на ваши вопросы... Идет?

Он кивнул, скрепя сердце. Ольга проворно поддела ногтем порошок, умело втянула правой ноздрей. Посидела, прикрыв глаза — боже, какие у нее были ресницы, как она была красива... У Бестужева горько сжалось сердце.

— Зря вы боитесь, Алексис,— сказала она, не открывая глаз.— Сначала — восхитительный холод в носу, потом он проникает под череп... Вы про что хотите спросить?

— Вы помните Струмилина?

— Коленьку? Еще бы. Он был невероятно милый...

— Он умер...— осторожно сказал Бестужев, подыскивая слова и обороты.

— Вы со-овершенно-о не в курсе-е...— пропела Ольга.— Милый, таинственный Алексис, вы совершенно не в курсе. Вовсе он не умирал. Согласно правилам российской грамматики, «умер» говорят про человека, когда он сам умер. Вот взял сам да и умер. А Коля не умер. Я его застрелила.

— Как? — вырвалось у Бестужева.

— У меня был свой пистолет, я улучила момент, приставила дуло к виску и... нажала. Он был прав — это действительно непередаваемое ощущение. Этот толчок, отбросивший его голову, это ощущение в руке с пистолетом, в мозгу, в воздухе... Алексис, вы никогда не стреляли человеку в висок? Жаль. Это непередаваемо, говорю вам...

— Ольга! — Бестужев взял ее за руку повыше локтя и легонько тряхнул.— Вы понимаете, что говорите?

— Я говорю вам все, как было,— сказала Ольга, глядя на него незатуманенным, ясным взором.— Я достала «Байярд»... вы читали про Байярда? Рыцаря? Я, конечно, держала в руке не рыцаря, а пистолет, он только именуется в честь того рыцаря... И выстрелила ему в висок.

— Вы понимаете, что признаетесь в убийстве?

— Господи, Алексис, неужели вы прозаичный? Как жаль, если так. Убийство — это когда пьяный мужик бьет другого по голове топором. А я не убивала, я искала ощущений. Алексис, люди делятся на плебеев и сверхчеловеков. Плебеи живут по скучному смыслу, а сверхчеловеки ищут ощущений и новизны. Это же так просто... Мир — это сонм ощущений, и нужно познать как можно больше...

— Я ведь могу вас арестовать...

— А вот это — фигушки,— сказала она неожиданно трезвым, холодным голосом.— Ну кто вы такой, чтобы меня арестовывать?

— Офицер охранного отделения.

— Ой-ой-ой-ой! — закачала она головой, как китайский болванчик.— Какие ужасти... Я — Серебрякова, Алексис. Папа телефонирует губернатору или кому-нибудь еще и вас разжалуют... а мне будет жалко, вы симпатичный. Вас обязательно разжалуют. Мне — можно. Мне все можно. А вас разжалуют... или придет дьявол и вас убьет.

— Какой еще дьявол?

— Который мне служит,— серьезно сказала Ольга.— Ну, он не всегда мне служит, он иногда требует ему служить, он меня агентурит... но это ведь означает еще одно непередаваемое ощущение и не более того, верно?

— Странное сочетание слов,— сказал Бестужев вслух то, что думал.— «Дьявол» и «агентурит».

— Думаете? Ну, я же не про того дьявола, которого ругают в Библии. Я про своего дьявола, персонального, с которым мы служим друг другу...— она фыркнула.— Это так перепутывается, что не всегда и поймешь, кто кому служит. Знаете, он меня однажды побил. По шее. А потом я его оцарапала, пребольно, вот! И хотела оборвать ему погон, но пожалела — как он пойдет по улице с одним погоном?

— Ваш дьявол — в погонах?

— Ну конечно, непонятливый вы! Я же говорю — он е с т ь, он живой, он настоящий, это я его зову дьяволом, а ему, между прочим, обидно, он обижается...

— Это он вам велел убить Струмилина?

— Поняли наконец-то! Алексис, вы порой бываете удивительно недогадливы... Конечно, дьявол велел. С чего бы мне самой убивать Колю? Но дьявол мне объяснил, что это необходимо, что это даст непередаваемые ощущения... и он ведь не соврал. Зря я поначалу спорила... Вот только стрелять в матрац было форменной глупостью, но и это зачем-то было нужно...

— В матрац?

— Ну да, на кровати,— досадливо поморщилась Ольга.— Зачем-то это было надо... Но я послушалась. Дьявол хитрый, как тот, из Библии. Знаете, Алексис, я имела неосторожность сняться на фотографии, ну, знаете, в парижском стиле, я там была совершенно нагая, в интересных позах... А он добыл. И пугал, что покажет папе. Папа меня убил бы, без сомнения. И отдает теперь по одной, но четыре еще у него... Ну и наплевать, я же вам объясняю, что иногда я ему служу, а иногда и он мне...

Бестужев смотрел на нее напряженно и зло. С одной стороны, ее излияния можно было со спокойной совестью поименовать высокопробным наркотическим бредом. С другой же... Очень уж много в этом бреду было р е а л ь н о с т и. Логики. Системы.

— Значит, вы только з о в е т е его дьяволом, а на самом деле — он живой человек?

— Ну да, да, да! И еще какой живой! Мы с ним иногда ложимся в спаленке, и он до сих пор на многое способен... Вам рассказать, чему он меня научил? Мои ноги...

— А что у него на погонах? — перебил Бестужев.— Сколько полосок? Сколько звездочек? Вы помните, Олечка?

Ольга, раскачиваясь на стуле, посмотрела на него, потом, прыснув, высунула язык:

— Ка-акой вы хитренький! А я вам не скажу! Потому что тогда он меня убьет. Взаправду. Это, конечно, будет о щ у щ е н и е, но не из тех, что мне хочется испробовать... Он меня непременно убьет, если я проболтаюсь. А потому я вам ничего и не скажу, милый, милый... Я хочу жить, я молода. И я — умница, разве что с фотографиями оплошала... А он меня убьет. Он тоже умный, умнее меня, он слишком давно играет людьми, как владыка, дьявола так и зовут владыкой, вот совпадение...— она с непритворным испугом зажала рот ладошкой, отвернулась.— Алексис, отстаньте. Или пойдемте в спаленку, или извольте убраться прочь. Такой разговор мне не доставляет приятных ощущений...

— Значит, не скажете, кто он?

— А я сейчас разобью окно,— безмятежно сказала Ольга.— И начну кричать, сударь, что вы меня насильничаете... Заманили, кокаину насильно насыпали, платье рвете... Вам будет скверно...

Бестужев, не долго думая, встал и быстро вышел. Вслед ему несся серебристый, беззаботный смех — так и звучавший в ушах, пока он спускался по лестнице. Ничего нельзя было сделать. Бессмысленно везти ее в одно из учреждений, как раз и предназначенных для задушевных бесед с теми, кто стреляет людям в висок. Куда ни отвези, отпустить придется очень быстро. Ольга Серебрякова — не Ванька Тутушкин, которого можно и по шее приурезать, которого можно спрятать на пару дней в арестном полицейском доме... И правильно поступил, что побыстрее убрался — могла и вправду разбить окно, заорать на всю улицу, изволь отмываться потом...

...Он возился с матрацем, словно боролся с врагом. После того, как обнаружил на нижней его стороне маленькую круглую дырочку, воспрянул духом и стал прощупывать, но это затянулось надолго, и в конце концов Бестужев плюнул, подпорол перочинным ножичком цветастую ткань, стал копаться в невесомой массе пуха и легких перышек. Как он ни старался, пух клочьями летел по сторонам, на постель, на пол.

Окончательно махнув рукой на конспирацию, Бестужев расстелил на полу простыню и, приняв предусмотрительно кое-какие меры для л е г е н д и- р о в а н и я, взялся за работу всерьез — черпал пух горстями, тщательно его разминал, бросал на простыню, захватывал пригоршнями новую порцию. Очень скоро он выглядел так, словно в потемках залез в курятник воровать кур.

Нервы были так напряжены, что он едва не крикнул, нащупав ладонью что-то твердое, продолговатое, маленькое. Выдернул руку, сдул пух. Между пальцами у него тускло поблескивала тупоносенькая пуля — из патрона для карманного браунинга образца тысяча девятьсот шестого года, калибра 6,35, которым и был вооружен Струмилин...

Приходилось признать, что э т а часть Ольгиного рассказа была доподлинным отражением реальности. То ли она сама, как и рассказывала, стреляла в матрац, то ли видела, как кто-то другой это проделал. Логично предположить, что к той же самой реальности могут относиться и рассказы о дьяволе. О дьяволе, который носит погоны. О дьяволе, который ее агентурил с помощью неосторожных фотографий в парижском стиле. То есть ни о каком не дьяволе, а о хитром, умном, подлом человеке...

Кто? Уж безусловно не Силуянов — у того гражданский чин, и он не стал бы разгуливать по городу, где его все знают, в форме с погонами, рискуя вызвать опасное недоумение прекрасно его знавших горожан. Значит, кто-то в погонах. Кто?

В дверь постучали — и тут же ее энергично толкнули со всей силы. Бестужев, как был, с засученными рукавами рубашки, без жилета, после некоторого раздумья пошел открывать: средь бела дня, в центре города не рискнут...

— Го-осподи! — охнул Иванихин.— Вы что, курей щиплете?

— Да понимаете ли, какой казус...— смущенно поведал Бестужев.— Прилег отдохнуть на кровать, а матрас был чуточку распорот, вот часы туда и провалились... Пришлось в конце концов все распотрошить. Ерунда, скажу, чтобы поставили в счет...

— Бывает,— ничуть не удивившись, сказал Иванихин.— Однажды в Питере пили мы с одним типусом из золотопромышленного департамента, так вот он, назюзюкавшись, уронил в клозетную чашку Станислава третьей степени с груди,— промышленник сочно хохотнул.— Вот это был казус, не чета вашему... Нашли часики?

— Да, вот они...

— Я им сейчас велю, чтобы заменили матрас и денег за старый не требовали,— сказал Иванихин деловито.— Сами виноваты, раньше надо было за прорехами смотреть... И не спорьте. Я для вас и больше сделать готов, милейший Леонид... тьфу, черт! Алексей Воинович. Вновь вынужден извиниться за все прошлые подтрунивания и ругань в адрес вашей службы. Как вы их, однако! Я только что от губернатора, тайгу возле Аннинска прочесывают активнейше, и по окрестным деревням разослали стражников. Поймают вашего беглеца, да и тех, наряженных мужичками, тоже возьмут, я надеюсь. Ах вы, молодчина! Алексей Воинович, я за вами, собственно...

— С целью?

— Буторина моего помните?

— Конечно.

— А помните, сына женит? Так вот, из церкви они вернутся в самом скором времени, и вы, милейший ротмистр, тоже званы на свадебку. Никаких отговорок не принимаю-с! Нужно будет, сам губернатор велит освободить вас от жандармских дел. Буторин вас душевно приглашает, наслышан о подвигах ваших... Так что и не спорьте, одевайтесь. Пора ехать. Танька внизу, в экипаже, тоже вас поблагодарить жаждет...

— А почему бы и не поехать? — вслух подумал Бестужев. Сердце при упоминании о Тане сладко ворохнулось.

— Вот то-то! Раз вы тут ищете часики посреди пуха — значит, и нет никаких срочных дел? Что нужно почистить — вызовем лакея,— он потянулся к звонку.— Одевайтесь, Алексей Воинович, посидите с нами, простыми людишками, развеетесь, а то у вас личико весьма осунувшееся, хлебнули лиха...

Глава четвертая. Как играются свадьбы в Шантарске

Огромный кусок зажаренного до хрусткой коричневой корочки гуся опустился к нему на тарелку, где и без того не было никакого оперативного простора, выражаясь военными терминами.

— Вы уж не обессудьте, господин ротмистр,— умоляюще протянул буторинский младший брат.— Не каждый день случается, почетные гости-с обязаны быть окружены заботою...

Почти точная копия пузатенького и бесхитростного Иннокентия Афиногеновича, он уже изрядно наклюкался, но пока что сохранял вертикальное положение и членораздельную речь.

— Милейший Андрей Афиногенович, я ведь этак и помереть могу невзначай...— беспомощно сказал Бестужев.

— А это ничего, это бывает,— обнадежил младший Буторин.— Не так чтобы очень часто, однакож выпадает. В четвертом годе Аристарх Петрович Сатинов — не изволили слышать? Едок был, доложу я вам! — на восьмидесятом пельмене жалобно так икнули и — не приходя в сознание... Правда, скажу вам, до пельменей еще много было в чрево утрамбовано...

— Я бы еще пожил, признаться,— сказал Бестужев, вежливости ради исследуя вилкой гуся.— Нравится мне отчего-то этот процесс, честное слово...

— Так кому ж не нравится? — Буторин-младший огляделся, прижал палец к губам.— Вот оцените, как человек столичный. Хороша вещица?

Он извлек из кармана поддевки сафьяновый футляр и, держа его ниже столешницы, показал Бестужеву. Золотой кулон старой работы с двумя крупными бриллиантами и дюжиной мелких и в самом деле был неплох.

— Красивая вещь,— искренне кивнул Бестужев.

— Только — тс! Перед переменой блюд, когда гости отойдут от стола размяться беседою, преподнесу новобрачной. Выделка старинная, от батюшки досталось...

Руки у него выписывали вензеля, и Бестужев помог тщательно закрыть футляр. Отрезав от необъятного гусиного полотка небольшой кусок, налил себе водки. Оглядел стол.

До сих пор он полагал, что выражение «стол ломился от яств» было не более чем поэтической метафорой, но сегодня это мнение пришлось пересмотреть. Казалось, стол и в самом деле способен с треском просесть под всеми вкусностями, что были на нем представлены. Только теперь он начал понемногу понимать, что такое Сибирь, где ни в чем не признают удержу...

Жених восседал с тем глупо-горделивым выражением лица, какое, собственно, всем женихам и свойственно. Невеста была светленькая, пухленькая, самую малость заплаканная, но ничуть не походила на приневоленную. Впрочем, в их сторону Бестужев смотрел мало — его больше привлекал тот угол стола, слева и наискосок, где рядом с отцом сидела Таня.

Она его заметила, конечно, но во взгляде осталась та же светская холодность. Да и в экипаже, когда ехали сюда, держалась столь равнодушно, что Иванихин даже попенял ей, велев хотя бы пару раз улыбнуться бравому офицеру, спасшему прорву золота...

Умом Бестужев понимал, что иначе и быть не может — не станет же она метать через стол пламенные взгляды? — но на сердце было тоскливо. Он бы и напился, но — не время...

Потому что справа, через несколько человек от него, восседала эта чертова парочка. Купец Ефим Даник, моментально опознанный Бестужевым по квалифицированному Сениному описанию, цыганистый брюнет. И господин горный инженер Мельников — он же Барчук, он же Инженер, наверняка возможны другие клички и конспиративные фамилии.

И у Бестужева понемногу зародился план. В чем-то это смотрелось обыкновенным мальчишеством, однако как средство легонько припугнуть противника и заставить его занервничать, помучиться непонятной неизвестностью задумка была не столь уж и плоха...

— Господин ротмистр,— снова пристал Буторин-младший.— Вы, часом, как человек, причастный к государственным секретам, не слыхали ли, что это нынче утром взорвалось?

— Простите?

— Часа за три до рассвета в восточной стороне, в отдалении, что-то явственно грохотало, причем походило это не на банальный гром, а скорее уж на пушечную пальбу или взрыв. Домочадцы у меня грешили на взрыв артиллерийских складов, но в той стороне их вроде бы и не бывало... Не слышали сами?

— Да нет, я спал. Хотя...— Бестужев задумался.— Вы знаете, и в самом деле было такое впечатление, что проснулся ненадолго от недолгой артиллерийской канонады. Я ее в свое время наслушался изрядно, должно быть, и проснулся по привычке. Пожалуй, да... Больше всего это напоминало короткую канонаду. Вот только кому же тут устраивать артиллерийские баталии?

— Некому, и я говорю... Но все мои домочадцы на том сходятся, что на гром это было решительно не похоже... Загадка сущая...— он лихо опрокинул рюмку и видя, что гости стали понемногу выбираться из-за стола, подмигнул Бестужеву: — Пойду вручу презентик-с...

И прямиком направился к кучке людей, окружавший жениха с невестой. Бестужев видел со своего места, как он неуклюже надевает цепочку на шею новобрачной, а гости восхищенно смотрят.

Потом встал и попытался рассчитать, по какой ему траектории переместиться, чтобы словно бы невзначай оказаться рядом с Таней.

В этот миг вокруг Буторина что-то произошло. Возникла непонятная толчея, туда опрометью кинулся старший брат, отец жениха; новобрачные, направлявшиеся в соседний зал ресторана, уже не обратили на это внимания, но те, кто оказался близко, столпились вокруг двоих, словно бы хватавших друг друга за грудки.

Не колеблясь, Бестужев быстрыми шагами направился туда — его забавному соседу по столу явно требовалась помощь. Применив парочку незатейливых приемов, направленных на то, чтобы внешне деликатно, но эффективно раздвинуть плотно столпившихся, оказался в первом ряду зрителей.

Высокий крепкий старик с гирляндой шейных медалей тряс младшего Буторина за отвороты поддевки и яростно хрипел, брызжа слюной:

— От отца, говоришь, кулончик, потрох? Да я — к губернатору, к министру! В каторгу!

— Послушайте, господин...— Бестужев умело перехватил руки разгневанного бородача и нажал подушечками больших пальцев на запястья так, что пальцы крепкого старикана разжались словно бы сами по себе. Однако он бушевал, вырывался, кричал сипло:

— Нету второго такого! Нету! Штучная работа! Значит, убил моего отца с матерью и впрямь твой батька Афиноген! Шептались и раньше старые людишки... В каторгу!

Инженер Вячеслав Яковлевич и кто-то еще принялись помогать Бестужеву оттеснять разошедшегося старика.

— Разбойники, говорили? Варнаки? — орал старик.— Вот он, твой батька, и есть главный варнак! На каких капиталах он вас поднял? По этапу пойдете, воровское отродье!

Сквозь толпу, как кабан сквозь камыши, протиснулся Иванихин. Ловко перехватил старика поперек туловища, отжав локтем руки Бестужева и Вячеслава Яковлевича, оттеснил в сторону:

— Иван Мокеевич, друг! Да ты в уме? Посреди приятного торжества чудесишь... Эй!

Кто-то торопливо сунул ему в руку громадный фужер с коньяком, Иванихин подсунул его скандалисту:

— Иван Мокеич, золото мое! Запей-ка, а то у тебя уж горлышко натруженное перехватило...

Старик в запале одним глотком осушил фужер, куда, с содроганием отметил Бестужев, было налито не менее трети бутылки. По-лошадиному мотнул головой, осипшим голосом, плаксиво сообщил Иванихину:

— Костенька, точно тебе говорю: матушкин! И был он у нее на шее, когда их на тракте варнаки...

— Ну пойдем, пойдем, обтолкуем и обсудим...— Иванихин властно повел его в угол, полуотвернувшись, сделал гримасу, и понятливый официант зарысил следом с полной бутылкой коньяка и тем же фужером.

— Это и называется — таежный Шекспир,— раздался рядом девичий голос. Таня улыбнулась Бестужеву.— У нас, господин ротмистр, случаются страсти, не уступающие шекспировским, вот только мировая литература о них не знает...

— Но как же это...— растерянно проговорил Бестужев.

— Ничего,— сказала она уверенно.— Сейчас напоят бедного Ивана Мокеича, спать уведут, замнут...— Понизила голос: — Про покойного Афиногена давно кружили разные слухи, нужно же было случиться такому совпадению... Не удивляйтесь, ротмистр. В той же весьма благополучной Англии многие основатели славных фамилий, по устойчивым слухам, капиталы свои составили в Вест-Индии, под черным флагом...— Она обернулась.— Андрей Афиногенович, что же вы так оплошали?

— Голубушка, Татьяна Константиновна...— убито простонал младший Буторин.— Кто ж знал... Из отцовской укладочки вынуто, заветная укладка была, жестью обита с росписью «морозом»... Церковку построить просил, богаделенку, я исполнил, да осталось еще много... Господин ротмистр! Молю вас, объясните, какое из всего этого может получиться уголовное продолжение?

Слезы не только стояли у него в глазах — покрывали бороду, как утренняя роса траву.

— Давно это... имело место? — спросил Бестужев.— Прискорбный... случай?

— Дай бог памяти, в семьдесят восьмом, аккурат на мясоед...

— Успокойтесь, Андрей Афиногенович,— сказал Бестужев искренне, жалея простодушного старика.— За давностью лет юридическая ценность улик равна нулю. Ничто недоказуемо, говорю вам, как жандарм... Ваш отец мог ведь и купить у кого-то эту драгоценность...

— Вот и я говорю! Мог, конечно!

— Успокойтесь,— повторил Бестужев.— Такие дела оканчиваются без всяких официальных последствий. Очень уж зыбки обвинения.

— Дай-то бог...— всхлипнул Буторин и, махая рукой, пошел прочь.

— Только не говорите мне, что у вас в России такого не случалось,— сказала Таня.— В старину, как пишут историки, и бояре на больших дорогах разбойничали...

Бестужев смотрел на нее неотрывно и грустно. В дорогом платье последнего фасона, с огромными изумрудами на шее, с модной прической она была совершенно другой. Невозможно было сейчас поверить, что именно эта красавица лежала обнаженной в его объятиях и шептала то, что тогда шептала.

— Умоляю вас, сделайте что-нибудь с лицом,— сказала Таня тихонько.— Оно у вас...

Усилием воли он придал лицу равнодушно-светское выражение. Сказал потерянно:

— Что ты со мной сделала? Я с ума схожу...

Таня прищурилась, выговорила громко:

— Вы совершенно правы, ротмистр, старикам следовало бы себя ограничивать в спиртном...

К ним подходил пристав Мигуля, в парадном мундире, при всех регалиях — еще один почетный гость.

Когда он оказался совсем рядом, Бестужев уже выглядел, как человек вне всяких подозрений,— но далось это нелегко.

— Изволили слышать, какой вышел казус? — спросил Мигуля, явно испытывая в присутствии Тани определенную робость.— Ничего-с, там Ивана Мокеича уже напотчевали шустовским, скоро уложат в коляску и баиньки повезут, проспится, помягчает и забудет-с...

— Но ведь ротмистр прав, и это недоказуемо? — спросила Таня.— Братья Буторины — милейший люди, забавные старички, сами они ни в чем предосудительном не замечены...

— Совершенно правильно, Татьяна Константиновна, недоказуемо-с,— поклонился Мигуля.— Вообще, не извольте нервничать, там уже стоит черкесец Исмаил-оглы и клянется магометанскими богом, что он сам присутствовал в девятьсот четвертом, когда Андрюшка Буторин у неизвестного проезжего этот самый кулон покупал. Папенька ваш, Татьяна Николаевна,— большого и быстрого ума человек-с...— он чем-то неуловимо напоминал африканского гиппопотама, пытавшегося станцевать котильон.— Осмелюсь спросить, когда же увидим вас в приятной роли новобрачной?

— Не берет никто, Ермолай Лукич,— она улыбнулась так, что сердце Бестужева вновь ухнуло в смертную тоску.— Простите, мне пора...

И упорхнула, так и не закончив фразы. Презирая себя, но будучи не в силах с собой совладать, Бестужев отвел пристава в сторонку, к приоткрытому окну:

— Ермолай Лукич, можно вас спросить? Вы не обязаны отвечать, но... Надеюсь, в материалах касаемо ваших «танцующих подпольщиков», не за-

306

фиксировано имени...— и посмотрел в ту сторону, куда ушла Таня.

Мигуля покряхтел и тихонько сказал:

— Да не томите себя, ротмистр. Танечка — девушка своеобразная и вольная, но это вам не Серебрякова. Ни в чем похабном симпатия ваша не замечена-с, даю вам офицерское слово... Да не сверкайте вы так на меня глазами-то, Алексей Воинович,— досадливо поморщился он.— Дело ваше, дело молодое. Вы только послушайте совета старого полицейского волка-с: с девицами, занимающими в обществе подобное положение, следует соблюдать строжайшую конспирацию.

— Вы о чем? — недобро спросил Бестужев.

— Слухи поползли-с, Алексей Воинович. Пока что — смутные и неоформившиеся, однако два имени настойчиво связываются, с присовокуплением-с нахальных выдумок, будто дело дошло до тех вольностей, что допустимы лишь у легкомысленных французишек... Вы уж поосторожнее. Я уж, простите, не буду конкретизировать источники, однако, как вы легко догадаетесь — человек опытный, сыщик,— ползут эти слухи не со стороны низших классов... Не хотелось бы мне, чтобы у вас с господином Иванихиным начались опасные контры...

Он поклонился и побыстрее отошел с таким видом, что бросаться вслед, требуя подробностей, было заранее бессмысленно. Бестужев, чувствуя себя прескверно, огляделся. Большая часть гостей еще не садилась за стол в ожидании новой перемены блюд, но Мельников как раз остался на месте, о чем-то лениво беседовал с Даником.

Нужно было, во-первых, претворять план в жизнь, во-вторых, уходить отсюда. Казалось, что здесь он — лишний, несмотря на все хлебосольство Буториных. Но какая же сволочь пронюхала и начала...

Он приблизился сзади и вежливо сказал:

— Рад вновь видеть вас, господин Мельников. Вы, я вижу, веселы и беспечны...

— В полном соответствии с местом пребывания нашего,— ответил Мельников со спокойной уверенностью барина.— А вы что же, в хлопотах?

— Увы,— сказал Бестужев.— Нет, господин И н ж е н е р, нам, сатрапам, покоя и отдыха, даже в такой день... Позволите, я лишь ненадолго прерву вашу увлекательную беседу? Вы, помнится мне, в свое время показали, что никогда не навещали господина Струмилина в гостинице «Старая Россия»?

— Да, именно. Меня расспрашивали, как и всех, кто был с ним знаком...

— Это ваш стакан? — невежливо прервал его Бестужев.

— Да,— поднял бровь Мельников.

— Пст! — щелкнул пальцами Бестужев, полуотвернувшись.

Перед ним моментально вырос вышколенный официант. Бестужев взял чистое блюдечко, поставил на него стакан, накрыл вторым блюдечком и подал «шестерке»:

— Моя личность вам известна? Нет? Я — офицер охранного отделения, вот моя карточка. Извольте отнести это на кухню,— он поднял нижнее блюдечко.— Плотно обмотайте бумагой, ни в коем случае не прикасаясь к стакану. Перевяжите шпагатом. Потом принесете мне. Ясно?

— Так точно-с,— заверил официант, не выразив ни малейшего удивления, словно к нему каждый день обращались со столь идиотскими просьбами.— Будет сделано в лучшем виде-с.

Подхватил блюдечко и, балансируя сооруженной Бестужевым конструкцией, стремительно удалился к выходу. Даник таращился на Бестужева так, словно узрел привидение. Мельников держался не в пример более хладнокровно. Он спросил:

— В чем дело, ротмистр?

— Помилуйте, да нет никакого «дела»...— сказал Бестужев со злым воодушевлением.

— Но вы так странно себя ведете...

— Неужели? — иронически усмехнулся Бестужев.— Бога ради, объясните, в чем эта странность заключается?

— Вы забрали мой стакан...

— Возьмите чистый, их здесь сколько угодно...— поклонился Бестужев с издевательской вежливостью.— Господин Мельников, вы меня удивляете. Этому питекантропу,— он небрежно кивнул в сторону Даника,— простительно было бы усматривать в моих действиях некие с т р а н н о с т и... Но вы-то — человек образованный, инженер, представитель точных наук. Неужели никогда не слышали о науке дактилоскопии? В Европе с ее помощью наши тамошние коллеги уже несколько лет творят сущие чудеса, у нас в империи дактилоскопия пока что не получила должного развития, но определенные успехи, честное слово, достигнуты...

— По какому праву...

— Любимое выражение русского интеллигента,— прервал его Бестужев.— Господин Мельников, ну что вы... Вы, кажется, нервничаете? Я не имею к вам никаких претензий и не намерен навязываться... а то, что я взял стакан, должно скорее уж волновать ресторатора, чьей собственностью вся здешняя посуда является...

Он отвернулся, но не отошел. Стоял в небрежной позе, опершись на спинку стула Мельникова, ждал, когда вернется официант, и с притворным безразличием мурлыкал:

У любого спроси, кто у нас на Руси
От гостинца сего не шатался?
Улетел в царство фей генерал Ерофей,
Но его «ерофеич» остался...

И видел краешком глаза, как Даник выпялился на Мельникова прямо-таки с ужасом, а тот, поджав губы, пытается скупой мимикой вдохнуть бодрость в перепуганного «питекантропа». Если до сих и были сомнения в черноте связей меж купцом и инженером, то теперь от них не осталось и следа.

Потом отошел поближе к двери — и вовремя, показался официант. Приняв у него пакет, тщательно перевязанный не только шпагатом, но и завязанной бантом синей ленточкой, Бестужев огляделся и прошел в курительную. Мигуля, к счастью, оказался там. Поманив его в сторону, Бестужев тихонько сообщил:

— Завтра, с божьей помощью, поработаем... понимаете?

— Кого?

— Обоих,— сказал Бестужев.— Мои люди наверняка уже выудили у пойманного что-нибудь интересное, пора наносить удар. Вы не передумали?

— Ну, фамилия-то у них не Серебряков или там Сысоев...— хищно осклабился Мигуля.— А почему б и не сегодня?

— Депеша из Петербурга придет только завтра утром,— сказал Бестужев.— Когда у меня на столе ляжет конкретная информация по Мельникову, разговаривать с ним будет не в пример легче... Не может он не оказаться в картотеке. Всего хорошего, я покидаю веселье...

Он докурил свою папиросу и вышел в вестибюль, помахивая пакетом с видом беззаботного дачника, везущего семейству торт.

— Господин хороший...

— Да? — сказал Бестужев, удивленно взглянув на ничем не примечательного, чисто одетого старичка, прямо-таки кинувшегося наперерез у крыльца. Для нищего чересчур опрятен...

Старичок огляделся, сунул Бестужеву в руку свернутый клочок бумаги:

— Не извольте беспокоиться, мне уплочено-с...

И засеменил прочь. Бестужев, пожав плечами, развернул записку. «Господин полный ротмистр! Вас вовсе не забыли. В полночь, на углу Театрального и Всех-святской, садитесь в коляску. Думаю, запряженное в нее животное вам кое-что скажет, хотя и немое».

Подписи не было, но в этом и нет необходимости. Сказать, что он во мгновение ока воспарил на седьмое небо, было бы чересчур слабо...

Вытащив часы, Бестужев присмотрелся к ним внимательно, убедившись, что они вроде бы идут, с недоумением пожал плечами, еще раз посмотрел на часы, на небо. Окликнул городового, лениво бродившего по тротуару:

— Который час, братец?

Тот приостановился, вытащил серебряную луковицу:

— Десять минут двенадцатого, сударь.

Часы Бестужева шли правильно, но как прикажете понимать то, что происходило с сумерками? Точнее, со странным их отсутствием?

— Сам удивляюсь, сударь,— охотно сказал городовой, заметивший его манипуляции.— Давно бы пора и ночи наступить, однако светло до странности... Совершенно не по времени суток. Может, часы врут?

— Нет,— сказал Бестужев.— На моих — столько же. Странно...

Бестужев прожил здесь несколько дней и мог, как большинство, примерно прикинуть время, не вынимая часов. Давным-давно должны были упасть вечерние сумерки, но было настолько светло, что можно преспокойно читать на улице мелкий шрифт газеты. Редкие высокие облака освещены странным желто-зеленым светом, кое-где переходившим в ярко-розовый. Прямо-таки петербургские белые ночи.

— Сколько здесь живу, сроду такого не видел,— заверил скучавший городовой.— Феномен... И поутру что-то на востоке бабахало, будто снаряды рвались...

— Может, тайга горит? — предположил Бестужев.

— Да что вы, сударь, когда в тайге пожар, это совершенно по-другому выглядит. Чудеса, да и только...

Кивнув озадаченному городовому — и сам озадаченный не меньше странными шутками неизвестно откуда взявшейся белой ночи,— Бестужев пересек безлюдную улицу и пошел по парковой аллее, меж двойного ряда разлапистых сосен. Помахивал тр*осточкой и прикидывал, куда бы забросить совершенно ненужный ему сверток со стаканом.

Положим, и российский сыск по мере возможностей старался не отставать от европейских новинок. Дактилоскопия уже кое-где применялась и полицией, и охраной, но здесь, во-первых, не было ни единого обученного дактилоскописта, а во-вторых, не имелось предмета с отпечатками пальцев, которые можно было сопоставить с теми, что на стакане.

Блеф, конечно. Направленный исключительно на то, чтобы заставить Мельникова провести тревожную ночь. Судя по его лицу там, за столом, о дактилоскопии он знал больше, чем хотел показать. Что ж, пусть помучается неизвестностью, ломая голову, г д е могли всплыть его отпечатки пальцев, на ч е м... Будь в распоряжении Бестужева филеры, он непременно приставил бы их к Данику и Мельникову: вдруг отправятся посоветоваться с н е и з в е с т н ы м? Но его люди остались в Аннинске, а здесь, ради пущего душевного спокойствия, следовало пока что не доверять никому — за исключением пристава Мигули, у которого, увы, нет толковых сыскных агентов. Переодетые городовые годятся для засады вроде той, что была устроена в доме Тутушкина, но навыками наружного наблюдения не обладают совершенно, да и при здешней их малочисленности известны в лицо всему городу. Поэтому...

Он насторожился, не замедляя шага. Свернуть было некуда, разве что пойти сосняком,— а впереди, вроде бы невзначай перегораживая дорогу, стояли трое, одетые в русскую одежду темных тонов. Ни единого светлого пятна, позволившего бы разглядеть их издали в темноте. А если учитывать, что сейчас было светло, почти как днем, они издали бросались в глаза...

На сердце стало неприятно, но он продолжал шагать с той же скоростью — от собак бежать ни в коем случае не стоит... Мимолетно коснулся левым локтем бока...

Черт возьми, браунинг ведь остался в номере! Нелепым и даже смешным показалось открыто класть его в карман в присутствии Иваницкого, к тому же собираясь ехать на свадьбу. Ну, да авось обойдется, бог не выдаст, свинья не съест. Здешние мазурики, облегчающие в сумерках прохожих от излишних ценностей, как правило, огнестрельным оружием не пользуются. Клинок в трости, кулаки и сноровка при себе, попробуем отбиться... но если это не мазурики, а кто-то другой? У которого вполне может оказаться огнестрельное оружие? Скверно...

Не хотелось бы выглядеть провидцем, но впечатление такое, что они вырядились в темное для н о р м а л ь н о й ночи и никак не предполагали подобных фокусов природы...

Они и не подумали расступиться, так что Бестужев волей-неволей вынужден был замедлить шаг. Молодые, сытые рожи, парни как на подбор, крепкие... Если опрометью кинуться назад... Там ходит городовой, хоть до него уже и далековато... Нет, не пристало убегать, как зайцу, может, они и не имеют отношения...

Бестужев остановился от них шагах в пяти.

— Господин хороший! — воскликнул тот, что слева, с деланно почтительной интонацией.— Будьте такие добренькие, не подскажете, с к о к о время?

Не осталось сомнений... Говоривший, скалясь, поигрывал с т я ж к о м — неошкуренным сосновым стволиком длиной чуть поболее аршина. Оружие пещерных людей, конечно, но при резком и непосредственном соприкосновении с человеческим организмом такая первобытная дубина способна натворить дел... Второй откровенно покачивал медной гирькой на цепочке, а третий стоял с пустыми руками, видимо, полагая, что его кулачищи сами по себе — оружие.

— Сударь, вас же вежливо спросили, скоко время! — ухмыльнулся парень со стяжком.

В одной руке у Бестужева была тросточка, в другой — сверток. Полезешь за часами — окончательно лишишь себя свободы движений, тут-то они и...

— К сожалению, господа, у меня остановились часы,— сказал он спокойно.

— Ничего,— успокоил заговоривший с ним первым.— Так оно даже лучше. Мы починим. Вы, сударь, отдайте, будьте ласковы, часики ваши этому детинушке, он их в починку-то и снесет...

— И карманы выверни,— угрюмо приказал тип с гирькой.— Кому сказано?

— Господа,— почти весело спросил Бестужев.— А что вы скажете, если узнаете, что я — из жандармерии? Не взглянете ли на мои документы?

— А будь ты хоть генерал,— пробурчал тип с гирькой, и троица слаженно шагнула вперед.

Чересчур слаженно и быстро. Ни малейших колебаний со стороны хотя бы одного из них — а ведь по неписаным законам уголовного элемента в таких вот случаях прямых столкновений с Департаментом полиции следует избегать, как огня. Не из мнимого разбойного благородства, а по житейской прагматичности — ежели ограблен будет ч и н, полиция и прочие службы из кожи вон вывернутся, по тем же неписаным законам стремясь непременно найти и покарать...

— Бомба! — дурным голосом заорал Бестужев, метнув свой пакет прямо в рожу типа с гирькой, коего почел самым опасным.

Тот не успел отшатнуться, и пакет звонко впечатался ему в физиономию. Судя по звуку, стакан разлетелся вдребезги.

Выиграв таким образом пару секунд, Бестужев резким взмахом освободил клинок от трости и молниеносно сделал пару выпадов по всем правилам фехтовального искусства — кольнул типа со стяжком в правую руку повыше локтя и распорол ему щеку. Заорав, парень выпустил дубинку, Бестужев, не тратя времени, насел, крутя клинком, оттесняя их от упавшей дубинки, чертя зигзаги у самых глаз сверкающим тонким острием. Оказавшись рядом с опамятовавшимся обладателем гирьки, безо всякого джентльменства пнул его в то место, которое мужчины — не считая евнухов — берегут пуще глаза. Чуть промахнулся, но и этого хватило — парень завопил, согнувшись в три погибели, временно выпал из игры.

Остальные двое, хотя и обескураженные внезапной атакой, что-то не выглядели проигравшими. Лишь отступили, сторожко ловя каждое его движение. Один полез во внутренний карман, торопливо пытаясь что-то оттуда выдернуть...

Сосновые лапы затрещали, словно под порывом урагана. Высокая фигура, проломившись сквозь них, одним прыжком оказалась рядом. Васька Зыгало навалился на ближайшего, словно пудовая гиря — на подушку. Сбил с ног, придавил. Рядом ошалело залился длиннющей трелью полицейский свисток, из-за сосны выскочила вторая фигура в белой гимнастерке, поменьше и гораздо щуплее,— ага, Мишкин...

Затопотали убегающие. Поблизости, за деревьями, раздались два выстрела — браунинг, определил Бестужев по звуку. Он на шаг отступил, опустив клинок. Меж тем все было кончено: Зыгало лежал на пойманном и, пыхтя, заворачивал ему руки за спину, Мишкин азартно притопывал над ними, по инерции дуя в свисток. На дорожку выскочил пристав Мигуля с пистолетом в лапе.

— Не попал,— выдохнул он, отдуваясь.— Припустили в чащобу, аж пятки засверкали... Целы, Алексей Воинович?

— Как ни удивительно...— криво усмехнулся Бестужев, подбирая трость-ножны.

Вряд ли Даник с Мельниковым успели бы все устроить с т о л ь оперативно — следовательно, его давно уже поджидали эти трое. Именно его. И знали, что он на свадьбе, что в гостиницу наверняка пойдет кратчайшей дорогой, через парк...

— А подними-ка, Васька, этого шустрика,— распорядился Мигуля.— Ба, какая встреча! Митрий Микитич! Ты что ж это, сукин кот, днем аршином играешь, а ночью — кистеньком?

— Бес попутал, Ермолай Лукич...— задушенным голосом отозвался пойманный.— Спьяну всё...

— Подыми его, Васька,— сказал пристав и принялся шумно обнюхивать пленника.— Присутствует сивушный запашок, да. Только странный какой-то, Митенька — во-первых, свежий, во-вторых, впечатление такое, что ты не в рот лил, а на поддевку, чтобы пахло... А из пасти не особенно-то и пахнет, от одежи больше...

— Кто это? — спросил Бестужев, отведя пристава в сторонку.

— Митька,— ответил тот.— Даников приказчик. До сих пор в подобных забавах не замечен, разве что в пивной подраться с такими же... Эх, ротмистр, черт вас понес в парк об эту пору, здесь грабят вовсю...

— Думаете, это грабители? — пожал плечами Бестужев.— Мне кажется иначе...

— Да и мне тоже,— сказал Мигуля.— П о д грабителей, чувствую. Вот только если бы нашли вас

316

поутру с разбитой головой и с вывернутыми карманами, никто бы не удивился и политику пришивать не стал — место известное и опасное...

— Как вы здесь оказались?

— А вот это, Алексей Воинович, и есть темная сторона дела,— серьезно ответил Мигуля.— Подбегает ко мне в курительной неизвестный субъект, совершенно неприметной внешности, и шепчет: «Бегите, пристав, в парке вашего ротмистра убивают!» И исчез, аки привидение. Неприметный, я и не вспомню теперь его рожу... Ну, пара пистолетов всегда со мной, досылаю патрон и бегу. А тут Васька с Мишкиным — им тоже некий неприметный шепнул, что в парке неподалеку убивают господина жандармского ротмистра...

— Интересно...— задумчиво протянул Бестужев.— Похоже, у меня тут есть не только неизвестные враги, но и неизвестные благодетели. В толк не возьму, кто бы это мог быть...

— Поедете со мной в часть? Я его сейчас в оборот возьму...

— Я вас прошу, Ермолай Лукич, подождите до утра,— твердо сказал Бестужев.— Слышали, что он нам преподнес? Чувствую, будет тупо стоять на своем: спьяну решили пошалить с прохожим... Пусть до утра посидит в надежном месте, помучится неизвестностью. Те, что с ним были, наверняка столь же невысокого полета птички. Нам не они нужны. А утром, получив ответ из Петербурга, и начнем, благословясь. У вас случайно нет людей, пригодных для наружного наблюдения?

— Откуда? — грустно сказал Мигуля.— Эти архаровцы,— кивнул он на Зыгало с Мишкиным, державших пленного,— не годятся. А других взять неоткуда. Был бы жив Петенька, глядишь, и придумали бы что-нибудь, а так... Я его все же попытаю, кто с ним был?

— Ну, пожалуй что,— кивнул Бестужев.— Но, повторяю, особенно не усердствуйте, неизвестностью помучайте...— Он спохватился, вспомнил про записку и потянул из кармана часы.— Я пойду в гостиницу...

— Один? — покрутил головой Мигуля.— Нет уж, Мишкин вас проводит. Он хоть и растяпа, но — при револьвере, форме и исполнении. Мало ли что случиться может. Мы ж не знаем, что им п р и к а з а- л и — просто надавать вам чувствительно по организму или жизни решить. Нет, что сегодня такое с природой происходит? До сих пор не стемнело...

— И слава богу, что бы это там ни было,— сказал Бестужев, подумав.— Если бы стояла обычная темень, я бы их мог и заметить слишком поздно...

И еще раз недоумевающе посмотрел в светлые небеса со странными зелено-розовыми облаками, словно освещенными изнутри неведомой силой.

Глава пятая, **насыщенная событиями**

Если это и было наваждением, происходившим в зыбком мире фантазий и нереальностей, то т а м, по другую сторону обыденности, оказались оба.

Пальцы стиснули бедра без всякой жалости, его язык господствовал над нежной плотью, властно доставляя наслаждение, от которого женское тело ритмичными рывками выгибалось навстречу, дыхание перехватывало, временами он задыхался, прижимаясь лицом к влажным тайнам, но остановиться не мог. Потому что от него ждали совсем другого, потому что ему хотелось совсем другого — и Бестужев, растворившись в этом сладком безумии, продолжал свое, крепко прижимая ее бедра, чувствуя, как далеко-далеко, чуть ли не на другом конце Вселенной, его мужское естество содрогается в плену женских губ. В совершеннейшей тишине молодые

318

тела терзали друг друга, пока одновременно не дернулись в сладкой судороге, слившись и растворившись друг для друга в казавшейся невозможной, невероятной близости.

После прилива опустошения не хотелось ни двигаться, ни говорить, и они долго лежали в прежней позе, лаская друг друга ленивыми прикосновениями, так, как еще полчаса назад казалось немыслимым,— но больше не было ни запретов, ни приличий, ни преград. Прошло много времени, прежде чем они вновь опустились на постель щека к щеке, прижимаясь друг к другу так крепко, словно оказались последними людьми на Земле, уцелевшими после какого-то жуткого космического катаклизма из романов Герберта Уэльса.

— Ответишь правду? — прошептал ей Бестужев на ухо.

— Постараюсь...

— Кто тебя такому научил?

Таня вздохнула, демонстративно закатив глаза:

— Алеша, я начинаю верить всем разговорам о мужской бесчувственности... Вместо того, чтобы нежное что-нибудь сказать, он меня начинает ревностью мучить. Успокойся, я это до сих пор только в теории знала...

Она легко вскочила с постели, прошлепала босыми ногами по ковру, порылась в шкафчике и вернулась с толстенькой книгой небольшого формата. Сунула в руки Бестужеву и удобно устроилась рядом, положив голову ему на плечо:

— Знали бы вы, господин ротмистр, какие книжечки втайне обращаются среди гимназисток последних классов и барышень из хороших семей... Вы все больше по нелегальщине стараетесь, а про пытливое девичье любопытство и забываете...

— «Кама-Шастра»,— прочитал он вслух, раскрыл книжицу. Текст оказался на английском языке, которым Бестужев не владел, но первая же иллюстрация попалась такая, что его бросило в краску. Куда там фотографическим карточкам и рукописным рассказикам, нелегально обращавшимся среди юнкеров...

— Ты не фыркай,— сказала Таня.— Я английского не знаю, но говорят, что это — древний индийский трактат об искусстве любви.

— Ну, вообще-то, я видел в Маньчжурии схожие японские гравюры...

— Вот видишь. У тебя кончики у х о в красные,— констатировала она безжалостно.

— Тут не только у х и покраснеют,— сказал Бестужев, глядя на столь затейливое переплетение тел, что сразу и не определишь, какими трудами индусу с индуской удалось этого достижения добиться.

— А это? Можно попробовать...

— Пожалуй,— сказал Бестужев, стараясь все-таки на нее не смотреть.— Тьфу ты... Нет, вот это уже попахивает извращением. Дама, изволите ли видеть, в корзине висит, а кавалер, развалившись, внизу корзину за веревку тягает вниз-вверх... Ну, понятно — в Индии жарко и скучно, заняться беднягам нечем, вот и выдумывают от скуки разные чудасии... Ты бы вот так согласилась, сидеть в корзине?

Подумав, Таня заключила:

— Нет уж, увольте...

— Вот видишь. Здесь древние индусы, по-моему, перегнули...— он фыркнул.— У нас в полку был случай не хуже твоей «Кама-Шастры». Был во втором эскадроне поручик Теплов, чертовски обиженный судьбою,— потому что его супруга, деликатно говоря, в постели обычно была холодна, как Снегурочка. Но вот однажды, при скучном исполнении ею супружеских обязанностей, она вдруг проявила такой бурный темперамент, что бедняга поручик впервые за долгое время оказался на седьмом небе... Знаешь, чем этот приступ темперамента объяснялся? Поручик забыл выставить за дверь своего охотничьего спаниеля, а тот отчего-то принялся старательно лизать даме пятки и подошвы, от этой щекотки она и проявила себя с лучшей стороны...

— Господин ротмистр,— прищурясь, протянула Таня тоном полнейшей невинности.— Ваши пошлые и насквозь неприличные случаи из офицерской жизни воспитанную барышню из хорошей семьи прямо-таки вгоняют в краску. Неужели вы не замечаете, как я смущена и оконфужена? И не стыдно вам рассказывать девушке этакие пошлости? Я, право, шокирована подобным неприличием...

Сочетание сконфуженного тона невинной барышни и ее облик в данную минуту — нагая, с разметавшимися золотыми локонами, разгоряченная и прекрасная — было столь возбуждающим, что Бестужев невольно потянулся к ней, но Таня ловко ускользнула на другой край огромной кровати:

— Оставьте ваши поползновения, нахал! С какими намерениями вы тянетесь к девушке? Сейчас начну кричать, что моя добродетель подвергается искушению, и Ферапонт явится на выручку... Слышите, он где-то близко ходит?

Ей было весело, она откровенно дурачилась. Разумеется, не слышно и не видно было Ферапонта — единственного в данный момент прислужника на загородной даче. Поначалу Бестужев принял его за обыкновенного приживала, что-то вроде бывшего лакея или приказчика, которого благородный Иванихин с наступлением старости не выгнал на улицу. Однако очень быстро узнал от Тани, что этот плешастый старик три раза ходил на каторгу за систематические разбои на большой дороге, и, лишь потеряв из-за ревматизма былую ловкость во владении кистенем, был подобран Иванихиным, любившим все оригинальное. Если верить Тане — а Бестужев ей верил,— старикан и сейчас мог попасть топором с десяти аршин в начерченный мелом на заборе кружок размером с донышко бутылки...

— Танечка,— сказал Бестужев, оставшись на прежнем месте.— Ты бы за меня пошла?

Она подняла темные брови:

— Боже мой, господин совратитель! Неужели у вас обозначились серьезные намерения?

— Я и в самом деле — вполне серьезно. Я люблю тебя. Готов пойти к отцу и по всей форме...

— Милый, милый, милый...— протянула Таня нараспев.— Вы, пожалуй что, седьмой... нет, девятый с начала этого года, решивший по всей форме отправиться к батюшке... Прежние восемь и отправлялись. Алеша, не хмурься, ни с кем из них ничего и не было. Просто вдруг возымели желание непременно отвести меня к алтарю... А теперь и ты...

— И что же?

Она посмотрела в окно:

— Странная сегодня ночь, правда? Темноты вообще и не было...

— Таня...

— Ну, что? Алеша, ты вообще знаешь, в чем нынче заключаются пресловутые девичьи страхи? Уж не в том, что будет больно... Двадцатый век на дворе, многие невинности еще в гимназии лишаются. Понимаешь, для мужчины женитьба о с о б ы х изменений в жизни не влечет, а вот для девушки слишком многое самым решительным образом меняется, когда она становится замужней дамой. Мы и не знаем друг друга, если подумать. Если не считать э т о г о — она мимолетно указала на постель,— люди совершенно чужие и незнакомые. Да и у отца свои взгляды на сей счет, и свои планы. Ему это может категорически не понравиться, даже наверняка...

— Ну и что? Сама говоришь, в двадцатом веке живем — хотя его кое-кто до сих пор полагает девятнадцатым...

— Собаки что-то разбрехались... Алешенька, не напирай. Ладно? Я еще, быть может, и не готова л о м а т ь прежнюю жизнь...

322

— Барышня!

Хриплый шепот сменился совершенно неделикатным стуком в дверь. Судя по звукам, стучали не костяшками пальцев, а всем кулаком. Таня проворно вскочила, накинув синий китайский халат с диковинными золотыми драконами, прошлепала пятками к двери, чуть приоткрыла, высунулась. Послышалось сердитое бормотанье. Распахнув дверь, девушка решительно втащила за рукав лысого, еще крепкого экс-разбойничка, приказала:

— Повтори быстренько.

— Бежать вам надо, барин,— мрачно сообщил старик, без всякого интереса глядя на забывшего от растерянности прикрыться простыней Бестужева.— Прискакал какой-то странный верховой, затарабанился в ворота, велел упредить вашу милость... Барышнин батюшка с людьми собираются сюда верхами, он их, может, на пять минут и опередил,— и, видимо, забывшись, бухнул на том языке, к которому привык лучше: — По моему разумению, барин, заложила вас кака-то лярва... Не иначе. Когти рвать надо, затемнят...

— Что за верховой?

— Кто его знает. Обсказал, прыг на коня — и деру. Морда у него, сдается мне, ментовская, такой тихарик, что пробы негде ставить...

Энергично вытолкав старика за дверь, Таня обернулась к Бестужеву с нешуточным страхом на лице:

— Одевайся, быстро! Это неспроста...

Он приподнялся:

— Полагаешь...

— Да одевайся ты, господи! — крикнула Таня, уже не сдерживаясь.— Неужели не понял? Будь ты хоть генерал — концов не найдут! Такие при отце живорезы... Тайга вокруг, господи! Одевайся живо!

Ее лицо убеждало красноречивее всяких слов. Бестужев, выпрыгнув из постели, принялся натягивать одежду со всей возможной быстротой. Накинул темно-синий инженерный китель, мельком проверив наличие браунинга в кармане. Фуражку Таня надеть не дала, поторопила:

— Потом, потом... Бежим! — и, схватив за руку, потащила из спальни. Бросила на ходу стоявшему у стенки Ферапонту: — Ворота не отпирай подольше, спал, мол, не слышал...

— Но тебе-то ничего не грозит? — спросил Бестужев.

— Ерунда какая! Тебя спасать надо!

Они пробежали по двору мимо захлебывавшихся лаем на толстых цепях двух мохнатых волкодавов размером с теленка. Таня уверенно потянула его к высокому забору из нетесаных плах. Она скользила по траве, босая и прекрасная, как лесная фея, Бестужев ею второпях любовался даже в этот миг.

— Плаху отодвинь! От себя толкни!

Он ухватился за кусок обструганного дерева, явно неспроста прибитого к плахе, нажал от себя — плаха тяжело откинулась наружу, образовав достаточно места, чтобы пролезть.

— Лесом уходи в город,— быстро проговорила Таня, наскоро его перекрестив.— Осторожнее, чтоб не убили... Собак с ними нет... Беги, милый!

Не было времени на нее смотреть — вдалеке уже явственно раздавался стук копыт. Как опытный кавалерист, Бестужев без труда определил, что это идут намётом не менее четырех-пяти лошадей. Согнувшись в три погибели, выскользнул наружу, установил плаху на место, напялил инженерную фуражку, которую все это время держал в руке,— и кинулся в лес. Позади слышался грохот чем-то твердым в ворота и гортанный крик:

— Атькрывай, сабак! Зарэжим, Фирапошка!

«Исмаил-оглы»,— определил Бестужев. Этот зарежет... И побежал в сторону города, круто забирая вправо, виляя меж берез. Поглощенный бегом, сле-

324

дя, чтобы не споткнуться о корень или пенек, даже не испытывал ни стыда, ни страха — некогда было...

— Айййй-яя! Бежит, сабак, бежит! Хазаин Коста, бежит! Вона-вона!

— Лови его, суку! — послышался крик Иванихина.— Лавой справа заходи!

Гиканье, свист! Стук копыт рассыпался на обе стороны, погоня усмотрела дичь и азартно кинулась вслед... Бестужев наддал. Зайчиком несся среди березняка. Загрохотали ружейные выстрелы, две пули с тугим жужжаньем пронеслись над головой, третья смачно шлепнула в березу — это уже не шутки... Бестужев прибавил прыти. Они пока были достаточно далеко, да и коням трудно набрать в этаком лесу настоящий разгон, но четыре конских ноги всегда превзойдут две человеческих... К тому же он в своей темно-синей тужурке был в белом березняке преотличнейшей мишенью...

Еще выстрелы. Бестужев свернул правее, изо всех сил стремясь к недалекому густому сосняку, в котором у него должно было прибавиться шансов. Оглянулся мельком — всадники вертелись меж высоченных берез, кони храпели, кто-то выстрелил, держа ружье одной рукой, навскидку...

Всё! Колючие сосновые лапы захлестали по щекам. Сбивая со следа погоню, Бестужев круто свернул, проскочил меж нависшими ветками, припустил отчаянными зигзагами. Вокруг стало гораздо сумрачнее — спасительный сосняк рос густо, помогая ему и вредя преследователям...

На дорогу, широкую полосу рыжеватой голой земли, глубоко пробитой двумя параллельными колеями, он выскочил неожиданно. Несколько мгновений постоял, оглядываясь. Потом пробежал вверх по отлогому склону, саженей двадцать, бросил у самой дороги, на другой стороне, темно-синюю инженерную фуражку — так, чтобы подумали, будто ее потерял беглец, спешивший именно в ту сторону. А сам кинулся вниз по дороге. Услышав недалекий стук копыт, свернул в чащобу, рухнул под толстой сосной, притаился за ней, зажав в руке браунинг с патроном в стволе — тут уж было не до церемоний, он убедился, что убить его хотели всерьез.

Так он пролежал довольно долго. Слышал, как погоня, шумно пронесясь в отдалении мимо его убежища, выскочила на дорогу, слышал чей-то торжествующий вопль — ага, нашли-таки фуражечку! — слышал невнятную перебранку. Потом стук копыт удалился, затих в чаще по ту сторону дороги. Они поймались на приманку...

И прекрасно. Он уже освоился со здешней тайгой и хорошо понимал, как трудно столь немногочисленной кучке охотников отыскать в чащобе исчезнувшего с глаз беглеца. Как-никак не куперовские краснокожие следопыты, оплошали... Но предосторожности ради не двигался с места, унимая колючую боль в легких,— давненько не приходилось так вот бегать...

По прошествии получаса прислушался к окружающему. Судя по безмятежному чириканью утренних птах и возне белок в кронах, человека поблизости не было. Теперь бы не столкнуться с ними нос к носу по чистой случайности...

Он встал, отряхнул одежду от сухих сосновых иголок и пошел вниз, в сторону города, держась за ближайшими к дороге соснами, время от времени останавливаясь и чутко прислушиваясь. Копыта стучат? Да, но еще и звук тележных колес доносится...

Затаился за деревом. Сверху ехала запряженная парой лошадок повозка, похожая на высокий ящик, закрытый с трех сторон. Видны были ящики, полуприкрытые рогожей, на облучке сидел широкоплечий монах в камилавке и черном шерстяном подряснике, туго перетянутом катауром — широким кожаным поясом с железной пряжкой без шпенька.

Сытые лошадки шли бойко, монах, на вид пожилой, уверенно держал вожжи.

Бестужев вышел на обочину. Лошадки всхрапнули. Вглядываясь в него со вполне понятной подозрительностью, рослый инок протянул:

— Сыне, ежели задумал что насчет нарушения божьих заповедей, семь раз отмерь сначала...— и многозначительно покачал в ручище увесистый безмен.

— До города не подвезете, отче? — спросил Бестужев, тщетно пытаясь придумать, как ему сразу обозначить себя приличным человеком. Инженерная тужурка сама по себе ни о чем еще не говорила, а приличные люди не имеют привычки бродить по заросшей лесом Афонтовой горе в шесть часов утра...

Монах всмотрелся, не опуская безмена:

— А приблизься-ка, голубь... Чтой-то у тебя на шее?

Что у него могло быть на шее? Следы ночной необузданности...

— Красиво зубки отпечатались,— фыркнул монах.— Аккуратные, один к одному... Прикрой воротом, охальник, перед духовной персоною... Лезь уж в повозку. Если что, рогожу на тебя наброшу, и сиди там тихо, как мышь...

Бестужев не заставил себя упрашивать, одним прыжком очутился на повозке. Монах встряхнул вожжами, чмокнул лошадкам, и они припустили рысцой.

— Вот оно как,— сказал монах.— Они тебя ловят в версте к северу, уже к берегу спускаются, а ты — вот он, прощелыга... А еще инженер, человек интеллигентный, образованный... Муж, отец или братья?

— Отец,— признался Бестужев.

Покосился на нежданного попутчика — монах был могучий, широкоплечий, сущий Пересвет, не такой уж и пожилой, как из-за его бороды показалось сначала:

— Так это ты, шустрик, дочку самого...— прищурился монах.— Ведь и пристукнуть могли.

— Они и пытались.

— Нужно тебе, инженер, из Шантарска быстренько уезжать... Я тебя не помню что-то. Приезжий?

— Да.

— Тем более, легче бежать будет... Этот папаша здесь царь и бог. Так, значит... Девка без царя в голове, однакож далеко не пропащая. Интересно... Блудным образом, стало быть?

— Отче,— ощетинился Бестужев.— Уважая возложенный на вас сан, я тем не менее нахожу ваши слова несправедливыми. Мог бы вам напомнить и про Песню Песней, где ни словечка не сказано насчет законного брака...

— Ох ты! А ежели с повозки ссажу за богохульство?

— Пешком доберусь. Не в пустыне.

— Сиди, интеллигент... За себя обиделся или за девушку?

— За девушку,— сказал Бестужев чистую правду.— Отче, вольно вам, человеку духовному, употреблять слово «блуд»... Но я-то хочу на ней жениться.

— Так ее за тебя Иванихин и отдал. Ты их физиономии не видел, сыне. Попадись ты им теперь — разорвут на сто пятнадцать частей. Но не в том даже дело, а в том, что не нужен Иванихину такой вот инженеришка в видах зятя... Ты бы сто раз подумал, прежде чем к юной девице шмыгать воровским образом...

— Отче,— вкрадчиво сказал Бестужев.— Позвольте поделиться возникшими у меня мыслями? Вы — человек степенный, в годах, судя по облачению, приняли ангельский чин* не сегодня и не

---

* Т. е. монах давно принял пострижение и ввиду этого не должен заниматься делами, которые обычно поручались послушникам.

вчера... Что же вас отрядили кучером, как простого послушника? Гордыню таким образом смиряете... или все иначе?

— Уел,— без особой злости хмыкнул монах.— Подкузьмил... А ты, сыне, неглуп и наблюдателен... Ладно, что уж там, было прегрешение от коварного зеленого змия, за что отец архимандрит, примем сие смиренно, наложил епитимью и труды по перевозкс... Ну и что? Прегрешения мои с т е б я вины не снимают... Ты не ерзай, не ерзай, морали я тебе читать не буду. Признаюсь тебе, сыне, откровенно: жизнь наша не всегда похожа на боговдохновенные «Жития», и грешники единым махом редко раскаиваются, и пастыри, способные парой слов всецело обратить на путь истинный, редки...

— Вообще-то, случилось однажды единым махом, на пути в Дамаск...

— Не умничай,— серьезно сказал монах.— То — на пути в Дамаск. Ты не апостол Павел, а я не ангел господень, обративший Савла в Павлы... Что-то всю ночь с атмосферой происходило, а? Светло было, как под фонарем...

Внизу уже открылся Шантарск — изящная громада кафедрального собора, россыпь домов, блестящие нитки рельсов... Утренний город выглядел издали, с горы, столь красивым и чистым, что в нем, представлялось, вовсе не должно было совершаться преступлений.

— Морали читать — занятие неблагодарное,— сказал монах, привычно перекрестившись на собор.— Ты просто посмотри на это природное великолепие. Вот он, перед тобою — бесстрастный свод небес, который будет неизменным, что бы вы ни творили внизу...

Бестужев примолк. Бескрайний купол неба с редкими облачками, белоснежными, тугими, и в самом деле выглядел столь величественно перед лицом суетных забот, что на миг ротмистр показался себе бесполезным и смешным. Но только на миг...

— Эй, а от э т и х тебе, часом, прятаться не нужно? — с интересом спросил монах.— Если нужно, иди ты с богом...

— Да нет,— сказал Бестужев, осмотревшись.

Внизу на дороге, там, где кончался отлогий спуск, стояли двое верховых — уже можно было отсюда рассмотреть красные погоны с голубым кантом на гимнастерках нижних чинов жандармерии.

— Ну, одной заботой меньше...— проворчал монах.

Верховые давно к ним присматривались — и вдруг понеслись навстречу коротким галопом. Доскакав, вахмистр поднес руку к козырьку:

— Ваше благородие! Осмелюсь доложить, озабочены вашим разысканием! Его высокоблагородие полковник Ларионов велели прибыть незамедлительно, как только будете обнаружены! Амосов, слезай! Отдашь коня его благородию, а сам пешком доберешься.

Рябой жандарм проворно соскользнул с седла, подвел коня к повозке.

— Что случилось? — спросил Бестужев.

— Не могу знать, ваше благородие! Весь личный состав поднят для ваших поисков! В гостинице не были обнаружены, так что высланы разъезды для возможного отыскания...

— Дивны дела твои, господи...— проворчал под нос монах.

Бестужев спрыгнул на землю и взял поводья у вытянувшегося перед ним Амосова. На сердце сразу стало неспокойно — т а к и е хлопоты не сулили ничего хорошего...

...Бестужев нетерпеливо пошевелился в кресле:

— Иван Игнатьевич, в чем же все-таки дело?

— Господин ротмистр, вам придется подождать полковника,— вежливо, но непреклонно ответил Рокицкий.— Я, право же, не полномочен... Посмотрите пока копии донесений исправников, это в самом деле любопытно. Кажется, атмосферные феномены вчерашнего дня получили объяснение... Вот, возьмите.

Видя, что от Рокицкого так-таки ничего и не добиться, Бестужев вздохнул, положил перед собой несколько листочков с телеграфными депешами — и незаметно увлекся.

«Семнадцатого числа нынешнего июня* в семь часов утра над селом Кежемским на Ангаре, с юга по направлению к северу, при ясной погоде, высоко в небесном пространстве, пролетел громадных размеров аэролит, который, разрядившись, произвел ряд звуков, подобных выстрелам из орудий, а затем исчез. Енисейский уездный исправник Соломин».

«Семнадцатого июня утром у нас наблюдалось необычайное явление природы. В селении Новокарелинском крестьяне видели на северо-западе, довольно высоко над горизонтом, какое-то чрезвычайно светящее белым голубоватым светом тело, двигавшееся в течение десяти минут сверху вниз. Приблизившись к земле, блестящее тело как бы расплылось, на месте же его образовался громадный клуб черного дыма и послышался чрезвычайно сильный стук, как бы от больших падавших камней или пушечной пальбы. Явление возбудило массу толков. Все жители селения в паническом страхе сбежались на улицы, все думали, что наступает конец света. Карелинский уездный исправник Безруких».

«Семнадцатого в здешнем районе замечено было необычайное атмосферическое явление. В 7 час. 43 мин. утра пронесся шум как бы от сильного ветра. Непосредственно за этим раздался страшный удар,

* По старому стилю. По новому — 30 июня.

331

сопровождаемый подземным толчком, от которого буквально сотрясались здания, причем получалось впечатление, как будто бы по зданиям был сделан сильный удар тяжелым камнем или огромным бревном. За первым ударом последовал второй, такой же силы, и третий. Затем — промежуток времени между первым и третьим ударами сопровождался необыкновенным подземным гулом, похожим на звук рельсов, по которым будто бы проходил одновременно десяток поездов. Потом в течение 5—6 минут происходила точь-в-точь артиллерийская стрельба: последовательно около 50—60 ударов через короткие и почти одинаковые промежутки времени. Постепенно удары становились к концу слабее. Через 1,5—2 минутный перерыв после окончания сплошной „пальбы“ раздалось еще один за другим шесть ударов наподобие отдаленных пушечных выстрелов, но все же отчетливо слышных и ощущаемых сотрясением земли. Исправник Притыко».

«Небо прорезало с юга на север какое-то небесное тело огненного вида, но за быстротою, а главное, неожиданностью полета ни величину его, ни форму усмотреть не могли. Зато многие отлично видели, что с прикосновением летевшего предмета к горизонту на уровне лесных вершин как бы вспыхнуло огромное пламя, раздвоившее собою небо. Как только пламя исчезло, раздались удары. При зловещей тишине в воздухе чувствовалось, что в природе происходит какое-то необычайное явление. На расположенном против села острове лошади и коровы начали бегать из края в край и кричать. Получилось впечатление, что вот-вот земля разверзнется и все провалится в бездну. Раздались откуда-то страшные удары, сотрясая воздух, и невидимость источника внушала некий суеверный страх. Становой пристав Каштанов».

«Невдалеке от Манска машинистом был остановлен товарный состав благодаря тому, что машинист принял грохот от пролета светящегося болида за взрыв какого-то груза в собственном поезде. Заместитель начальника пункта при Манском жандармском полицейском управлении железных дорог штабс-ротмистр Гуренков»*.

— Вот все и разъяснилось,— сказал Рокицкий.— Оказалось, обычный болид, хотя, надо полагать, небывалых прежде размеров. Извольте взглянуть на карту: судя по донесениям с мест, свечение видимо было в радиусе не менее шестисот верст. А «пушечные удары» слышались даже в Шантарске, верст за тысячу. Упал болид, примерно прикидывая, где-то возле Подкаменной Тунгуски... То-то и белые ночи стояли, словно в Питере... Явная связь.

Упомянув о Питере, он невольно замкнулся, ушел в себя. Это длилось недолго, но оба прекрасно понимали, в чем тут дело. Но на сей раз Бестужев уже не ощущал мнимой своей вины перед этим человеком...

Задумчиво усмехнулся: получалось, что это необычайное атмосферное явление, этот болид, превосходивший все прежние, спас ему, возможно, жизнь. Будь нынче ночью обычная темень, ему пришлось бы в парке туговато, нападавшие могли напасть совершенно неожиданно...

— Необычайное явление, верно?! — воскликнул Рокицкий.

— Да, конечно,— вежливо согласился Бестужев.— Но меня сейчас одолевают земные заботы... Вы не особенно заняты, Иван Игнатьевич?

— Да нет... А в чем дело?

— Нам бы следовало поговорить по душам.

— Простите, о чем?

— Как знать,— сказал Бестужев, глядя ему в глаза.— Возможно, у нас найдется немало о б щ и х тем для разговора...

---

* Цитируются подлинные источники.

— Полагаете? — Показалось Бестужеву или в глазах Рокицкого и в самом деле вспыхнула тревога? — Любопытно бы знать, каких тем?

— А вы не догадываетесь?

— Послушайте, бросьте эти загадки.— Рокицкий определенно нервничал.— Решительно не возьму в толк, о чем вы...

Бестужев посмотрел ему в глаза:

— Начнем с того...

Глянув через его плечо, Рокицкий проворно встал. Бестужев последовал его примеру. Вошедший Ларионов, не глядя на него, не снимая фуражки, направился в кабинет, и, только распахнув дверь, бросил через плечо:

— Алексей Воинович, зайдите...

Прикрыв за собой дверь, Бестужев вопросительно остановился возле стола.

— Садитесь, что же вы...— бросил Ларионов, опустился в кресло, так и не сняв фуражки, упер локти в столешницу, сцепил пальцы и какое-то время, казалось, забыл и о Бестужеве, и обо всем на свете. Поднял усталые глаза: — Алексей Воинович, я прекрасно понимаю, что не имею права вмешиваться в ваши действия, равно как и требовать от вас отчета. Однако позвольте со всей откровенностью. Без экивоков. Вы, простите, уедете, а расхлебывать — мне. Никоим образом не пытаясь вас обидеть или, того пуще, оскорбить, все же вынужден заметить... Простите, что с вами происходит? После возвращения с приисков вы, если можно так выразиться, словно бы в ы п а д а е т е из нормальной работы. Вы практически не бываете ни в управлении, ни в охране. Не встречаетесь ни со мной, ни с кем бы то ни было из ваших коллег. Нужно развивать достигнутый вами успех, продолжать работу по выявлению злоумышленников, но вы словно бы устранились. Вас никто не видит, о ваших действиях — если только таковые имели место — никто не осведомлен. И наоборот: по городу поползли устойчивые слухи, что вы занимаетесь делами, бесконечно далекими от службы, посвящая этому все ваше время... Ротмистр, ну нельзя же так! Объяснитесь, право. Если это — хитрая стратегия во исполнение ваших обширных полномочий, если вы все же ведете работу, о которой не положено знать нам, провинциальным трудягам, то хотя бы намекните. Представьте себя на моем месте — что я должен думать? Особенно т е п е р ь...

— Василий Львович...— сказал Бестужев, испытывая легкий стыд.— Что до... слухов — это, право же, мое дело. И только мое.

— Ошибаетесь, почтенный.— Ларионов был настроен не то чтобы недружелюбно — к о л ю ч е.— Пока вы носите мундир известного ведомства будучи в служебной командировке — это не одно ваше дело...

— Простите, господин полковник... Но поверьте, я как раз и р а б о т а ю. Слово офицера. Я — всего в нескольких шагах от результата. Тысяча извинений, но я по ряду причин просто вынужден держать все в тайне. Совсем скоро я вам дам все должные объяснения...

— А пока и советоваться незачем с провинциальными кротами? — грустно усмехнулся Ларионов.

— Вы не так все понимаете...

— Оставьте, ротмистр,— отмахнулся Ларионов.— Не до этого сейчас. Ну да, мне неприятно ваше поведение, но шут с ним... Не о том сейчас речь. Есть заботы поважнее. Явка в Аннинске уничтожена бандитами полностью. М о я явка.

— Что вы имеете в виду? — вскинулся Бестужев.

— Там все убиты,— сказал полковник.— Все четверо. Я сегодня и не ложился. Около полуночи пришла телеграфная депеша, я кинулся вас искать, но вы исчезли из гостиницы неведомо куда, и никто не знал, где вас искать. Баланчук час назад уехал в Аннинск на проходящем... Все чисто случайно выяснилось. К Савелию пришел знакомый, а там...

Судя по состоянию трупов, уже пролежавших немалое время, их расстреляли в упор через очень короткое время после вашего оттуда ухода. Вполне возможно, задержись вы там, разделили бы их участь. Они вас переиграли, ротмистр. Да и меня, признаться, тоже. Явка, надо полагать, была выслежена и расшифрована... Почему вы не сказали, что одного из напавших на поезд вам все же удалось захватить живым?

— Откуда вы знаете? — вырвалось у Бестужева.

Полковник досадливо поморщился:

— Алексей Воинович, вы, право... Я же не мальчик. Кому же еще мог принадлежать четвертый труп, найденный в чулане связанным по рукам и ногам? Явно вашему пленнику. Не принесли же его с собой неизвестные нападавшие? Зачем, господи? Ах, Алексей Воинович, что же вы наделали? Если бы вы доставили этого субъекта в Шантарск немедленно по задержании, все были бы живы... Они его, конечно же, убрали, подозревая, что он все рассказал... Ну как же вы так?

Возразить ему было нечего. Столь потерянным и даже жалким Бестужев давно уже себя не чувствовал — это даже не ошибка, это хуже...

— Известны какие-нибудь детали? — спросил он мертвым голосом, глядя в пол.

— Пока нет. Я же сказал, туда отправился Баланчук с двумя офицерами... Известно лишь, что все четверо убиты из огнестрельного оружия, свидетелей, учитывая отдаленность избы от города, нет ни единого. Ах, Алексей Воинович...

Лучше бы он упрекал, распекал, даже оскорбил — но полковник лишь печально глядел на него красными от бессонницы глазами и молчал. Не хотелось жить — подобные промахи непростительны...

Полковник встал и, старательно глядя мимо Бестужева, промолвил:

— Мне пора ехать. Губернатор вызывает, уже доложили... Не имею права вам указывать, но, душевно советую, займитесь д е л о м...

Это было, как пощечина. Бестужев торопливо вышел вслед за полковником в приемную, и, когда Ларионов удалился так, словно никакого петербургского гостя и не существовало, опустился на предназначенный для посетителей стул.

— Может, объяснитесь все же? — спросил Рокицкий.

Бестужев поднял голову. Унынию и самоуничижению можно будет предаться позже, а сейчас единственным выходом из сквернейшего положения, в котором он неожиданно очутился, оставалась работа. Лишь успех мог вернуть ему уважение к себе...

— Иван Игнатьевич,— сказал он спокойно.— За каким чертом вам понадобилось агентурить Покитько? Совершенно ничтожный в плане возможного о с в е щ е н и я кого бы то ни было субъект, не связан ни с какой нелегальщиной, бесперспективен...

— Кто вам такое сказал?

— Что — бесперспективен?

— Нет. Что я его заагентурил.

— Да бросьте вы, Иван Игнатьевич. Ваши с ним встречи регулярно происходят на конспиративной квартире: Всехсвятская улица, дом номер восемь, сорок первая квартира... Вы ему платите двадцатку в месяц... Или я не прав?

— Вы что, установили за м н о й наблюдение?

— Иван Игнатьевич, вы же опытный сотрудник...— поморщился Бестужев.— К чему эти детские реплики? Вы не ответили...

— А почему, собственно, я обязан вам отвечать? — недружелюбно осведомился Рокицкий.— Инструкции вам известны не хуже моего. На вопросы, касающиеся секретных сотрудников, я могу не отвечать даже...

— Иван Игнатьевич, а по отчетам какая сумма кладется в месяц Покитько?

— Милостивый государь, что вы имеете в виду?

— То, что сказал.

— Нет, позвольте! В ваших словах постоянно присутствует некий оскорбительный подтекст...

— Да помилуйте, вам просто показалось,— сказал Бестужев, старательно притворяясь, будто не видит, как побледнел от гнева Рокицкий.— Я задаю самые обычные вопросы... Так вы решительно не хотите отвечать ни на один?

— Сначала объясните, что происходит и что вы против меня имеете.

— Ничего, милейший Иван Игнатьевич,— заверил Бестужев.— Абсолютно ничего... Штабс-ротмистр, вы же опытный жандарм. Вам никогда не приходило в голову, что наши неизвестные грабители ухитрились столько времени благоденствовать, потому что им помогал кто-то со стороны? Человек, облеченный некоторой властью, имеющий доступ к секретной информации? В самом деле, никогда? А вы на досуге попробуйте рассмотреть проблему в э т о м аспекте. Введите в задачу таинственного Некто, столь странным и загадочным образом ускользавшего от полиции, охраны, жандармерии... я бы не удивился, окажись это н а ш человек... Случались печальные примеры.

— Вы...— лицо у Рокицкого было совершенно белым.— Вы на что намекаете?

— Да при чем тут намеки? — изобразил Бестужев крайнее удивление.— Нет, в самом деле, проработайте задачу в э т о м аспекте. Да, это ведь вы шифродепешами подтверждали жандармскому пункту на приисках Иванихина полномочия Ефима Даника как негласного сотрудника охраны?

— Нет...

— Странно,— сказал Бестужев.— А вот Польщиков утверждает, что вы. Хотите очную ставку?

— Ну... Как вам сказать...

— Один только вопрос, Иван Игнатьевич,— мягко сказал Бестужев.— Окажись я на вашем месте, а вы на моем, в ы бы м н е верили?

— Да что вы несете? — прямо-таки возопил Рокицкий, окончательно и бесповоротно выбитый из колеи.— Какое «ваше место»? Какое «мое»? При чем здесь Даник и Покитько?

— Вот и я гадаю, при чем,— сказал Бестужев безжалостно.— Нет, право же, Иван Игнатьевич, обдумайте гипотезу предателя в наших рядах. А я пока подумаю над странностями поведения иных господ офицеров, выражающимися в их поведении и делах... Честь имею!

Не подавая руки, он встал, коротко поклонился и побыстрее вышел. Как ни паршиво было на душе, все же ухмыльнулся под нос. Чем-чем, а только что законченным разговором можно немного гордиться. Рокицкий приведен в должное состояние, изящно выражаясь, полнейшего душевного раздрызга. Не нужно быть семи пядей во лбу, чтобы это заметить. Даже если это и не он... а это может оказаться и не он... Нет, все правильно. Либо з а д е р г а е т с я и наделает оплошностей, либо своими действиями приведет к т о м у... Но Аннинск... Как же так, господи? Как Сёма с Пантелеем подпустили чужого на близкое расстояние и дали себя убить? Битые-перебитые филеры, отцу родному в такой вот ситуации не позволившие бы подобраться незаметно и вынуть оружие... Значит, они так и не успели перевезти пленного на новую квартиру. Да и сам он уцелел чудом: останься в Аннинске...

— Ваше благородие!

Дежуривший внизу жандарм был явно смущен.

— Что такое?

— Там, на крылечке, вашу милость... дожидаются,— он старательно избегал встречаться взглядом.— Если произойдет... нечто... зовите на помощь, обязаны по долгу службы предотвратить...

— Ты о чем?

— Там-с...— показал жандарм на входную дверь.— Ждут...

Глава шестая. Все благополучно рухнуло...

Недоуменно пожав плечами, Бестужев распахнул высокую дубовую дверь. На обширном крыльце, возле витого столбика, поддерживавшего с правой стороны железный козырек над входом, стоял Иванихин — поза спокойная, руки сложены на груди, при виде Бестужева лицо не изменилось, только ноздри зло раздулись...

Ничего не ощущая, кроме тягостной усталости, Бестужев сказал:

— Здравствуйте, Константин Фомич...

— Наше вам с кисточкой...— многозначительно протянул шантарский крез.— Вы головой-то не вертите, поручик, я пришел один. Чтобы в т а к о м деле размотать вас по забору, мне молодцы не нужны. Сам справлюсь,— он прищурился с ядовитой насмешкой.— Будете от меня в здании спасаться? Там у вас нижних чинов полно, защитят в случае чего...

— Нет уж, простите,— сказал Бестужев решительно.— Ни за чьи спины прятаться не намерен. Это даже хорошо, что вы... пришли.

— Да?

— Да. У меня к вам серьезный разговор. Давайте, чтобы не привлекать излишнего внимания, пройдем... хотя бы в парк? Благо недалеко.

Они бок о бок, словно добрые приятели, спустились со ступенек и пересекли улицу. Пройдя квартал, свернули в парк, совершенно безлюдный. Видно было, что любое промедление приводит Ивани-

340

хина в нешуточную ярость, и он постоянно опережал Бестужева на пару шагов. Остановился у сосны, воинственно задрал черную, как смоль, бороду:

— Ну что, сучий пряник, пощады просить не будешь? Ведь постучу сейчас тобой об это дерево...

Не сдвинувшись с места, Бестужев спокойно сказал:

— Константин Фомич, я прекрасно понимаю ваши чувства, но вот этого не надо. Я боевой офицер, не забывайте. Маньчжурию прошел. Да и впоследствии, служа в жандармах, под смертью оказывался не раз. Пугать меня не нужно — не испугаюсь. А если вздумаете... делать глупости, отпор дать сумею. Без оглядки на последствия.

Какое-то время они мерились злыми взглядами, наконец Иванихин, поджав губы, полез во внутренний карман поддевки. Бестужев напрягся. Однако вместо возможного револьвера на свет божий появилась мятая темно-синяя фуражка с эмблемой горных инженеров.

— Твоя?

Бестужев поймал фуражку на лету, спокойно расправил и надел на голову:

— Представьте.

— Ну, и что мне с тобой делать, с-сукин кот? — скорее деловито поинтересовался Иванихин.— Коли ты, на свое везение, живой от нас ушел?

— Константин Фомич,— сказал Бестужев убедительно.— Я прошу у вас руки вашей дочери. Отнеситесь к этому со всей серьезностью. Это не экспромт, вызванный вашим неожиданным визитом, а твердое, давно принятое решение.

Пожалуй, он несколько озадачил золотопромышленника. Тот потерял некий злой напор, поджал губы, задумался, фыркнул:

— Надо же... Просишь?

— Я люблю вашу дочь,— сказал Бестужев.— И некоторые обстоятельства позволяют надеяться, что я, равным образом, ей не вполне безразличен.

— Да уж, обстоятельства...— выдохнул Иванихин, глядя на него какое-то время так, словно все же собирался броситься.— Ну что же, п о р у ч и к... Это серьезный оборот дела, и обсуждать такие предложения полагается со всей степенностью и обстоятельностью. Коли вы ухитрились ускользнуть там, на горе, посреди города затевать с вами кулачную свару как-то и неудобно... Как выразился бы Исмаилка, нужно либо сразу резать, либо не трогать вовсе... К тому же я, некоторым образом, перед вами в долгу. А что до Таньки — у меня и раньше были подозрения, что некоторые стороны взрослой жизни ей у ж е знакомы не в теории. Ох, растить их без матери... Ну ладно, ротмистр, приступим к делу. Предложение ваше сделано по всем правилам. Позвольте вам по тем же правилам сразу и отказать. Не думайте, что я так говорю из-за сегодняшних... сюрпризов. Не обижайтесь, дорогуша, но в зятья вы мне никак не подходите.

— Объяснитесь.

— Помилуйте, это же на поверхности! Не спорю, вы — офицер, должно быть, дворянин... да? Отлично... Только прошли те времена, милейший Алексей Воинович, когда среди купцов величайшей честью почиталось отдать дочь за дворянина. Кое-кто, правда, и ныне не прочь спихнуть дочурку «под герб», но, заверяю вас, лично я не ощущаю в том никакой потребности. Она — И в а н и х и н а, ротмистр. Урожденная Иванихина. И коли уж бог не дал сына, законного наследника, следует с максимальной пользой выдать замуж дочь. Что у вас — офицерское жалованье? Карьерные перспективы — полковник через семь-восемь годочков, а то и позже? Имение, быть может? Десятин двести? — он весьма иронически произнес последнее слово.

— Меньше,— признался Бестужев.— Гораздо меньше.

— Вот видите... Ну какой из вас жених для И в а - н и х и н о й? Нет, я не поскупился бы на приданое, но не в том дело, не в том... Жених, ротмистр, на примете имеется давно. Слава Серебряков. Не в пример своей беспутной сестрице, крайне толковый молодой человек, заканчивает Горный институт, к золотодобыче относится со всей серьезностью... вы вообще знаете, что такое в шантарской золотодобыче Дмитрий Кузьмич Серебряков?

— Наслышан.

— Тем лучше,— кивнул Иванихин.— В должной мере сможете оценить мои стратегические замыслы. Мы ведь не тупые, стратегию понимаем. Так вот, соединение в будущем иванихинских и серебряковских приисков дает, милейший Алексей Воинович, уж простите на дерзком слове, целую золотую и м - п е р и ю. Я не вечен, а Серебряков и вовсе стар. Вячеслав справится. А каковы перспективы — я ведь собираюсь будущее Танькино приданое приумножить и расширить, новые прииски открываются, золотишко разведано, машины выписаны, котлы, вслед за моим американским Круксом еще дюжина едет, я намерен развивать индустриально этот дикий край... И что же, прикажете все разрушить только из-за того, что взбалмошной Таньке понадобилось затащить вас в постель, а вы, побывавши там, к ней в о с п ы л а л и? — Он покачал головой.— Простите, милейший, это совершенно ненужная в данном случае лирика. Вынужден решительно пресечь, уж поймите правильно.

Говори он с насмешкой, с нескрываемой враждебностью — Бестужеву, пожалуй, было бы легче. Но Иванихин ронял свои жуткие для Бестужева фразы разумно и взвешенно, деловито, серьезно, тоном словно бы приглашал к пониманию...

— А вы уверены, что она...

343

— Ох, только не нужно этого...— поморщился Иванихин.— Бегство из дома на лихой тройке, отчаянный поп венчает, цимбалы и кимвалы, с милым рай и в шалаше... Алексей Воинович, я немного знаю свою дочь. Девчонка, сорванец, ветер в голове, из пистолетов палит, на коне скачет в мужских портках... но это наносное. Издержки юного возраста. Г о л о в а, смею вас заверить, у нее иванихинская. Светлая голова. Купеческая, простите. Рай в шалаше — сие не для Таньки, уж позвольте заверить. Никак не по ней. Никуда она с вами не сбежит, поскольку знает прекрасно, что лишу в с е г о,— и знает, что слов на ветер не бросаю. В конце-то концов, Слава — не старый черт со знаменитой картины «Неравный брак», там еще у художника фамилия неприличная, вроде пуканья... Молодой, пригож, обращение понимает, Таньке не противен. Стерпится — слюбится, не нами сия истина придумана. Ну поймите вы, Алексей Воинович! В ы — это вы, а вот м ы — это совсем другое. Мы, миллионщики, промышленники, вроде королей — детей обязаны женить и замуж выдавать не по сердечной привязанности, а в видах будущего делового благоприятства. Я с вами предельно откровенен, и, поверьте моему честному слову,— все именно так и обстоит. То есть Танька именно такова, какой я ее вам представил. Не побежит сломя голову в шалаш, бросив все, отцом нажитое...

— Но ведь вы делаете несчастной вашу дочь! — вырвалось у Бестужева.

— Я?! — искренне удивился Иванихин.— Да с чего вы взяли?! С какой стати? Будь у вас дети, поняли бы, что я ее, наоборот, стремлюсь сделать счастливой. Чтобы жила в богатстве и довольстве, хозяйкой будущей золотой империи, а не женой, простите, рядового офицерика, пусть даже с приличным жалованьем и казенной квартирой вкупе с казенными дровами... Вот где было бы несчас-

344

тье! — Он поднял ладонь.— Все, Алексей Воинович, поговорили. Вы — человек крепкий, стреляться не побежите, перестрадаете. Какие ваши годы, их, красавиц, на белом свете столько... Ну, поманила девчонка, ну, произошло... Бывает. Не про вас она, ротмистр, лучше сразу себе это в голову вбейте. И я вас убедительно прошу: извольте уж и дорогу в мой дом забыть, и Таньку. Я, со своей стороны, все забуду, вот и выйдет так на так. А то уже слухи по городу поползли касаемо вас с ней, да будет вам известно. Сие не смертельно, но докучливо. Пора решительно пресечь... Ну, мы друг друга поняли?

— Подождите! — сказал Бестужев, видя, что Иванихин собирается уйти.— Об этих слухах... Кто их распускает?

— Ну, милейший...— поморщился Иванихин.— Какое вам, собственно, дело? Не тот случай, когда следует привлекать служебные возможности. Вы же мужчина, перестрадайте...

— Не в том дело,— заторопился Бестужев, горячечно выпаливая слова.— Константин Фомич, я почти вышел... почти отыскал того, кто стоит за нападениями на золотые караваны, за всеми смертями... Он это почуял, меня пытаются скомпрометировать... Кто вам сообщил, что я и ваша дочь... Мне важно это знать, поймите, дело не в сплетнях, все сложнее. Вашими руками меня пытались убрать... Благо повод наилучший и убедительный... Кто вам сообщил?

— Вот что, хороший мой,— серьезно, твердо сказал Иванихин.— Что ловите этого мерзавца — спасибо. Земной поклон. Святое дело. Если потребуется денежная помощь или содействие — всегда к вашим услугам. Но вот этого... не надо. Тут вы — пальцем в небо.

— Кто вам сообщил?

— Сорока на хвосте принесла,— отрезал Иванихин.— Алексей Воинович, мы хорошо поговорили, я, признаюсь, изменил отношение к вам в лучшую сторону... и не нужно меня разочаровывать, ладно? Давайте останемся при уговоре. Таньку — забудьте. Не буду у вас вымучивать честного офицерского слова — просто, полагая вас человеком порядочным и разумным, считаю, что вы взвесите мои слова, обдумаете и признаете мою правоту. Иначе, простите, законным образом в порошок сотру-с... Словом, поговорили и разошлись. А этого не надо. Кто, да почему, да когда... Всё. Поговорили. Позвольте со всем расположением откланяться...

Он приподнял белый картуз и отошел, скрывшись вскоре из виду. Бестужев остался стоять, чувствуя себя уничтоженным. Самое скверное — он видел в словах Иванихина резон, сердцем не мог примириться, а вот умом чувствовал резон. Не хотел верить, что Таня поступит согласно отцовской воле, но подозревал, что именно так и произойдет, как-никак был не романтичным юнцом, а взрослым человеком, офицером, жандармом, знающим, сколь сложна жизнь и насколько она не похожа на сентиментальные романы...

Но сердце, что поделать с ноющим сердцем?!

Он взял себя в руки ценой громадных усилий, потому что не мог позволить такую роскошь — предаваться меланхолии. Его ждала работа. Сжав зубы, стараясь ни о чем не думать вообще, вышел из парка, шагал вдоль тротуара, пока не заметил свободного извозчика. Замахал ему, прыгнул в пролетку:

— В Николаевскую полицейскую часть, да поживее!

...Великан Зыгало чуть ли не внес Ефима Даника за шкирку, как паршивого котенка. Пихнул на расшатанный стул, встал за спиной и отрапортовал:

— Означенный доставлен! Сопротивления особого не оказано, хотя егозил, как девка под клиентом, деньги сулил, карами стращал от больших людёв...

— Да ну, серьезно? — картинно поднял брови пристав Мигуля.— Ты, Ефим, где ж это встречался с большими-то людьми? В мечтаниях своих, что ли? Ах ты, рожа бакалейная...

Сидевший рядом Бестужев молча разглядывал задержанного. Чем-то Даник и впрямь походил на цыгана, но не особенно. Нервничал он, нервничал, сразу видно, именно что егозил...

— Ермолай Лукич! — Даник прижал руки к груди.— Помилосердствуйте, с чего бы вдруг? Невинного человека...

— Это вы ведь в девяносто пятом судились Аккерманской судебной палатой за кражу со взломом из обитаемого строения? — спросил Бестужев.

Даник уставился на него с видом монахини, заподозренной в потайном содержании борделя:

— Оправдан за недостатком улик-с, господин ротмистр!

— Откуда вам известен мой чин? — хмуро поинтересовался Бестужев.

— Помилуйте! Вы за краткое время стали заметным в городе человеком! Простите на глупом слове, вас каждая собака знает...

— Значит, оправданы за недостатком улик...

— Подчистую, господин ротмистр. По молодости и доверчивости водил дружбу с кем попало, вот за компанию и пали подозрения. Сей суровый жизненный урок послужил мне, беспутному, на пользу, пересмотрел свое отношение к жизни, занялся торговлей, вышел в люди...

— И поступили в охранное отделение?

— Простите, с чего вы взяли-с? — вежливо спросил Даник.

— Вы ведь показывали Ивану Тутушкину карточку охранного отделения? — спросил Бестужев.

— Я? Ваньке? Врет, прохвост! Откуда у меня такая карточка?

— И пистолетом ему не угрожали, если не забудет про Ольгу Серебрякову?

— Кого? Да вы подумайте, где Серебрякова и где мы с Ванькой! Я ее и видел-то исключительно издали...

— А Польщиков, начальник жандармского пункта на приисках, тоже врет? — спросил Бестужев.— Вы к нему приезжали с должными полномочиями от охранного отделения, работу вели... Ну!

Даник переменился в лице. Выпрямился на стуле, придав себе всю возможную степенность. Церемонно сказал:

— Господин ротмистр, вы человек, так сказать, облеченный... Вам можно. Но при Скуловороте, а особенно при этом вот горилле...— он дернул затылком в сторону Зыгало.— Позвольте уж наедине. Дело государственное...

Бестужев ухмыльнулся:

— А вы уверены, Даник, что эти господа не служат под м о и м началом? Что все мы в данный момент — не о д н а розыскная бригада? Если вы их знаете давненько, это еще не означает, что вы в с ё о них знаете... Что вы погрустнели? Значит, врет Ванька Тутушкин? А Олечку Серебрякову вы не знаете вовсе? (Даник истово кивал вслед за каждым вопросом.) Ну, а Польщиков?

— Свяжитесь, будьте так добры, с господином Рокицким,— сказал Даник уверенно.— Он вам все и разъяснит...

— Ага,— сказал Бестужев.— Значит, у вас еще какой-то финт за душой припасен? Василий, друг мой, прогуляйтесь за дверь, и не бойтесь, мы с господином приставом сами справимся...— и, когда за верзилой закрылась дверь, встал, наклонился к Данику, сказал доверительно: — Знаете, в чем ваша беда, дражайший Ефим Григорьевич? Да в том, что вы оказались меж жерновов. А это — иногда самое паршивое, что может с человеком случиться... Признаюсь вам откровенно: я не буду вас допрашивать вовсе. Да-да, представьте себе. И пристав не будет. Не хочу я терять с вами драгоценное время. Для меня совершенно ясно, что вы каким-то боком причастны и к смерти Струмилина, и к исчезновению коноваловского подмастерья Штычкова, который был и не ювелирным подмастерьем вовсе, а работал в Петербургской охране... Не говоря уж о вашем приказчике, которому вы поручили с компанией таких же ухарей напасть на меня вчера в парке... Ну да бог с вами. Я вас не буду допрашивать. Я вас попросту посажу в арестантский вагон и отправлю в Петербург. Вот т а м вас допросят... Впрочем, я неточно выразился. На вас там н а в е с я т...— Он продолжал мягко, задушевно: — Знаете, почему меня сюда послали, Ефим Григорьевич? Да оттого, что в соседней губернии — кабинетские золотые прииски, при дворе испугались, что эта зараза — я о грабежах — может перекинуться и к соседям. Там, в столице, прямо-таки жаждут, чтобы им представили виновного. Лично я глубоко уверен, что вы, хотя и причастны ко многому, но играли сугубо подчиненную роль, а заправляли другие. Но кто будет слушать какого-то ротмистра? Главное, у юстиции появится кандидат в подозреваемые. Вас быстренько р а з м о т а ю т по полной. И виной тому будет ваше невезение. Ведь это вы, а не кто иной, засветились перед Тутушкиным, вы, а не кто-то иной, заплатили за номер Штычкова и вкручивали хозяйке, будто он уехал жениться. Вы маячили на приисках в роли сотрудника охраны. Другие в тени, а вы — вот он, под ярким светом. Даже Мельников в тени... Ефим Григорьевич, я совершаю служебный проступок, но почитайте уж, что мне насчет него прислали из Петербурга...— он перевернул лежащий на столе лист.— Ну, ознакомьтесь, вы, как-никак, словно бы в р я д а х состоите, в охране...

Закурил папиросу и с удовольствием смотрел, как отваливается у Даника челюсть. На побледневшем лице черная бородка выделялась особенно контрастно, казалась сейчас театральной, приклеенной.

— Господи боже мой...— прошептал Даник.— К политике ни сном ни духом сроду не прикасался...

— Охотно верю,— сказал Бестужев.— Но кого это будет волновать в Петербурге? Они в вас вцепятся, как лайки в медведя. Грохнет по столу кулаком какой-нибудь чин в звездах — и налетит сюда целая орава агентов, каждый ваш шаг будет восстановлен и выявлен. Ваш, а не чей-нибудь иной — ведь никто другой нам не попался, а вы вот попались. Знаете, что порой такие дела решаются не по суду, а по высочайшему повелению? Росчерк пера государя императора — и отправитесь вы навечно куда-нибудь в Вилюй или Нарым... Вы и в самом деле предпочитаете остаться единственным козлом отпущения, Ефим Григорьевич? Ну, если вы такой идиот...— Бестужев присел на край стола, нависая над Даником.— Некогда мне с вами рассусоливать. Да и охоты нет совершенно. Я свою задачу, собственно, выполнил — могу со спокойной совестью предоставить в Петербург виновника. Разве вы в этом деле человек случайный? Нет-с, вы виновник. А то, что виновник вы не главный, мне уже наплевать. Мой отчет и без того выйдет достаточно убедительным. Надоело мне у вас, наскучило, хочу обратно в Петербург... И вы со мной за компанию, Ефим Григорьевич...— Наклонился еще ниже.— А ведь вместо вас может поехать в арестантском вагоне кто-нибудь другой, но это зависит исключительно от вас... Что, едем на вокзал?

— Не надо,— просипел Даник.

— Значит, предпочитаете уступить столь почетное место кому-то другому? Не вилять и не раздумывать! — рявкнул Бестужев так, что Даник отшатнулся.— Кто заправляет всем делом?

— Не знаю, как бог свят! Ваше благородие, мое дело — десятое, я на подхвате, вроде официанта, подай-принеси... Вот и пихали меня вперед, до чего ни коснись...

— Кто всем заправляет?

— Видит бог, не знаю и знать не хочу! Не зная таких вещей, проживешь дольше... Вы Мельникова спросите! Я все приказания и инструкции получаю сугубо от него, оне ж барин, «ваша милость»... ну, а он, я так подозреваю, как раз от г л а в н о г о...

— Где Штычков?

— Не убивал! — истерически всхлипнул Даник.— Крови на мне нет! Что поручили мне Георгий Владиславович — сходить, заплатить, Хлынихе наплести с три короба,— я и выполнил...

— А Тутушкина зачем пугали?

— Было велено... Оттереть Ваньку от Олечки и возить ее к господину Струмилину — в видах охраны и бережения, чтобы сплетен меньшс было...

— А что делали на приисках?

— Бакалейные товары поставлял...

— Даник!!!

— Если возникнет такая необходимость, передавал Мельникову эстафеты из Шантарска. Что там, неизвестно. Я заглядывал пару раз, да там тарабарской грамотой писано было, не зная секрета, не прочтешь. Ну, а для видимости изображал, будто агентов для охраны подыскиваю...

— От кого получали шифровки? Ну, эту самую тарабарскую грамоту?

— От Витьки, вроде лакея у Мельникова... Он же барином живет, ему лакей положен...

— Кто вам выписал билет охранного отделения?

— Мельников велел идти в жандармское управление, к господину штабс-капитану Рокицкому, они и вручили, собственноручно...

— И что при этом сказал Рокицкий?

— Да ничего особенного, встретил, ничуть не удивившись, отдал билет в конверте, сказал что-то вроде: «Смотри, мол, блюди государственные интересы» — и до двери довел...

— Как вы вообще в такое дело влипли?

— Да уж не по собственному желанию! — огрызнулся Даник.— У меня лавка, дело налаженное... Нет, зажали в углу, как девку на танцульках, сунули под нос, фигурально изъясняясь, кропотливо собранный реестр прегрешений да пообещали: либо в каторгу, либо... Честно желая облегчить душу, признаюсь: были и деньги, не без того... И послабления...

— Пишите,— распорядился Бестужев, пододвинув к нему чернильницу и бумагу.— Все, что мне только что рассказали. Черт с вами, пишите в форме обращения по инстанциям. На мое имя. Мол, глубоко раскаиваясь в преступных занятиях, в каковые был помимо воли, угрозами и шантажом, втянут... кем, кстати?

— Да Мельников, чтоб ему! И с ним был Пашка Рокотов, агент из охранного...

— Не тот ли, что на Портовой живет?

— Точно! Портовая, семь, собственный дом!

— Пишите, сударь мой!

— Я тут кляксочку от волнения поставил...

— Ничего, лишь бы разборчиво было,— поощрил Бестужев.— Валяйте не думая, шкуру свою спасаете, Ефим Григорьевич...— он чувствовал себя, как на иголках, скулы сводило от охотничьего азарта, благо дичь явственно замаячила в пределах досягаемости.

Время, казалось, ускорило свой бег — невероятно быстро водил пером Даник, со всех ног вбежал Зыгало, еще быстрее скрылся с Даником, увлекая его в «холодную»...

— Клюнуло, кажется, Алексей Воинович? — радостно прогудел Мигуля.

— Оч-чень похоже...— сказал Бестужев, тщательно сворачивая вчетверо показания Даника и пряча их в карман.— Можете на своих орлов полагаться?

— Не извольте беспокоиться, Панкстьянов с Мишкиным за ним присмотрят. А если с Мельниковым все пройдет гладко... Алексей Воинович, есть у меня в околотке на Томской и надежный тамошний надзиратель, и оч-чень интересное средство убеждения... Бар, простите, нужно колоть на эффектном создании той обстановки, в которой они осознают, что и не баре вовсе, а так, слякоть... Ваську Зыгало с собой берем?

— Пожалуй что,— подумав, кивнул Бестужев.— Как себя поведет господин Мельников, заранее неизвестно. При его-то послужном списке...

— Сейчас Ваську покличу. Алексей Воинович... Я тут давеча ломал голову, да так и не придумал, как это поэтессы живут друг с дружкою? Помните, рассказывали? Балетные танцоры с мальчиками — это еще понятно, это и в наших краях случалось, а вот каким образом поэтессы...

Бестужев наклонился к его уху, немногословно и емко растолковал, каким именно образом. Мигуля отплюнулся, по-лошадиному крутя головой. Запихал в карманы два взведенных браунинга, размашисто перекрестился на иконку в углу, и оба вышли.

...В отличие от Даника, господина инженера Мельникова Зыгало препроводил в комнату значительно вежливее: ну да, конечно, отметил Бестужев, он Ваське прекрасно известен как один из городских патрициев, и с маху перестроиться трудно...

— Садитесь, господин Мельников,— сказал он вежливо.

И, опустив глаза к столу, еще раз бегло прочитал депешу из Петербурга.

«Мельников Георгий Владиславович (Барчук, Инженер, Леший). Урожден 15 мая 1874 года. Из дворян Шуйского уезда Владимирской губернии. Закончил Горный институт, работал краткое время на уральских казенных заводах, далее — в Санкт-

Петербургском представительстве немецкой электротехнической фирмы „Эгберт“. О местонахождении в настоящее время департамент данными не располагает, означенный числится по списку Б-1, о чем сделаны необходимые рассылки.

В поле зрения Охранного отделения впервые попал в 1893 г., обучаясь на первом курсе вышеозначенного института, как участник социал-демократических кружков Благоева и Точисского. В 1895 г., по негласным данным, участвовал в работе „Союза борьбы за освобождение рабочего класса“, созданном Ульяновым-Лениным (Старик). Административным порядком высылался в Вятскую губернию, откуда по настойчивым хлопотам родителей через год возвращен для продолжения обучения в Горном институте.

По имеющимся данным, принимал участие в так называемом первом съезде Российской социал-демократической рабочей партии (РСДРП) в марте 1898г. в Минске, на втором съезде РСДРП (1903, Брюссель-Лондон), где произошел раскол данной партии на два течения, примкнул к Ульянову-Ленину и его группе, получившей название „большевики“. Участвовал также в лондонском съезде РСДРП (1905 года, апрель). Подозревается в активном участии в боевых дружинах РСДРП большевистского направления. Имеются данные о тесных контактах с Тер-Петросяном (Камо), Красиным (Отец), Джугашвили (Коба). Остался на подозрении в причастности к экспроприациям в Эриванском казначействе и Русско-Азиатском банке, переправке оружия по „финляндскому каналу“, переделке номеров пятисотенных казначейских билетов и деятельности на Урале боевой дружины Кадомцева-Гузакова. Во время зимних беспорядков 1905 года был замечен в Петербурге в социал-демократических кругах, причастных к созданию так наз. Совета рабочих депутатов (Троцкий-Бронштейн, Хрусталев-Носарь), однако в выборные органы не входил, деятельность в этот период полностью не прояснена.

В начале 1906 г. исчезает из поля зрения органов политического сыска империи. По непроверенным данным, выехал в Париж. Заграничная агентура, сориентированная по этой версии, не подтвердила ее и не опровергла.

Особо опасен как человек, владеющий в совершенстве приемами по выявлению наружного наблюдения и ухода от такового. По данным Петербургского охранного отделения, подозревается в причастности к убийству агента наружного наблюдения Ножикова (СПб, 1904). Временами имел при себе огнестрельное оружие, но обычно предпочитает обходиться без такового».

«Следовательно, Б-1»,— подумал Бестужев. Как и следовало ожидать. Формулировка для данного списка стандартная: «При обнаружении разыскиваемого лица, не подвергая ни обыску, ни аресту, ограничиться сообщением об обнаружении и установлением неотрывного надзора».

Он поднял глаза, расплылся в улыбке:

— Господин Мельников? Вернее, господин Леший? Какая неожиданная встреча! Представляете себе, вы у нас в розыске числитесь!

Банальное начало, банальные реплики, с неудовольствием отметил он сам. Но что еще прикажете придумать? На породистом лице Мельникова — ни тени замешательства, совершенно спокоен...

— Действительно, неожиданность...— сказал Мельников, степенно усаживаясь.— И по какой же категории я у вас прохожу? Надеюсь, не А-1?*

— Ну что вы,— сказал Бестужев, испытав некоторый шок оттого, что Мельников, оказывается, был прекрасно осведомлен о секретных груп-

---

* Список А-1 означал, что разыскиваемое лицо подлежит немедленному аресту и обыску.

пах и списках.— Всего-то Б-1, Георгий Владисла-вович...

— В таком случае, чем объяснить столь насиль-ственное приглашение на беседу?

— Помилуйте,— сказал Бестужев.— Неужели к вам применяли насилие?

— Дело вкуса,— пожал плечами Мельников.— По-моему, визит к человеку моего положения па-рочки городовых и прогулка по улицам в их со-провождении — это уже насилие. Боюсь, придет-ся...

— Бога ради! — поморщился Бестужев.— Я вас умоляю, не будем касаться этих аспектов. Разу-меется, вы будете жаловаться губернатору, полиц-мейстеру, председателю Совета министров Петру Аркадьевичу Столыпину... Кому еще, господу богу? Или наместникам его на земле? Оставим это, Георгий Владиславович. Жалуйтесь, коли придет охота...

— Извольте объяснить мое задержание.

— Здесь написана про вас масса интереснейших вещей,— сказал Бестужев, подняв бумагу за уго-лок.— Причастность к нелегальной деятельности РСДРП и ее боевых отрядов, экспроприации, кон-трабанда оружия...

— Причастность или подозрения в таковой? — усмехнулся Мельников.— Согласитесь, меж этими двумя понятиями — дистанция огромного размера, выражаясь словами классика... Вы согласны?

— Возможно,— пожал плечами Бестужев.

— В таком случае, ротмистр, повторяю — я вы-нужден потребовать объяснений. Здесь, в Шантар-ске, я занимаю не столь уж маловажный пост в гу-бернской администрации, и круг моих забот не ос-тавляет свободного времени. Извольте изложить основания, по которым я вынужден сидеть здесь и все это выслушивать. Я причастен к некоей не-легальной политической деятельности?

356

— По моему убеждению, в данный момент — нет,— сказал Бестужев.

— Я проживаю под чужой фамилией?

— Нет, под своей.

— Быть может, по чужому паспорту?

— Паспорт ваш сомнений не вызывает,— столь же спокойно признал Бестужев.

— Так в чем же дело? Скажу вам откровенно, ротмистр, в ранней молодости я и в самом деле, гм, был некоторым образом причастен к разного рода нелегальщине — о, разумеется, я имею в виду не ваши мифические экспроприации и контрабанду, а изучение запрещенной литературы, создание нелегальных кружков и тому подобные юношеские шалости,— он говорил как по писаному, не сводя с Бестужева ироничного взгляда.— Что ж, «это многих славный путь»... Масса неопытного, восторженного юношества отдала дань этим заблуждениям, даже Зубатов, будущая звезда политического сыска, в юные свои годы баловался народовольческими идеями, не правда ли? С тех пор много воды утекло, ротмистр. Войдя в зрелые года, я осознал всю бесперспективность и порочность этого пути... и постарался стать полезным, почтенным, уважаемым членом общества, стал делать карьеру, выслужил чин... Помилуйте, я же абсолютно не виновен в том, что вы потеряли меня из виду... Я прав?

— Вы совершенно правы,— кивнул Бестужев.— Хотя нас, сатрапов, и считают этакими всевидящими Аргусами, бюрократическая машина, как и в других областях жизни, неповоротлива. Иногда достаточно уехать подальше и прекратить всякую активную деятельность на известной ниве, чтобы надолго выпасть из поля зрения... Значит, вы пережили ломку юношеских иллюзий и разочарование в прежних идеалах? Вам не ангел ли явился, как Савлу на пути в Дамаск? Я себе это живо представляю: грядете вы, господин Мельников, и вдруг с неба слетает ангел с голубыми кантами на крыльях, с аксельбантом, и, воздевая огненную шашку образца восемьдесят первого года, возвещает: «Георгий, сын Владиславов! Переродися!» И вы, стало быть, переродились?

Мельников рассмеялся без малейшего напряжения:

— А у вас талант... В юмористические журналы не пишете?

— Времени нет,— сказал Бестужев.— Ну что ж... Господин Мельников, а почему вы, собственно, решили, что мы вас по-прежнему в чем-то подозреваем? Я здесь нахожусь чисто случайно, дабы уточнить некоторые детали. Я их уточнил. Вы давно уже не имеете ничего общего с эсдеками и боевыми дружинами? Я этому только рад — одной заботой меньше... Все претензии к вам — чисто уголовные, а это уже не моя епархия...

— Что же вы здесь в таком случае делаете?

— Вообразите себе, исполняю роль свидетеля,— сказал Бестужев.— Да, вот именно. Свидетеля. Помните, я, еще будучи в личине горного инженера, на приисках, говорил с вами об отправке очередного золотого каравана? То есть тогда-то вы уже знали, кто я на самом деле, я раскрыл перед вами свое инкогнито... И в том числе поведал вам, что в ящиках у меня — два ручных пулемета, из коих мои агенты намерены задать жару грабителям... Помните?

— Конечно.

— А вы слышали о том, что на нас все же напали в поезде?

— Да, как все вокруг...

— Нападавшие, что интересно, первым делом потребовали от меня выдать им ручные пулеметы из ящиков... а знаете, в чем тут был жандармский подвох, Георгий Владиславович? Да в том, что про эти мнимые пулеметы я сказал вам одному... Вам одному,— с расстановкой повторил Бестужев.— Я вам соврал, будто об этом знают еще несколько человек... У меня было определенное число подозреваемых, и каждому из них я преподнес свою ложь... А потом оставалось смотреть, что за этим воспоследует... Вот тут вы попали впросак...

Наконец-то! Впервые на этой холеной физиономии отразилось беспокойство! Понял, голубчик, что дело обстоит серьезно...

— Ну? — рявкнул, как и следовало по роли, пристав Мигуля.— Что скажете, господин хороший?

Как и ожидалось, Мельников возмутился:

— Я попросил бы вас...

Гэп! Глыбообразный кулак Мигули так грохнул по столу, что и Бестужев передернулся. Зловещим тоном Мигуля протянул:

— Это ты у девки проси, а у меня — отвечай на вопросы! Плевать мне, что ты — губернский секретарь и чего-то там заведующий! У меня ты, гладкий, проходишь как главный подозреваемый по чисто уголовному делу, к каковому, безусловно, относится разбой на путях сообщения! Ишь, секретарь... В столицах бароны с графьями, случается, идут по уголовке... И никто им на нары к а к а в у не подает!

— Ротмистр...— оглянулся на Бестужева Мельников. С радостью подметив в его тоне и глазах откровенное замешательство, Бестужев развел руками, сообщил злорадно:

— Ничем не могу помочь, Георгий Владиславович. Я же говорю, сам здесь — в качестве свидетеля по уголовному делу. Никакой политики в оном не усматривается, а значит, вы всецело в распоряжении господина пристава. Я понимаю, в э т о м заведении порядки не те, к каким ваша милость изволили привыкнуть на допросах в охранном, да что ж поделать?

— Читай, сучий выползок! — рявкнул Мигуля, выложив перед инженером показания Даника.— Тут про тебя мно-ого прописано!

Мельников — на сей раз без всяких шумных протестов — взял бумагу. Читал очень внимательно. Мигуля бдительно стоял над ним, чтобы, не дай бог, не вздумал сжевать — всякое случалось...

Когда инженер отложил бумагу и поднял взгляд, Бестужев уже видел, что беспокойство крепнет, хотя, разумеется, в панику не перешло. Для человека с таким опытом нелегальщины нужно что-то посерьезнее... или попросту иное, молодец Мигуля, авось, и выйдет...

— Ну? — рыкнул пристав.

— Вы основываетесь исключительно на показаниях этого типа? — спросил Мельников почти спокойно.

— А чем же они, интересно, плохи? Да и господин ротмистр, говоря об истории с пулеметами, дает основания думать...

— Вздор! — с кривоватой улыбкой сказал Мельников.

— Милостивый государь...— поморщился Мигуля.— Что ж вы так несерьезно к делу-то относитесь? Устроим вам очную ставку, а там, смотришь, подтянутся еще свидетели... Думаете, я перед вами на стол все выложу?

Мельников оглянулся на Бестужева. Тот откровенно ухмылялся:

— Увольте, Георгий Владиславович, увольте! Мне в это дело впутываться — резона нет. Столько раз благополучно выскальзывали из рук политического сыска, что я с вами и связываться более не хочу, что на вас заработаешь, кроме головной боли...

— Ты рожу-то аристократическую не строй! — прикрикнул Мигуля на Мельникова.— Видывали мы тут... благородных! — Он склонился над инженером, спросил тише: — Колоться будешь?

— Простите, но все это — сущее недоразумение,— сказал тот, отчаянно пытаясь сохранить хорошую мину при плохой игре.

— Ну и ладненько,— неожиданно дружелюбно сказал Мигуля. И столь же тихо, доверительно сообщил: — Не буду я с вами, милостивый государь, время тратить понапрасну. Посидите, подумаете, авось и поумнеете. Отдельных н у м е р о в для таких, как ваша милость, тут не имеется, не гостиница «Старая Россия», как-никак, так что придется в общую. Сосед, правда, своеобразный. Вам, как человеку интеллигентному, доводилось слышать, что в столицах поэтессы друг с дружкою живут? А? Ну, таких у нас, слава богу, не имеется, зато сидеть вам придется с варнаком по кличке Князь — живорез, татарская лопатка... Есть у него, изволите ли знать, привычка вместо баб мужичков пользовать на манер нравов библейского града Содома. Неприятное соседство-с, сознаюсь, но апартаментов не имеем, на весь околоток одна-единственная камера, а Князя на улицу не выгонишь, на нем столько всякого висит... Ну, идите отдохните, ежли удастся в компании Князя-то... Зыгало!

Инженер сопротивлялся, как мог, пока его тащили к двери, но с Зыгало эти штучки не проходили. От дверей он успел крикнуть:

— Господин ротмистр!

— Увольте-с! — громко, с удовольствием ответил Бестужев, разводя руками.

Потом вместе с приставом вышел в коридор. Они дошли до угла, за которым в тупичке помещалась камера, прислушались. Изнутри доносились невнятные крики, нечто вроде топотанья.

— Ермолай Лучич,— с беспокойством сказал Бестужев.— Этот ваш варнак не натворит... дел?

— Да что вы такое говорите? — ухмыльнулся Мигуля.— И не варнак это вовсе, я его время от времени по сговору с фельдшером из умалишенного дома заимствую, за пару бутылок казенной в сутки. Существо тишайшее, мухи не обидит, к насилию и мужеложству не склонен. Но колоритен! Ростом под потолок, башка наголо брита, рожа устрашающая... Как есть полный придурок, умом вроде пятилетнего. Слышите, орет? Он сейчас по своему обыкновению разоблачился догола, мужское свое естество в кулаке крутит и гугнит нечто непонятное.— Пристав тихонько захихикал: — Зре-елище... Кому в голову придет, что Князь этим и ограничится? При его посредстве не то что ваш инженер — матерые мазы кололись, с татарином пару часов просидевши... Головой в дверь бились... О! Орет! Ваш инженер, чего доброго, уже портки намочил. А через часок-другой шелковым оттуда выйдет, если раньше в дверь не начнет тарабанить и орать о готовности сотрудничать со следствием. Уж поверьте...

— Ермолай Лукич! — послышался сзади резкий, неприязненный голос. Они обернулись. Перед приставом стоял незнакомый Бестужеву мужчина, кряжистый, с густой черной бородой, с Анной на шее, в мундире Министерства юстиции с погонами. Уставясь на Мигулю исподлобья, словно бык на тореадора, он покачивал головой с таким видом, словно подтвердились его худшие подозрения и пристав был пойман на чем-то нехорошем. За спиной чернобородого стоял молодой чиновник в мундирном сюртуке МВД, на первый взгляд настроенный гораздо более легкомысленно к происходящему. Взгляд его был скучающе-ироническим.

— Это и есть ротмистр Бестужев, успевший в наших краях не на шутку прославиться? — спросил бородатый столь же неприязненным тоном.

— Он самый,— Бестужев прищелкнул каблуками.— С кем имею честь?

— Прокурор губернской судебной палаты Верещагин,— сообщил тот набычась.— Чиновник особых поручений при губернаторе, губернский секретарь Ремизов... Вы намерены и далее держать нас в коридоре, пристав? — покосился в сторону камеры.— Что у вас там?

— Пьяный орет,— не моргнув глазом, ответствовал Мигуля.— Прошу в кабинет, Викентий Сергеевич...

Влетев первым в маленький кабинетик околоточного, прокурор и не подумал сесть — он пробежался по комнате от двери к окну, вернулся, встал перед приставом:

— Нам только что сообщили, что вами задержан инженер Мельников. Извольте объяснить ваши действия. Должен сразу предупредить, что губернатор уже извещен о вопиющем произволе, проявленном в отношении весьма известного в городе лица, и им в помощь мне направлен господин Ремизов... Итак, пристав?

Мигуля, тщательно подбирая слова, начал:

— Викентий Сергеевич...

— Я вам не Викентий Сергеевич, а господин прокурор!

— Господин прокурор,— сговорчиво повторил Мигуля.— Инженер Мельников задержан по подозрению в причастности к грабежу золотых обозов...

— Основания?

Мигуля протянул ему показания Даника, столь же напряженно следя за руками прокурора, как давеча за Мельниковым при чтении им сего документа. Верещагин быстро прочел, крутя головой и фыркая, сложил бумаги вдвое и сунул себе в карман.

— Каким образом выбиты эти «показания», мне уже доложили. Меры приняты. У вас имеется что-то еще, помимо этой филькиной грамоты? Что молчите? А у вас, ротмистр?

Бестужев медленно покачал головой. Слишком хорошо понимал, что его рассказ об уловке с пулеметами будет немедленно осмеян и отметен.

— Подведем итоги,— густым басом произнес прокурор.— Насколько я понимаю, по в а ш е й линии, ротмистр, каких-либо претензий к господину Мельникову не имеется? Что же вы тут в таком случае делаете?

— Вызван в качестве свидетеля,— кротко ответил Бестужев, решив не лезть на рожон.— По делу о нападении на поезд с золотым грузом.

— Ну, в таком случае извольте пока не мешать,— прямо-таки отмахнулся прокурор.— Далее... Согласно существующим правилам, дела о грабежах и разбойных нападениях должна вести сыскная полиция, а не городская. Что в таком случае господин Мельников делает в помещении околотка, где не имеется сыскной комнаты? И где же сотрудники сыскной полиции? А? — Он демонстративно заглянул под стол, в шкаф, словно надеялся обнаружить там агентов из сыскного.— Где, я вас спрашиваю? Пристав!

Мигуля убито молчал.

— Где Мельников, наконец?

— В камере,— глядя в пол, сообщил Мигуля.

— Ну вот что, Ермолай Лукич,— зловеще протянул прокурор.— Властью, данной мне законами империи, вынужден решительно пресечь сие безобразие. Молчать! — рявкнул он, хотя все и так молчали.— Вы в полиции служите не первый год, прекрасно понимаете, какие беззакония только что творили... Вы, ротмистр, тоже, надеюсь, с грехом пополам разбираетесь в юриспруденции?

Бестужев помалкивал. Возразить было нечего — то, что они с приставом здесь устроили, и в самом деле решительно противоречило как уголовному праву, так и ведомственным инструкциям. Затеяно было все в расчете на то, что победителей не судят,— но им не дали времени...

— Так вот, господа мои,— протянул прокурор.— Вариантов развития событий у нас всего два. Либо вы велите немедленно освободить господина Мельникова и извинитесь перед ним должным образом, либо мы с вами отправимся к полицмейстеру для подробного разбора ваших действий... Итак?

364

— Зыгало! — крикнул пристав, успев бросить на Бестужева печальный взгляд.— Выпусти... господина инженера!

Бестужев поразился самообладанию Мельникова — выскочив из камеры в крайне растрепанном и перепуганном виде, он с полувзгляда оценил ситуацию. И во мгновение ока обрел прежнее ироническое спокойствие. Улыбнулся:

— Викентий Сергеевич, рад вас видеть. Надеюсь, справедливость восстановлена?

— Ну разумеется, батенька! — прогудел прокурор. (Ремизов держался в стороне, иронически поглядывая на происходящее.) — Господа, я не слышу ваших извинений...

— Я в них не нуждаюсь,— великодушно заявил Мельников.— Прекрасно понимаю, насколько у господ расстроены нервы из-за серии постигших их неудач, как они горят рвением оправдаться и доказать свою полезность... Всего хорошего, господа!

— Ну, вы ангел,— с неудовольствием проворчал прокурор.— Я бы этих молодчиков...— Уже уходя, он обернулся и яростно погрозил пальцем Мигуле с Бестужевым: — Сма-атрите у меня, голубчики! Доиграетесь! Не в дикой Африке живете!

И все трое скрылись из виду. Появившийся неизвестно откуда молодой околоточный, благоразумно пересидевший визит грозного гостя где-то в отдалении, развел руками:

— Ермолай Лукич, что поделать, не двери же перед носом было запирать...

Безнадежно махнув рукой, Мигуля прошел в кабинет. Повернулся к Бестужеву, улыбаясь криво, жалко:

— Все благополучно рухнуло...

— Даник,— сказал Бестужев.— Что он имел в виду, этот ваш либеральный прокурор, говоря, что в отношении его «меры приняты»?

Посмотрев ему в глаза, Мигуля охнул, схватился за телефонную трубку:

— Барышня! — яростно постучал по рычагу.— Барышня, спите вы там, что ли? Сорок пятый дайте. Николаевскую часть! Я т-те покажу, Свиридов, «кто спрашивает»! Панкстьянова мне из-под земли! Панкстьянов! Что там у тебя с Даником? А? Ага... Так... Кто? Ага...— Лицо его все более вытягивалось. Повесив, наконец, трубку, он сказал, глядя в сторону:

— Вскоре после нашего отъезда Даника забрали жандармы. Что тут было поделать? Прикатили двое нижних чинов с поручиком, потребовали...

— Ермолай Лукич,— тихо сказал Бестужев.— Наружным наблюдением этого не объяснишь. Кто-то из ваших стукнул, из части...

— Сам знаю,— сварливо откликнулся Мигуля.— Не маленький.— И потерянно повторил: — Все благополучно рухнуло...

Бестужев быстро сказал:

— Можете узнать насчет Тутушкина?

— Ну, если надо... Барышня! — воззвал он в трубку.— Сто тридцать первый попрошу... Пожидаева мне, быстренько! Иван Андреич, Мигуля телефонирует. Как там мой постоялец? Ага... Да так, нужно мне было... Нет, пусть и далее...— Повесив трубку, печально улыбнулся.— Ну, по крайней мере, Ванька в наличии, на месте. До арестного дома покамест не дотянулись. Да какое это теперь имеет значение? Подсекли нас, а?

— Не раскисайте, пристав,— сказал Бестужев, несмотря на все случившееся, чувствовавший прилив злого азарта.— Далеко не все еще потеряно... У вас есть доступ к центральному полицейскому телеграфу?

— Конечно.

Почти не раздумывая, Бестужев присел за стол, вырвал листок из своего блокнота и быстро написал: «Петербург, охранное отделение, Васильеву. В лесу пожары. Большие пожары. Ввиду крайне затруднительного положения прошу вашего вмешательства и предоставления особых полномочий. Ответ прошу немедленно. Лямпе».

И протянул листок Мигуле:

— Отправьте вне всякой очереди. Сейчас в Петербурге около девяти утра, о телеграмме доложат немедленно, и вскоре о наших затруднениях будет знать генерал Герасимов. Мы еще побарахтаемся, Ермолай Лукич... Ох как побарахтаемся! Не вздыхайте, мне, собственно, не нужно уже ваше присутствие, так что вы ни с какого боку не замешаны в дальнейшем... Дайте мне только Ваську Зыгало, а? На всякий случай. Не исключаю, что мне придется кое-кого сейчас брать...

И он подумал: «Интересно, когда Герасимов договаривался об этой фразе, „лесных пожарах“, имевшей значение крика о помощи, требования немедленного вмешательства Петербурга, свет наш Александр Васильич и в самом деле имел в виду одни лишь обтекаемые „непредвиденные обстоятельства“ или втихомолку думал о варианте „предателя в рядах“? Поди пойми Герасимова...»

— Думаете, выйдет толк? — с сомнением покрутил головой Мигуля.— Я не сомневаюсь, что ваш Герасимов — личность могущественная, однакож начали активно прятать концы...

— Я не уверен, что им удастся спрятать все концы,— сказал Бестужев.— Ничего еще не рухнуло, пристав, ничего еще не решено... Я специально добавил к условленным «пожарам» эпитет «большие», чтобы там, в Петербурге, зашевелились... Позвольте телефон? — Он снял трубку.— Барышня, попрошу... минутку! Ермолай Лукич, где у вас телефонный список? Спасибо... Попрошу семьдесят третий. Госпожа Аргамакова? Вас беспокоит ротмистр Бестужев, если вы меня еще помните. Рад слышать...

Ирина Владимировна, могу я поговорить с вашим мужем? Понимаю... Сочувствую... В таком случае осмелюсь просить вас о встрече...

Глава седьмая. Как ходят в аптеки в Шантарске

Она вошла в роковой шестнадцатый номер без малейшего смущения — красивая, уверенная в себе молодая женщина, провинциальная светская львица, одна из «гетер» Ваньки Тутушкина, у которого еще не выветрилось из кудрявой головы классическое образование... Бросила мимолетный взгляд на пустой стол, и в ее взгляде Бестужев подметил легонькое удивление. «Ага,— подумал он почти весело,— ожидали, голубушка, полный стол фрухты и конфект, не говоря уж о шампанском? Фигушки, как изящно выражается Оленька Серебрякова...»

— Прошу вас, садитесь, Ирина Владимировна,— сказал Бестужев, целуя ей руку.— Я так рад, что вы пришли...

— Хотите, открою маленький секрет? Я теряюсь перед дерзкими, уверенными в себе мужчинами. А люди вашей профессии, ротмистр, меня откровенно завораживают — этот восхитительный аромат тайны, коим вы окутаны... Ни на что так не падки женщины, как на тайны...

Ее грудь вздымалась чуточку чаще, чем следовало бы для нормального дыхания, то, что открывало взору модное декольте, выглядело весьма соблазнительно. Ага, вот и умелый пленительный взгляд из-под полуопущенных длинных ресниц, многозначительный такой... Бери и укладывай в постель, никакого отпора, за тем и пришла...

— Вы меня заинтриговали столь неожиданным приглашением, ротмистр,— призналась она томным, грудным голосом.— Встречаться в о т е л е — это несколько неприличное безумство, но я уверена, что блестящий петербургский офицер сумеет сохранить все в тайне...

«Интересно, мадам, на скольких постелях в этом самом отеле вы уже совершали неприличные безумства?» — так и вертелся у него на языке вопрос. Но вслух он, разумеется, сказал совсем другое:

— Вы, право же, чрезмерно мне льстите, Ирина Владимировна. Я, увы, рядовой служака не самого престижного ныне ведомства...

— Не прибедняйтесь, Алексей! — она кокетливо погрозила пальчиком.— Все знают, что вы — посланец и фаворит всемогущего Герасимова, наделены немаленькой властью... Вы согласитесь выслушать бедную челобитчицу?

— Да, разумеется,— кивнул Бестужев, констатировав, что дамочка умеет брать быка за рога.

— От ваших слов и ваших отчетов наверняка будет зависеть многое. И не спорьте, я искушена в бюрократических тонкостях более, чем вам представляется. На дворе — двадцатое столетие, Алексей, слабые женщины понемногу эмансипируются, начинают разбираться в сложных мужских делах...— Она слегка наклонилась к нему, выставив на обозрение декольте, доверительно понизила голос:— Милейший ротмистр, я форменным образом умираю здесь от смертной тоски. Скоро превращусь в скелет...

— Полноте, Ирина Владимировна,— улыбнулся Бестужев.— Вы, право, восхитительны, я бы рискнул сказать, божественны...— и, что бы поторопить дальнейшие события, окинул ее недвусмысленным, открытым мужским взглядом.

Рыбка заглотнула наживку. Дама промурлыкала еще интимнее:

— Алексей, я и в самом деле чувствую, что гибну. Эта дыра... Скоро будут прожиты лучшие годы... Меж тем очень многое зависит от вас. Вы, безусловно, в состоянии отразить в вашем отчете деятельность мужа таким образом, так замолвить словечко, что перевод его в Петербург станет реальностью... И не спорьте, вы в состоянии... Господи, как хочется в Петербург! — вздохнула она искренне.— Викентий трудолюбив и не лишен способностей, он может сделать хорошую карьеру... и служить надежной опорой тому благодетелю, кто продвинет его из этой глуши. Вовсе не обязательно по судебному ведомству, возможно ведь и перевестись гражданским чиновником в охранное отделение или Департамент полиции... Вы ведь в состоянии это устроить при необходимости, признайтесь?

— Пожалуй,— сказал Бестужев.

— Так сделайте это, Алёша...— Она наклонилась к нему так близко, что Бестужев почувствовал на щеке теплое дыхание. Накрыла его руку узкой изящной ладонью.— Можете мне поверить — благодарность моя будет безгранична, я, честное слово, готова на все... Мы понимаем друг друга?

— Я вас прекрасно понимаю, Ирина Владимировна,— сказал Бестужев.— А вот вы меня — не совсем...

— Простите? — она недоуменно подняла брови, похожие на ласточкины крылья.

Вежливо высвободив руку, Бестужев встал. Сделав несколько шагов по комнате, повернулся к ней:

— Ирина Владимировна... Вы, право же, очаровательны. Но мне-то нужно другое... Нет, я не о постели.

— Все, что угодно,— ее взгляд стал чуточку напряженным.

— Давайте обозначим акценты,— сказал Бестужев твердо.— Я — не восторженный мальчишка, который в обмен на пару часов неземного блаженства способен выполнить любой дамский каприз...

— Однако, какой вы...— она улыбнулась не без цинизма.— Почему — «пара часов»? Я всегда к вашим услугам, и в Петербурге тоже... Вы настолько пресыщены? Или... правду говорят про вас и эту белобрысую дикую кошку?

— Вы меня не понимаете,— сказал Бестужев.— Дело обстоит, простите, с точностью до наоборот... Я не стану продвигать вашего мужа — прежде всего потому, что он откровенно тормозит мою работу этим своим мнимым запоем. Ну какой из него запойный? Я их повидал достаточно... Мне просто необходимо ознакомиться со следственным делом о смерти Струмилина, которое вел ваш муж, но он, изображая запой, уклоняется от предоставления бумаг. Тут не о продвижении впору вести речь, а о злостном препятствовании расследованию... Понимаете?

— Люди не всегда вольны в своих решениях...

— Кто его попросил так сделать? — резко опросил Бестужев.— Или — кто заставил? Только не говорите, что не знаете. С вашим-то прагматичным умом... Кто?

На ее личике не было ни замешательства, ни удивления.

— Ротмистр, вы, должно быть, понимаете, что такое — сложившаяся система отношений? Связей? Особенно здесь, в провинции?

— Прекрасный ответ,— сказал Бестужев.— Вы не сказали ничего, но в то же время сказали слишком много... Кто?

Она медленно покачала головой:

— Простите, но прямой ответ многим чреват... Позвольте папироску?

— Бога ради.— Бестужев поднес ей огня и с удовольствием закурил сам.— Ирина Владимировна, вы очаровательны. При других обстоятельствах я был бы у ваших ног... Но сейчас — д р у г и е игры. Коля Струмилин был моим другом. Он не кончал самоубийством, его убили... Вы не догадывались? Или догадывались, но предпочитали этого не знать? Его закопали, как собаку, в неосвященной земле, за оградой кладбища... Ради его памяти, по долгу чести я тут переверну небо и землю, но виновного найду...

— А вы не думаете, что это может быть опасно и для вас? — серьезно спросила она.

Бестужев, поморщившись, мотнул головой:

— Я столько раз был под смертью.... Простите, но при данных обстоятельствах я не могу никого щадить. Вы — умная женщина и должны меня понять. Ладно, я не спрашиваю у вас имя... Я сам его найду. Но вот что я вам скажу со всей безжалостностью... Ваш муж — человек умный и способный, если в столь молодые годы сумел дослужиться до надворного советника, что по Табели о рангах, как известно, соответствует армейскому полковнику... Но я, как вы совершенно справедливо подметили, могу дать толчок его дальнейшей карьере... либо погубить таковую надежнейше. При вашей-то осведомленности вы не можете не знать, какие силы задействованы в этой игре. Какие люди... Даю вам честное слово офицера: если ваш муж немедленно, нынче же не предоставит мне следственное дело, я не просто отзовусь о нем в отчете отрицательно — я представлю его как безответственнейшего типа, умышленно и злонамеренно чинившего мне препятствия. Я составлю эту часть отчета так, что последствия для него будут самыми плачевными. Только не упрекайте меня в жестокости, она — вынужденная... Вам уныло в Шантарске? А как вы посмотрите на перевод вашего мужа в еще более унылые места? Севернее по глобусу? Где никакой цивилизации нет вообще? Генерал Герасимов в состоянии это устроить Я не шучу, поверьте...

Она что-то прикидывала, взвешивала, ничуть не пытаясь пускать в ход слезы и капризы. «Потрясающая все-таки женщина,— оценил Бестужев.— Мужчиной бы ей родиться, в охранное бы поступить — цены б не было...»

— Предположим, дело он вам покажет. Что тогда?

— Я не отзовусь о нем в отчете плохо,— сказал Бестужев.— Это в данной ситуации — уже кое-что... Поверьте. А если он мне расскажет, как на духу, кто уговорил его прятать от меня дело, прикидываться запойным, да выразит это письменно... тогда... Ну хорошо. Тогда — перевод в Петербург. Приложу все старания.

— Ну что же,— сказала она медленно.— Вы, я вижу, серьезный игрок... Можно нескромный вопрос? Вы, случайно, мальчиками не интересуетесь? Бессилием, быть может, страдаете?

— Ирина Владимировна...— поморщился Бестужев.— К чему это? — Не было смысла разглагольствовать перед ней о долге и чести, следовало подыскать что-то более понятное ее циничной натуре.— Заверяю вас, я в этом отношении совершенно нормален. Просто... Разве вы никогда не слышали, что для мужчин карьерные побуждения могут быть даже важнее женского внимания? Я уверен, ваш муженек кое на что закрывает глаза в видах карьеры... а?

— Что вы имеете в виду? — насторожилась она.

— О, это чистая абстракция...— заверил Бестужев.— Понимаете ли, за успешное завершение дела мне обещали звезду. Неужели же я променяю ее на женское... внимание?

— Ах, вот вы какой...

— Вы в этом видите нечто ненормальное?

— Ну что вы, ротмистр, наоборот... Вполне понятные побуждения.

— Значит, мы договорились?

— Как вам сказать...— протянула она.— Давайте искать компромисс. Я не настолько глупа, чтобы думать, будто вы поверите одним обещаниям... но и сама на одни обещания клюнуть не способна. Требуется золотая середина...

— То есть?

— Следственное дело он вам представит, можете на меня положиться. Нынче же. А вот имя того, кто... оказывал на него давление, я вам открою только в Петербурге. Когда Викентий получит новое назначение и ничего нельзя будет переиграть.

— А не обманете? — ухмыльнулся Бестужев.

Она ответила столь же откровенным взглядом:

— А какой резон? Во-первых, мы уже будем вне досягаемости... его возможностей, во-вторых, вы всегда можете устроить Викентию какие-то притеснения по службе, если я обману...

— Ирина Владимировна, вы и в самом деле незауряднейшая женщина,— искренне сказал Бестужев.— Вам бы у нас служить...

— Я бы смогла,— кивнула она с серьезным выражением.— Значит, мы договорились, Алексей? Муж вам покажет дело, а вы не будете его терзать вопросами по поводу того... Ну, а остальное — простите, в Петербурге.

— Согласен,— кивнул он.

Красавица выпрямилась, по ее губам пробежала легкая улыбка:

— Вы в самом деле отпустите меня теперь просто так? Не подумайте, что я к вам вульгарно подлизываюсь... но я и в самом деле редко встречала достойных меня мужчин. На которых извечное женское оружие действует плохо... Быть может, спросите шампанского и запрете дверь?

— Откровенность за откровенность,— сказал Бестужев, стараясь, чтобы в его голосе звучало

374

искреннее сожаление.— Вы великолепны,— он подпустил во взгляд цинизма.— Ах, с каким удовольствием я бы с вас все это содрал... ах, простите, совлек. Но у меня настолько нет времени... События разворачиваются быстрее, чем мне хотелось бы. Только что поступила депеша из Петербурга, меня категорически торопят. Времени нет совсем...

...Опустившись в кресло, Бестужев усмехнулся:

— Вы прекрасно выглядите, мой дорогой.

— Ротмистр, вы же, насколько я помню, условились...— страдальчески поморщился Аргамаков.

— Простите,— кивнул Бестужев.— Этого я касаться не буду... А интересно, между прочим: прокурора Верещагина зовут в точности как и вас, он тоже Викентий Сергеевич...

— Да, интересное совпадение...

— Это все математика,— дружелюбно сказал Бестужев.— Знаете, мне однажды один приват-доцент сообщил любопытный математический фокус. Если в одном помещении окажутся не менее тридцати человек, у двоих из них непременно совпадут дни и месяцы рождения. Да-да, представьте себе. Мы не раз проверяли в достаточно больших компаниях — и всегда подтверждалось... Викентий Сергеевич, ну что вы такой печальный? Все идет хорошо... Давайте дело.

— Если бы хорошо...— вздохнул Аргамаков, но покорно выложил на стол тоненькую папку.

Бестужев нетерпеливо ее раскрыл. Ага, место находки гильзы указано правильно, с дополнением: «деформирована по неосторожности городового Зыгало». Надо понимать, при составлении протокола присутствовало достаточно непосвященных людей, чтобы наш Некто побоялся фальсифицировать бумаги... Пуля... Почему конверт вскрыт и сургучная печать разломана пополам?!

— Викентий Сергеевич! — не сулящим ничего хорошего голосом произнес Бестужев, демонстрируя пустой конверт.

— Я же вам говорю, что все пошло вовсе не так гладко...

— Где пуля?

— Ее минут десять назад забрал штабс-ротмистр Рокицкий. Вот расписка, по всей форме. Уж не знаю, как он узнал, что я появился на службе, только нагрянул, как снег на голову, категорически потребовал пулю...

— И вы отдали...— поморщился Бестужев.— Он вас что, запугал?

— Ну, скажем так, имели место определенные напоминания о возможных неприятностях, связанных с обстоятельствами, которые вам должны быть неинтересны...

— Чтоб вас черт побрал...— зло выдохнул Бестужев.— Где же его искать-то теперь?

— А он в аптеку пошел. Я видел в окно. Вон там — аптека, на другой стороне улицы, наискосок...

— Давно?

— Я же говорю, минут десять назад, вы с ним едва не столкнулись нос к носу...

— Он был в форме?

— Да, в полной форме...

Подойдя к окну, Бестужев сразу увидел ту самую аптеку. Не долго думая, сказал:

— Давайте сюда расписку. Дело я заберу с собой... потом верну, не ерзайте!

Завязал тесемки, сунул папку под мышку и почти выбежал, надевая фуражку на ходу, задев ножнами шашки за косяк. Зыгало расхаживал у входа, судя по его виду, не терзаясь никакими особенными мыслями.

— Подожди здесь,— сказал ему Бестужев и направился к аптеке.

Как и в любом другом приличном заведении подобного рода, внутри на подоконниках стояли пузатые шары, наполненные красными, синими и желтыми жидкостями, подсвеченными сзади керосиновыми лампами. Над дверью, как полагается, укреплен большой двуглавый орел, черный с золотом и яркой киноварью. Мельком подумалось, что в витринах аптек отчего-то никогда не бывает зеленых или, скажем, фиолетовых шаров, то бишь — подкрашенной этими красками воды. Почему? Да кто его знает, загадка...

Он распахнул дверь. Над головой мелодично брякнул колокольчик. Из задней двери неспешно показался старичок в белом халате, с повисшим на шнурке пенсне.

— Положительно, эпидемия,— громко произнес он, словно человек, привыкший разговаривать сам с собой.— Вам нужно знать, куда ушел тот господин?

— Какой? — удивленно спросил Бестужев.

— В котелке...

— Нет,— сказал Бестужев.— Скажите, к вам не заходил минут десять назад жандармский офицер...

— Иван Игнатьевич Рокицкий? Ну как же, как же... Только он уже ушел...

— Зачем он приходил? — спросил Бестужев.

— Молодые люди, вы все трое, вместе взятые, впервые в жизни заставили меня почувствовать себя персонажем авантюрного романа. А я, между прочим, и в руки-то их не брал никогда, за исключением Дюма...

— Зачем он приходил? — настойчиво повторил Бестужев, ничего не понимая.

— Сейчас, сейчас, молодой человек, я вам, как и подобает персонажу авантюрного романа — пусть и случайному персонажу,— дам точный ответ... Иван Игнатьевич дал мне... как это зовется... Патроны! И попросил взвесить их на точных аптекарских весах.

— Патроны? Быть может, пули?

— Я, молодой человек, не служил в войске и охотою никогда не увлекался... Такие металлические штучки...

Двумя пальцами Бестужев полез в карман, достал пулю от струмилинского браунинга, извлеченную из матраца, показал старику:

— Похоже?

Тот насадил на нос пенсне, тщательно его укрепил, присмотрелся:

— Один патрон был как две капли воды похож на ваш. Такой же чистенький, целый. А второй... Побольше, немножечко деформированный, грязный на вид...

— Взвесить? И вы взвесили?

— Ну конечно, молодой человек... простите, какой у вас чин? Неловко как-то к вам обращаться «молодой человек», когда вы в форме, но я в воинских чинах не разбираюсь совершенно...

— Ротмистр,— нетерпеливо сказал Бестужев.

— Простите, а чем ротмистр отличается от штабс-ротмистра? — с неподдельным любопытством спросил старичок.— Иван Игнатьевич — именно что штабс-ротмистр...

— Штабс-ротмистр — младше, а ротмистр — старше,— выпалил Бестужев, переминаясь от нетерпения.— Как провизор и старший провизор... Итак, вы взвесили пули?

— Конечно. Иван Игнатьевич — серьезный человек, надо полагать, при служебном исполнении, мало ли какая может возникнуть нужда?

— И далее?

— Вот такая пуля,— он показал на ту, что Бестужев все еще держал в руке,— весила четыре грамма четыреста тридцать два миллиграмма. Другая, мятая и пачканая,— восемь граммов восемьсот семьдесят три миллиграмма...

«Округлим удобства ради до девяти,— подумал Бестужев.— Ну да, стандартная пуля от „Байярда" калибром девять миллиметров. Маленький пистолетик, по размерам, не превышающий карманный браунинг, но значительно более убойный...»

— И что дальше?

— Мне показалось, Иван Игнатьевич то ли удивлен, то ли доволен... Он меня попросил на рецептурном бланке написать краткий отчет о проведенном мною взвешивании, расписаться и удостоверить печатью аптеки. Я, разумеется, не отказал и в этой просьбе... Иван Игнатьевич поблагодарил и ушел...

— В какую сторону, вы не заметили?

— Направо. Вот, а вскорости пришел тот господин в котелке, показал мне билет охранного отделения и попросил рассказать, зачем заходил ко мне Иван Игнатьевич. Я, конечно, рассказал... Он спросил, в какую сторону ушел Иван Игнатьевич... ах, нет, он этого не спрашивал, это вы только что спросили... Простите, память не та... Он просто ушел. Ну, а теперь пришли вы... Право слово, чистой воды авантюрный роман, все это несколько загадочно...

Не слушая дальнейшего, торопливо кивнув старичку, Бестужев вышел. Посмотрел вправо. Как и следовало ожидать, ничего особенного там не увидел. Ни Рокицкого, ни господина в котелке. Что же, Рокицкого кто-то в е л? Очень похоже. Куда он мог пойти? Жандармское управление — в противоположной стороне...

— Молодой человек! — тронул его за рукав старичок.— Я еще кое-что вспомнил. Мы с Иваном Игнатьевичем еще пошутили насчет смысла его имени...

— То есть? — равнодушно спросил Бестужев.

— «Иван» ведь, хотя с незапамятных пор считается исконно русским именем, происходит от греков. И означает по-гречески «Благодать Божья».

Вот я и пошутил — мол, меня ныче посетила Божья Благодать, сиречь Иоанн, значит, мне должно повезти... Все крестильные имена наши произошли от греческого...

— Бог ты мой! — воскликнул Бестужев так, что старичок недоуменно отшатнулся.— Какой же я идиот! Конечно, от греческого...

Он наконец-то ухватил ту самую ниточку, что долго ускользала, сложил в воображении мозаику, так долго не дававшуюся. Такое частенько случается: легкий толчок, абсолютно незначительная на первый взгляд фраза или событие — и задача решена. Конечно, по-гречески!

Уже не обращая внимания на старичка, он быстрыми шагами пересек улицу, громко спросил еще издали:

— Василий, Всехсвятская, восемь, где-то неподалеку отсюда?

— Так точно,— ответил Зыгало.— Во-он, за угол завернуть, улицу перейти — и там он, восьмой, доходный дом купчихи...

— За мной! — крикнул Бестужев, опрометью кидаясь вперед.

Он бежал что есть мочи, придерживая шашку, прижимая к боку картонную папку со следственным делом, уже не боясь выглядеть со стороны смешно и нелепо,— сейчас такие мелочи нисколечко не волновали, потому что он более всего на свете боялся опоздать.

Сзади, словно сваезабоечная машина, топотал Зыгало. Едва не сшибив с ног шарахнувшегося прохожего в мещанской чуйке, Бестужев свернул за угол, пронесся по тротуару, чудом разминулся с выезжавшей со двора телегой, вбежал в парадное. Вырвав из кобуры браунинг, дослал патрон в ствол, засунул пистолет за кушак, чтобы был под рукой. Над ухом шумно дышал Зыгало.

— Достань наган,— распорядился Бестужев.— Сорок первая квартира, я пойду с главного входа, ты ломись с черного. Брать живым, непременно живым, кто бы там ни был, хоть губернатор... Ясно тебе?

— А чего ж,— пробасил великан-городовой, звонко взводя курок солдатского нагана.— Дело знакомое...

Взбежав по ступенькам, Бестужев принялся дергать шнур звонка, слыша, как в квартире отчаянно дребезжит колокольчик,— но не слышно ни шума, ни шагов, никакого шевеления...

Швырнув папку на пол, он отбежал к противоположной двери, примерился, выставил правое плечо вперед — и могучим рывком обрушился на двустворчатую дверь сорок первой квартиры. Дверь выдержала, а вот замок поддался, язычок с треском вылетел из паза. Держа пистолет наготове, отведя вниз предохранитель большим пальцем, Бестужев ворвался в квартиру.

И сразу увидел начищенные сапоги... Слева раздался жуткий шум — это, надо полагать, Зыгало вышиб дверь черного хода. Нет, поздно, тот успел скрыться, тишина...

Медленно подойдя, Бестужев присел на корточки над неподвижно лежавшим штабс-ротмистром Иваном Игнатьевичем Рокицким, однажды в жизненной лотерее вытащившим несчастливый билет,— а вот теперь и второй... Лицо было искажено гримасой, зубы оскалены, в воздухе еще чувствуется аромат горького миндаля.

«Боже мой,— подумал Бестужев, выпрямляясь.— Как я был к нему несправедлив. И ничего уже не исправить, никого не вернуть...»

— Никого, ваше благородие... ох!

— Беги, разыщи телефон,— сказал Бестужев, не оборачиваясь.— В аптеке, наверное, есть... Кого вызывать, сам знаешь... Живо!

Глава восьмая. Человек, которого звали дьяволом

Полковник Ларионов, насупясь, перебирал лежавшие перед ним предметы: пистолет «Байярд» девятимиллиметрового калибра с вынутой обоймой, жестянку из-под какао «Эйнем», почти до краев наполненную тусклой серо-желтой крупкой, карточку охранного отделения, выданную на имя Кузьмина (с фотографическим снимком Штычкова)... Брезгливо фыркнул:

— Каков подбор...

— Вы совершенно правы,— сказал Бестужев.— Идеальный набор улик.

Полковник вскинул на него глаза, но промолчал. Повертев в сильных пальцах пистолет, спросил:

— Ничего больше не удалось обнаружить?

— Пока все,— сказал Бестужев.— На Всехсвятской, восемь, сейчас работает судебный следователь, когда я уходил, приехал Баланчук с офицерами, так что, не исключено, будут еще находки.

— Нет, но каков мерзавец! — сокрушенно промолвил Ларионов.— И я сам, собственной волей взял его в помощники, хотя, обозревая его прошлое, следовало загнать куда-нибудь в Туруханск тамошним начальником пункта... Жалость одолела: как-никак не он первый придумал... Отблагодарил, подлец... Полной мерою. Нужно теперь нам с вами сесть и крепенько подумать, как свести негативные последствия к минимуму. Вы, надеюсь, поможете? Ситуация щекотливейшая — иных причастных лиц мы категорически не можем не то что арестовать, но даже допросить...

— Вы Олечку Серебрякову имеете в виду?

— Конечно. Я уже ничуть не сомневаюсь, что именно эта стерва, цветик якобы лилейный и непорочный, и убила Струмилина по наущению Рокицкого, но папенька Серебряков, доложу я вам,— фигура пресерьезнейшая. Здесь ему вовсе не обязательно пускать в ход свое влияние — наймет психиатров, светил и они в два счета превратят ее в безвинную жертву наркотиков и гипнотизма, совершенно недосягаемую для юстиции... С его капиталами станется... Что это вы, Алексей Воинович, на потолке усмотрели? Так уставились...

— Вспомнил стихотворение,— сказал Бестужев.— Стихи одного забавного юного студента...

Увы, растаяла свеча молодчиков каленых,
Что хаживали в полплеча в камзольчиках зеленых.
Что пересиливали срам и чумную заразу
И всевозможным господам прислуживали сразу...

Ларионов мягко сказал:

— Ротмистр, я отдаю должное вашему вкладу в расследование, но не кажется ли вам, что для стихов время определенно неподходящее?

— Как знать...— усмехнулся Бестужев.— Как знать... Очень уж стихи подходят к случаю. Потому что это — о вас, Василий Львович, вы, так уж получилось, прислуживали всевозможным господам...— Он наклонился вперед, не сводя глаз с Ларионова.— Потому что не Рокицкий, а вы за всем этим стояли, это вы — дьявол из Олечкиного полубреда... Это вы. Знаете, я не сразу зацепился за одну из Олечкиных обмолвок. Сначала она проговорилась, что этот ее дьявол, вынудивший убить Струмилина,— уже в годах. В постели, несмотря на свои года, показал себя неплохо. Мне подумалось, что это — не зацепка. Для безжалостных юных барышень не только вы, но и Баланчук, и Рокицкий, и я — порой люди в годах, пожилые. Это еще не улика. Но потом я вспомнил другую ее фразу. О том, что даже имя ее «дьявола» означает «владыку». Вы, случайно, не помните, что означает по-гречески «Василий», происходящее от византийского титула «базилевс»? Правда, не помните? Почему вы молчите? Почему не возмущаетесь?

С поразительным хладнокровием Ларионов сказал:

— Полноте, кто же спорит с бредом сумасшедшего или возмущается таковым?

— Э т о у вас не пройдет,— усмехнулся Бестужев.

— Как знать, милейший ротмистр, как знать. Светил психиатрии у нас нет, но сумасшедший дом имеется. Чует мое сердце, вам бы не мешало его навестить.— Ларионов улыбнулся.— Отличный метод вы мне тут излагаете. Определение вины по имени подозреваемого. Василий, по вашей теории, убийца... Михаил, надо полагать, контрабандист, а интересно, кто ж Алексей-то будет в вашей интерпретации?

— Ну, не передергивайте, полковник,— поморщился Бестужев.— Несолидно. Я понимаю, что вы защищены прекрасно, вы обрубили часть концов, ведущих к вам, а те, что остались, чрезвычайно трудно будет распутать... Но ведь «трудно» еще не означает, что невозможно вовсе?

Усмотрев резкое движение полковника, он отодвинулся, поднял над столешницей руку с браунингом. С э т и м человеком следовало ожидать всего.

Однако полковник Ларионов всего лишь тянулся за серебряным с эмалью портсигаром. Сунув в рот папиросу, прошел к двери, спокойно повернул ключ и, вернувшись к столу, с тем же поразительным самообладанием спросил:

— Интересно, на чем же ваша уверенность основана? Надеюсь, не на одних излияниях кокаинистки Олечки?

— Ну, разумеется, нет,— сказал Бестужев, кладя браунинг на колени.

— Уберите пистолетик, право. Это несерьезно.

— Простите, нет. Очень уж я вам не доверяю, полковник, от вас, при вашем уме и хитрости, можно ожидать всего.

— Спасибо хоть, что признаете за мной эти качества... Итак?

— Честно признаться, я почти до последнего момента подозревал именно Рокицкого,— сказал Бестужев,— движимый обывательскими побуждениями: уж если он в свое время создал фальшивую типографию, чтобы получить за нее орденок, то, по этой логике, мог и заняться ограблениями караванов с золотом. У него, как у вашего помощника, были нешуточные возможности. Но Рокицкий не укладывался в версию. Его возможностей, по размышлению, было все же мало. Главный должен был обладать гораздо большей властью... Это время от времени прослеживалось. Например, Рокицкий был бы не в состоянии самостоятельно изъять розыскной список на Мельникова так надежно, что Инженера долгое время считали вовсе отсутствующим в стране. Ну, и кое-что другое... Думаю, ни Ирина Аргамакова, ни другие люди не испугались бы так нашего незадачливого Рокицкого. Нашли бы способ его нейтрализовать — хотя бы через вас. Уж вы-то, любовник Аргамаковой, могли бы ее надежно защитить... Это вас они все боялись — и те, кто точно знал, и те, кто только подозревал... Вы ведь, полковник, мне подтвердили шитую белыми нитками версию о запоях Аргамакова... Вы просили не заниматься Мельниковым, поскольку он якобы работает на охрану. Ах, Василий Львович... Тут вы не продумали. Во-первых, волка вроде Мельникова ни за что не сломали бы в далекой сибирской провинции, где на него нет и быть не может материала. Во-вторых, будь он заагентурен, его не имело смысла использовать здесь, секретных сотрудников такого полета вводят непременно в нелегальные бомонды... Я понимаю: промахи были неизбежны. Невозможно избежать логических противоречий, особенно когда строишь защиту на ходу, подлаживаясь к непредсказуемым ходам противника. Знаете, как я его поймал? И вас тоже — касаемо Енгалычева? Еще на приисках я им поднес разную ложь. Мельников считал, что в ящиках у меня — ручные пулеметы, и его люди у меня их потребовали в поезде. О мнимых пулеметах я сказал ему одному, хотя он и думал, что — не только. А Енгалычеву я поведал чистую правду — что в сумках будет не золото, а свинец. У него не было никакого резона вешаться. А у «сообщников» — никакого резона ему угрожать. Будь тут замешан именно он, всего-то навсего передал бы через связного, что груз состоит из свинца,— и нападение преспокойно отложили бы до лучших времен. Тут я вас подловил, не правда ли?

— Теперь я понимаю, что нашел в вас Герасимов,— кивнул полковник, не выказывавший никакого беспокойства.— На Олечку вышли через Тутушкина?

— Разумеется,— сказал Бестужев.— Видите ли, полковник, это звучит несколько парадоксально, но в пользу того, что главный виновник сидит повыше Рокицкого, как раз свидетельствовало о т с у т с т в и е улик и следов. Только человек весьма высокопоставленный, имеющий доступ к ключевым секретам жандармерии и охраны, мог организовать подобную «яму». Только он знал о точном времени выхода с приисков золотых обозов — ведь Польщиков регулярно сообщал о датах шифродепешами в управление... Только с вашей санкции мелкоте вроде Даника могли выдавать билеты охранного отделения — хотя вы и в этом случае выставили вперед Рокицкого. Только вы могли «спрятать» Мельникова от Петербурга. Только люди вроде вас могли пренебречь деньгами и пистолетом в комнате Штычкова... Кстати, Баланчук сознательно работает с вами или вы его тоже играете втемную? Мне почему-то кажется, что вернее всего — первое. Очень уж непонятным выглядело упорство, с которым столь опытный жандарм, розыскник, заверял меня в виновности Енгалычева — на основании чертовски шатких улик... Собственно, и не улик даже, так, чепухи... Баланчук работает с вами?

— Предположим,— кивнул полковник, глядя на него иронично и спокойно.

— Я понимаю, отчего вы так уверенно держитесь,— кивнул Бестужев.— Чувствуете определенную неуязвимость ваших позиций. Мельников выскользнет из рук. С Даником вы что-то проделали... или, по крайней мере, успели вбить ему в голову убедительную версию, которой он будет держаться изо всех сил. Олечка недосягаема... вы ведь выбрали на роль убийцы именно ее, а не посвященного во все хмурого сообщника только из-за ее папаши? Умышленное убийство чина охранного отделения — вещь крайне серьезная, любой сообщник может занервничать, выдать вас из страха за свою шкуру, а то и шантажировать начнет. Меж тем Ольга недосягаема из-за отца и ввиду полнейшей ненадежности ее свидетельств — даже без трудов папаши опытный врач вынесет решение о серьезных нарушениях в работе затуманенного кокаином мозга... Неплохо. В чем-то даже талантливо.

— Рад, что вы это признаете.

— Полковник,— с любопытством спросил Бестужев,— а почему вы мне не угрожаете? Или не пытаетесь подкупить?

— Вы ж не возьмете, правда? — хмыкнул Ларионов.— Из-за гонора...

— Я бы это назвал иначе — офицерской...

— Бросьте, ротмистр! Хороша честь, когда нечего есть...

— С голоду пухнете? — усмехнулся Бестужев.— Знаете, я изучал кое-какие ученые труды

---

* Картель — вызов на дуэль.

по психологии преступников, наши и иностранные. Хотите, скажу, от чего вы поденно страдаете? От невозможности выговориться. Похвастаться перед понимающим человеком вашей хитростью и умом...

— А чем вам поможет моя исповедь? Не имеющая никакой юридической силы? — Полковник хохотнул.— Ротмистр, я, простите, лишний раз убеждаюсь в превосходстве м о е г о поколения. Никаких ваших психологий мы не знали — но работали недурно-с. А?

— Бесспорно,— согласился Бестужев.— Но я хотел бы сказать вам в лицо, что вы...

— Позвольте-с! — поднял ладонь полковник.— Алексей Воинович, вот этого не надо... Во-первых, я все равно не приму никаких ваших картелей*, как бы вы меня ни пытались оскорбить. Как можно доверять неизбежным случайностям полета пули, руководимым исключительно баллистикой и мышечной рефлексией? Во-вторых, я могу рассердиться на ваши оскорбления, я как-никак живой человек. Вы уж держитесь в рамках... Неужели идеализм настолько уж бродит у вас в голове? Что, собственно, произошло? Иванихин лишился нескольких пудов золота. Он вам дороже отца и брата? Сволочь толстобрюхая, купчишка, мизерабль... Он и на вас-то смотрит как, простите, на дерьмо... Думаете, не знаю, чем окончилось ваше сватовство? И вы все еще питаете к нему расположение?

— Ну, предположим, не к нему, а к законам... Кстати, это ведь вы н а в е л и его на меня в ту ночь?

— Нужно же было о вами что-то делать... Алексей Воинович, вы только не делайте из меня монстра, чудовище. Подумаешь, несколько облегчил иванихинские закрома... Вам напомнить, что творят наши великие князья, члены августейшей фамилии? Алексей Михайлович нагрел руки на авантюре с

388

концессией Безобразова в Маньчжурии, смахнул в карман огромные суммы, предназначенные на постройку военных кораблей. Михаил Николаевич спекулируют земельными участками на Кавказе. Алексей Александрович, высочайший шеф военно-морского флота, миллионы рублей из казенных сумм изволил присвоить. Самый безобидный из всех — Николай Константинович, этот, как гимназистик, у матери-императрицы брильянты украл для любовницы-певички, за что, бедняга, в Ташкент выслан... Только не говорите, будто ничего этого не знаете: пребывая в питерском охранном, будучи правой рукой Герасимова, невозможно такого не ведать-с... Даже мы, медведи сибирские, осведомлены... Ну, попробуйте бросить в меня камень. Да, облегчил купчишку...

— В трогательном единении с одним из видных эсдековских боевиков?

— Да полноте, какой Георгий Владиславович эсдек. С кем не бывало, ошибки молодости... Вполне разумный человек, понимает свою выгоду... Я, откровенно скажу, все же подозреваю, что некоторую часть своей доли, не такую уж и большую, он все же передает на партийные нужды. — Ну да бог ему судья. Очень все это несерьезно — большевики, меньшевики, эсеры... Триста лет стоит дом Романовых и будет стоять еще тысячу.

— Быть может, вы мне еще «Боже, царя храни» споете? — усмехнулся Бестужев.

— Извольте-с такими вещами не шутить! — рявкнул Ларионов, но опомнился, бледно улыбнулся.— Так о чем бишь мы? Алексей Воинович, не бог весть какие прегрешения. Подумаешь, пощипал купчишку, их испокон веков облегчали и дальше будут стараться...

— Снова передергиваете,— сказал Бестужев неприязненно.— Вам напомнить весь синодик? Струмилин, Штычков, Акимов, Жарков, Енгалычев, Анечка Белякова, Петр Сажин, Рокицкий, ваш Савелий, тот неизвестный боевик... подозреваю, и Коновалов, а? И дураку Покитько вы в к о м б и н а - ц и и незавидную роль отвели — он у вас, похоже, и должен стать тем злоумышленником, что подсунул яд Рокицкому? Не столь уж необычайный случай: агент, убивающий от расстроенных нервов и отчаяния своего агентуриста... Да? На вашей совести, полковник, и только на вашей — все эти мертвецы...

Впервые за время разговора Ларионов проявил нечто вроде смущения. Вильнул взглядом, уставясь в стол, потерянно промолвил:

— Да тут уж, Алексей Воинович, обстоятельства сами требовали. Одно за другое цеплялось, как хохлы выражаются — попала собака в колесо, пищи, да бежи...

И тут же стал прежним — ироничным, уверенным. Бестужева передернуло от омерзения, но он старался держать себя в руках.

— И что же я теперь, по-вашему, должен предпринять, дорогуша? — Тон Ларионова был прямотаки отеческим.— Выйти на площадь и заорать, подобно Раскольникову: «Вяжите меня, православные!»? Глупость какая... У меня супруга, детей растить надлежит. Вот будут у вас дети, ротмистр, узнаете, каково-то печься о их здравии и благополучии... Самоубиться? Еще глупее.— Он открыто посмотрел в глаза Бестужеву.— Давайте забудем, а, ротмистр? Кто из нас не без греха... Все зависит от точки зрения. То, к примеру, что вы с Танечкой Иванихиной постельку мяли, для вас предстает шекспировской любовью, а вот для ее батюшки либо людей старого закала — блуд горчайший...

— Не смейте!

— Экий вы... Ну, не буду. А хотите, Алексей Воинович, с Костей Иванихиным б е д а в тайге приключится? Варнаков там бродит несчитанно, и многие на него злы. А? Да вы не стесняйтесь, юноша.

Вы себе только представьте: осиротевшая Танюшка, коей необходимо мужское плечо, золотое царство Иванихина в качестве приданого... Да вы с министрами за одним столом сиживать будете, а карета ваша золотая грязью меня забрызгает... Как вам идея, Алексей Воинович? Вы ее в сознание-то впустите, обдумайте, вам и делать ничего не придется, все помимо вас обтяпают, так, что комаришка носа не подточит...

— Вы и в самом деле дьявол! — вскинулся Бестужев.

— Да не сверкайте глазками, хе-хе... Ну какой из меня дьявол? Одна видимость...

— Наш разговор становится бесполезным.

— А вот и нет-с,— с ухмылочкой протянул полковник.— Настоящий разговор только начинается... Значит, не хотите в наследнички иванихинские? Ну, ваша воля... Давайте посмотрим на последствия сей печальной истории и вместе их просчитаем. Меня вы ни с какой стороны не сможете достать. Олечка бесполезна. Тутушкин... да кто к нему всерьез отнесется? И потом, ему еще дожить нужно до серьезных разборов...— Он выложил на стол две бумаги.— Право слово, Алексей Воинович, уберите вы свой дурацкий пистолетик да почитайте черновики моего отчета. Существующего в двух вариантах. Согласно первому, мы все вместе — я, вы, Баланчук и даже, черт с ним, пристав Мигуля — провели грандиознейшую работу по срыву грабежей и выявлению виновных. К превеликому сожалению, главный виновник, штабс-ротмистр Рокицкий, мразь человеческая, пал от руки агента... ну ладно, ладно, пожалеем вашего Покитько, плотвичку. Не пал от руки разнервничавшегося агента, а принял цианистый калий из страха перед грядущим неминуемым разоблачением, сулившим позор и крах... Если составить умело — а ваш покорный слуга на составлении отчетов собаку съел,— всем поименованным могут и звезды повесить, даже Аргамакову — медальку или крестик... От вас всего и требуется, что поддакивать в нужном месте в нужное время... Мигуля промолчит, он умен, ссать против ветра не станет...

— Есть одна неувязочка,— сказал Бестужев, демонстрируя лист гербовой бумаги с аптечной печатью.— Это — своего рода экспертиза, проведенная Рокицким. Он долгое время ничего не подозревал, но потом я умышленно выбил его из колеи, он занервничал, кое-что сопоставил — как-никак, несмотря на прегрешения, жандарм был хваткий,— понял, кто всем этим заправляет, сообразил, что козлом отпущения вы хотите сделать именно его. Изъял пулю от «Байярда», извлеченную из черепа Струмилина, пошел в аптеку, взвесил пули, акт составил. Полное несоответствие пули от «Байярда» и найденной в номере гильзы...

— Вот как? — почти не раздумывая, сказал полковник.— Помилуйте, а что сия писулька меняет? Мы и так знаем, что Рокицкий подвигнул Ольгу на убийство Струмилина, а она по неопытности да в кокаиновом забытье немного напортачила... Конечно, несоответствие! И в деле отражено! Только как вы докажете, что это не Рокицкий? С того света дух вызовите посредством спиритического блюдечка? Нет-с, ротмистр, эта писулька ничегошеньки не стоит, можете ее в нужник употребить. На ложный след нас наводил Рокицкий, от себя отводя подозрения...

— Да вы...

— Успокойтесь. И слушайте дальше. Теперь разберем второй вариант моего отчета. В нем количество отличившихся, толковых и заслуживших ордена, уменьшено ровно наполовину. А вот вам в сем варианте отведена роль незавидная. Вы свою часть работы с треском провалили. Агентов погубили своих, мою явку провалили, Рокицкого упустили из-под носа, не распознали сразу, что Енгалычева злодей Рокицкий убил и оклеветал посмертно в качестве козла отпущения.

Да-с, вот именно. Илья Баланчук под любой присягой подтвердит, что в моем присутствии сомневался в виновности Енгалычева, но вы настаивали на обратном... Вы не смотрите на меня так, Алексей Воинович, я не монстр, я защищаться вынужден — у меня жена, детишки, положение в обществе. Своя рубашка ближе к телу, хе-хе... А все почему? Да оттого, что вы, прельстившись Танечкою Иванихиной, потеряли голову настолько, что забыли службу и долг, проводя все время в эротических забавах с объектом вашей страсти. И настолько были неосмотрительны, что папенька прознали, гоняли вас по тайге, как зайчика, из ружей стреляли — срам на всю губернию-с, ежели умело подать... Георгий Владиславович Мельников человек молодой и холостой, тоже за Танечкой ухаживая, соперником вам мнился — так вы в раже дело ему начали шить с собутыльником вашим приставом, на коего матерьяльчик накоплен изрядный: взятки с купцов, прочие упущения... Ну кто вам дал право производить обыск у Мельникова и арест? Охранное отделение, как вам прекрасно известно, лишь ведет сбор информации и наблюдение, а обыски и аресты — прерогатива жандармского управления. Чтобы выбить на него должные показания, опять-таки противу всех законов и установлений безвинного купца Даника истязаниям подвергли...

— Что-о?

— А вот, извольте медицинское заключение прочитать,— охотно подсунул бумагу полковник.— Вся спина бедолаги покрыта сеткою свежих перекрещивающихся рубцов, происходящих от порки нагайкою... Документик подлинный, врач,

393

между нами говоря, непосвященный — зато либерал большой, нас на дух не переносит, сейчас письма в столичные газетки сочиняет о зверствах столичного ротмистра во глубине сибирских руд. Чего доброго, запросец по вашему поводу в Государственной думе последует... Спина у бедняги и впрямь исполосована, мы даже фотографический снимок сделали. Мы ж не звери, ротмистр, к чему Даника в Шантару спускать, коли он будет больше полезен в роли вашей истерзанной жертвы? Он не дурак, понимает, что ему лучше с исхлестанной спинушкой полежать, чем отправиться туда, где ни печали, ни воздыхания... Букетец, а? Да вас с Мигулей в порошок сотрут на основании сего букетца... Пинком под зад, одного из полиции, другого из Корпуса. Отчеты, оба варианта, признаюсь вам, уже набело закончены, могут уйти в Питер, либо один, либо другой, уже через четверть часа. Вам-то еще на самом быстром поезде до Петербурга несколько дней добираться... А по телеграфу-то — фьюить! Когда приедете, будете уж вываляны в грязи по самые по уши...— Он деловито спросил: — А может, в сумасшедший дом вас отправить? Для пущей надежности? Подберем полдюжины свидетелей странного поведения вашего, свяжем, посидите там месячишко — и потом-то вам и вовсе никакой веры не будет. Тихонько в отставку спроводят с пенсией — и шагайте себе на все четыре стороны...

— Вы не посмеете,— сквозь зубы сказал Бестужев, вновь опустив руку на пистолет.

— Посмел бы, могу вас заверить... да нет нужды. И без того отчет по второму варианту ваше положение отягощает до полной, простите, безнадежности... Ах, Алексей Воинович, ну куда вам, щеночку резвому, против с т а р и к о в? Я, милейший, графа Игнатьева помню, с Зубатовым в столице работал, в Варшавской губернии с боевиками комбинации играл, с Медниковым беседы душевные за графинчиком вели. Старики — это школа... Вы, положим, умны и толковы, но против меня зубками не вышли-с... Сожру,— сказал он деловито, почти равнодушно.— Брыкаться будете — сожру...

— Посмотрим,— Бестужев встал.— Вот что я хочу вам сказать...— голос его сорвался, потому что ему увиделись мертвые, и он не сразу совладал с собой.— Я вам ничего и никого не прощу — ни Колю Струмилина, ни моих людей, ни остальных... Знаете, о чем только что подумалось? Вы не сможете остановиться. Это — как запой. Запойный пьет не по поводам, а оттого, что остановиться не может, покуда есть на свете водка. Так и вы. На Дальнем Востоке, знаете ли, случается, что попробует тигр человечины — и к прежнему своему рациону уже вернуться не в силах. Так и будет на людей бросаться, пока не пристрелят. Вы попробовали. Рано или поздно потянет на новое преступление: деньги имеют свойство кончаться, их всегда слишком мало... А я... Я буду возникать на вашем пути, где бы вы ни были... и однажды оплошаете. Я...

— Великолепно,— полковник несколько раз беззвучно хлопнул в ладоши.— Тирада, целиком заимствованная из французского авантюрного романа. Какой же вы, право, мальчишка... Несмотря на боевые ордена и работу в Питере... Это прекрасно просто, что вы по собственному разумению изволили меня сравнить с тигром. Остынете и поймете, что тигр — зверь дюже опасный...

— Оставим это,— сказал Бестужев, боясь, что сорвется, а этого никак нельзя допускать.— Бессмысленно... Попробуйте ударить, если сможете. А я — отвечу. Прощайте... нет, полковник, категорически — до свидания. Извините, не кланяюсь и руки не подаю. Честь имею!

Глава девятая. **Обух и плеть**

— Алексей Воинович!

Бестужев сердито обернулся. Пронеслась мысль, что угрозы полковника уже начали претворяться в жизнь — прямо сейчас, пока он не успел покинуть здание жандармского управления. Теперь можно ожидать всего...

К нему неторопливо приближался Силуянов, временный начальник здешнего охранного, в хорошем партикулярном костюме, спокойный и невозмутимый на вид.

— Мы так давно не виделись, ротмистр,— сказал он вежливо.— А полагаю, найдется о чем побеседовать... Вы от полковника? Впрочем, вопрос скорее риторический — судя по вашему взволнованному виду, решающее объяснение все-таки состоялось, не так ли?

— О чем вы? — сердито спросил Бестужев, не представляя, как с этим человеком держаться.

Силуянов огляделся. Коридор был пуст.

— Алексей Воинович, давайте не будем играть в прятки. Дело зашло слишком далеко. Пойдемте ко мне и побеседуем.

— О чем? — настороженно поинтересовался Бестужев.

— В первую очередь — о вашем будущем.— Силуянов понизил голос, усмехнулся.— Я вам не враг, не беспокойтесь. Если помните, не далее как прошлой ночью на некоей даче на Афонтовой горе вас мои люди уже вытащили из серьезной неприятности... Не правда ли? Пойдемте, времени и в самом деле мало...

Поколебавшись, Бестужев все же двинулся следом за ним по длинному казенному коридору. Они свернули влево, спустились на этаж ниже, снова шагали по длинным коридорам, пока не оказались перед закрытой дверью, распахнувшейся после того, как Силуянов нажал незаметную кнопочку звонка.

— Никого не пускать, Павел Михалыч,— на ходу велел Силуянов молодому чиновнику в приемной.— Нет меня, пропал в нетях, исчез в безвестности... Проходите, ротмистр.

Бестужев устроился на стуле так, чтобы сидеть вполоборота к двери и при нужде моментально извлечь браунинг.

— Судя по вашей позе, ожидаете уже... сюрпризов? — хмыкнул Силуянов.— Чаю хотите? Нет? Ну и бог с ним...

— Евгений Павлович, вы можете устроить мне немедленную телеграфную связь с Петербургом?

— Могу, но не стану,— моментально отозвался Силуянов.— Потому что вам это уже совершенно ни к чему. Алексей Воинович, вам следует незамедлительно покинуть Шантарск. Ваше дальнейшее пребывание здесь слишком для вас опасно.

— Простите?

— Да не играйте вы! — Силуянов с неподдельным раздражением хлопнул ладонью по столу.— Я в этом заведении оказался не вчера. Кое-какой опыт имею. А потому могу примерно догадываться, о чем вы говорили с Ларионовым, что вы ему могли сказать, какие перспективы он мог перед вами обрисовать... Так что давайте уж откровенно. Благо я вам не враг. Старался помочь, насколько было в моих силах и при сложившейся ситуации...

— Та-ак...— сказал Бестужев, кое-что сопоставив.— Значит, это ваши «хвосты» за мной таскались?

— Преимущественно.

— И у Коновалова...

— Те, что шли за вами п е р в о н а ч а л ь н о, были посланы не мною. Но вот за н и м и шли мои. Собственно, по принадлежности и те, и другие были мои. Вы ведь прекрасно знаете порядки — жандармерия всегда может поставить нашим агентам наружного наблюдения конкретную задачу, а они сплошь и рядом представления не имеют о том, за кем ходят и почему... С некоторых пор я стал анализировать и сопоставлять, присовокуплять к собственным наблюдениям поступавшую из негласных источников информацию... Понимаете, нужно было вам показать, что дело н е ч и с т о. Плохо мне верилось в самоубийство Струмилина — при странным образом порхающей по комнате гильзе, при загадочной возне вокруг него, исчезновении Штычкова и многом другом...

— Так,— повторил Бестужев.— «Михрютка» — ваш?

— Конечно.

— А тот, что сознался, будто его послал подполковник Баланчук?

— Тоже. Особо доверенный, с соответствующими инструкциями.

— То-то меня царапнули странности...— сказал Бестужев, чуть расслабившись.— Во-первых, с каких это пор агенту совершенно точно известно, какой именно жандармский чин его направил? А во-вторых, что это за агент, который даже под направленным в рожу пистолетом выдаст моментально своего офицера? Не попытается навести на ложный путь? Он выглядел толковым малым, но вот вел себя в этом отношении странно...

— Уж простите,— улыбнулся Силуянов чуть вымученно.— Приходилось действовать теми методами, что имелись в наличии. И все же... Я вас немного насторожил, а? Заставил почуять эту самую «неладность»?

— Да, вы этой цели достигли,— сказал Бестужев, подумав.— Что со Штычковым?

— Пропал. Исчез. Растворился.

— И в парке...

— Ну да,— нетерпеливо сказал Силуянов.— Мои люди вас к тому моменту давненько уж вели. Был вполне реальный шанс, что вас там попытаются пристукнуть. Вы мне кое чем обязаны, а? Два раза я вас крепко выручил...

— Я вам очень благодарен,— кивнул Бестужев.— Но как же насчет телеграфа?

— Алексей Воинович,— тихо, серьезно сказал Силуянов.— Не о том вы, постоянно не о том... Еще вчера утром из Петербурга поступила циркулярная шифродепеша. Мне, право, жаль... Генерал Герасимов высочайшим повелением отставлен с занимаемого поста. Официально речь идет о длительном отпуске для поправления расстроенного здоровья, но некоторые сведения позволяют заключить, что сей «отпуск» необратим. Что это — решительная отставка. Герасимов, как вам известно лучше, чем мне, играл покрупней. Стремился к посту начальника департамента, товарища министра, а то и выше. Глупо было думать, что это ни в ком не найдет противодействия и встречных интриг. Ну, вам эти расклады известны лучше моего. Надеюсь, вы не сомневаетесь в правдивости моего сообщения? Можете, конечно, решить, что я в сговоре с Ларионовым и по его приказу осуществляю ваше дезинформирование... Вот только — зачем? Ложь таковая не имела бы смысла и была бы разоблачена вами немедленно по возвращении в Петербург...

Он был прав, Бестужев это понимал, несмотря на всю расстроенность чувств. Совершенно бессмысленный ход...

— И кто теперь? — спросил он, ссутулившись.

— Полковник Карпов.

— Ну, не удивительно...— сказал Бестужев.— Не удивительно... Один из вероятных... Не идет ни в какое сравнение, но... один из вероятных претендентов... Разрешите воспользоваться вашим телефоном? Барышня, попрошу семьдесят пятый, Николаевскую часть. Пристава Мигулю!

— Алексей Воинович? — голос пристава был усталым, тусклым.— Вы приедете? Впрочем, как угодно...

— Вы отправили мою депешу?

— И даже ответ получил. Желаете услышать?

— Конечно.

— «Петербургское охранное отделение борьбою с лесными пожарами не занимается изначально. Рекомендую шантарской полиции поплотнее закусывать после выпивки. Адресат и отправитель депеши мне неизвестны. Подпись — Карпов».— Мигуля прокашлялся.— Алексей Воинович, я так понимаю, не сложилось что-то?

— Все благополучно рухнуло,— медленно сказал Бестужев, чуя противный комок в горле.— Простите, что я вас во все это...

— Да бросьте. Бачилы очи, шо куповалы... Что же, разбегаемся?

— Приходится,— сказал Бестужев горько.— Постарайтесь, если сможете, уберечь нашего постояльца. И спасибо вам за все, Ермолай Лукич, я надеюсь, у вас все благополучно сложится... Честь имею.

Положив трубку на рычаг, он некоторое время сидел без движения, глядя в пол. Дико так думать, нельзя так думать, но Иванихин во многом прав — что-то неладное творится в империи. Сначала —Зубатов, теперь — Герасимов. Изгоняют самых опытных и умелых, заменяя посредственностями, лизоблюдами, и такое может происходить лишь с соизволения самого... Нельзя так думать жандарму, нельзя! Иначе забредаешь мыслями черт-те куда...

Он, словно воочию, увидел лицо Герасимова — тяжелое, массивное, татарский прищур умных глаз, услышал глуховатый голос: «Алексей Воинович, некоторые называют нашу деятельность борьбой с врагами империи. Иногда, в минуты пессимизма, мне приходит в голову другое определение — война. Я бы не хотел передавать вам свой пессимизм, но у борьбы и у войны — разные законы, подумайте над этим...»

— Они его сожрали,— вырвалось у Бестужева.

— Формулировка в чем-то удачная,— кивнул с непроницаемым лицом Силуянов.— Но нам сейчас нужно думать о в а ш е й судьбе. Как вы, видимо, понимаете, ваше положение претерпело серьезнейшие изменения. Между прочим, Ларионов когда-то служил с Карповым, они приятели. Упаси боже, я и намекать не хочу, будто Карпов... Просто-напросто ваше положение изменилось качественно. Никакой поддержки Петербурга у вас за спиной более нет. С минуты на минуту вас отзовут — как только, разбирая дела, вспомнят о вас. Если только Ларионов не отправит раньше свои отчеты — и мы не знаем, какой именно вариант...

— Евгений Павлович,— сказал Бестужев.— Вы ведь в курсе многого...

— Давайте не будем об этом,— отрезал Силуянов.— То, чем я здесь располагаю, не имеет значения улик, доводов, веских доказательств. То есть мое положение аналогично вашему. Если мы соединим силы, это ни к чему не приведет. Ни к чему. Остается ждать, что о н когда-нибудь сломает себе шею на скользкой дорожке... но я бы на это особенно не полагался. Хватит, давайте поговорим о вас. Вы не считаете, что сейчас настало самое подходящее время для вашего самоубийства?

— У меня и в мыслях...

— Ах, господи, да при чем тут ваши мысли! — с досадой воскликнул Силуянов.— Речь идет о мотивировках и поводах, а они, простите, крайне убедительны. Вы в определенном смысле потерпели крупную неудачу — и виновник от вас ускользнул на тот свет, и агентов вы потеряли убитыми, и в руке Татьяны Константиновны вам самым решительным образом отказали... Да не фыркайте вы с грозным видом! Не до того! Алексей Воинович, по этаким поводам и более опытные, более старшие совершали самоубийство. Да, модно приплюсовать ваше отчаяние после снятия Герасимова, крах надежд, возлагавшихся на его протекцию... Куча весомых поводов и убедительных мотивов. Вы так уверены, что Карпов, если вас найдут с пистолетом в руке и пулей в голове, станет непременно устраивать долгое следствие? Там, в Петербурге, не до вас — одни укрепляют позиции, другие сопротивляются приходу новых людей на их должности, царит обычная бюрократическо-интриганская чехарда, как это всегда бывает при снятии прежнего начальника и назначении нового... Кто будет особо разбираться? Или верите в благородство Ларионова? Я — нисколько...

— Я тоже,— кивнул Бестужев.

— Вот видите. Кто поручится, что им не пришло в голову нанести на картину завершающий мазок?

— Что же вы предлагаете? — угрюмо поинтересовался Бестужев.— Бежать, получается?

— Не бежать, а совершить разумное отступление,— быстро возразил Силуянов.— В тактике военного искусства такое случалось не единожды. Вы военный, знаете это лучше меня... Набросайте записку Ларионову, сошлитесь на телеграфный обмен депешами меж вами и столицей, он ведь не имеет права вас удерживать, вы ему не подчинены. Через сорок минут на вокзал прибудет владивостокский экспресс, идущий в Москву. На вок-

402

зал мы вас доставим под прикрытием агентов, в закрытой карете. Мой вокзальный надзиратель обеспечит прикрытие до отхода поезда. В вагоне вы будете в полной безопасности — о н и попросту не успеют отреагировать, да и не решатся устраивать что-то в поезде... Через четыре часа вы покинете пределы губернии, а там — Петербург. Вещи лучше бросить в гостинице, вам их потом перешлют. У меня все продумано и готово. Плетью обуха не перешибешь, мы никому ничего не сможем доказать... Итак?

— Вы безусловно правы,— сказал Бестужев, не поднимая головы, прямо-таки физически ощущая громадность расстояния, отделяющего его от Петербурга. Казалось, он, подобно уэльсовским героям, очутился на Луне.— Спасибо, Евгений Павлович...— он вскинул глаза на собеседника.— Плетью обуха и впрямь перешибить нельзя... но ведь эта неудача не уничтожает плеть?!

Эпилог. **Равнение на знамя**

Жесткий воротник парадного мундира ощутимо сдавливал шею, но Бестужев вынужден был сохранять неподвижное положение статуи, сидя напротив углубившегося в бумаги председателя Совета министров. Он лишь подумал с грустной иронией, что еще две недели назад воротник был впору. Несмотря на все треволнения шантарской эпопеи, приходилось признать, что он ухитрился раздобреть на обильных сибирских харчах. Потому и воротник стал немного тесен, как ни старайся незаметно вытягивать шею...

Впрочем, сейчас высокий сановник, к которому Бестужева неожиданно вызвали, предстал в ипостаси не премьер-министра, а министра внутренних дел — на нем был соответствующий мундир, и принял он Бестужева в здании на Фонтанке...

Стол министра, как ему и полагается, был необъятен, чересчур уж вопиющей бестактностью было бы присматриваться к бумагам на нем — и потому Бестужев не мог определить, который именно вариант ларионовского отчета лежит перед могучим, широкоплечим человеком с лысой головой и великолепными усами. Странно, но он не испытывал ни страха, ни волнения — после пережитого в Сибири прежние заботы казались смешными и неуместными. Какая это была ерунда — кресло, чин, карьера...

Столыпин поднял на него пронзительные глаза. Бестужев еще более выпрямился в кресле.

— Должен констатировать, что вы справились неплохо,— сказал министр.— Весьма даже неплохо.

— Ваше высокопревосходительство...

— Можете обращаться ко мне «Петр Аркадьевич». Это ровно вдвое короче титулования. Экономия получается довольно значительная, все просчитано...

Бестужев невольно вспомнил, что премьер закончил физико-математический факультет Петербургского университета. Что ж, логично...

— Ларионов дал высокую оценку вам и этому приставу... Моргуле?

— Мигуле, Петр Аркадьевич. Пристав и в самом деле оказал огромную помощь...

— Ну что же,— сказал министр.— По труду — и честь... Обстоятельства дела требовали немедленного доклада на высочайшее имя, и я уже теперь могу поздравить вас четверых с Владимирскими звездами. Его величество изволил собственноручно начертать на докладе: «Молодцы служаки! Звезды Владимира всем четырем!» Именно так, с двумя восклицательными знаками.

Бестужев почтительно склонил голову, как и следовало при упоминании государя императора в т а - к о м аспекте. Воротник вновь врезался в шею, на сей раз значительно больнее.

Значит, вот так... Ларионов предпочел пустить в ход первый вариант отчета, не компрометирующий Бестужева, а наоборот, чрезвычайно для него лестный. Неким моментальным озарением Бестужев догадывался, что это сделано опять-таки с циничным, коварным расчетом. Пожалуй, этот вариант даже более эффективен для целей полковника. Человек обиженный, оболганный, несправедливо обвиненный может-таки найти в конце концов того, кто согласится выслушать его историю и поверит ему, а не клеветнику. Всякое в жизни случается. Обиженный, наконец, самим фактом своего существования представляет угрозу.

Зато вот так... Умно, ничего не скажешь. После хвалебного отзыва о ротмистре Бестужеве, после императорской резолюции, после мнимого ларионовского благородства и новехонькой звезды на груди означенный ротмистр рискует прослыть умалишенным, если т е п е р ь начнет искать на полковника управу, оперируя лишь обрывочными, легковесными уликами, которые при ближайшем рассмотрении предстают и не уликами вовсе... Умно. Старая школа.

— Ротмистр,— произнес Столыпин, брезгливо морщась.— Здесь, разумеется, остаются свои темные пятна и неприглядности... Об этом мерзавце, Рокицком, постарайтесь побыстрее забыть. Это м н е н и е, вам понятно?

— Так точно, Петр Аркадьевич! — четко сказал Бестужев, презирая себя, но слишком хорошо зная, что не сможет ничего поделать.

— При нынешней ситуации в стране это было бы излишне щедрым подарком господам думским говорунам и прессе...

— Я понимаю, Петр Аркадьевич.

— Эта девица... Серебрякова и в самом деле настолько недосягаема для следствия, как это характеризует полковник?

— Полностью, Петр Аркадьевич. Несмотря на юный возраст, законченная кокаинистка, на грани помешательства...

— Господи, даже в Сибири. Даже там... У вас что-то есть ко мне, ротмистр? Вы так нетерпеливо пошевелились...

— Ваше... Петр Аркадьевич! Я полагаю, настало время озаботиться тем, чтобы коллежский асессор Струмилин был перезахоронен в освященной земле. Он не самоубийца, он пал...

— Я понял,— с небрежной властностью государственного мужа прервал Столыпин, сделав пометку в брульоне.— Необходимое представление в Святейший синод будет внесено. Итак...

Он с мастерски скрытым нетерпением уже смотрел сквозь Бестужева, чему тот никак не мог обижаться,— как-никак на этом человеке держалась вся империя, словно земной шар на плечах Атласа, и его время было неимоверно дорого...

— Петр Аркадьевич! — торопливо сказал Бестужев вместо того, чтоб встать и, щелкнув каблуками, откланяться.— Позвольте мне такую дерзость... Рискую обратиться к вам с прошением как к министру внутренних дел, высшей для меня инстанции...

— Ну... Пожалуй.

Бестужев распахнул сафьяновую папку, от волнения выхватил лист вверх ногами, спохватился, привел его в надлежайший вид и протянул через стол, почтительно привстав.

Столыпин читал быстро. Вскинул мохнатые брови:

— Я понимаю, ротмистр, что вы не решились бы на розыгрыш...

Однако это несколько странно. Я давно уже не видел, чтобы офицеры в вашем положении, при недурном карьерном взлете, добровольно просились в Сибирь... Быть может, кратко объяснитесь?

— Не знаю, смогу ли, Петр Аркадьевич,— сказал Бестужев чистую правду.— В написанном или печатном виде эти слова выглядят вполне обыденно, но при произношении их вслух приобретают глупую патетику, неожиданную слащавость... Французы называют это «равнением на знамя»... Петр Аркадьевич, вы осуществляете грандиозную программу по переселению хлебопашцев в Сибирь, это историческое предприятие...

— Вы льстите?

— Я думаю, вы в этом не нуждаетесь. Так вот... Неужели вы будете считать свою задачу исполненной, если в Сибирь поедут исключительно нерадивые, пьяницы, штрафные? Ведь не в этом смысл освоения сибирских пространств?

— Ну что же... Не скажу, что объяснение исчерпывающее, но обладает внутренней логикой...— Он раздумывал несколько секунд.— Ну-с... В Шантарске, словно по заказу, свободна вакансия начальника охранного отделения. Пойдете?

— С превеликим...— голос у него предательски сорвался.

Пронзив его испытующим взглядом, Столыпин взял ручку, обмакнул перо в хрустальную, в серебряной оправе чернильницу и написал на прошении две строки. Расписался. Кивнул:

— Думаю, проблем не возникнет. Подозреваю, в этом здании моя рекомендация имеет некоторый вес... В этом есть смысл. Действительно, не стоит уподобляться англичанам, осваивавшим Австралию с помощью известного рода субъектов. Поздравляю, ротмистр...

— Разрешите идти? — Бестужев встал, держа руки по швам.

— Подождите,— глаза Столыпина на миг стали не министерскими, а человеческими, живыми, озорными.— Не бойтесь, я все равно не изменю принятого решения... Это — женщина?

Стоя навытяжку, Бестужев сказал:

— Как и во множестве историй, Петр Аркадьевич, женщина присутствует и в этой, не стану скрывать. Но — на периферии событий. Есть вещи важнее. Равнение на знамя...

— Интересное у вас стало лицо, господин начальник Шантарского охранного отделения,— задумчиво сказал министр, в глазах которого понемногу гасло человеческое, полностью заменяясь державным.— Никак не могу определить его выражение... но, увы, нет времени на посторонние ребусы. Желаю удачи.

— Благодарю, ваше высокопревосходительство! — отчеканил Бестужев, стоя навытяжку, не сводя глаз с могучего Столыпина, казавшегося сейчас ротмистру несокрушимым и вечным.

Он стоял так, словно уже прозвучала команда: «Равнение на знамя!» и блистающие сабли замерли в положении «подвысь».

Красноярск, 1999

ГРАЖДАНСКИЕ ЧИНЫ
РОССИЙСКОЙ ИМПЕРИИ

Класс	Чин
I	Канцлер
II	Действительный тайный советник
III	Тайный советник
IV	Действительный статский советник
V	Статский советник
VI	Коллежский советник
VII	Надворный советник
VIII	Коллежский асессор
IX	Титулярный советник
X	Коллежский секретарь
XI	—
XII	Губернский секретарь
XIII	—
XIV	Коллежский регистратор

Примечание: гражданские чины XIII и XI классов вышли из употребления еще в конце XVIII века, и через них при производстве попросту «перескакивали».

ВОЕННЫЕ ЧИНЫ РОССИЙСКОЙ ИМПЕРИИ ПОСЛЕ РЕФОРМЫ 1884 г. И ИХ СООТВЕТСТВИЕ ГРАЖДАНСКИМ ЧИНАМ (КЛАССАМ)

Класс	Армейская пехота, артиллерия и инженерные войска	Армейская кавалерия	Казачьи войска	Гвардейская пехота, артиллерия и инженерные войска	Гвардейская кавалерия
VI	Полковник	Полковник	Полковник	Полковник	Полковник
VII	Подполковник	Подполковник	Войсковой старшина	Капитан	Ротмистр
VIII	Капитан	Ротмистр	Есаул	Штабс-капитан	Штабс-капитан
IX	Штабс-капитан	Штабс-капитан	Подъесаул	Поручик	Поручик
X	Поручик	Поручик	Сотник	Подпоручик	Поручик
XII	Подпоручик	Корнет	Хорунжий	—	Корнет

Примечание: жандармы числились по армейской кавалерии.

СТРУКТУРА ПОЛИЦИИ И ПОЛИТИЧЕСКОГО СЫСКА РОССИЙСКОЙ ИМПЕРИИ   ПРИЛОЖЕНИЕ 3

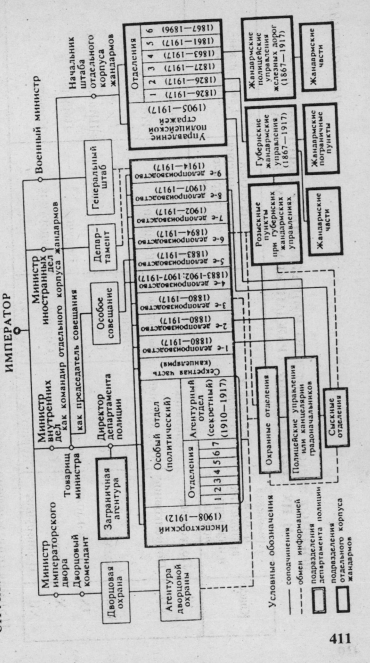

ПОЛИЦИЯ В СТОЛИЦАХ, ГУБЕРНСКИХ И КРУПНЫХ ГОРОДАХ

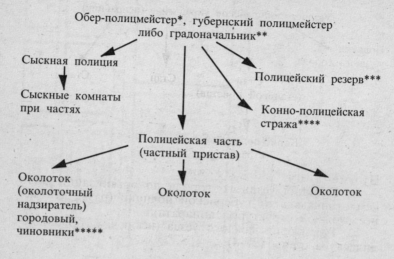

Обер-полицмейстер*, губернский полицмейстер либо градоначальник**

Сыскная полиция

Сыскные комнаты при частях

Полицейский резерв***

Конно-полицейская стража****

Полицейская часть (частный пристав)

Околоток (околоточный надзиратель) городовый, чиновники*****

Околоток

Околоток

* В Москве и Петербурге эту должность занимали гвардейские генералы.

** Градоначальник, административно-полицейское должностное лицо, управлял «градоначальством» — территорией (обычно - города), выделенной из губернии и подчиненной непосредственно МВД.

*** Выводился на улицу в экстренных случаях — забастовки, демонстрации, беспорядки, проезд царя, членов царской фамилии либо иностранных монархов.

**** Имелась только в столицах и крупных губернских городах. Те же функции, что у полицейского резерва, плюс — патрулирование улиц.

***** Ведали паспортами, канцелярией, обслуживали полицейский телеграф.

ОГЛАВЛЕНИЕ

УЕЗДНАЯ ПОЛИЦИЯ
РОССИЙСКОЙ ИМПЕРИИ

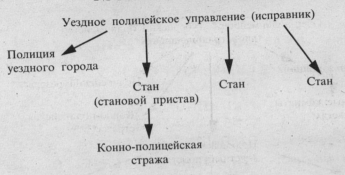

Уездное полицейское управление (исправник)

Полиция
уездного города

Стан
(становой пристав)

Стан

Стан

Конно-полицейская
стража

П р и м е ч а н и я :

1. Полиция уездного города по организации мало чем отличалась от губернской полиции (разве что менее сложной структурой аппарата).

2. Территория каждого уезда (исключая города) делилась на станы (2—4).

ОХРАННОЕ ОТДЕЛЕНИЕ
РОССИЙСКОЙ ИМПЕРИИ

Агентурный отдел
внутреннего
наблюдения

Отдел наружнего
наблюдения

Канцелярия

Офицеры и
гражданские
чиновники

Участковые
квартальные
надзиратели

Вокзальные
надзиратели

Агенты
наружнего
наблюдения

Секретные
сотрудники

ЧАСТЬ ТРЕТЬЯ

БЕССТРАСТНЫЙ СВОД НЕБЕС

Александр Александрович Бушков

ДИКОЕ ЗОЛОТО

Роман

Макет
К. С. Бирюковой

Компьютерный набор и верстка
Л. А. Гурьяновой и М. В. Гайдуковой

Корректор
С. В. Павловский

Налоговая льгота — Общероссийский классификатор
продукции ОК-005-93, том 2; 953000 — книги, брошюры

Издательство «БОНУС» ЛР № 064746 от 03.09.96
Издательство «ОЛМА-ПРЕСС» ЛР № 070099 от 03.09.96
Издательский Дом «НЕВА» ЛР № 02040 от 13.06.00

Подписано в печать 16.03.01.
Формат 84×108^1/$_{32}$. Гарнитура «Таймс».
Печать офсетная. Усл. печ. л. 21,84.
Доп. тираж 7000 экз. Изд. № 99-495.
Заказ № 4557.

Издательство «БОНУС»
660028 Красноярск, ул. Толстого, 49

Издательство «ОЛМА-ПРЕСС»
129075 Москва, Звездный бульвар, 23

Издательский дом «НЕВА»
199155 Санкт-Петербург, Одоевского, 29

Отпечатано с готовых диапозитивов
в полиграфической фирме «КРАСНЫЙ ПРОЛЕТАРИЙ»
103473 Москва, Краснопролетарская, 16

Printed in Russia
Distribut. N & N Books Intl.
New York